「세키가하라 합전도 병풍」 앞부분

德川家康

도쿠가와 이에야스

3부 천하통일

23 새로운 지도

야마오카 소하치
대하소설
이길진 옮김

德川家康

3부
천하통일

23
새로운 지도

도쿠가와 이에야스

솔

『도쿠가와 이에야스』를 바로 읽기 위해

1. 본문 중 °표시가 된 용어는 용어 사전에서 풀이하였다.

2. 본문 중 *표시가 된 용어는 용어 사전 외에 부록 및 지도 등에서 설명하였다(다른 권 포함).

3. 인명과 지명은 원음 표기를 원칙으로 하며, 된소리를 피하고 거센소리로 표기하였다. 단 도쿠가와와 도요토미만은 원음과 차이가 있지만 일반인에게 익숙한 이름이기에 외래어 표기법에 따랐다. 장음은 생략하였다.

4. 인명, 지명 및 고유명사는 처음 나올 때 원어를 병기함을 원칙으로 하였으며, 강과 산, 고개, 골짜기 등과 같은 지명 역시 현지 음대로 강=카와(가와), 산=야마(잔, 산), 고개=사카(자카), 골짜기=타니(다니) 등으로 표기하였다.

5. 성과 이름 중간에 나오는 것은 대부분 관직명과 서열을 나타내는 것인데, 그 당시의 관습에 따라 이름과 혼용하여 쓰이는 경우도 있다. 각 관청 및 관직에 대해서는 부록에서 설명하였다.

    ex) 히라테 나카츠카사노타유 마사히데 → 히라테 마사히데(이름) + 나카츠카사노타유(나카츠카사의 장관), 아마노 아키노카미 카게츠라 → 아마노 카게츠라(이름) + 아키노카미(아키 지방의 장관)

6. 시간과 도량형은 에도 시대에 쓰던 것을 그대로 따랐으며, 역시 부록에서 설명하였다.

차례

《 세키가하라 전투 후 다이묘의 배치도 1 》

츠시마

이와미

빈

아키

하기

모리 테루모토

나가토

스오

후쿠시마 마사노리
히로시마

치쿠젠

킷카와 히로이에
이와쿠니

마츠우라 시게노부
히라도

후쿠오카

코쿠라

쿠로다 나가마사

호소카와 타다오키

카라츠

히젠

테라사와 히로타카
사가

부젠

이마
토도 타카

나베시마 나오시게

쿠루메

타나카 요시마사

분고

마츠야마

카토 요시아키

치쿠고

히로에

이나바 사다미치
우스키

오즈
와키자카 야스하루

고토

아리마 하루노부

쿠마모토
카토 키요마사

타케다

나카가와 히데나리

이요

야마노우치 카즈토

토사

히고

타카하시 모토타네
아가타

히토요시
사가라 나가츠네

사츠마

휴가

키고시마

시마즈 타다츠네

오스미

오비

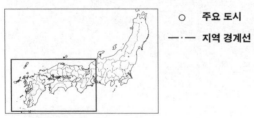

○　주요 도시

—·—　지역 경계선

초에
⇨ 호리오 타다우지

이나바　타지마　탄고

후쿠이
유키 히데야스

카나모리 나가치카
타카야마

요나고
나카무라 타다카즈

후키!

에치젠

히다

톳토리
이케다 나가요시　코이데 요시마사
미야즈

미마사카

쿄고쿠 타카토모
이즈시

와카사

오바마
쿄고쿠 타카츠구

미노

시나노

빈츄

츠야마
모리 타다마사

하리마

후쿠치야마
아리마 토요우지

오미

이시카와 야스미치
오가키

카노 오쿠다이라 노부마사

나가야
하치카와 히데아키 비첸

이케다 테루마사
히메지

탄바
마에다 시게카즈
카메야마

사와야마
이이 나오마사

토구나가 나가마사
타가스

오카야마

셋츠

야마시로

혼다 타다카츠

나고야
마츠다이라 타다요시

타카마츠
코마 카즈마사

사누키

아와지

쿄토 ◎

츠츠이 사다츠구
우에노

히토츠야나기 나오모리
코베

오와리

미카와

이즈미

카와치

이가

토미타 노부타키

오카자키
혼다 야스시게

아와

토쿠시마
하치스카 요시시게

타카토리
혼다 토시마사
마츠야마
오다 노부오

마츠사카
후루타 시게하루

요스가 타다마사
요코스카

토토우미

와카야마
아사노 요시나가

야마토

이세

시마

키이

포로의 가마

1

미츠나리三成°를 체포했다는 보고가 들어왔을 때 이에야스家康°는 오츠大津에 와 있었다.

"지난 구월 이십일일, 저의 부하 타나카 덴자에몬 나가요시田中傳左衛門長吉가 고슈江州 이카고리伊香郡 후루하시古橋 마을에서 도주 중인 이시다 지부쇼유 미츠나리石田治部少輔三成를 생포하여 이노쿠치井ノ口 마을에 있는 제 진지까지 끌고 왔습니다. 지부쇼유는 도망 중에 생쌀을 먹어 설사가 심하고 보행도 어려운 상태이나 금명간 압송하여 이십오일경에는 그곳에 도착할 것으로 보입니다."

타나카 효부노타유 요시마사田中兵部大輔吉政의 보고를 혼다 코즈케노스케 마사즈미本多上野介正純가 전했다.

"도착하거든 법도에 따라 처우하도록."

이에야스는 이 한마디로 난구산南宮山에서 도망쳐 거성인 미나쿠치성水口城으로 돌아온 나츠카 마사이에長束正家 부자에 대한 처리를 이케다 나가요시池田長吉와 카메이 코레노리龜井玆矩에게 명했다.

그때 이미 코니시 유키나가小西行長와 안코쿠지 에케이安國寺惠瓊도 각각 체포되어 오츠의 성루城樓에 유폐되어 있었다. 코니시 유키나가는 미츠나리와 마찬가지로 일단 이부키야마伊吹山로 도주했다. 그러나 무사히 피할 수 없음을 깨닫고, 그 산 동쪽 기슭에 살고 있는 카스카베糟賀部 촌장에게 자수했다.

촌장의 신고로 타케나카 탄고노카미 시게카도竹中丹後守重門의 가신이 그 신병을 인계받고 쿠사츠草津까지 연행하여 이에야스의 가신 무라코시 모스케村越茂助에게 넘겼다.

안코쿠지 에케이는 모리 히데모토毛利秀元 군 뒤를 승려의 모습으로 따라가다가 오미近江에 이르러 나스那須 마을에서 쿠츠키타니朽木谷로 달아났다. 모리 히데모토가 동군과 내통하고 있다는 것을 알았기 때문에 위험을 피하려 했음이 틀림없다.

에케이는 야마시로山城 고개를 넘어 야세八瀬, 오바라小原를 거쳐 쿠라마야마鞍馬山 겟쇼인月照院에 숨어들었다. 그러나 그곳도 안심할 수 없어 몰래 쿠라마야마를 나와 로쿠죠六條 부근에 숨으려다 그와 개인적인 원한이 있던 고슈 사람 라쿠마모루樂鎭의 눈에 띄었다. 그의 밀고로 에케이는 쿄토京都에 있던 이에야스의 사위이자 쇼시다이所司代°인 오쿠다이라 노부마사奧平信昌의 손에 체포되었다.

현재 오츠의 성루에 유폐되어 있는 코니시 유키나가에게는 목에 칼이 씌워지고, 그와 미닫이 하나를 사이에 둔 에케이는 손이 묶인 채 갇혀 있었다.

주모자 미츠나리가 도착하면 어떻게 취급될까, 오츠까지 와서 오사카大坂를 바라보고 있는 동군 장수들의 화젯거리였다.

안코쿠지 에케이는 원래 승려였기 때문에 별로 문제가 되지 않았다. 그러나 코니시 유키나가에 대한 이야기는 꼬리를 물었다.

"목에 칼을 씌웠으니 누우려 해도 누울 수 없다는 등 불평이 대단하다고 하더군."

"어리석은 사람. 어째서 카스카베에서 할복割腹하지 않았을까."

"할복할 사람이라면 전쟁터에서 도주하지도 않았을 거야. 천주교 신도에게는 자살이 금지되어 있다…… 그래서 자결하는 대신 붙잡혀왔다는 것이었어."

"우스운 일이지. 신자라도 전사까지 금지되어 있지는 않을 텐데."

"그런 사람이라 감시하는 무라코시 님에게 하다못해 목의 칼이라도 벗겨 드러누워 잘 수 있게 해달라고 부탁했다가 거절당했다더군."

"허어, 무어라고 거절하셨다던가?"

"이 근방에는 대장간이 없다, 쿄토에 갈 때까지 기다리라고. 하하하…… 그 얼굴이 눈에 선하네 그려."

이런 분위기 속에서 미츠나리는 가마를 타고 타나카 효부노타유 요시마사에 의해 25일 사시巳時(오전 10시)에 오츠로 이송되었다……

2

미츠나리가 도착했다는 소식에 본진 앞에는 각 부대의 많은 무사들이 구경하러 모여들었다. 이에야스 밑에서 싸운 사람들로서는 더할 나위 없이 가증스러운 미츠나리였으므로 결코 무리가 아니었다.

그날은 보기 드물게 활짝 갠 날씨, 호수에서 불어오는 바람도 거의 없었다. 본진 앞에 이어진 동군 장수들의 진영은 승자의 자부심을 정연하게 햇빛에 드러내고 있었다.

말에 오른 타나카 요시마사는 그 사이를 뚫고 포로의 가마를 거느리고 왔다. 본진 앞에 도착한 그는 말에서 내려 마중 나온 쇼기다이床几代° 혼다 코즈케노스케 마사즈미에게 인계했다.

"이시다 지부쇼유 미츠나리를 체포해왔으니 인수하십시오."

"수고가 많았소. 분명히 혼다 코즈케노스케가 인수했습니다."

인사는 그뿐, 미츠나리는 가마에 탄 채 혼다 마사즈미에게 인계되고, 타나카 요시마사는 부하들과 함께 본진 입구로 물러가 대기했다.

가마 앞에는 소나무숲을 배경으로 열두 장의 새 다다미疊°가 깔리고 삼면에 휘장이 둘러쳐져 있었다. 혼다 마사즈미는 성큼성큼 가마 앞으로 걸어가 정중하게 한쪽 무릎을 꿇었다.

"이시다 님, 보고 드리고 올 때까지 이 다다미로 나와 쉬십시오."

구경하는 무사들은 서로 얼굴을 마주보며 실망한 듯 한숨을 쉬었다. 당연히 과격한 말과 거친 취급에, 자신들의 울분도 풀 수 있으리라 예견하고 있었기 때문이다.

미츠나리는 잠자코 병졸이 갖다놓은 짚신 위에 올라섰다. 다 해진 코소데小袖°에 초췌한 얼굴, 머리카락은 흐트러지지 않았으나 손을 뒤로 하여 석 줄로 꽁꽁 묶은 오랏줄…… 혼다 마사즈미가 정중히 대하면 대할수록 더욱 참담한 패잔병의 모습으로 드러났다.

보행도 아직 뜻대로 되지 않는 모양이었다. 병졸이 좌우에서 부축하여 다다미 위에 앉혔다.

"고맙소. 이처럼 여러 사람 앞에서 정중하게 대해주니. ……진중의 예의라는 것이겠지."

미츠나리는 앉자마자 마사즈미를 똑바로 쳐다보고 이렇게 말했다. 기죽은 모습은 전혀 보이지 않고 통렬하게 비꼬는 말만 퍼부을 작정인 듯. 혼다 마사즈미는 아무런 반응도 보이지 않았다.

"그럼, 보고를 드리고 오겠으니 잠시 쉬고 계십시오."

푸른 하늘을 한번 흘끗 쳐다보고 본진의 장막 안으로 사라졌다.

미츠나리는 야외에 깔린 넓은 다다미 위에 앉아 천천히 좌우를 둘러보았다. 체포되어 당황하는 자의 모습이 아니라, 세상을 초탈한 넉살좋고 대담한 거인의 모습 그것이었다.

이때 구경꾼들을 가르며 그 앞에 말을 멈춘 무장이 있었다. 본진에 인사하러 온, 미츠나리와는 앙숙인 후쿠시마 마사노리福島正則였다.

"지부!"

마사노리는 굵고 거친 소리로 부르고 혀를 찼다.

"그대는 분수도 모르고 무익한 난동을 부리다 이 지경이 되었어."

"와아……"

너무도 큰 소리였기 때문에 구경하던 무사들 모두 웃었다. 미츠나리는 그 웃음소리가 멎기를 기다렸다가 말했다.

"하하하…… 내가 생포하여 그대야말로 이렇게 만들 작정이었는데 좀 빗나갔어. 분한 일이야."

"흐응!"

마사노리는 상대가 한발도 물러서지 않고 언쟁을 벌일 생각임을 간파한 듯 가볍게 웃으면서 그대로 지나갔다.

3

다른 장수들도 미츠나리가 어떤 모습으로 끌려올 것인지 매우 흥미로웠을 터였다.

유례를 찾아볼 수 없는 오만한 태도로 때로는 타이코太閤° 이상의 권력을 휘두르며 살아온 미츠나리. 그 미츠나리가 결국 효수를 면치 못할 포로로서 어떤 모습을 여러 장수들 앞에 나타낼 것인가……?

초연하게 눈을 감고 있을까, 기가 죽어 동정을 애원하는 모습일까? 아니면 여전히 그 오만한 태도를 견지해나갈 것인가?

맨 처음 그 앞을 지나간 후쿠시마 마사노리는 미츠나리가 끝까지 오만을 부릴 것으로 알고 두 번 다시 말을 걸지 않았다. 말을 걸면 틀림없이 통렬한 빈정거림으로 응수한다……고 보았기 때문이다.

다음에 나타난 코바야카와 히데아키小早川秀秋는 보기 좋게 미츠나리의 그 수법에 말려들었다. 그에게 미츠나리는 타이코의 위광을 등에 업은 간사한 요물로 보였다.

히데아키는 일부러 말에서 내렸다.

"허어, 드디어 지부쇼유가 붙잡혔군. 지부쇼유는 괘씸한 놈이야. 어디 얼굴이나 한번 보고 가야지."

성큼성큼 미츠나리 앞으로 가서 머리에서 발끝까지 훑어보았다.

"결국 이렇게 되고 말았군."

"치쿠젠筑前!"

"무언가, 남길 말이라도 있나?"

"나는 일본에서 제일가는 비겁자를 이 눈으로 보았다."

"뭣이!"

"타이코의 은혜를 저버리고 히데요리秀賴 님을 배반한 배은망덕한 놈, 그 낯짝을 좀 보여다오! 잘 기억해두었다가 타이코에게 전하겠다."

도리어 눈을 부릅뜨고 고개를 꼿꼿이 들었다. 히데아키는 당황하며 미츠나리 곁에서 사라졌다. 굴복할 마음이 없는 미츠나리는 스물네 살인 히데아키가 맞설 수 있는 적수가 아니었다.

"입만 살아 있는 멍청한 놈, 끌려온 놈이 푸념만 늘어놓고 있군."

히데아키는 말고삐를 부하의 손에 넘기고 얼른 본진으로 들어갔다.

미츠나리의 시선은 이미 건너편 소나무가지로 옮겨가 있었다. 소나무가지에서는 네댓 마리의 참새가 쫓고 쫓기면서 놀고 있었다.

사람들은 히데아키가 보이지 않게 되었을 때 웃기 시작했다. 누가 보기에도 히데아키가 미츠나리에게 당한 셈이었기 때문.

"그러나저러나 나이다이진內大臣˚ 님은 미츠나리를 만나실까?"

"지금과 같은 태도라면 주군에게도 욕설을 늘어놓을 것이 뻔해. 주군은 만나시지 않을 거야."

"그래, 미츠나리가 어떤 태도로 나올 것인지 보기 위해 저 다다미에 대기시켰는지도 몰라."

"그야 당연하지. 혼다 님은 그 부친 못지않게 지혜로운 분이니까."

사람들이 속삭이고 있을 때 이번에는 호소카와 타다오키細川忠興, 카토 요시아키加藤嘉明, 쿠로다 나가마사黑田長政가 말을 타고 왔다.

사람들은 숨죽인 채 이들 세 장수가 미츠나리에게 무슨 말을 던질 것인지 기다리고 있었다.

호소카와 타다오키는 미츠나리 때문에 아내를 오사카 저택에서 잃었다. 어쩌면 채찍을 들고 때리지 않을까……

타다오키도 요시아키도 흘끗 일별했을 뿐 미츠나리 앞에서 말도 세우지 않았다. 완전한 무시였다. 세번째로 온 쿠로다만 말을 멈췄다.

4

미츠나리는 대담하게 얼굴을 들고 나가마사를 쳐다보았다. 나가마사도 그 아버지 죠스이如水도 이에야스 편을 들어, 죠스이는 큐슈九州를 공략하고 나가마사는 세키가하라關ヶ原에서 맨 먼저 미츠나리를 상대한 강적이었다. 그런 만큼 주위 사람들은 한순간 숨을 죽이고 두 사람을 지켜보았다.

쿠로다 나가마사는 말에서 내렸다. 고삐를 병졸에게 넘기고 성큼성큼 다다미 옆으로 다가갔다. 굵고 무서운 그의 눈썹이 꿈틀꿈틀 움직이고 이마에는 힘줄이 불끈 솟아 있었다.

"지부쇼유 님."

"왜 그러나?"

"불행하게도 귀하는 이런 모습이 되고 말았소. 자못 원통할 것이오. 이것이나마 걸치고 계시오."

묘한 어조와 목소리였다. 증오를 억누르려 한다는 것을 한눈에 알 수 있었고, 손을 떨고 있다는 것도 알 수 있었다.

그런데도 불구하고 쿠로다 나가마사는 자신이 입고 있던 진바오리陣羽織°를 벗어들었다. 그리고 다다미 위로 올라가 뒤로 손이 묶인 미츠나리의 상반신에 걸쳐주었다. 이것으로 미츠나리의 비참한 모습은 반으로 줄었다. 거친 밧줄이 사람들의 시야로부터 가려졌다.

미츠나리가 진바오리로 흘끗 시선을 떨구었을 때 이미 나가마사는 다다미에서 내려와 억센 갑옷 차림의 등을 보이며 본진을 향해 걸어가고 있었다.

미츠나리가 눈을 감은 것은 그 다음 순간이었다. 창백한 얼굴이 도자기처럼 굳어지고 호흡이 거칠게 어깨를 흔들었다.

"양쪽 모두 대단하군."

"정말 그래. 분노를 억제한 쿠로다 님의 모습은 분노했을 때보다 더 무서웠어."

"암, 그것이 바로 무인다운 태도야."

"지부도 감히 대들지 못했어. 역시 뼈에 사무쳤던 모양이야."

사람들이 속삭이고 있을 때 혼다 마사즈미가 다시 장막에서 모습을 나타냈다.

"효부노타유 님, 주군은 귀하와 지부쇼유 님을 같이 안으로 모시라고 하셨습니다."

타나카 효부노타유 요시마사는 고개를 끄덕이고 일어나 말했다.

"지부 님, 주군이 들어오라고 하셨소."

"덴페이田兵……"

18

미츠나리는 약간 핏발이 선 눈을 들었다.

"무사시武藏의 나이다이진을 내 앞에서는 주군이라 부르면 안 돼. 나에게 주군은 히데요리 님밖에 없어."

"그래요? 알겠소. 그럼, 무사시의 나이다이진에게 데려가리다."

"물론 가고말고."

두 사람의 대화는 그 내용과는 반대로 아주 밝은 여운을 남겼다. 양쪽 모두 마음으로는 이미 용서하고 있기 때문일 터.

"포로의 신분으로 상대를 덴페이라 부르다니."

"끝까지 굽힐 줄 모르는군. 그러나저러나 저 혼다 님의 표정은 어떤가. 악담 같은 것은 들리지도 않는다는 태도였어."

"과연 주군을 대리할 만한 분이야. 비록 젊기는 하나 가슴속에는 뱃심과 지혜밖에 들어 있지 않은 것 같아."

사람들이 수군거리는 가운데 미츠나리는 타나카 요시마사에게 이끌려 혼다 마사즈미를 따라 장막 안으로 들어갔다.

구경꾼들은 물론 아직 자리를 뜨지 않았다. 그들의 흥미는 미츠나리를 어떻게 처리할 것인가에 있었다……

5

이에야스는 도마루胴丸˚만 걸친 하오리羽織˚ 차림으로 점잖게 걸상에 앉아 있었다. 미츠나리가 들어오자 곁에 있는 토리이 큐고로 나리츠구鳥居久五郎成次에게 걸상을 가져오라고 지시하고 나서 미츠나리에게 시선을 보냈다.

미츠나리는 똑바로 이에야스를 노려보듯이 하고 들어와 고개를 숙여 인사하고 걸상에 앉았다. 그렇게 하는 미츠나리의 표정은 아까 그

쿠로다 나가마사와 비슷했다.

이에야스 양쪽에는 본진에 모여든 장수들이 도열하여 사방에서 미츠나리의 전신을 쏘아보고 있었다.

"지부쇼유 님."

이에야스는 웃지 않았으나 그렇다고 노한 태도도 보이지 않았다.

"복통으로 고생이 많았다고요? 전투 때는 흔히 있는 일이니 조심해야 합니다. 생쌀은 이 각(4시간) 정도 물에 불렸다가 먹지 않으면 반드시 설사를 하게 됩니다."

미츠나리는 핏발선 눈으로 이에야스를 바라본 채 대답하지 않았다. 상대의 말은 대답해야 할 성질이 아니라고 판단했기 때문이다.

'이 너구리가 나를 어린아이로 취급하는군.'

아니, 자기를 어린아이처럼 취급할 수 있는 이에야스를 비로소 발견한 듯한 생각이 들었다.

'다음에는 무슨 소리가 나올까……?'

"어떻소, 좀 나았나요? 낫지 않았다면 잘 듣는 약이 있소마는."

"약이라면 덴페이에게 받았소."

"그렇다면 잘됐군. 효부노타유는 귀하와 어릴 적부터 친구, 또 무사로서의 마음가짐도 훌륭한 사람이니 그다지 무례하게 대하지는 않았을 줄 믿으나…… 자유롭지 않은 점이 있거든 말하시오."

"흐흥."

미츠나리는 냉소했다. 언젠가는 효수당하기 위해 묶여 있는 사람에게 자유롭지 않은 점이 있느냐고 태연하게 묻는다. 머리 꼭대기부터 발끝까지 모두 부자유스럽다. 이에야스도 잘 알고 있을 것 아닌가.

"전쟁에는 승패라는 것이 있소. 이기는 것도 지는 것도 때의 운세……라고 옛 사람들도 말했고, 더구나 귀하 같은 사람에게는 새삼스럽게 말할 필요도 없을 것이오. 다만 이 이에야스는 나 자신의 생각에 따라 귀하를 다섯 부교奉行° 중 한 사람으로 대할 작정이오."

"마음대로 하시오."

미츠나리는 지체 없이 대답했다.

"이렇게 된 이상 어떻게 다루건 이의가 없소."

"그렇소? 어떻게 대해도 좋다는 말이오?"

'아뿔싸!'

미츠나리는 섬뜩했다. 이런 자리에서 그런 반문이 나올 줄은 생각지도 못했다.

"그렇다면 귀하의 말대로 하겠소. 이봐, 큐고로."

"예."

"나에게도 마음에 걸리는 게 한 가지 있다. 후시미 성伏見城에서 지부 님에게 포위되어 분하게 최후를 맞은 그대의 아버지 토리이 히코에몬 모토타다鳥居彦右衛門元忠에 대한 일이야. 지부 님도 그것을 알고 말씀하신다. 그러니 지부 님 신병은 그대에게 맡기겠다."

"예."

"그대의 진지로 모셔다가 지부 님 뜻에 어긋나지 않게 처리하도록 하라. 마사즈미, 지부 님 신병을 큐고로에게 넘기기로 하겠다."

미츠나리는 저도 모르게 눈앞이 캄캄해지고 현기증이 났다.

6

미츠나리의 생각은 붙잡힌다 해도 오사카까지는 갈 수 있다는 계산이었다. 물론 그 계산에 매달릴 마음은 아니었다. 그러나 요지로 타유與次郎太夫와 그 사위의 소박한 마음에 접했을 때 ——

'내 뜻을 바꾸지 않고 그들을 구할 수 있었으면……'

이렇게 생각한 것은 사실이었다. 그리고 수색을 담당하고 있는 사람이 자기와 친한 타나카 요시마사라는 점도 그에게 일말의 안도감을 주었다. 사실 요시마사는 덴페이, 덴페이 하고 그에게 불리면서도 그 대우는 결코 소홀히 하지 않았다.

요시마사의 명령을 받고 후루하시 마을로 그를 체포하러 온 타나카 덴자에몬 나가요시는 원래 칸파쿠關白 히데츠구秀次로부터 1,000석 녹봉을 받는 아시가루足輕° 대장이었다. 혹시 자기에게 사사로운 원한을 품고 있지 않을까……? 우려도 했으나, 피로에 지쳐 바위굴에서 앓고 있는 그를 묶지도 않고 정중하게 가마에 태워 이노쿠치에 있는 요시마사 진지로 연행했다.

이노쿠치에서도 의사에게 치료를 받았고, 원하던 부추죽을 대접받는 등 요시마사는 미츠나리를 죄수라기보다 친구같이 대우해주었다. 어쩌면 미츠나리는 그러한 요시마사의 대우가 몸에 배어 이에야스 앞에서도 그만 부주의한 말을 하게 되었는지도 모른다.

원래 누구 앞에서도 말을 꾸미거나 겸손할 생각이 전혀 없는 미츠나리였지만, 상대가 무례한 조소를 퍼붓지 않는 한 그가 먼저 상대의 화를 내게 할 생각 역시 없었다. 그렇다고는 하지만, 이 자리에서는 전혀 조심성 없게 ―

"어떻게 다루건 전혀 이의 없다."

무의미한 오기를 부리고 말았다……

다시 생각해볼 것도 없이 이 말은 물론 큰 거짓이었다. 그 취급에 불만이 있으면 이에야스든 모리 테루모토毛利輝元든 큰 소리로 꾸짖으려한 것이 죽음을 앞둔 미츠나리의 고집이고 의지였다. 그런데 '마음대로' 라고 하다니.

그리고 이 말이 끝나자마자 지체 없이 ―

"그렇다면 좋소."

보기 좋게 이에야스는 받아넘기고 곧바로 토리이 모토타다의 아들에게 신병을 건네주기로 결정을 내리고 말았다……

"그럼, 피곤하실 테니 어서 토리이 큐고로의 진지로 가시지요."

혼다 마사즈미의 재촉을 받고 미츠나리는 걸상에서 일어났다.

자기가 말했으므로 순순히 일어날 수밖에 없었다.

그렇더라도 이런 뜻밖의 일이 어디 있단 말인가. 적어도 이에야스를 상대로 천하를 다투는 전투를 벌인 한쪽 대장으로서 당당하게 처형당하려던 미츠나리, 무모한 대항의식으로 인한 실언 때문에 단숨에 토리이 큐고로 나리츠구의 '아버지 원수'로 전락하고 말았다.

죽는다는 점에서는 다를 것이 없다. 그러나 도요토미豊臣 가문을 위해 마지막으로 저항을 시도한 서군의 실질적 총대장……으로 죽는 것과, 토리이 나리츠구에게 아버지의 원수로 살해되는 것은 그 가치에서 미츠나리에게 하늘과 땅 같은 차이가 있었다.

'미츠나리! 이것이 너의 적나라한 모습이다. 그 하찮은 반발심 때문에 항상 자신의 뜻을 더럽힌다…… 네가 끝내 벗어버리지 못한 평생의 결점이었어……'

그 결점을 실감하면서 이에야스 앞에서 끌려나가는 미츠나리……

7

토리이 큐고로 나리츠구는 아직 젊었다. 후시미 성에서 분하게 죽은 아버지 모토타다의 원수를 마음껏 욕보이고 나서 죽이고 싶을 터.

혼다 마사즈미는 미츠나리를 일으켜 세우고 다시 한 번 이에야스에게 말없이 머리를 숙인 뒤 미츠나리의 뒤를 따라나왔다.

미츠나리는 더 이상 아무 생각도 하지 않으려 했다. 사소한 말의 반발에 불과했으나 돌이킬 수 없는 실언이고 실책이었다.

이렇게 된 이상 자신에 대한 처리는 조용히 토리이 나리츠구에게 맡길 수밖에 없었다.

'이에야스에게 하고 싶은 말이 태산같았는데……'

그러나저러나 이에야스의 그, 두말 못하게 말을 끊는 능란한 수법은 얼마나 놀라운가.

'단순히 늙은 너구리가 할 수 있는 수법이 아니다……'

미츠나리가 무슨 말을 할 것인가 하는 예측을 그 자리에서 할 수 있었을 리 없다. 더구나 말을 꺼낸 순간 지체 없이 미츠나리에 대한 처리를 결정했다. 그 모습은 병법의 달인들끼리 칼을 겨누고 있다가 조그마한 틈도 놓치지 않고 공격하는 솜씨를 연상케 했다.

'역시 이에야스 놈, 달인임이 틀림없다.'

본진에서 나온 미츠나리는 토리이의 가신들에게 인계되었다.

"우리 진지는 별로 멀지 않으니 이대로 걸어가주시오."

이렇게 말한 큐고로의 목소리는 굳어 있었고, 그를 둘러싼 가신들의 눈은 증오로 불타고 있었다.

구경꾼들은 아직 흩어지지 않고 있었다. 그 가운데를 걸어가는 미츠나리의 고통은 육체적인 것이 아니라 가슴속에 끓는 물을 부어넣는 듯한 정신적인 아픔이었다.

'못난 미츠나리, 스스로 자신을 이런 입장에 몰아넣다니……'

자조하는 웃음이 새어나올 것 같았다. 그러한 감정이 그에게 이중으로 고통을 주었다.

토리이 나리츠구의 진지는 과연 얼마 멀지 않았다. 이에야스의 소중한 가신이어서 혼다 타다카츠本多忠勝 진지와 나란히 있었다. 호수를 배경으로 한 상당히 큰 상인의 집을 그대로 사용하고 있었다.

미츠나리와 함께 도착했을 때 나리츠구는 단호한 목소리로 경비를 늘리도록 명하고 앞장서서 방으로 안내했다. 나리츠구 거실 옆방이었는데, 객실로 사용하고 있는 듯했다. 그곳에 들게 하고 곧 나리츠구가 뒤따라 들어왔다.

"포승을 풀어라."

굳은 목소리로 근시近侍에게 명했다.

"나의 형 신타로 타다마사新太郎忠政는 지금 유키 츄죠結城中將(히데야스秀康)와 같이 우츠노미야宇都宮에 있습니다. 그래서 귀하의 신병을 나에게 인계한 것이오. 그러나 귀하에 대한 대우는 형 신타로의 의사와 같다고 생각하십시오."

미츠나리는 또박또박 끊어가면서 하는 나리츠구의 말에 웃으면서 고개를 끄덕였다. 그리고 포승이 풀린 팔을 문지르면서 말했다.

"형제가 따로 떨어져 일하느라 수고가 많겠소."

그리고는 아첨으로 보일까 하여 상대의 나이를 염두에 두었다.

"전시에는 흔히 있는 일이지만 부친을 죽인 것은 이 미츠나리, 보복을 하는 데 조금도 사정 볼 것 없소."

8

토리이 나리츠구는 미츠나리의 말을 듣는 순간 짧게 일별을 던지고 그대로 입을 다물었다. 섣부른 말을 하지 않으려는 조심성……이라기보다 원래부터 털어놓고 말하는 언변을 갖지 못한 것 같았다.

'아니면 마음속의 분노가 격렬하여 감정을 정리하지 못하고 있는 것일까……?'

그렇게 생각한 순간이었다.

"그럼, 편히 쉬십시오."

나리츠구는 토해내듯 말하고 얼른 밖으로 나갔다.

"……그럼, 편히 쉬라고?"

미츠나리는 저도 모르게 다시 웃음을 떠올렸다. 아버지의 원수를 데려다놓고 편히 쉬라니…… 참으로 기묘한 인사…… 이에야스의 하타모토旗本° 중에는 이상한 사나이가 다 있구나.

이 더할 나위 없이 어수룩한 순박함이 정작 전쟁터에 나서면 이상하게도 무서운 힘으로 일변한다. 여기에 미카와三河 무사를 가신으로 둔 이에야스의 강점이 있는 모양이다……

'아니, 그러한 자이기에 인사도 기묘하지만 복수 수단 역시……'

미츠나리는 문득 뒤쪽 물가에서 들려오는 이상한 소리에 가만히 장지문을 열어보았다.

소나무 바깥쪽에서 대나무 다발과 통나무를 어깨에 멘 사람들이 무표정한 얼굴로 줄을 지어 물가에 그것을 던지고는 돌아가고 있었다. 물론 대나무로 울타리를 치려는 준비. 그 울타리 한가운데에 앉혀놓고 내 목을 칠 작정인지도 모른다. 아까 본 나리츠구의 굳은 얼굴에서는 할복을 허용할 정도의 관용은 찾아볼 수 없었다.

놀라운 일은 그 울타리가 만들어졌을 때부터 시작되었다.

"목욕 준비가 되었습니다. 때를 벗기시지요."

이번에도 가신이 아니라 나리츠구가 직접 와서 말했다.

"아니, 목욕할 준비를?"

"예. 목욕을 하고 나면 상쾌해지실 것입니다."

"고맙군. 목덜미의 때를 깨끗이 벗겨두기로 하겠소."

목욕을 끝내고 나왔을 때 산뜻한 코소데에 속옷, 시타오비下帶°까지 준비되어 있었다.

'허어, 미카와 사람도 멋을 아는 모양이군.'

깨끗이 해 죽이는 편이 베는 맛이 더 있다고 생각한 것일까……?

물론 전에 입었던 코소데는 이노쿠치에서 갈아입었다. 그러나 타나카 요시마사도 목욕까지는 시켜주지 않았다.

미츠나리는 기분이 풀렸다. 옷을 갈아입은 뒤 이번에는 젊은이가 나와 머리를 빗기고 얼굴의 수염도 깎아주었다. 목을 베었을 때 흉하게 보이지 않게 하려는 생각에서라 해도 결코 기분이 언짢지는 않았다. 더구나 그동안 토리이 큐고로 나리츠구는 단정한 자세를 무너뜨리지 않고 옆에서 지켜보고 있었다.

'그렇다, 이 나리츠구의 형은 타이코에게서 무쇠팔 신타로란 별명을 들은 성실한 사나이였어……'

머리를 빗고 미츠나리가 방에 돌아왔을 때 거기에는 이미 저녁상이 차려져 있었다. 상에서 따스하게 풍겨오는 것은 자신의 뱃속 상태까지 고려한 듯, 자신이 좋아하는 부추죽 냄새였다. 순간 미츠나리는 심경이 착잡해졌다.

'이 녀석, 내 배탈까지 치료해주고 천천히 죽일 모양이군……'

9

"내가 부추죽을 좋아한다는 것을 어떻게 알았소?"

미츠나리는 향기가 좋다고 하면서 젓가락과 공기를 들고 나리츠구에게 말을 걸었다. 목욕을 하고 난 뒤의 상쾌한 기분은, 이상하게도 미츠나리를 적대받고 있는 아버지의 원수라는 살벌한 관계로부터 묘한 친근감으로 끌어들이고 있었다.

"예, 주군께 말씀을 들었습니다."

"뭐, 나이다이진에게 들었다고……?"

"그렇습니다. 주군도 효부노타유로부터 들으셨을 것입니다."

"허어…… 그러면 나이다이진은 그대에게 이 미츠나리가 좋아하는 것을 대접하라고 했다는 말이오?"

"아니, 제가 독단적으로 생각했습니다."

"참으로 고맙소. 과연 토리이 모토타다 님 후예답군요. 토리이 님."

"예."

"서로 적이 되어 공격도 하고 싸우기도 했으나, 이 미츠나리는 부친에게 사사로운 원한은 아무것도 없소. 그 점 이해할 수 있겠지요?"

"……"

"아니, 이런 말을 한다고 해서 나에게 관용을 베풀라는 것은 아니오. 마음대로 해도 좋소. 다만 사사로운 원한은 없었다는 것, 이 말을 하고 싶었을 뿐이오."

"알고 있어요."

나리츠구는 무뚝뚝하게 대답하고 잠시 후 말을 이었다.

"실은 좀더 상을 잘 차리고 싶었으나 육류는 도리어 분별 없는 짓 같아 생략했습니다. 그럼, 편하게 드십시오."

그리고 심부름을 위해 시동 하나를 남겨놓고 그대로 방을 나갔다.

미츠나리는 '편하게……' 라는 인사에 다시 미소지었다. 나리츠구의 입버릇인 것 같기도 하고, 그 밖에 다른 인사말을 모르는 것처럼 생각되기도 했다. 어쨌든 길들여지지 않은 맹수와도 같은 체취와는 전혀 다르게 시원한 면을 동시에 지닌 젊은이였다.

어느 틈에 대나무 울타리를 세우던 소리는 멎어 있었다. 벌써 이 진지와 물가의 차단은 끝난 모양이다.

'도주하지 못하도록 하고 있다…… 그런데도 내가 좋아하는 부추죽을 마련하다니……'

간도 알맞았고, 탈이 난 배에 부담을 주지 않기 위해 아주 부드럽게 끓여져 있었다. 누군가 노련한 중신이 곁에서 도와주고 있을 것이다.

'이것이 내 인생의 종착역이구나……'

이런 생각을 하면서 거뜬히 죽 두 공기를 먹고 나서 미츠나리는 번쩍 정신이 들었다.

"육류는 도리어 분별 없는 짓 같아 생략했습니다."

아까 나리츠구가 한 말의 의미가 문득 가슴에 와닿았기 때문이다.

그때는 배탈이 난 자신이 먹지 못할 음식이라 생략했다는 뜻으로 받아들였다. 그러나 아무래도 그 뜻은 아니었던 듯. 미츠나리의 아버지도 처자도 모두 죽었다. 그래서 육류는 도리어 분별 없는 짓…… 이렇게 생각하고 상에 올리지 않았다는 의미가 아닐까……?

그렇다면 미츠나리는 완전히 그 젊은이에게 허를 찔린 셈이었다. 자신의 배탈만 생각하고 아버지와 아내를 비롯하여 목숨을 잃은 일족에 대한 공양을 잊고 있다……

"이봐, 상을 물리고 다시 한 번 토리이 님을 만났으면 한다…… 이렇게 전해주지 않겠나?"

미츠나리는 이렇게 말하지 않을 수 없었다.

10

죽는 순간까지 인간의 마음이 어떻게 움직이는가 정확하게 보아두고 싶은 미츠나리였다. 아름다운 것도 추한 것도…… 그런 미츠나리가 만약 자신의 최후를 맡길 토리이 큐고로 나리츠구라는 젊은이의 마음을 잘못 알거나 오해한 채로 죽는다면 견딜 수 없는 일이었다.

'물어보아야지. 마음을 비우고 묻는다면 그 말주변이 없는 젊은이도 숨김없이 자기 생각을 털어놓을 것이다.'

시동이 물러간 뒤 미츠나리는 어떻게 하면 나리츠구의 입을 열게 할 수 있을까 생각하기 시작했다. 그렇게 하는 것만으로도 마음이 훈훈해졌다. 육류에 대한 해석이 차차 명복을 비는 의미의 식사라고 받아들여지기 때문이었다.

얼마 후 나리츠구가 차를 가지고 들어왔다. 다구茶具는 별로 진귀한 것은 아니었다. 리큐利休가 자기 기호에 따라 쵸지로長次郎에게 굽게 한 검은 찻잔이었다.

나리츠구가 찻잔을 투박한 손으로 앞에 놓기를 기다렸다가 미츠나리는 마음을 다잡고 말을 꺼냈다.

"토리이 님, 그대의 말이 아무래도 나의 마지막을 인도하는 말이 될 것 같소. 그런 마음으로 내 물음에 답해주지 않겠소?"

나리츠구는 긴장한 표정으로 손을 무릎에 올려놓았다.

'어디 들어보자!'

젊은 혈기로 이렇게 다짐하는 듯한 자세이고 눈빛이었다.

"아까 그대는 육류를 생략한다고 했는데 그 의미는?"

"일족이 사와야마佐和山에서 최후를 맞은 지 초이레……인 줄 알고 있기 때문에."

"역시 그렇군. 고맙소. 하마터면 나는 배탈이 났기 때문이라 생각할 뻔했소."

미츠나리는 솔직히 말하면서 이 젊은이가 와락 자기 품에 뛰어들 것 같은 친근감을 느꼈다.

"토리이 님, 그대의 호의를 믿고 묻겠소. 예의에 어긋난 점을 용서하시오. 그대는 나를 무척 증오하겠지요?"

"그렇습니다."

"그럼, 이미 그대는 나의 처형과 그 방법을 결정했을 것이오. 물론 마음대로 해도 좋소. 어떻게 되건 나는 그대를 만나 기뻤소…… 목욕을 하게 하고 머리도 빗어주었으며 옷까지 주었소. 그뿐 아니라 초이레

의 마음가짐까지 일깨워주었소. 조금도 그대를 원망하지 않겠소. 그대
는 이 미츠나리에게 자결을 허락해주지 않겠소?"

미츠나리의 물음에 나리츠구는 자세를 바로 하고 말했다.

"자결은 허락할 수 없습니다."

"그러면 목을 벨 생각이오, 그렇지 않으면……?"

좀더 참혹한 처형을 생각하느냐고 함축성 있게 물으며 미소지었다.

"지부쇼유 님을 이 손으로 처형하면 주군의 날벼락이 떨어집니다."

"아니, 뭐……뭐라고 했소?"

"이 손으로 처형한다는 것은 생각지도 못할 일입니다."

"그러나 나이다이진은 이 미츠나리를 그대에게……"

"맡기신 것으로 알고 있습니다."

"맡겼다…… 인계받은 것이 아니고……?"

"주군은 말씀을 별로 하시지 않는 분…… 귀하가 일일이 장수들에게
반발하므로 이대로 두면 누군가가 살해할지도 모른다, 그런 불상사가
생길 것이 우려되어, 가장 큰 원한을 품었을 저에게 맡기셨다…… 이
렇게 생각했기 때문에 만약의 경우에 대비하여 울타리를 두르고 경비
를 엄하게 한 것입니다."

미츠나리는 뜻밖의 말에 자기 귀를 의심했다.

11

"그렇다면, 그렇다면 이 미츠나리를 그대에게 넘긴 것은 마음대로
처치하라는 의미가 아니었다는 말이오?"

미츠나리가 성급하게 물었다.

"그렇게 알고 있습니다."

토리이 큐고로 나리츠구는 여전히 자세를 바로한 채 또박또박 대답했다.

"그럼, 나이다이진은 그대에게 수수께끼를 내렸다는 말이오?"

"그렇습니다."

"그대는…… 그대는 그것을 어떻게 알았소?"

"무슨 말씀을 하십니까…… 저희는 조상 대대로 내려오는 주종 사이입니다."

"아무리 주종이라 해도…… 나는 그렇게 받아들일 수가 없소. 이것은 중요한 일이오. 그대의 해석에 잘못이 없는지 사람을 보내 확인하는 것이 어떻소?"

나리츠구는 비로소 희미하게 웃으면서 고개를 저었다.

"그럴 필요 없습니다. 우리가 주군의 마음을 잘못 받아들인다면 충의를 바칠 수 없습니다. 아니, 혹시 잘못이라도 좋습니다."

"잘못이라도 좋다니……?"

"무사에게는 무사로서의 체면이 있으니까요."

"더욱 모르겠군. 그대의 체면이란?"

질문을 받고 나리츠구는 약간 경멸하는 기색을 보였다.

"지부쇼유 님은 내 아버지의 원수가 아닙니다. 좀더 큰 우리 동군 모두의 공적公敵, 그 대장입니다."

"으음."

"그러므로 비록 주군이 네게 신병을 인도할 테니 마음대로 처리하라고 하셨더라도 받아들일 수 없습니다. 지부쇼유 님을 내가 처리한다면 아버지의 죽음이 무의미해집니다. 아버지 혼자 이시다 지부쇼유 미츠나리와 싸우다 전사하신 것은 아닙니다. 천하를 위해 고립된 성을 사수하다 전사하신 것…… 따라서 지부쇼유 님을 나 혼자 맡는다면 이치에 닿지 않습니다."

나리츠구는 자신의 태도가 불손하다고 깨달은 모양인지 다시 표정을 굳히고 말을 이었다.

　"물론 그런 이치를 모르실 주군은 아닙니다. 그러므로 중요한 적의 대장을 그대에게 맡긴다, 웃음거리가 되지 않도록, 또 생각이 모자라는 자들이 무례한 행동을 하지 못하도록 정중히 대우하라……고 명하셨을 것이 분명합니다."

　미츠나리는 그 말을 듣는 동안 점점 입술이 창백해졌다.

　'내가 졌다……'

　자신의 영혼 어딘가에서 진심으로 이렇게 말하는 것이 있었다.

　"그렇다면, 목욕도 향응도 모두 나이다이진의 명이었다는 말이오?"

　"물론입니다. 적이기는 하나 똑같은 무장, 그 처우에 소홀함이 있다면 주군의 무사도도 저의 무사도도 위신이 서지 않습니다. 후세에까지 웃음거리가 될 것입니다."

　"웃음거리……"

　미츠나리는 또다시 중얼거리고 이렇게 묻지 않을 수 없었다.

　"그럼, 나는 여기서 누구의 손에 넘겨지리라 생각하오?"

　"아마 쿄토에서 오쿠다이라 노부마사 님이 인수하러 오실 것입니다. 그때까지 우선 편히 쉬고 계십시오."

　미츠나리도 이제는 웃을 수 없었다. 나리츠구를 가신으로 가진 이에야스가 정말 부러웠다……

새로운 지도

1

이시다 미츠나리石田三成가 오츠에서 쿄토로 이송될 무렵, 일본을 뒤덮고 있던 전운戰雲은 차츰 푸른 하늘을 드러내기 시작했다.

돌이켜보면 참으로 복잡하면서도 단순한 역사의 행보였다.

보기에 따라서는 세키가하라의 일전이야말로 텐쇼天正 12년(1584) 부터 이에야스와 히데요시秀吉 사이에 벌어졌던 코마키小牧 전투의 종 반전이기도 했다.

그때 43세였던 이에야스는 올해 59세가 되었다. 지금까지 16년 동안 히데요시와 이에야스는 표면적으로는 서로 양보하고 손을 잡고 도우면 서, 지략으로 다투고 인심 수습으로 경쟁하며 인내로 겨루었다. 그리고 드디어 인간의 가치를 결정하는 역사의 방향을 내다보면서 세키가하라 에서 대결했다.

물론 히데요시는 더 이상 이 세상 사람이 아니다. 그러나 히데요시의 마음 깊이 뿌리내리고 있던 '이에야스 불신'은 그대로 미츠나리에게 이어져 그의 손에 의해 세키가하라의 일전을 위해 서군이 집결되었다고 보아도 전혀 지나치지 않다.

히데요시는 결코 이에야스를 받아들이지 않았다. 아니, 이에야스만은 끝내 정복할 수 없었다.

그는 코마키에서 이에야스를 굴복시킬 수 없다는 사실을 인정할 수밖에 없을 때 그의 여동생을 주고 어머니를 인질로 보내면서까지 이에야스의 상경을 요구했다. 그리고 이에야스를 스루가駿河, 토토우미遠江, 미카와에서 칸토關東로 옮기게 했을 때 일단 승리를 거둔 것으로 보였다. 그러나 어디까지나 겉으로만 그렇게 보였을 뿐, 히데요시의 마음은 조금도 편안함을 얻지 못했다.

그 증거로 히데요시는 이에야스를 칸토로 옮기게 한 뒤 방어로는 일본에서 제일이란 평을 듣던 나카무라 시키부노쇼유中村式部少輔를 스루가에 배치하여 그 진로를 차단했다. 그리고 카케가와掛川, 하마마츠浜松, 요시다吉田, 오카자키岡崎, 키요스清洲, 기후崎阜 등의 지역에 자기 심복을 배치함으로써 공고히 하였다.

토카이도東海道에 대해서만이 아니었다. 나카센도中山道 방면에는 신슈信州의 코모로小諸에 센고쿠 곤베에仙石權兵衛를 보내 우스이碓氷의 험준한 요새를 지키게 하는 한편 사나다 아와노카미眞田安房守 부자를 포섭하고, 카와나카지마川中島와 키소木曾 등의 요소요소에 부교를 파견하여 이에야스가 서쪽으로 오지 못하도록 물샐틈없이 방위체제를 구축했다.

가모 우지사토蒲生氏鄉를 아이즈會津 영주로 삼은 것도, 또 그 아들 히데유키秀行가 이에야스의 사위가 되었다고 해서 후에 우에스기 카게카츠上杉景勝로 교체한 것도, 그리고 우에스기의 옛 영지인 에치고越後에 호리 큐타로屈久太郎를 보낸 것도 모두 이에야스를 경계하고 두려워한 데서 기인한 배치였다.

그런 점에서 히데요시는 이에야스 공포증이라는 이상한 분열증에 걸렸다고 해도 과언이 아니었다. 물론 이 모든 것은 히데요시의 이상인 '일본 평화'라는 첫째 목적 때문이었다.

히데요시의 이러한 이에야스 공포증, 이에야스에 대한 불신감이 히데요시를 가장 가까이서 보좌한 이시다 미츠나리에게 고스란히 계승되었다고 해서 이상할 것은 없었다.

미츠나리는 히데요시의, 이에야스에 대한 미움과 두려움을 저도 모르는 사이에 받아들여, 그것을 히데요시의 감화 때문이라고는 생각지 않고 도리어 자신의 달견達見인 줄로 믿었다. 따라서 이에야스를 경계해야 할 이유를 알지 못하고, 그와 친밀히 접촉하는 자들 모두를 식견이 부족한, 용서할 수 없는 도요토미 가문의 적으로 보았다.

이렇게 하여 미츠나리는 히데요시의 약점인 이에야스에 대한 불신이라는 일면을 계승하고, 이에야스는 히데요시의 첫째 목적인 '일본 평화'를 희구하는 마음을 물려받는 결과가 되었다. 그런 의미에서 볼 때 세키가하라는 히데요시가 지녔던 두 마음이 대결한 장소로서 이곳이야말로 간과할 수 없는 역사의 흥미와 교훈이 깃들여 있다……

2

미츠나리는 결코 평범하지 않았다. 물론 도요토미 가문을 위하는 마음도 거짓이 아니었다. 그러나 히데요시에게 물려받은 것의 가치를 비교하면 이에야스와는 하늘과 땅의 차이가 있었다. 그 이어받은 것의 차이가 세키가하라 전투를 통해 생생하게 드러났다.

흐르는 역사의 뜻은 인간의 불신이나 증오를 불러일으키는 데 있지 않았다. 한시라도 빨리 반석과 같은 안정을 바라는 데 있었다…… 따라서 미츠나리가 개인적으로는 이에야스보다 몇 배나 더 기량이 있는 사람이었다고 해도 역시 이 보이지 않는 흐름을 자기편으로 만들지는 못했을 터였다.

그 증거로 히데요시가 이에야스를 견제하려 한 포석布石의 대부분이 이 흐름에 의해 이에야스 쪽으로 흘러들었다. 슨푸駿府의 돌도 카케가와의 돌도 하마마츠, 요시다, 오카자키, 키요스의 돌도 처음부터 이에야스와 더불어 이 보이지 않는 흐름을 지키는 제방의 돌이 되어 있었다. 그 흐름은 기후를 무너뜨리고 오가키大垣를 무너뜨렸다. 이어 사와야마와 츠루가敦賀를 무너뜨리고, 지금 오츠에서 쿄토와 오사카를 목표로 하고 있었다.

이러한 상황에서 일본의 세력판도가 일변하는 것은 당연한 일.

나카센도로 진격해온 히데타다秀忠˙ 군도 저항다운 저항을 만난 것은 우에다上田의 사나다 마사유키眞田昌幸 군 정도로, 9월 20일에는 오미의 쿠사츠에 도착하여 이에야스 군과 합류했다.

히데타다 군이 세키가하라 전투에 때맞추어 도착하지 못했기 때문에 이에야스가 몹시 불쾌하게 여겼다는 말이 떠돌았다. 히데타다 군에는 정예인 사카키바라 야스마사榊原康政 외에 노련한 혼다 마사노부本多正信도 포함되어 있었다.

마사노부는 도중에 가을 홍수 때문에 늦어졌다고 사과했다. 그러나 처음부터 이에야스와 협의한 예정된 행동이었다. 이에야스는 교묘하게 자신의 주력부대를 온존溫存시키면서 도요토미 가문의 장수들을 지휘해 그들에게 역사가 흐르는 방향을 가리켜 보였다……

그리고——히데타다의 나카센도 군과 합류한 9월 20일, 이에야스는 동군에 가담케 했던 오노 하루나가大野治長를 오사카에 보내 요도淀 부인˙과 히데요리에게 이번 전투 결과를 보고하도록 했다.

'이제 고비는 넘겼다……'

무언중에 그렇게 확신했기 때문이다.

이에야스는 요도 부인에게 서신을 쓴 뒤 하루나가에게 간곡하게 전할 말을 일러주었다.

"이번 사태에 미쓰나리와 에케이 등이 히데요리 님의 명을 빙자하고 있으나, 어린 히데요리 공이 관여했을 리 없고, 요도 부인은 여자의 몸, 추호도 관여하지 않았을 터. 이에야스는 조금도 다른 뜻을 가지고 있지 않으니, 모든 일은 없었던 것으로 알고 안심하도록……"

듣고 있는 오노 하루나가의 눈이 붉어질 정도로 아무 허식도 없는 간곡한 말이었다.

25일 오노 하루나가는 요도 부인이 보낸 히데요리의 사자와 함께 다시 오츠로 돌아왔다. 하루나가가 전하는 말에 요도 부인 모자가 얼마나 이에야스의 도량에 감사하는지가 눈에 보이는 듯. 히데요시의 이상을 계승한 자와 그 불신감을 이어받은 자에게서 나타나는 큰 차이는 여기서도 보이고 있었다.

이에야스는 아직 오츠를 떠나려 하지 않았다. 다시 그려야 할 새로운 지도를 구상하는 데 여념이 없었다.

3

오츠의 이에야스에게는 각지에서 급보와 방문객이 줄을 이었다.

이번 사태의 도화선이 된 우에스기 카게카츠는 그 후 다테伊達, 모가미最上 등의 도전을 받고 이에 대응하기 위해 유키 히데야스結城秀康와는 대치 상태를 유지하고 있었다. 지금 우에스기 가문에는 호코지 쇼타이豊光寺承兌가 이면에서 공작을 벌이고 있었다. 유키 히데야스에게 항복하고 화해하라는 것이었다.

큐슈에서는 쿠로다 나가마사의 아버지 죠스이가 바로 지금이다 하고 평생 모았던 돈과 곡식을 풀어 떠돌이무사들을 포섭해, 자기 영지 나카츠中津 부근은 말할 것도 없고 분고豊後, 치쿠젠, 치쿠고筑後에 마음껏 침략의 손길을 뻗치고 있었다. 더구나 그는 이에야스의 신임이 두터운 토도 타카토라藤堂高虎에게 다음과 같은 서신도 보냈다.

이번에 카토 카즈에加藤主計(키요마사清正)와 제가 빼앗은 땅을 그대로 소유할 수 있도록 주선해주시기 바랍니다. 카이노카미甲斐守(아들 나가마사)에게는 조정의 벼슬을 얻을 수 있게 도와주십시오. 나는 은퇴한 몸이기는 하나 이곳에 따로 집을 짓고 싶습니다. 부디 청원을 드려주십시오. 귀하와 여러 해 동안 친밀하게 교유해온 것도 요컨대 이런 때를 위해서니 잊지 마시고……

죠스이가 이렇게까지 노골적인 서신을 보냈으니, 코니시 유키나가와 접경하고 있는 카토 키요마사가 가만히 있을 리 없었다. 그 역시 부지런히 코니시의 영지를 침략하고 있었다.

홋코쿠北國 방면은 마에다 토시나가前田利長가 착실하게 압박해오고 있고, 호소카와 타다오키의 아버지 유사이幽齋 역시 67세의 고령임에도 불구하고 고군분투해 결국 탄고의 호소카와 영지를 지켰다.

난구산에서 일단 미나쿠치의 거성으로 도주한 나츠카 마사이에와 그 동생 이가노카미伊賀守는 이미 자살 직전의 위기에 몰려 있었으며 (마사이에는 자결), 큐슈의 야나가와柳川에서 서군을 돕기 위해 왔던 타치바나 무네시게立花宗茂는 모리 테루모토와 마시타 나가모리增田長盛가 모두 오츠를 지키려는 의사가 없다는 것을 알고 얼른 야나가와로 철수하고 말았다.

다만 세키가하라에서 이세伊勢 방면으로 탈출을 꾀하던 시마즈 요시히로島津義弘만은 그 후 오사카 저택에 도착하여 그곳에서 배를 타고 영지 사츠마薩摩로 돌아간 듯하고, 우키타 히데이에宇喜多秀家는 아직 체포되지 않았으나 그 밖에는 모두 향방이 밝혀지고 있었다.

이미 대세는 결정된 것으로 여겨, 쿄토와 오사카로부터 공경公卿과 거상巨商들이 속속 '전승 축하' 사자를 오츠로 보내왔다. 이에야스가 그런 정보를 검토하면서 오츠에 머물러 있는 것은 가능한 한 오사카에서는 한 방울의 피도 흘리지 않으려는 생각 때문이었다.

이에야스는 20일, 후시미에 있던 서군 장수들의 저택을 모두 불태우게 했다. 그리고 22일에는 후쿠시마 마사노리, 이케다 테루마사池田輝政, 아사노 요시나가淺野幸長, 토도 타카토라, 아리마 토요우지有馬豊氏 등을 쿠즈하葛葉로 보내 오사카를 견제하도록 했다. 오사카 서쪽 성에 머물면서 애매한 태도를 보이던 서군 총수 모리 테루모토가 어떻게 나올지 감시하게 했다.

테루모토는 동군 장수들의 쿠즈하 진출을 안 뒤 이이 나오마사井伊直政, 혼다 타다카츠, 후쿠시마 마사노리, 쿠로다 나가마사에게 다음과 같은 의미의 각서를 보냈다.

"다른 뜻이 없음을 나타내기 위해 서쪽 성에서 물러나겠다."

이에야스는 그런 각서가 전달되었다는 보고를 듣고서야 비로소 후쿠시마, 이케다, 아사노, 쿠로다, 토도 다섯 장수에게 오사카의 서쪽 성을 인수하라는 엄명을 내렸다.

4

모리 테루모토가 오사카 서쪽 성에서 물러나 키즈木津의 자기 집으로 돌아갔다는 보고가 오츠에 도착한 것은 25일 저녁 무렵. 이에야스는 이 보고를 자세히 검토하고 나서 처음으로 안도한 표정으로 함께 데려온 시녀들에게 허리를 주무르라고 했다.

그 옆에는 혼다 마사즈미, 오카 코세츠岡江雪, 이타사카 보쿠사이板坂卜齋 외에 토야마 민부遠山民部, 나가이 우콘노다이부永井右近大夫, 죠 오리베노쇼城織部正 등이 아직도 흥분이 가시지 않은 표정으로 앉아 있었다. 그들은 조금 전까지도 모리 테루모토가 과연 순순히 오사카 성을 넘겨줄 것인지 아닌지를 놓고 의견을 달리하고 있었다.

이번 사태의 장본인은 미츠나리였으나 그에게는 무력이 없었다. 서군을 집결시킨 무력의 중심은 모리 테루모토, 정세를 바로 보지 못한 테루모토의 애매한 태도가 이번 사태를 유발시켰음은 움직일 수 없는 사실이었다. 테루모토가 그동안의 일을 정확하게 자각했다면 순순히 서쪽 성에서 물러갈 리 없다……는 것이 일부의 의견이었다.

누가 무어라 해도 도쿠가와 가문에 필적할 정도의 무력과 재력을 지닌 모리 테루모토. 그 휘하에는 킷카와 히로이에吉川廣家, 후쿠하라 히로토시福原弘俊 등 동군에 마음을 보내는 자가 있다고는 하나 그 큰 세력이 미츠나리와 함께 적이 되어 일어섰다. 이에야스가 그대로 둘 까닭이 없다……고 판단한다면 당연히 오사카 성에 머무르며 히데요리를 등에 업고 움직이지 않을 터였다.

전투를 벌이느냐는 별도로 하더라도, 오사카에 머물면서 이에야스와 교섭하지 않으면 그 기반도 입장도 없어져버릴 게 아닌가……

그런데 이와 반대되는 견해도 있었다.

모리 쪽으로서는 주로 킷카와와 후쿠하라 등을 통해 이이 나오마사와 혼다 타다카츠 두 사람과, 또 쿠로다 나가마사, 후쿠시마 마사노리 등을 상대로 이면 공작을 계속하고 있었다.

모리 쪽 킷카와 히로이에나 후쿠하라 히로토시의 말은——

"이번 사태는 테루모토가 알지 못하는 일, 모두 안코쿠지 에케이에게 속아서 그렇게 된 것이니, 나이다이진이 영지를 계속 인정한다는 보장만 해준다면 틀림없이 모리 군은 적대하지 않을 것입니다."

그리고 세키가하라 전투에서 그들 군사는 개입하지 않았다. 이를 실행할 수 있었기 때문에 킷카와 히로이에 등이 무사히 오사카 둘째 성에서 테루모토를 물러가도록 중재할 것이라는 견해였다.

이에야스는 그 어느 쪽에도 찬성하지 않았다. 동시에 그 어느 쪽이되더라도 싸워 이길 준비를 게을리 하지 않았다.

그 휘하에는 승리에 사기가 오른 도요토미 가문 쪽 장수들 외에 거의 희생을 치르지 않은 히데타다 군이 가담해 있었다. 세키가하라에서 승리를 거두었다. 모리 군이 아무리 반항한다 해도 이미 이에야스의 적수는 되지 못했다.

"하다못해 테루모토가 킷카와 정도의 인물만 되었더라도."

오랜만에 코소데 하나만 걸친 홀가분한 모습으로 길게 드러누워 두 시녀에게 허리를 주무르게 하던 이에야스가 옆에 있는 혼다 마사즈미를 돌아보았다.

"어떤가, 마사즈미. 에케이와 테루모토 중에서 누가 더 기량이 뛰어나다고 생각하나?"

갑자기 묻는 바람에 모두의 시선이 이에야스에게 집중되었다.

밖에서는 조용히 가을비가 내리고 있었다……

5

이에야스의 질문을 받은 혼다 마사즈미는 흘끗 일동을 돌아보았다.

"글쎄요, 양쪽 모두 비슷비슷한 인물이 아닌가 생각합니다."

"그렇지 않아. 테루모토가 훨씬 더 어리석어."

이에야스는 내뱉듯이 말했다. 그 말에 마사즈미는 수긍할 수 없다는 듯 고개를 갸웃거렸다.

"그렇게 큰 차이가 있을까요?"

"암, 있지. 한쪽은 고작 칠, 팔만 석에 불과한 보잘것없는 승려, 그런 승려에게 백이십만 석 거물이 속다니…… 그런 어리석은 자가 또 어디 있겠나."

"그러고 보니 속인 자와 속임을 당한 자…… 차원이 좀 다른지도 모르겠습니다."

"크게 달라. 그런 어리석은 자를 난들 어떻게 믿을 수 있겠나. 또 누구에게 속을지 모르는데……"

이 말을 듣고 마사즈미는 다시 서둘러 일동을 돌아보았다.

'주군은 테루모토를 그대로 용서하실 마음이 아닌 모양이다.'

이에야스의 이러한 본심이 반짝 싸늘한 빛을 그리며 허공을 자른 듯한 기분이었다.

이에야스는 테루모토에게도 킷카와 히로이에에게도 서쪽 성에서 물러나는 일에 대해 직접은 아무런 각서도 건네지 않았다. 이면 공작은 어디까지나 이이와 혼다(타다카츠)를 개입시켜 쿠로다 나가마사와 후쿠시마 마사노리 등이 담당하고 있었다.

현재 테루모토가 서쪽 성에서 물러났다는 것은 그러한 이면 공작을 통해 ──

"모리 가문의 영지는 보장한다."

이러한 예측이 있었기 때문일 터.

'……일이 이상하게 될 것 같다.'

마사즈미는 이렇게 생각하고 일동을 돌아보았다. 그러나 그들은 아직 아무것도 깨닫지 못한 듯했다.

"마사즈미, 코마키 전투 때의 내 입장은 말일세, 이번 테루모토의 입장과 비슷했어."

"예? 코마키 전투 때의 입장이……?"

"그래. 나도 노부나가信長 공의 유아遺兒 노부오信雄 님 편을 들어 타이코의 적이 되었었네."

"그렇기는 합니다만, 테루모토는 아직 철도 들지 않은 히데요리 님을 내세우고……"

"그래서 더욱 이기지 않으면 안 되었던 것일세. 아니, 이기지는 않아도 대등하게 싸워야 뜻을 세울 수 있어."

"옳으신 말씀입니다."

"그런데도 테루모토는 저 모양 아닌가. 나는 이기고도 타이코로부터 온갖 어려운 문제를 떠맡았어. 내가 타이코의 적으로 돌아설 수 있을 정도의 힘을 가지고 있는 한 타이코는 새로운 지도를 그리지 못해. 그래서 타이코는 자기 어머니까지 인질로 보냈어……"

이에야스는 이렇게 말하고 몸을 돌려 여자들에게 등을 보였다.

"테루모토가 지금의 방대한 영지를 그대로 소유하고 싶으면 좀더 영리해졌어야 했던 거야…… 미친 자가 칼을 들고 있는데, 이제 일이 끝났다고 어찌 난들 가만히 앉아 있을 수 있겠나. 그런 점에서는 카게카츠도 마찬가지야. ……그런 자들은 분수에 넘치는 것을 가지고 있으면 곧 불장난을 하게 마련이거든."

이에야스의 자세한 말에 이번에는 좌중이 모두 서로 얼굴을 마주보며 한결같이 고개를 끄덕였다. 이미 이에야스의 속셈은 지나칠 정도로 잘 알 수 있었다.

"내일 일찍 이곳을 출발하여 요도에서 묵고 이십칠일에는 서쪽 성에 들어가겠다. 모든 것은 그때부터야……"

그리고 얼마 후 이에야스는 잠이 들었다. 잠잘 때 그의 입에서는 편안한 숨소리가 흘러나왔다. 역시 피를 흘리지 않고 오사카 성에 들어가게 되어 어깨의 짐이 가벼워진 듯……

6

이에야스는 이튿날 아침 가마로 오츠를 떠났다.

포로인 이시다 미츠나리, 코니시 유키나가, 안코쿠지 에케이도 물론 끌려갔다. 원래는 쿄토의 쇼시다이인 오쿠다이라 노부마사가 와서 압송할 예정이었으나, 그에게 쿄토를 떠날 수 없는 사정이 생겼다. 그래서 시바타 사콘柴田左近, 마츠다이라 아와지노카미松平淡路守 두 부교가 호송하게 되었다.

목에 칼을 씌운 채 가마에 태워 우선 오사카와 사카이堺에서 백성들에게 공개하고 나서 오쿠다이라 노부마사에게 인계하기로 했다……

오츠를 떠난 뒤 이에야스는 사람이 달라진 듯 오만해졌다. 지금까지는 측근의 누구와도 홀가분하게 말을 나누었으나, 그 이후 직접적인 대화는 허락하지 않고 고소샤御奏者°를 정했다. 토야마 민부노쇼遠山民部少輔, 죠 오리베노쇼, 야마구치 칸베에노죠山口勘兵衛尉, 나가이 우콘노다이부, 니시오 오키노카미西尾隱岐守 등 다섯 사람이 선발되어 그들을 거치지 않는 한 면담도 불허한다는 뜻을 전달했다.

'……무슨 생각을 하고 계실까?'

혼다 마사즈미만은 어렴풋이 짐작하고 있었다. 그러나 그 밖의 다른 사람들은 그저 어리둥절할 뿐이었다.

"그럴 수밖에 없지. 이제까지는 타이코 전하의 원로였으나, 지금은 다르거든."

"암, 물론이지. 이번에는 천하인天下人으로 입성하시는 거야."

"그럼, 히데요리 님을 둘째 성으로 옮기고, 본성本城에 들어가시려는 것일까?"

그러나 소문은 단지 소문에 지나지 않았다.

26일 예정대로 요도에서 일박한 이에야스는 27일 당당하게 행렬을 갖추고 오사카 성에 들어가 히데요리 모자에게 인사한 뒤 서쪽 성으로 들어갔다. 동시에 둘째 성에는 히데타다가 입성했다.

이에야스의 입성 소식이 퍼지면서 전승을 축하하는 방문객이 앞다투어 쇄도했다.

이에야스가 맨 먼저 서쪽 성에서 맞이한 것은 칙사였다.

"천하가 태평해져, 귀천을 가리지 않고 만민이 편안해지니 이보다 더 기쁠 것이 없다……"

다시 난세로 되돌아가는 게 아닌가 했던 백성들의 불안은 무한한 감개를 담은 이 칙사의 말에 그대로 반영되어 있었다.

그날의 모습이 오타 규이치太田牛一의 『케이쵸키慶長記』°에는 다음과 같이 기록되어 있다.

"(전략) 주상主上께서 감복하셔서 칙사를 보내시어 즉시 세이이쇼군征夷將軍으로 임명하셨다. 공경대부, 여러 종단의 승려, 성, 도읍, 나라奈良, 그리고 사카이, 고키나이五畿內 등의 부호들이 모두 달려와 금은과 진귀한 물품을 진상했다. 고소샤는 (중략) 이것들을 볼 수 있게 진열했다. 그들의 차림은 현란하기 짝이 없어 도저히 글로는 표현할 길이 없었다……"

이에야스가 정식으로 세이이타이쇼군征夷大將軍°으로 임명된 것은 케이쵸 8년(1603) 2월이었다. 그러나 그때 이미 칙사는 세이이쇼군이라고 불러 무장의 대들보라는 의미를 나타내려고 한 모양이었다.

이에야스는 그와 같은 방문객의 쇄도를 예상하고 더욱 오만한 태도로 자세를 바꾼 것일까……?

그렇지는 않았다. 전투에 이긴 것은 말하자면 사업의 중간 단계. 문제는 그 후의 경영에 있었다. 승자의 통제와 패자의 처벌에 영지 문제까지 얽혀 자칫 실수하면 곧바로 다음번 혼란의 싹으로 이어질 터.

세키가하라에서 전군을 지휘한 무장은 이제는 이미 스스로 그리는

새로운 지도에 조그마한 이의도 제기할 수 없게 하는 위령威令의 집행자가 되지 않으면 안 되었다······

7

노인의 눈에는 전에 없던 일로 보였을지 모른다. 이에야스가 에도江戸에서 출발한 것은 9월 1일. 그때는 동서 모두로부터 적을 맞아 그의 휘하에서도 앞날이 어떻게 될 것인가 하고 의심하는 자가 많았다.

그로부터 불과 한 달도 못 된 27일, 이에야스는 다시 오사카 성에 돌아왔고, 그때 이미 천하의 대세는 결정되어 있었다······

기적인가?

행운인가?

그 어느 것도 아니었다. 이에야스에게는 그 모두가 예정된 결과, 하루하루 삶의 당연한 진전에 불과했다. 따라서 그는 앞으로도 신불神佛이 그에게 맡긴 대로 예정된 길을 걸어갈 뿐.

그에게 맡겨진 목표는 '전란의 추방', 이것말고는 아무것도 생각할 필요가 없었다. 가문의 번창도, 장수들의 귀순도 이에 부수되는 하나의 경사에 지나지 않았다.

이에야스는 앞서 카마쿠라 바쿠후鎌倉幕府°와해의 원인이 된 원元나라 침공 때의 일본 승리를 마음에 되새기고 있었다.

그때 일본 사람들은 마음을 하나로 하여 외적과 맞섰다. 물자가 있는 자는 물자를, 사람이 있는 자는 사람을 바쳐 전력을 기울여 싸웠다. 나라 안 사찰은 한결같이 '적국의 항복'을 비는 기도를 올리고, 호죠 토키무네北條時宗는 진두에 섰으며, 카메야마龜山 상황上皇°은 친필로 승리를 바라는 기원문을 써서 여덟 능에 봉헌했다.

문자 그대로 상하가 총력을 기울여 싸운 끝에 마침내 승리를 거두었다. 그런데 이 승리가 얼마 지나지 않아 바쿠후幕府°와해의 원인이 된 것은 어째서일까?

호죠 토키무네의 죽음으로 전후 문제 처리에 위엄을 잃었기 때문.

사람들은 전쟁으로 빈궁의 극에 달해 있었다. 전쟁이 계속되는 동안에는 사람들은 그 빈궁의 노예가 되지 않았다. 그러나 승리를 거두고 난 뒤 빈궁은 그대로 불평불만을 키우는 가공할 괴물이 되었다.

"그토록 열심히 싸웠는데!"

"승리는 우리가 충성을 다했기 때문이 아닌가."

사찰도 무사도 다이묘大名°도 백성들도 모두 이 불평불만을 키우는 빈궁의 노예가 되었다. 아니, 전쟁이 끝난 뒤 바쿠후에 빈궁이라는 괴물을 제어하여 그들을 괴물의 손에 넘어가지 않게 할 철저한 준비가 없었다.

전후戰後의 빈궁은 오랫동안 전쟁이 계속된 경우의 빈궁과는 비교가 되지 않는다. 그리고 그 결과를 패전과 비교한다면 그야말로 하늘과 땅의 차이가 있다. 그런데도 인간은 이 불평불만의 괴물에게는 꼼짝도 못하고 먹혀버리는 약점을 가지고 있었다.

이에야스는 그런 점을 마음에 새기고 있었다. 그는 지금 그 괴물이 침투할 틈을 봉쇄하려고 깊이 생각해두었던 전후 처리의 길에 접어들 자세를 취하고 있었다……

속속 오사카로 모여드는 장수들의 접견이 끝난 9월 30일에 이르러 이에야스는 이이 나오마사, 혼다 타다카츠, 사카키바라 야스마사 세 사람을 불렀다. 그리고는 후쿠시마 마사노리와 쿠로다 나가마사에게 입성 후 처음으로 명령서를 전하라고 지시했다.

"자, 그대들 세 사람이 서명하고 이 명령서를 후쿠시마와 쿠로다에게 건네도록."

그 내용을 훑어보고 세 사람은 안색이 싹 변했다. 입술이 새파랗게 되어 숨을 죽이고 서로 바라보았다.

8

서기의 손으로 씌어진 그 명령서는 세 사람의 서명만 끝나면 그대로 후쿠시마 마사노리와 쿠로다 나가마사에게 건넬 수 있도록 '9월 그믐'이라고 날짜까지 적혀 있었다.

1. 사츠마 공략에 즈음하여 히로시마廣島까지 츄나곤中納言°(히데타다)이 출동할 것이니, 타이코가 정한 군율대로 도중에 있는 모든 성에 수비대를 들여놓을 것.
1. 가문의 중신을 인질로 차출할 것.
1. 테루모토의 부인은 종전과 같이 이곳 저택으로 옮기도록 할 것.
1. 사츠마 공략의 진두에는 테루모토가 직접 나설 것.
1. 이번에 올라온 자(동군의 장수)의 인질을 속히 돌려보낼 것.
이상의 일이 시행된 후 토시치로藤七郎(모리 히데나리毛利秀就) 님을 대면할 것. 이상.
9월 그믐
하시바 사에몬노다이부羽柴左衛門大夫 님
쿠로다 카이노카미黑田甲斐守 님

말할 나위도 없이 이 글은, 지금까지 모리 가문과 동군 사이를 알선해왔던 후쿠시마 마사노리와 쿠로다 나가마사 앞으로 보내는, 도쿠가와의 세 중신 이이 나오마사, 혼다 타다카츠, 사카키바라 야스마사의 연서로 이에야스의 명령을 전하는 명령서였다.

이 일은 이이와 혼다로서는 전혀 생각지도 못했던 어려운 문제였다. 만약 이 명령서를 후쿠시마 마사노리나 쿠로다 나가마사에게 보인다면 그들은 무어라 말할 것인가.

"이런 어이없는 일이 어디 있단 말이오. 이렇게 하는 것은 나이다이진의 큰 위약이오!"

그들은 열화와 같이 분노할 것이 틀림없다. 나가마사나 마사노리도 모리 가문의 영지에는 손을 대지 않는다, 처벌을 하지 않는다는 약속 아래 테루모토에게 순순히 오사카 성을 내놓게 했을 터였다.

돌이켜보았을 때 확실히 이에야스는 이에 대해 승낙도 용서도 말한 적이 없었다. 이이와 혼다 타다카츠가 직접 나선 그 교섭에 이에야스 자신은 어떤 서약서도 보내지 않았다.

그러나 이이와 혼다가 쿠로다, 후쿠시마 두 장수를 통해 모리 가문의 킷카와와 후쿠하라 등과 교섭한 경위는 모두 이에야스에게 보고되었다. 그런데도 이 명령서에는 그 모두가 완전히 무시되어 있다.

"히데타다에게 사츠마 정벌을 명했으니 히로시마 성은 내놓아라. 가신들과 중신들에게는 인질을 내놓게 하고, 테루모토의 부인도 오사카 저택으로 옮기도록 할 것이며, 테루모토 자신은 사츠마 정벌에 선봉을 서라. 그리고 억류하고 있던 동군 장수들의 인질들을 집으로 돌려보내라. 그렇게 하면 이에야스는 히데요리와 동년배인 후계자 토시치로 히데나리를 만나주겠다."

이런 내용이 아닌가.

"주군, 아무래도 이 명령서를 후쿠시마나 쿠로다에게는 가져갈 수 없습니다. 그렇게 되면 그들의 체면이 깎입니다."

잠시 후 연장자인 타다카츠가 입을 열었다. 그 말에 대해 이에야스는 즉시 반문했다.

"그래? 그대는 이번 전쟁을 후쿠시마나 쿠로다의 체면을 세워주기 위해 했다고 생각하나?"

"아니, 그렇지는 않습니다마는……"

"그렇지 않다면 가지고 가게. 테루모토는 서군을 소집하는 격문을 천하에 돌린 총책임자이고 장본인일세."

9

타다카츠는 말문이 막혀 당황하며 이이 나오마사를 돌아보았다.

이에야스의 말이 이치로는 옳았다. 그러나 실제로 모리 군은 세키가하라에서는 움직이지 않았고, 또 순순히 오사카의 서쪽 성을 내놓지 않았는가.

"황송합니다마는……"

타다카츠가 입을 다물었기 때문에 이이 나오마사가 무어라 말하지 않을 수 없었다.

"테루모토에게는 분명히 잘못이 있습니다마는, 그를 설득하여 끝내 싸우지 않고 오사카 서쪽 성에서 물러가게 한 것은 후쿠시마와 쿠로다 두 사람…… 그들의 체면을 세울 수 있도록 재고해주십시오."

이에야스도 이번에는 곧바로 대답하지 않았다.

테루모토의 잘못은 인정한다, 그러나 후쿠시마 마사노리와 쿠로다 나가마사는 테루모토의 영지가 안전할 것이라 믿고 교섭했으므로 그들의 체면을 세워주어야 하지 않겠느냐는 이이 나오마사의 말은 혼다 타다카츠의 말과는 차이가 있었다.

"나오마사, 그대는 이 이에야스가 두 사람에 대한 생각을 하지 않고 있는 줄 아는가?"

"그야, 주군이 하시는 일이니……"

"그래, 충분히 검토한 후에 내린 결론일세. 테루모토에게는 우에스기 정벌을 위해 오사카를 떠날 때 어떤 일에도 형제처럼 대하겠다는 뜻의 서약서를 이 이에야스가 보냈어. 그대들도 알고 있을 거야."

"그러므로 그 형제 같은 아량을 가지시고……"

"잠자코 있게."

"예."

"나로서는 형제처럼 지내려고 서약서를 써주고 떠나왔으나, 그 뒤 테루모토는 「나이다이진의 비행에 대한 조항」을 통해 일본 전국에 무엇을 선언하고 포고했나? 나는 그 문장까지 기억하고 있어. 나이다이진은 지난해부터 스스로 정한 법도를 어기며 서약을 지키지 않고, 부교와 원로를 한 사람씩 희생시켰으니, 히데요리 님을 어떻게 받들 수 있겠는가. 그런 까닭으로 생각다못해 군사를 일으키게 되었으니 그대들도 나와 뜻을 같이하기 바란다……고 열심히 서군에 가담하도록 권유했어. 그런데도 아무 생각 없이 그저 에케이나 지부쇼유의 손에 놀아났다는 구실이 통할 수 있겠나? 그런 까닭으로 생각다못해……란 깊이 생각하고 내린 결정이라는 의미. 그것을 당당하게 히데이에와 연서해서 전국에 배포했어. 그 책임을 지지 않는다면 무사로서 테루모토 자신의 체면이 서지 않아. 그런 자인데도 인정을 베풀어야 할 형제란 말인가? 어떤가, 나오마사?"

나오마사는 이에야스가 무섭게 화를 내는 바람에 입을 다물기는 했으나 승복할 수는 없었다. 서약서 따위는 지금 세상에서는 누구도 별로 중요시하지 않는다. 문제는 세키가하라에서 모리 군이 끝내 반항하지 않았다…… 아니, 반항하지 못하도록 중재한 쿠로다나 후쿠시마의 공적을 인정해야 한다고 나오마사는 말하고 있었다.

"나오마사, 납득할 수 없나?"

"예. 테루모토 잘못은 인정합니다만, 제가 말씀 드리는 것은……"

"그런 말은 들을 필요도 없어. 그럼, 두 사람에게 이렇게 말하게. 테루모토는 용서할 수 없는 격문을 천하에 돌려 환난을 초래한 발칙한 자, 영지를 몰수해 킷카와, 쿠로다, 후쿠시마 세 사람에게 가봉加封할 생각이었다. 그러나 테루모토 영지를 그대로 두어야만 명목이 선다면 가봉을 사양하고 테루모토를 옹호할 것인가 물어보게."

이이 나오마사의 이마에 힘줄이 불끈 솟았다.

"주군! 그런 졸렬한 이치로 천하를 경영할 수 있다 여기십니까?"

10

이이 나오마사가 대들자 이에야스는 비로소 싱긋 웃었다. 처음부터 이렇게 될 줄 예상하고 있었다는 듯.

"지금 한 말은 그대가 옳아. 그러나 효부, 테루모토의 영지를 그대로 두면 천하의 인심이 바로잡히리라 생각하나?"

이이 나오마사는 기세가 꺾여 당장에는 대답하지 못했다. 이에야스는 단순한 증오나 감정만으로 말하고 있는 것은 아닌 듯했다. 그 엷은 웃음 뒤에 숨은 뜻을 확실히 읽을 수 있었다.

"테루모토를 이대로 용서하면 카게카츠도 용서해야만 돼. 테루모토와 카게카츠를 용서하면 히데이에나 유키나가, 요시히로도 처벌할 수가 없어. 형평에 맞지 않으니까. 그렇게 되면 벌할 수 있는 자는 미츠나리와 에케이뿐……"

"하지만, 그것은……"

"두 사람만의 영지로 어떻게 우리에게 헌신해온 사람들의 공로를 포상할 수 있겠나? 이미 여기저기서 현지의 지도가 바뀌고 있네. 그것을 반납시키고 아무런 논공행상도 하지 않는다면 우리편이 되었던 사람들이 과연 납득할 수 있겠나? 전국이 불만의 소용돌이에 휩싸여 벌집을 쑤신 것 같은 전쟁판으로 바뀌게 될 거야."

이에야스는 이렇게 말한 뒤 이번에는 타다카츠를 돌아보았다.

"일단 일본 전체를 백지로 돌린다. 그리고 노부나가, 히데요시, 이에야스 삼 대에 걸친 염원인 일본 통일과 평화라는 거울에 비추어 기량과 역량에 따라 새로 영지를 분배해야 해. 이 거울에 누가 어떻게 비칠 것인가, 누가 얼마나 열성적으로 그 비원에 헌신해왔는가…… 이를 결정하는 것은 이에야스가 아니라 그 거울이라 생각하게."

타다카츠는 고개를 끄덕이고 나오마사를 바라보았다.

사카키바라 야스마사만은 처음부터 감정의 움직임을 보이지 않았다. 그는 세키가하라 전투에 참가하지 않고 히데타다와 함께 나카센도로 진군해왔기 때문에 나오마사나 타다카츠만큼 모리 쪽과 밀접한 접촉을 갖지 않았다.

"알겠나, 효부 님도?"

이에야스가 이번에는 나오마사에게 '님' 자를 붙여 젊은이를 설득하는 어조로 말했다.

"이전의 우리는 먼저 우리 가문의 기반부터 굳혀야만 했어. 우리 가문 없이는 이상도 비원도 있을 수 없었어…… 지금은 달라. 가문을 우선하는 관점이 아니라 일본 평화를 우선하는 입장에서 세상을 바라보아야 해. 그리고 혼구정토欣求淨土를 위해 철저하게 할 생각이야. 물론 모리 일족을 흔적도 없이 말살할 생각은 없어. 사실 킷카와 히로이에는 공을 세웠어. 그러므로 쿠로다, 후쿠시마 등이 격앙했을 경우에는 킷카와가 수고한 몫으로…… 그러니까 스오周防와 나가토長門 두 지방, 약 삼십 오, 육만 석 정도는 남겨줄 모양이라고 전하게. 이 점을 납득할 수 있도록 간곡히 설득하고, 만약 받아들이지 않는다면 도리가 없어. 모리를 이 기회에 말살시키겠다고 전하게."

나오마사는 머리를 숙였다가 다시 들고 이에야스를 쳐다보았다.

'보통 결심이 아닌 것 같다……'

오야마小山에 있을 때 불리한 정보까지 일일이 도요토미의 옛 가신들에게 상세하게 통보해주었던 그 입장과 같은 결심인 듯. 아니, 그보다도 미츠나리나 에케이의 영지를 몰수하는 것만으로 동군 전체의 논공행상이 가능하겠느냐……고 한 말도 충분히 납득이 갔다.

"납득이 된 모양이군. 알았으면 오늘 중으로 시행하게."

이에야스의 어조는 다시 단호해졌다.

11

이제는 이이 나오마사도 혼다 타다카츠도 이에야스의 명령대로 움직일 수밖에 없었다. 그들은 곧 명령서에 연서했다.

이이 나오마사가 그 명령서를 가지고 먼저 후쿠시마 마사노리에게 보인 뒤 쿠로다 나가마사에게 통보했다. 두 사람이 안색을 바꾸고 항의한 것은 물론이었다.

"이것은 시마즈 공략이란 명분을 빙자한 정벌 아니오? 이런 명령을 전하다니 생각지도 못했던 일이오."

그러나 후쿠시마 마사노리나 쿠로다 나가마사는 아군, 그래서 설득하기가 쉽다면 쉬웠다. 이 명령서를 기쁜 소식만 기다리고 있을 모리 가신에게 전할 역할을 맡은 후쿠시마와 쿠로다의 입장은 여간 고통스러운 것이 아니었다.

이에야스가 전에 한 약속을 모른 척한다면, 그들이 이이나 혼다와 협의하여 모리 일족을 속였다고 할 수밖에. 더구나 테루모토와 이에야스

사이는 아직 화의 이전의 전쟁 상태. 명령이라면 이 통고문을 전달하지 않을 방법은 없었다.

"나는 사양하겠소. 이 일은 카이노카미 님이 맡아주시오."

후쿠시마 마사노리는 과격한 성격 그대로 이를 단호히 거절하고, 그 전달을 쿠로다 나가마사에게 떠넘겼다.

나가마사는 사자를 시켜 이에야스의 명령서를 킷카와 히로이에에게 보냈다. 그리고 자신은 히로이에의 힐문에 어떻게 대답해야 할지 머리를 싸매고 자택에 틀어박혀 있었다.

아니나다를까, 히로이에는 즉시 만나고 싶다는 뜻을 전해왔다. 처음에는 부재중이라 하고 두번째는 집에 돌아오지 않았다고 돌려보냈다. 그러나 세번째 사자에게는 나가마사도 붓을 들지 않을 수 없었다.

'천하의 일이란 잔인한 거야……'

나가마사로서는 우정이 곁들인 중재였다. 그러나 끝나고 보니 사소한 인정 따위는 개입할 여지가 없는 비정한 현실이 앞섰다.

'천하를 위해.'

인정 같은 것은 말살할 도리밖에 없었다.

1. 테루모토 님에 대해서는 후쿠시마 마사노리와 상의해 좋은 방향으로 수습되도록 주선해보았습니다. 그러나 부교들 편에서 서쪽 성으로 옮기고 회람장에 서명했을 뿐만 아니라, 시코쿠四國까지 군사를 보냈으니 시비를 가릴 수 없게 되었습니다.

1. 귀하의 성실성에 대해서는 효부노쇼(이이 나오마사)도 낱낱이 말씀 드렸습니다. 그래서 츄고쿠中國 중에서 점령한 한두 영지는 귀하에게 할애한다고 결정되었습니다. 이 뜻은 나이다이진이 직접 서신을 써서 보낼 것이고, 이에 대해서는 효부노쇼가 보증했습니다.

1. 효부노쇼로부터 요청이 있을 때는 곧 오시도록. 수행원은 말 탄

무사 3, 4명 정도로 국한하는 것이 좋을 듯합니다. 창 같은 것은 휴대하지 마십시오. 이 사람은 전혀 귀하를 속일 뜻을 가지고 있지 않으니 그 점 분별해주시기 바랍니다.

삼가 글을 올립니다.

이상 드린 말씀이 거짓이라면 나라 안의 크고 작은 모든 신사神社 신들로부터 벌을 받을 것입니다.

나가마사

히로이에 님 귀하

입으로는 말할 수 없어도 붓으로는 할 수 있었다. 나가마사는 서신을 사자에게 건네고, 히로이에도 자기와 마찬가지로 이에야스의 비원이 확고하다는 사실을 이해해주었으면 하고 기원했다……

12

킷카와 히로이에는 쿠로다 나가마사의 서신을 보고도 별로 놀라는 기색이 없었다. 이미 지난번 명령으로 이에야스의 속셈은 읽고 있었다. 아니, 몇 번이나 사자를 보내도 만나려 하지 않은 나가마사의 태도가 그에게 냉정한 판단을 내릴 수 있게 하는 결과를 낳았다.

감정적으로는 말할 수 없이 분했다. 테루모토가 서쪽 성에 들어간 것도, 회람장과 격문에 서명한 것도 이에야스를 비롯하여 모두 잘 알고 있었다. 그러나 지금까지의 왕복 문서에는 그런 사실이 씌어 있지 않았다. 테루모토의 무원칙한 계산이 부끄러워 차마 쓸 수 없었을 뿐 아니라, 당연히 상대도 알고 있으리라는 방심 때문이기도 했다.

'보기 좋게 허를 찔렸다……'

입장을 바꾸어 생각할 때, 히로이에가 이에야스였다고 해도 그렇게 할 수밖에 없을 터. 그 정도로 테루모토의 행위는 부주의했고 경솔했다. 서쪽 성에 들어가 히데요리 곁에 어린 아들 히데나리까지 출사케 하고, 자신은 서군 총수로서 명령을 내리는 위치에 있었다.

지금 생각하니 세키가하라에서 난구산으로 내려갔어야 했다. 그리하여 동군을 위해 일전을 벌였다면 그때까지의 과거는 백지로 돌렸을지도. 아니, 세키가하라에서는 움직일 수 없었다 해도 오츠에서 동군에 합류해야 했다…… 지금은 모두 죽은 자식 나이 세는 것과 같이 어리석은 일이었다.

히로이에는 나가마사의 서신을 읽은 뒤 곧바로 탁자 앞으로 돌아앉아 탄원하는 붓을 들었다.

1. 뜻하지 않은 반역으로 갈피를 못 잡고 지난번에 청원을 드렸던 바, 두 분(후쿠시마, 쿠로다) 배려로 제 신상에 대해 분에 넘치는 은혜를 베푸셨으니 감사한 마음은 죽은 뒤에도 잊지 않겠습니다.

1. 이번 일은 테루모토의 진심에서 나온 것이 아닙니다. 에케이의 계략으로 부교들의 말을 믿고 서쪽 성에 들어가는 것이 히데요리 님에 대한 충성이라 생각한 것은 테루모토가 무분별했기 때문이며, 이는 두 분도 아시다시피 어쩔 수 없는 일이었습니다. 앞으로는 야심 없이 나이다이진 님께 충절을 다하리라는 점은 의심할 나위 없습니다. 모리라는 성만이라도 유지할 수 있도록 배려해주시기 바랍니다.

테루모토를 제외하고 저만 은혜를 입게 되면 제 일신만 생각하고 주군의 가문을 저버리는 것, 이는 저의 본의에 어긋납니다. 그리고 테루모토의 심중은 물론 남이 보기에도 면목 없는 일입니다. 테루모토와 같이 처벌받을 각오임을 거듭 말씀 드립니다.

1. 은혜를 베푸시어 모리 일족을 존속하게 해주신다면, 반역을 꾀

했던 다른 잔당들도 테루모토에 대한 이번 은혜를 잊지 않을 것입니다. 만에 하나라도 또다시 무엄한 생각을 품을 때는 비록 주군이라 해도 제가 앞장서서 진압, 목을 베어 바쳐 충의를 다하겠습니다……

히로이에는 글을 쓰면서 몇 번이나 입술을 깨물고 눈을 감았다. 오로지 이 글 하나에 조부 모토나리로부터 이어진 모리 가문의 운명이 달려 있다……는 생각에 울지 않으려 해도 저절로 눈물이 쏟아져 어쩔 수 없었다……

13

킷카와 히로이에는 이에야스를 대리한 이이 나오마사로부터 호출받기 전에 탄원서를 쿠로다 나가마사와 후쿠시마 마사노리에게 보냈다. 물론 수신인은 두 사람, 서명 밑에는 피로 손도장을 찍었다.

쿠로다 나가마사와 후쿠시마 마사노리는 이를 즉시 이이 나오마사에게 보이고, 다시 혼다 타다카츠도 포함해 네 사람이 이에야스 앞으로 나갔다. 이때 이에야스는 보쿠사이에게 그리게 한 일본 지도를 펼쳐놓고 뿔테 안경을 낀 채 열심히 들여다보고 있었다. 지도에는 영지와 주요 성의 이름이 적혀 있었으나 아직 영주의 이름은 공백이었다.

이에야스는 쿠로다 나가마사가 짧막하게 설명하고 킷카와 히로이에가 피로 손도장을 찍은 탄원서를 내놓자 일단 이마로 올렸던 안경을 내리고 자세히 들여다보았다.

네 사람은 숨을 죽이고 이에야스를 바라보고 있었다. 그리고 이에야스가 서둘러 안경을 벗자 안도했다. 이에야스의 안경은 이미 젖어 있었다. 안경을 벗은 그 눈은 붉게 충혈되어 있었다.

"다 같은 모토나리의 손자이지만······"

이에야스가 말했다.

"종손 쪽이 이처럼 역량 면에서 떨어지는 경우가 있어. 그대들에게도 큰 교훈이 될 걸세. 좋아, 보쿠사이, 각서를 구술할 테니 준비하게."

보쿠사이가 붓을 준비했을 때, 이에야스는 눈앞에 있는 지도의 스오와 나가토 두 곳에 '모리'라고 붉은 글씨로 쓰고 나서 구술했다.

1. 스오, 나가토 두 곳으로 나갈 것.
1. 부자父子의 신병에 대해서는 다른 뜻이 없음.
1. 허황한 소문이 나돌 때는 이를 규명한다.

"수신인은······?"

"말할 것도 없이 아키 츄나곤安藝中納言(테루모토) 님, 모리 토시치로(히데나리) 님. 그리고 날짜는 십일로 하게."

그날은 아직 3일이었다. 쿠로다 나가마사가 고개를 갸웃했다.

"날짜를 십일로 하신다는 말씀입니까?"

이에야스는 고개를 끄덕였다.

"앞으로 칠 일은 이에야스가 히로이에게 주는 선물일세. 이것이 전해지면 테루모토는 다시 발끈 성을 낼 테지. 경우에 따라서는 이 정도의 것을 받을 바에는 차라리 할복하는 편이 좋겠다고 할지도 몰라. 그러나 칠 일 후에는 눈물을 흘리면서 히로이에게 고맙게 여길 것일세. 모리 가문을 구한 것이 킷카와 히로이에였다고 확실하게 깨달을 때까지 칠 일은 걸릴 테루모토거든."

이렇게 말하고 다시 생각났다는 듯.

"참, 이 정도로 생각이 깊은 히로이에라면 이 각서만이 아니라 히데타다의 서약서도 필요하다고 할지 몰라. 그러나 보내지 않을 것이니 그대가 잘 이야기해서 안심시키도록 하게."

쿠로다 나가마사에게 말한 뒤 각서에 서명과 수결手結을 했다.

"영지는 정해졌군. 좋아, 이 양옆에서부터 써넣어야겠어."

혼잣말인 것도 같고 네 사람을 충분히 의식한 위로의 말인 것 같기도
했다.

이에야스는 굵은 손으로 안경을 닦아 다시 쓰고는 스오 동쪽에 있는
아키의 히로시마 가까이에 붉은 붓으로 후쿠시마라 써넣고, 또 바다를
사이에 두고 있는 치쿠젠에 쿠로다라 적어넣었다.

드디어 모리에 대한 처리가 끝나고, 이에야스가 구상하던 새벽이 다
가왔다……

여자의 고집

1

쿄토의 산본기三本木에 있는 히데요시의 미망인 키타노만도코로北의政所*, 즉 코다이인高臺院에게는 세키가하라 전투 이후 각계각층의 방문객이 잇따라 찾아왔다.

조카 코바야카와 히데아키는 말할 것도 없고, 역시 조카인 아사노 요시나가와 후쿠시마 마사노리, 쿠로다 나가마사 등이 계속 전황을 보고해왔다. 아니, 도요토미 가문의 옛 가신들만이 아니라, 쇼시다이로 와 있는 도쿠가와 가문의 오쿠다이라 노부마사도 문안 드린다고 찾아왔다. 챠야 시로지로茶屋四郎次郎를 위시하여 요도야淀屋, 혼아미本阿彌, 나야納屋, 이마이今井 등 쿄토와 오사카 및 사카이의 상인에서부터 다인茶人들까지도 무슨 구실이든 대고 들르곤 했다.

저마다 '문안'을 드린다는 명목으로 약간의 정보를 가지고 찾아왔으나 코다이인은 거의 그들을 만나지 않았다. 정중한 인사는 코조스孝藏主더러 받게 하고 가벼운 상대는 케이쥰니慶順尼가 대리로 만났다.

코다이인은 9월 15일의 결전 이후 벌어진 사태에 대해서는 손바닥

들여다보듯 훤하게 알고 있었다. 훤하게 알면 알수록 더욱 사람들을 만나기가 싫은 코다이인이었다.

사람들은 코다이인이 미츠나리를 증오하고 요도 부인을 증오한다고, 따라서 요도 부인의 아들 히데요리도 증오하여 이에야스에게 가담한 줄로 알았다. 코다이인의 마음을 깊이 알고 있는 사람이 아닌 많은 사람들이 그렇게 생각했다.

"축하 드립니다."

노골적으로 이렇게 말하는 자까지 있었다.

그리고 한동안 뜸했던 악랄한 소문이 이 무렵 다시 저택 내부에서 고개를 들기 시작했다.

"히데요리 님의 진짜 아버지는 누구일까?"

원래 히데요시에게는 정충이 없었다. 요도 부인만은 두 번이나 임신하고 다른 여자에게는 그런 예가 없었다. 이런 기적은 있을 수가 없다. 츠루마츠鶴松와 히데요리의 진짜 아버지는 한 사람이었을까. 한 사람이라면 오노 하루나가일 것이고, 두 사람이라면 오노 하루나가와 이시다 미츠나리가 아니었을까…… 이런 소문이 마치 코다이인을 위로하기라도 하듯 퍼져나갔다. 그러나 이런 소문이 기질 강한 코다이인에게는 여간 불쾌하지 않았다.

그뿐 아니라 잇따라 찾아오는 방문객들의 목적이 적나라하게 나타나기 시작했다. 코다이인의 중재를 통해 이에야스의 천하에서 살아남으려는 뻔히 속이 들여다보이는 기회주의적인 옛 가신들이었다.

'도요토미 가문을 팔아먹은 것은 코다이인……'

이런 대답마저 나올 것 같았다.

그날도 코다이인은 안코쿠지의 지인이라는 토후쿠 사東福寺 승려가 찾아왔다는 전갈을 받고 말을 전하러 온 오소데ぉ袖에게 명했다.

"케이쥰니가 만나게 하라."

9월 30일 아침이었는데, 그 방문객의 용건은 보나마나 뻔했다.

26일 오츠를 출발한 안코쿠지 에케이와 코니시 유키나가, 이시다 미츠나리 세 사람은 오사카와 사카이 등지로 끌려다니다가 쿄토에서 쇼시다이에게 인계되어 처형될 날만 기다리고 있었다.

이들의 구명을 이에야스에게 청할 수 있는 사람이 있다면 그것은 코다이인밖에 없다……는 생각으로 찾아오는데, 지금은 그럴 수 있는 형편이 아니었다. 미츠나리를 살리려 하면 히데요리의 죄가 가중되고, 안코쿠지를 도우려 하면 모리는 용서받을 수 없을 것이다.

"처형이 끝날 때까지는 아무도 만나지 않겠어."

코다이인은 일어나려는 오소데에게 말하고, 문득 빨갛게 부어 있는 그녀의 눈을 보았다. 너무 울어서……

2

코다이인은 잠자코 있을 수 없다는 생각이 들었다.

"참, 케이쥰니에게 말을 전하고 다시 이리 오너라. 마침 하고 싶은 이야기가 있었어."

오소데는 얼굴을 가리듯이 하고 나갔다.

이번 전투에서 패배한 장수들의 심정을 제외한다면 가장 큰 타격을 받은 것은 오소데였는지도 모른다.

오소데는 이상한 여자였다. 남달리 정이 깊으면서도 평생토록 반대되는 입장에서 살아온 여자였다.

'만약 내가 오소데처럼 유녀遊女가 되었더라면……?'

코다이인은 몇 번이나 이런 공상을 하다가 깜짝 놀라곤 했다. 오소데의 기질과 출신에서 때때로 자신의 모습을 발견하는 코다이인이었다.

남에게 지기 싫어하고 고집스러우며 외로움을 타는가 하면 높은 이상도 가지고 있었다. 그리고 또 하나, 도저히 남을 미워하지 못하고 만나는 사람, 보는 사람마다 끌린다는 점이 너무 비슷했다.

오소데는 코죠로小女郞라 불리던 유녀 시절에도 잇따라 손님들에게 반했던 듯. 물론 오소데가 바친 마음은 보답을 받을 수 있는 것이 아니다. 따라서 결과는 언제나 더욱 깊고 애처로운 고독.

'반했다가는 배신당하고, 배신당하고는 다시 반한다……'

그 결과 카미야神屋와 시마야島屋로부터 이시다 미츠나리에게 첩자로 보내졌고, 다시 미츠나리로부터 코다이인에게 보내졌는지도 모른다…… 누구도 깊이는 미워하지 못하고 계속 애처롭게 진심을 바치면서 방황한다……

코다이인은 오소데가 무엇을 바라고 갈구하는지 잘 알고 있었다. 그녀는 미츠나리의 처자를 구하고 싶었다. 이미 성인이 된 자의 생명은 구할 수 없지만, 그 부인이나 아직도 어린 두 딸만은 코다이인이 나서서 탄원하면 구할 수 있으리라 생각했다……

코다이인도 그럴 생각이었다. 이에야스가 결코 도량이 좁은 인물로는 보이지 않았고, 자신이 탄원한다면 쉽게 뿌리치지 못할 것이라는 자부심도 있었다.

그런데 사정은 급격히 바뀌었다. 세키가하라 전투는 순식간에 마무리되고, 그 불똥이 그대로 사와야마 성佐和山城을 불태워버렸다. 코다이인 같은 사람은 개입할 여유도 시간도 없었다. 미츠나리의 형 모쿠노카미木工頭 탓이었는지 아니면 아버지 마사츠구正繼 탓이었는지는 모르나, 이에야스 자신도 깜짝 놀랄 만큼 재빨리 그들 일족은 불길 속에 뛰어들었다.

오소데는 그 어린 생명을 구함으로써 자기 자신의 양심을 달래려 했을 터인데도……

오소데가 말을 전하고 돌아왔다.

"말씀하신 대로 케이준니에게 전했습니다."

"그래, 수고했어. 자, 좀더 가까이 오도록."

코다이인은 이렇게 말하고 일부러 가볍게 웃었다.

"참, 우선 그 향로에 불을 피우고…… 나는 너하고 단둘이 깨끗한 마음으로 이야기를 나누고 싶어……"

3

오소데는 명하는 대로 향 상자를 가지고 와서 모란이 그려진 향로에 난꽃 향기와 사향 냄새가 나는 향을 피웠다.

"그윽한 정취가 풍기는 것 같구나……"

코다이인은 다시 한 번 소리 내어 웃고는 이렇게 물었다.

"오소데, 강한 마음을 가진 네가 오늘은 무슨 일로 그처럼 눈이 빨개졌느냐?"

"예, 이제는 모든 것이 결정되었구나…… 생각하니 남아 있던 눈물이 저절로…… 부끄럽습니다."

"오소데, 우리 두 사람은 분명히 비슷한 데가 있어."

"당치도 않습니다. 저는 마님과 비교될 수 있는 몸이 아닙니다."

"너도 그렇고…… 나도 고집 센 겁쟁이야."

"황송합니다."

"그러나 너도 나도 오직 한 가지 자랑할 수 있는 게 있어…… 너도 깨닫고 있겠지?"

"예…… 아니, 그런 것을 저는……"

"그렇지 않아. 여자로서는 마찬가지, 우리는 언제나 오직 한 가지,

가장 옳은 일을 하고 죽기를 희망해왔어."

오소데는 갑자기 고개를 떨구었다. 요즘에 와서 더욱 여윈 어깨가 가만히 떨리고 있었다.

"그렇지 않느냐, 오소데? 옳다……고 생각되면 우리는 누구에게도 양보하지 않고 그것을 관철시켜왔어. 말다툼도 하고 물고늘어지기도 했어. 배신당해도 미워하지 않고, 또 자신을 채찍질하며 옳은 길을 추구해왔어."

"마님!"

"울어도 좋아, 실컷 울도록 해. 나도 너를 위해 구명을 청해야 할 사람이 있다는 것은 진작부터 알고 있었어. 그러나 그것도 이루어질 수 없게 되고……"

"마님!"

다시 오소데는 울먹이는 소리로 부르고 말을 이었다.

"제가…… 이 오소데가…… 하직할 수 있도록 허락해주십시오."

코다이인은 깜짝 놀라 숨을 죽였다.

"그것은 안 돼. 아직 일러."

"아니, 이르지 않습니다. 이미 모든 것이 끝났습니다."

"오소데……"

코다이인은 어조를 바꾸었다.

"너는 지부 님 처형 날짜를 알고 있구나?"

"예. 내일이라고…… 조금 전에 토후쿠 사 스님이 말씀했습니다."

"그래서 하직하겠다는 것이냐? 안 돼. 지부 님이 이렇게 될지는 너도 이미 알고 있었을 것 아니냐?"

"예…… 그렇습니다."

"뿐만 아니라, 앞서 너는 무어라고 했느냐. 지부는 타이코 전하와 떨어져서는 살지 못할 천성적으로 호전적인 사람, 그러므로 고집을 관철시키도록 해서 한시 바삐 전하 곁에 보내고 싶다고……"

"……"

"그러한 지부가 고집을 세우다 사로잡혔어. 지부는 결코 후회하지 않을 거야. 웃으면서 처형장에 임할 거야. 그런데도 네가 여기서 물러나 순사殉死라도 한다면 지부의 고집이 손상을 입어…… 여자란 말이다. 참고 그늘에서 명복을 빌어야 하는 거야. 그편이 죽는 것보다 훨씬 더 고통스러워. 오소데 정도나 되는 사람이 쉬운 길을 택하리라고는 생각하지 않는다."

4

오소데는 잠시 울음을 참고 전신을 꼿꼿이 하고 있었다.

코다이인은 모든 것을 다 꿰뚫어보고 있었다.

순사까지는 생각지 않았다. 그러나 그녀의 힘으로는 생전의 미츠나리에게는 물론 앞으로도 무엇 하나 해줄 수 없다는 생각을 하니 살아 있을 기력이 없어졌다. 분명하게 의식하고 있었던 것은 아니지만, 만약 유족 중에서 어린 딸 하나만이라도 구할 수 있다면 그 어린 것 곁으로 달려가…… 이런 비원이 사는 보람이었다.

'모든 희망이 다 사라졌다……'

이런 생각이 들었을 때 오소데는 오늘날까지 긴장해 있던 마음의 줄이 끊어지고 말았다.

코다이인은 지금 자신과 오소데를 고집 센 겁쟁이라고 표현했다. 그 고집을 받쳐주던 줄이 끊어졌으므로 오소데에게 남은 것은 '겁쟁이' 뿐인지도 몰랐다. 이 겁쟁이에게 채찍을 가한다고 해서 과연 코다이인이 바라는 것처럼 앞으로 고통을 참아나갈 수 있을까?

"오소데……"

코다이인은 익살스러울 만큼 친근한 어조로 속삭였다.

"나나 너 같은 여자는 자기 주인에게는 심하게 대해. 사사건건 맞서고 심술궂게 따지고 드는 거야. 아마 너도 기억하고 있을 테지?"

"예…… 예."

"그러다가도 일단 곁을 떠나면 크게 후회하게 돼. 미워서 맞선 것은 아니야. 너무 사랑해서 누구에게도 비난받게 하고 싶지 않다…… 그런 마음에서 못살게 굴었던 거야."

"정말…… 그런 것 같습니다."

"그 마음이 과연 상대에게도 통했을까? 만약 그 반대였다면…… 무언가 마음에 품은 생각이 있어서 사사건건 맞섰다고 받아들이지나 않았을까…… 그런 생각을 하면 죽어서 오장육부라도 드러내 보이고 싶어질 거야."

코다이인은 문득 입을 오므리며 웃었다.

"호호호…… 타이코가 돌아가셨을 때 내가 바로 그런 지옥에 빠졌었지. 그러나 잘 생각해보니 나 혼자만의 씨름이었어. 자신을 억제하고 아침저녁으로 전하가 시키는 대로 모셨다면 어떻게 되었을까……? 그야말로 후회는 이중삼중…… 전하도 잘못이 많은 인간이었어. 그 잘못은 내가 입을 다물고 진정으로 충고하지 못한 탓이 아닐까…… 이런 후회가 얼마나 안타깝게 나를 괴롭힐 것인지……"

"……"

"호호호…… 역시 사람은 각자 자기 기질을 살리면서 사는 수밖에 없어. 너도 지금은 내가 본 것과 같은 지옥 가장자리에 서 있어."

오소데는 고개를 끄덕이는 수밖에 없었다.

이 저택에 왔을 무렵만 해도 오소데는 아직 자기가 미츠나리를 사랑한다고는 깨닫지 못하고 있었다.

"내 마음에 드는 분은 혼아미 님과 같은……"

그래서 혼아미 코에츠本阿彌光悅*에게 농담이 아니라 진정으로 이렇게 말할 수 있었다. 그런데 미츠나리의 오가키 출진을 알았을 때부터 오소데의 마음은 완전히 그에게로 기울었다.

'미츠나리가 찌르라고 한 코다이인은 죽이지 못하고 이대로 미츠나리 일족이 멸망한다면……'

그 공포는 적중했다. 현재 일족 가운데서 유일하게 이 세상에 살아 있는 미츠나리가 내일이면 드디어 먼길을 떠난다……

5

미츠나리를 이런 비극으로 몰아넣은 원인은 수없이 많았다. 결코 오소데 혼자만의 책임은 아니었다.

그러나 오소데가 곁에 있으면서 그 결심을 부추긴 것만은 사실이었다. 아니, 미츠나리는 오소데의 말 때문에 움직였다는 생각은 전혀 하지 않을 터. 지금도 틀림없이 그 거센 성격상 아녀자 따위가 무엇을 알겠느냐고 가슴을 떡 펴고 있을 터였다.

그렇기 때문에 오소데는 더욱 안타까웠다. 강한 체 꾸며대는 사나이의 뱃속을 그녀는 속속들이 보아왔다. 미츠나리는 남달리 예민한 신경을 가진 사나이였다.

'그런 미츠나리를 혼자 황천으로 떠나보낸다……'

이런 생각만 해도 오소데는 견딜 수 없었다.

"오소데……"

코다이인은 다시 그녀를 불렀다.

"너는 아직도 위험한 지옥을 들여다보고 있어. 눈을 돌려야 해."

"예…… 예."

"지부에게 품고 있는 그 정은 아름다워. 여자에게만 주어진 모정母情이야. 그러나 같은 어머니, 같은 아내의 마음이라도 천하고 고상한 품위의 차이는 있을 것이야. 너는 그 마음을 고상한 자리로 옮겨 지부의 명복을 빌어주어야 해."

"예……"

"그렇군, 처형이 내일로 정해졌다면 네 눈으로 직접 처형하는 모습을 지켜보는 게 좋겠어. 그러면 지부가 무엇을 바라고 어떤 마음으로 떠나는지 알 수 있을 것이야."

"……"

"그런 뒤 지부의 무덤을 세워주는 거야. 지부는 틀림없이 토후쿠 사와 각별한 인연을 맺고 있을 터…… 거기에 네 손으로 무덤을 세우고 향을 올리라는 말이다."

"감사합니다."

오소데는 조용히 머리를 조아리고 눈물을 닦았다.

코다이인이 무엇을 걱정해주는지 그것을 모를 오소데가 아니었다. 그런데도 마음속으로는 조금도 위로가 되지 않았다. 납득할 수 없기 때문이었다.

'말하지 않아도 어찌 떠나는 모습을 보지 않을 수 있다는 말인가.'

이런 반발이 은근히 마음을 자극했다.

"알 것도 같고 그렇지 않은 것도 같고…… 그런 심정인 모양이구나, 오소데. 결코 무리가 아니야. 좋아, 물러가 쉬도록 해라. 그리고 내일은 지부를 떠나보내고 그대로 돌아와야 해. 이 여승의 명령이다. 내 곁에서 떠날 것인지 아닌지는 그 후에 생각하도록."

"예…… 예."

오소데는 조용히 고개를 숙이고 코다이인의 거실을 나왔다. 그리고 별채에 있는 자기 방으로 돌아와 손을 모으고 멍하니 앉아 있었다.

이미 한가을이 지나 공기는 한결 싸늘해졌다. 공기의 차가움이 오소데에게는 계절에서 오는 냉기로 받아들여지지 않았다. 전신의 기력과 의지가 모두 타 없어지고 재만 남은 상태…… 이 때문에 싸늘하다는 생각이 들었다.

그날 밤 오소데는 자기가 정말 잠을 잤는지 아닌지 알 수 없었다. 다만 깨닫고 보니 아침이고 마당에서 새들이 지저귀고 있었다.

오소데는 일어나자마자 곧장 케이준니에게 외출 허락을 받고 신들린 사람처럼 로쿠죠 강변을 향해 걸음을 옮겼다.

6

거리에는 왠지 모르게 살기가 감돌고 있었다.

평소보다 사람이 많은 곳은, 호리카와堀川 데미즈出水에 있는 쇼시다이의 저택에서 이치죠一條 네거리로 나와 무로마치室町를 거쳐 테라마치寺町로, 여기서 다시 시내 중심부를 지나 로쿠죠 강변으로…… 이렇게 고시되어 있는 미츠나리 등이 지나갈 길뿐, 나머지는 평소와 크게 다르지 않았다.

그런데도 어느 길에서나 만나는 사람마다 한결같이 살기를 띠고 있었다. 모두가 오늘 쿄토에서 무슨 일이 벌어질 것인지 알고 있는 듯.

오소데는 되도록 사람의 왕래가 적은 길을 택해 테라마치로 갔다. 그곳에서 미츠나리의 뒤를 따라 로쿠죠 강가로 나갈 생각이었다.

오소데가 테라마치에 도착했을 때 아직 부근은 조용하기만 했다.

'너무 일찍 왔다……'

그렇지만 부근에는 오래 기다리고 있을 만한 곳이 없었기 때문에 산

기슭을 따라 천천히 시죠四條 쪽으로 걸어갔다가 다시 돌아왔다.

오늘 처형되는 것은 미츠나리만이 아니었다. 안코쿠지 에케이도 코니시 유키나가도 함께였다. 세 사람 모두 수레에 실려 시내를 한 바퀴 돈 뒤 같이 처형될 예정이었다.

'어떤 모습으로 끌려올까……'

그 모습을 보고 싶기도 하고, 한편으로는 보기가 두렵기도 했다.

이럴 리가 없다. 미츠나리 이상으로 세상 고초를 겪어왔고 무서운 시달림을 당한 오소데가 아니었던가……?

드디어 테라마치에 인파가 넘치기 시작했다.

"아, 왔어, 나타났어."

"정말 먼지가 대단하군. 수레 뒤에 사람들이 잔뜩 따라오고 있는 모양이야……"

"모두 로쿠죠 강가까지 따라가며 구경할 생각인 것 같아."

오소데는 사람들의 이야기를 듣는 순간 더 이상 참지 못하고 다시 혼자 떨어져나와 먼저 하류 쪽을 향해 걸어갔다.

하늘은 맑게 개어 있었다. 아무 일도 없는 날이라면 산책하기에 더할 나위 없이 좋은 가을 날씨, 그런데도 오소데는 왠지 목이 바싹 마르고 답답해졌다.

'저렇게 사람이 많은데…… 가까이에서는 볼 수 없겠지……'

역시 지금 로쿠죠 강가로 내려가 잘 보이는 곳에서 염불을 해주어야지…… 나를 알아보면 조용히 웃음을 되돌리고…… 아니, 그때 웃어 보일 여유가 과연 내게 있을까……

이미 수레는 테라마치에 도착한 듯. 그 부근에는 사람들로 가득했다. 그리고 그들이 일으키는 먼지가 흰 연기처럼 주위를 뒤덮으며 동쪽으로 흐르고 있었다.

오소데는 형장에 도착하기까지 다시는 돌아보지 않을 생각으로 카츠기被衣°를 덮어쓴 두 손을 내리고 빨리 걷기 시작했다.

"아니, 오소데가 아닌가?"

그때 바로 뒤를 따라오던 4, 5명 중에서 오소데를 부르는 사람이 있었다. 오소데는 깜짝 놀라 걸음을 멈췄다.

"아, 역시 그렇군."

성큼성큼 다가와 카츠기 안을 들여다본 것은 혼아미 코에츠였다.

"오소데도 올 줄 알았지…… 아니, 나도 오지 않을 수가 없더군."

"어머……"

"오소데, 걸으면서 말을 나누지 않겠나? 지금까지 나는 마음속으로 지부 님을 경멸하고 있었어. 그런데 오늘 다시 보게 됐어. 내 잘못이었어. 지부 님은 이 시대의 가엾은 희생자였어."

몹시 흥분한 표정으로 말하기 시작했다.

7

미츠나리를 싫어하던 코에츠의 말이 아니었다면 오소데는 가볍게 받아넘기고 그대로 지나갔을 터. 그러나 철두철미徹頭徹尾 미츠나리를 혐오하던 코에츠의 입에서 미츠나리를 다시 보게 되었다는 말을 듣고는 보조를 맞추어 반문하지 않을 수 없었다.

"이 시대의 가엾은 희생자……라고 하셨나요?"

코에츠는 크게 고개를 끄덕이고 어깨를 나란히 했다.

"이 시대의 희생자…… 어색하다면 타이코 전하의 희생자라고 고쳐 말해도 좋아. 어쨌든 지부 님은 보통 분이 아니야."

"어째서 생각이 바뀌었나요?"

"실은 테라마치 휴게소에서, 지부 님이 경호하는 사람에게 목이 마르니 물을 달라고 했어."

"어머, 목이 말라서……"

오소데는 그 말에 비로소 생각난 듯 침을 삼켰다. 그녀의 목도 바싹 말라 있었다.

"그런데 부근에는 물이 없었던 모양인지 경호하는 무사는 자기가 허리에 차고 있던 곶감을 꺼내 지부 님에게 건넸어."

"곶감이라니……?"

"감 말린 것 말이야. 말랑말랑하여 아주 먹음직스러웠어. 목이 마르시면 물 대신 하나 드십시오, 목을 축일 수 있을 것이라면서."

"친절한 무사였군요."

"지부 님은 감은 담痰에 독이 된다고 한마디로 거절했어."

"어머나……"

"상대는 어이없다는 표정으로, 얼마 후에 처형될 사람이 몸 생각을 하느냐고 반문했어."

코에츠는 자기 말에 대한 반응을 오소데의 표정에서 읽으려는 듯 그녀의 옆얼굴로 시선을 보내면서 말을 계속했다.

"그러자 지부 님은 그 무사를 호되게 꾸짖었어. 무슨 소리를 하느냐, 대장부는 숨을 거두는 순간까지 몸을 소중히 다루어야 한다, 잘 기억해 두라……고."

"어머……"

오소데는 실망했다.

이제는 미츠나리도 그런 쓸데없는 대항 의식에서 해방되어 유유히 자기 생명의 마지막 모습을 객관하고 있을 줄 알았다.

"나는 그만 고개가 수그러졌어. 그러한 마음자세는 보통사람이 가질 수 있는 게 아니야. 보통사람이라면 이미 체념한 모습으로 망연해져 있을 텐데…… 남을 꾸짖을 수 있는 자신감으로 오늘을 맞이하고 있다…… 이처럼 뛰어난 자질을 가진 지부 님이 어째서 이번과 같은 소요를 일으켰는지……"

이번에는 오소데가 똑바로 코에츠의 얼굴을 바라보았다. 코에츠는 오소데와 정반대로 미츠나리의 오만한 태도에 크게 감탄하고 있었다.

'거짓말은 아닌 듯해. 마음으로부터 감동하고 있는 눈이 아닌가.'

코에츠는 아직도 흥분이 가시지 않은 투로 말을 이었다.

"역시 타이코 님이 나빴어. 그렇게 훌륭한 지부 님이었으니, 틀림없이 지부 님 앞에서는 타이코 님도 어려울 때마다 나이다이진에 대한 악담…… 아니, 푸념을 늘어놓았을 것이야. 그런 일이 거듭되면서 지부 님도 타이코가 나이다이진을 증오한다고 착각하게 되고…… 이번 소요도 그런 착각에서 비롯된 것이었어……"

오소데는 대답할 말이 없어 가만히 코에츠로부터 비켜섰다.

8

코에츠의 말은 오소데가 아직껏 생각지 못했던 각도에서 본 미츠나리에 대한 견해였다.

'그런 견해도 있을 수 있는 것일까……?'

"오소데, 세상에 흔히 있는 일이야. 남의 눈에는 사이좋게 보이는 부부가 있지. 그런데 어머니는 어리석은 자라서, 남편 앞에서 말하지 못하는 불만도 자식 앞에서는 되풀이하거든. 자식은 어머니를 생각하면 할수록 자기 아버지를 원수처럼 여기게 되지. 그 때문에 부자간에 말다툼이 벌어져 어머니가 난처해지는 경우가 있어."

"그런 일이 없지는 않겠지요."

"아니, 흔히 있는 일이지. 이 경우 자식을 그르친 것은 어머니의 어리석음…… 타이코와 나이다이진과 지부 님의 관계가 바로 그렇다는 것을 깨달았어. 타이코는 결코 나이다이진과 사이가 나빴던 게 아니야. 다만 어리석은 어머니처럼 어딘지 모르게 나이다이진의 존재에 압박당하고 있었어. 내가 타이코를 불만스럽게 여긴 점도 바로 그것이었어. 타이코는 자신에게 약하고 자신에게만은 단련되지 않은 무딘 칼. 지부 님 앞에서 거듭 푸념했을 것이 분명해. 지금쯤은 타이코도 지하에서 당황하고 있을 테지. 지부, 그런 무모한 짓을 해서 우리 가문을 무너뜨리지 말라……고. 지부 님은 반복해서 하는 말이 진실이고, 평소 타이코와 나이다이진의 사이가 좋아 보이는 것은 거짓이라 착각했어. 착각하게 만든 것은 타이코의 어리석음…… 마지막 날까지 잘못에 대해서는 호되게 꾸짖을 정도로 자기 자신을 견지한 분에게 그런 착각을 갖게 하다니…… 나는 새삼스럽게 타이코가 미워졌어. 아니, 인간의 어리석음이 가증스러워!"

코에츠는 오소데의 귀에 입을 가까이 대고 말했다.

"하지만 모든 것은 끝났어. 마음속 깊이 명복을 비는 수밖에."

오소데는 그때까지도 코에츠가 한 말의 뜻을 반은 이해하고 반은 알아듣지 못했다. 정말 그 말을 깨닫고 크게 당황한 것은 두 사람이 형장 울타리 밖에 도착해 그 안으로 끌려나온 미츠나리의 모습을 보았을 때부터였다.

미츠나리는 물빛 코소데를 입고 손을 뒤로 묶인 채 오만하게 가슴을 펴고 울타리 안으로 들어왔다. 시선도 돌리지 않고 고개를 떨구지도 않았다. 시가詩歌라도 읊조리듯 앞을 바라보면서 그대로 형장으로 다가갔다. 얼굴은 수척해 있었으나 혈색이 돌고 입술도 이상할 정도로 붉었다. 기를 쓰고 최후의 기백을 보이는, 그만 눈을 내리깔고 싶어지는 모습이었다.

뒤이어 끌려나온 코니시 유키나가는 눈을 지그시 감은 모습으로 태연 그 자체였다. 그는 천주교 신자였다. 조용히 머릿속에 천주의 모습을 그리면서 모든 것을 신에게 맡긴 침착한 태도.

세번째 안코쿠지 에케이는 뜻밖에도 태연한 얼굴로 여유있게 사방을 둘러보며 들어왔다. 어딘지 모르게 깨달음을 얻은 초연한 모습.

이때 코에츠가 다시 귀에 입을 가까이 대고 속삭였다.

"자세히 봐, 모두 위선자야. 코니시 님은 허공 어딘가에 천주라도 있는 것처럼 생각하고 있고, 에케이 님은 짐짓 고통으로부터 벗어나려 하고 있어. 진정 두 사람 모두 생명의 존엄성을 모르고 있어. 지부 님만은 전력을 기울여 자신의 생명을 똑바로 바라보고 있어. 전혀 위선이 없는 참된 모습…… 아, 지부 님만은 죽는 것이 아까워."

이때 시치죠七條 도량道場의 대사와 정토종淨土宗 킨코 사金光寺의 유교遊行 대사가 마지막 독경을 하기 위해 들어왔다.

9

오소데는 이미 코에츠의 말에 맞장구를 칠 여유마저 없었다. 그뿐 아니라 코에츠의 견해는 오소데와는 모두 정반대였다. 오소데의 눈에는 코니시 유키나가도 안코쿠지 에케이도 각각 조용히 깨달음의 경지에 이르러 있는데, 유독 미츠나리만은 아직도 망집의 업화業火 속을 분노하며 걷고 있는 것처럼 보였다.

'어느 쪽 견해가 옳을까……?'

생각해볼 여유도 없었고, 코에츠가 말을 거는 것도 귀찮기만 했다.

어디서인지 울타리 안으로 돌을 던지는 자들이 있었다. 그 중의 하나가 에케이의 어깨와 미츠나리의 다리에 맞았다. 에케이는 돌아보고 빙긋이 웃었고 미츠나리는 돌아보지도 않았다.

경호하는 자는 알고도 모르는 체 구경꾼들을 꾸짖으려 하지 않았다. 도리어 구경꾼 가운데서 호되게 나무라는 소리가 들렸다.

중앙에 멍석 석 장이 깔려 있고, 그 곁에 물이 담긴 하얀 통이 각각 놓여 있었다. 망나니가 그 통 옆에 한쪽 무릎을 꿇고 앉아 약속이라도 한 듯이 햇빛에 이맛살을 찌푸리고 있었다.

세 사람이 정해진 곳에 자리잡은 뒤 시치죠 도량의 대사가 가볍게 절을 하고 독경을 시작했다. 대사 뒤에는 제자 둘이 딸려 있었다.

순간 허공을 노려보고 있던 미츠나리가 험악한 얼굴로 우뚝 섰다.

"어디서 온 중인지, 독경은 필요치 않아."

그 소리가 너무 컸기 때문에 울타리 안팎이 조용해졌다.

"마음 편히 가지십시오. 저희가 성심껏 명복을 빌어드릴 것이니."

"안 돼!"

대사가 온화한 표정으로 말하는 것과 미츠나리가 격노하여 호통치는 것은 동시의 일이었다.

"남의 염불이나 듣고 기뻐할 내가 아니야. 나의 종지宗旨는 법화法華, 공연한 방해는 하지 마라."

오소데는 몸을 떨었다. 드디어 미츠나리는 자아의 노예로 변했다.

'이렇게 되도록 권한 것은 누구였던가……'

바로 오소데 자신이 아니었던가……

'가공스러운 결과를 낳았다……'

이런 생각을 했을 때 미츠나리의 격노는 다른 두 사람의 수형자까지 혼란에 빠뜨렸다. 지금까지 조용히 있던 코니시 유키나가도 안코쿠지 에케이도 흠칫 놀라는 표정으로 우뚝 섰다.

여기 오기까지 세 사람은 서로 증오하며 다른 마음을 가지고 있었을 터. 에케이가 볼 때 미츠나리는 성에 차지 않는 주모자요 지휘자, 미츠나리로서 에케이는 모리를 배신하게 만든 무책임한 허풍선이. 코니시 유키나가에게 미츠나리는 작전 도중 의견을 달리한 원한의 대상.

그러한 세 사람이 지금 완전히 하나가 될 것 같은 기색이 보였다.

"그렇다."

유키나가가 말했다.

"나도 거절하겠다. 나는 천주 곁으로 갈 몸이기 때문에."

"나 역시 사양하겠다. 나는 선종禪宗이므로."

미츠나리의 일갈이 전쟁터에서 이처럼 일사불란一絲不亂하게 그들을 움직였다면 과연 어떻게 되었을까……?

시치죠 도량의 대사는 슬픈 표정으로 세 사람을 바라보고 나서 제자들을 재촉하여 그 자리를 떴다.

10

승려들이 사라진 뒤 세 사람은 각각 멍석 위에 앉았다.

해는 높이 떠서 빛나고 강물 흐르는 소리가 들려왔다.

구경꾼들은 숨소리조차 죽였다……

오소데는 자신이 꿈속에 있는 듯한 착각에 빠져들기 시작했다.

'실은 이 인생이 꿈이고, 이제부터 저 사람들이 죽은 뒤 이어지는 세상이 정말 인생이 아닐까……?'

그렇다면 그들을 잉태하는 이 로쿠죠 강가의 대지는 지금 산실에 들어서고 있는지도……

대나무 울타리 안에는 오쿠다이라 노부마사의 부하 몇 명이 있었다. 그러나 그들은 이미 봄의 들판에 피어나는 아지랑이보다 희미했다. 그 사람들은 단지 산실 근처에 있을 뿐 인간의 생사에 대해서는 아무런 힘도 갖지 못한 자들이었다……

망나니들은 더더구나 하찮은 존재, 자신들이 무엇을 하고 있는지조차 모르고 묘한 장소에서 서성거리고 있는 존재들에 불과했다……

울타리 안에서 칼이 번뜩였다.

미츠나리, 유키나가, 에케이 순으로 목과 몸통이 덜컥 앞으로 떨어졌다. 그와 동시에 오소데는 다른 세상으로 차례차례 올라가는 산실의 울음소리를 듣고 있었다.

가까이 있던 사람이 서서히 움직이기 시작했다. 울타리 안에는 이미 목도 몸통도 없었다. 하인들이 주위에 흩어진 피를 물로 씻어 흘려보내고 있었다.

오소데는 비틀거리면서 일어났다. 아직 귓전에서는 사랑스러운 아기의 울음소리가 들리고 있었다.

그로부터 얼마 동안 오소데는 어디를 어떻게 걸었는지 기억할 수 없었다. 인파에 밀리면서 산죠三條 다리에 이르러 효수된 세 개의 목을 보았다. 하지만 그것은 이미 형장에 끌려갈 때의 세 사람과는 아무 관계도 없는, 단지 목만 있는 인형을 보는 기분이었다. 별로 슬픔도 애처로움도 느껴지지 않았다.

오소데는 예전에 살던 빈집 앞을 지나는 것 같은 심정으로 다시 로쿠죠 강가로 되돌아왔다. 왜 돌아왔는지 알 수 없다. 목이 옮겨지는 뒤를 따라 산죠 다리까지 갔으나, 효수된 목에는 미츠나리가 없어 되돌아왔는지도 모른다.

이미 로쿠죠 강가에는 울타리도 없고 핏자국도 없었다. 여기저기 사람들이 모여 이쪽을 가리키며 무어라 수군거리는 모습이 눈에 들어왔을 뿐, 단지 눈에 띄기만 할 뿐……

해도 기울었다. 곧 어두워질 것이다. 강물에 석양이 물들어 붉은 띠를 이루며 흐르고 있었다. 흐르는 이 '시간'도 지금의 오소데와는 전혀 관계가 없는 것으로 생각되었다.

'나는 미츠나리를 찾아 여기에 온 것일까……?'

그렇다면 나는 미츠나리를 만나 무슨 말을 하려 했을까……?

아무 도움도 되지 못했다고 사과할 생각이었을까?

어째서 죽는 그 순간까지 낯을 붉히고 화를 냈는지 그 이유를 물으려한 것일까……?

아니, 그보다 미츠나리는 정말 죽은 것일까, 왕생한 것일까?

왕생이란 말에 참된 의미가 있다면 어딘가에 살아 있을 터. 그 어딘가는 어느 곳일까?

멍하니 강가에 앉아 생각하고 있는 오소데의 뺨으로 갑자기 눈물이 봇물 터진 듯 흐르기 시작했다.

11

이윽고 주위는 어두워졌다. 그러나 아직 오소데는 로쿠죠 강가를 떠나려 하지 않았다. 점점 발 밑의 돌이 차가워지고 히가시야마東山에서 저녁 안개가 피어올라 흐르고 있었다. 오소데는 지금 안개에 얼굴을 적시면서 미츠나리와의 지난날을 반추하고 있었다.

미츠나리가 일을 저지르지 않고는 못 배길 인간이라고 암시한 것도, 그런 줄 안다면 망설이지 말라고 다그친 것도 오소데 자신이었다. 그리고 오늘 자신의 말대로 죽음의 자리에 앉은 옛날 그대로의 미츠나리를 보았다.

비록 미츠나리의 마지막 모습이 혼아미 코에츠가 보았던 것처럼 유키나가나 에케이보다 훨씬 더 당당한 태도였다고 해도, 오소데의 마음은 결코 편안하지 않았다.

'그 사람의 결심 때문에 그 아버지와 형제, 처자가 모두 이 세상에서

사라졌다……'

혈육만이 아니다. 이번 전투를 통해 몇 만이라는 사람이 울고 또는 저주하면서 이 세상에서 모습을 감추었는가……

그런데도 오소데는 이 사실에서 눈을 돌리고 귀를 가리면서 태연히 살아갈 수 있는 여자일까…… 담담한 심정으로 그들의 명복을 빌겠다고 하면 또 하나의 오소데가 용납할 수 있을까.

하늘의 별이 북풍에 씻겨 아름답게 빛나고 있는데도 오소데는 꼼짝도 않고 있었다. 시각은 생각해보지도 않았다. 자기가 돌아오기를 걱정스럽게 기다릴 코다이인의 모습도 이미 없었다. 있는 것이라고는 가슴을 떡 펴고 형장에 앉은 미츠나리의 얼굴, 살아 있을 때 그가 의외로 조용히 설법을 듣고 있던 다이토쿠 사大德寺 산겐인三玄院의 소엔宗園 대사(후에 엔칸圓鑑 국사國師)의 얼굴이었다.

대사의 얼굴이 어째서 같이 떠오른 것일까?

그 생각을 했을 때 오소데는 이미 일어나 있었다. 각오가 되었다……기보다, 그렇게 하지 않으면 마음에 있는 또 하나의 오소데 고집이 용서하지 않을 것이었다. 산겐인으로 대사를 찾아가 미츠나리의 사당을 세워달라고 부탁하고, 절 한 모퉁이에서 자신도 미츠나리의 뒤를 따를 생각이었다.

미츠나리는 꾸짖을지도 모른다. 아니, 무시하고 얼른 혼자서 걸어갈지도 모른다. 그래도 좋다고 오소데는 생각했다. 자기 또한 시치미를 떼고 묵묵히 뒤따라가지 않으면 고집을 세울 수 없었다.

어디를 어떻게 지나왔을까?

미츠나리는 이미 오소데의 눈에서 사라질 수 없는 존재가 되어 있었다. 아직도 미츠나리는 그녀 앞에서 가슴을 떡 펴고 걷고 있었다. 오소데는 그 뒤를 어디까지라도 따라갈 터……

다이토쿠 사가 있는 오미야大宮 마을에 이르렀을 때는 이미 길가의 풀잎에 이슬이 맺혀 있었다. 경내 킨모카쿠金毛閣 문은 굳게 닫혀 있었고, 여기저기 흩어져 있는 암자도 사당도 무덤도 초목도 모두 잠들어 있었다. 그 닫힌 문 안으로 미츠나리는 연기처럼 빨려들어갔다.

이때 갑자기 오소데는 생각을 바꾸었다. 굳이 산겐인의 소엔 대사를 만날 필요가 없었다. 그런 사소한 일보다 자기는 지금 미츠나리를 따라가지 않으면 안 된다……는 생각에서 얼른 문 앞에 앉아 품에 지녔던 단도의 끈을 풀었다. 그리고 단도를 풍만한 가슴 밑에 푹 찌르면서 이것이 '사랑'이 아닌가 하고 어렴풋이 생각했다……

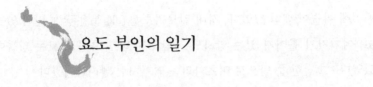

요도 부인의 일기

1

요도 부인은 오쿠라大藏 부인으로부터 미츠나리 등이 처형되었다는 소식을 듣고 무어라 대답했는지 자기 자신도 잘 몰랐다.

"지부 님과 셋츠攝津 님의 목에 이어 미나쿠치 성에서 나와 히노日野에서 자결하신 나츠카 마사이에 님의 목이 놓이고, 그 다음 안코쿠지 님, 이렇게 네 분 목이 산죠 다리에 효수되었다고 합니다."

오쿠라 부인은 요도 부인에게 그녀의 행운을 상기시키기 위해 말하는 것 같았다. 자기 아들 오노 슈리노스케 하루나가大野修理亮治長의 공을 잊지 않게 하려는 의도도 약간은 있었을 터.

이에야스가 오노 하루나가를 보내, 히데요리 모자는 아무 관련도 없으므로 걱정할 것 없다…… 이렇게 말했을 때 요도 부인의 기쁨은 문자 그대로 '광기狂氣'에 가까웠다.

당연한 일이었다. 당시 오사카 성 공기는 전쟁터 못지않게 긴장되어 평화가 오리라고는 아무도 생각지 않았다……

세키가하라에서 패한 군사들이 비참한 모습으로 속속 돌아오고, 오츠에서 철수한 타치바나 무네시게는 모리 테루모토에게 농성하기를 촉구했다. 성에 남아 있던 일곱 장수들도 거의 주전론을 폈고, 사실 요도 부인까지도 이미 전쟁을 각오하고 있었다.

요도 부인의 출신으로 보아 결코 무리가 아니었다. 외숙부 노부나가를 비롯하여 아사이淺井 가문의 할아버지나 아버지도, 의붓아버지 시바타 카츠이에柴田勝家도 생모 오이치ぉ市도 모두 전란 속에 비명의 죽음을 당했다.

'이번에는 우리 모자 차례인가……'

이러한 각오임을 오쿠라 부인도 분명하게 알 수 있었다. 이에야스가 오노 하루나가를 조금만 늦게 보냈더라도 요도 부인은 히데요리를 죽이고 자신이 직접 본성을 지휘하겠다고 나섰을지 모른다. 그런데 하루나가가 와서, 이에야스는 이번 소요가 히데요리 모자와는 전혀 관련이 없다는 생각을 갖고 있음을 전해왔다.

요도 부인은 그 말을 당장에는 믿지 않는 듯했다. 그녀가 지금까지 봐온 전투에서 이처럼 관대한 조치가 취해진 예는 없었기 때문이다.

하루나가가 진지하게 이에야스의 뜻을 전했을 때 요도 부인은 그만 울음을 터뜨렸다.

"염려하지 마십시오. 저도 나이다이진과 같이 싸웠던 몸, 절대로 생모님이나 도련님에게는 다른 뜻이 없음을 알고 있습니다."

요도 부인은 곧 카타기리 카츠모토片桐且元를 불렀다. 그리고는 사자를 선발하여 하루나가와 함께 이에야스에게 감사의 뜻을 전하게 했다. 그리고 이에야스가 성에 들어올 때까지 그 기질대로 주전론을 폈던 무사들을 불러 설득하기도 했다.

지금 오쿠라 부인이 미츠나리 등의 처형에 대해 이야기하는 것도 이처럼 무사히 마무리된 이면에는 하루나가의 노고가 있었음을 화제로 삼고 싶은 마음……이라는 사실까지도 요도 부인은 알고 있었다.

그냥 말을 들을 뿐 요도 부인은 입을 열기가 괴로웠다. 눈길은 혼자 놀고 있는 히데요리에게 보내고 있었다. 그렇다고 지금 히데요리 생각을 하고 있는 것도 아니었다.

누군가 자신의 몸에서 무언가를 몰래 빼앗아간 듯한 기분……

2

"마님, 아니 왜 그러십니까?"

오쿠라 부인이 깨우치듯 말을 걸었다.

"응, 뭐라고 했지?"

돌아보는 요도 부인의 눈빛은 넋을 잃은 듯했다.

"처형당하신 지부 님은 모든 것을 버리고 가진 것이 없었다…… 그런데 나츠카 님의 성에는 금은이 산더미처럼 쌓여 있었다고 말씀 드렸습니다."

요도 부인은 어색하게 고개를 끄덕였다.

"죽은 뒤라면 금은 같은 것은 필요치 않을 텐데."

"바로 그 말씀을 드리려던 참입니다. 앞으로 전후 처분이 시작되면 여러 가지 이야기가 들려올 것입니다."

"그런 말은 듣지 않고 지냈으면 좋겠는데."

그런 뒤 문득 생각났다는 듯이 말했다.

"참, 십오일까지 오츠 성에 있으면서 나이다이진을 위해 일한 쿄고쿠京極 재상은 어떻게 되었을까?"

오쿠라 부인은 약간 실망하는 표정이 되었다. 이제부터 아들 오노 하루나가 이야기가 나오기를 바랐기 때문이다. 그런데 쿄고쿠 타카츠구京極高次 이야기가 나왔다.

타카츠구는 요도 부인의 바로 아래 동생과 결혼했다. 따라서 요도 부인에게는 제부弟夫였다. 그는 세키가하라 전투 바로 전날까지 이에야스를 위해 오츠 성을 고수하고 있었다. 그러나 결국 승전할 때까지 기다리지 못해 성문을 열고 코야산高野山으로 도망쳤다. 그 이야기와 함께 지금 성안에서는——

"운이 없는 사람……"

이런 소문이 나 있었다.

"염려하지 마십시오."

오쿠라 부인이 말했다.

"쿄고쿠 님은 처음부터 나이다이진 진중에서 충절을 다했다…… 그 공로로 징계는 받지 않고 도리어 영지를 더 받게 될 것이라는 카타기리 님 말씀이 있었습니다."

요도 부인은 다시 오쿠라 부인의 말은 듣고 있지 않았다. 그런 말을 묻기 위해 타카츠구 이야기를 꺼낸 것은 아니었던 듯.

"정말 마님은 운이 좋으십니다. 아니, 마님만이 아닙니다. 이번 전투에서 마님 자매 세 분은 아무런 불이익도 받지 않으셨습니다. 모두 부모님 영령이 수호하셨기 때문입니다. 마님은 이처럼 무사하시고 막내 히데타다 부인은 에도에 계시며, 쿄고쿠 님도 영지를 더 얻게 된다니 양쪽으로 갈라진 전국戰國에서는 보기 드문 일입니다."

"오쿠라 부인."

"예. 혹시 기분이 언짢으시기라도……"

"잠시 혼자 있고 싶어."

오쿠라 부인은 불만이란 듯이 요도 부인을 돌아보았다. 그러나 곧 짓궂을 정도로 공손히 절을 하고 방에서 나갔다.

"그럼, 용건이 계시면 부르십시오."

요도 부인은 잠자코 곁에 있는 히데요리를 바라보고 있었다.

히데요리는 아까부터 주사위 판 앞에서 떠나 혼자 탁자를 마주하고 있었다. 붓을 들고 무언가를 쓰고 있었으나 글씨 연습은 아닌 듯.

'단둘이 남았다…… 이 성에……'

요도 부인이 이렇게 생각한 것은 전후 혼란이 수습된 뒤, 무사들도 다이묘들도 전혀 모습을 나타내지 않게 되면서부터였다.

요도 부인이나 히데요리는 타이코의 미망인이고 아들. 이미 현재의 일본과는 아무 관계도 없는…… 불필요한 인간으로 전락한……

그때 히데요리가 불쑥 말했다.

"어머님, 왜 토시치로가 안 보이지요?"

3

히데요리는 요즘 계속 같이 지냈던 놀이친구인 동갑내기, 모리 테루모토의 아들 토시치로 히데나리를 찾고 있었다.

"다시는 볼 수 없게 됐어. 아버지인 츄나곤을 따라 성에서 사라졌으니까."

"졌군요, 토시치로도?"

"아니, 토시치로는 졌지만 너는 지지 않았어. 에도의 할아버지(이에야스)도 그렇게 말했지 않아?"

"예, 그것은 알고 있지만……"

말하다 말고 히데요리는 얼른 입을 다물었다. 어딘지 모르게 어머니의 태도가 이상했기 때문이다.

요도 부인은 다시 길게 한숨을 쉬었다. 이 억척스러운 요도 부인이 갑자기 풀이 죽은 것은 미츠나리와 유키나가의 처형과는 반대로 카토 키요마사와 후쿠시마, 쿠로다 등 이른바 키타노만도코로 쪽 사람들의 영지가 크게 늘어났다는 소식을 들었을 때부터였다.

이러한 사정은 그들과 같은 파였던 카타기리 카츠모토가 일일이 그녀에게 보고해왔다.

요도 부인이 추천한 코니시 유키나가와 조선朝鮮에서 공을 다투다 히데요시에게 꾸중들은 카토 키요마사는 히고肥後의 쿠마모토熊本에 24만 석 영지를 더 받아 54만 석의 큰 다이묘가, 후쿠시마 마사노리는 키요스에서 아키의 히로시마로 이봉移封되어 49만 8,200석의 큰 다이묘가 된다고 했다. 18만 석 쿠로다 나가마사도 후쿠오카福岡에서 50여만 석 다이묘가 된다고 했고, 호소카와 타다오키도 17만 석에서 40만석 가까운 다이묘로 출세한다는 소문이었다.

요도 부인은 그러한 소문이 자신에게 이처럼 큰 타격을 주리라고는 생각지도 못했다.

히데요시 생전에는 물론 그녀가 키타노만도코로보다 우위에 있었다. 표면상으로는 어찌 되었건 실질에서는 키타노만도코로보다 요도 부인의 말이 훨씬 더 히데요시를 움직이는 힘을 가지고 있었다.

요도 부인이 코니시 유키나가의 편을 들고 필요 이상 미츠나리에게 접근한 것은, 자기 세력을 확대시키거나 코니시와 미츠나리가 특히 유망하다고 보았기 때문은 아니었다. 키타노만도코로를 가볍게 야유하고 싶은 생각에서, 히데요시가 누구 편을 드는지 시험해보려는 정도의 생각에서였다.

그런데 세상에서는 그렇게 보지 않았다. 히데요시의 안방에는 키타노만도코로 파와 요도 부인 파가 있으며, 당연히 이들 두 파는 암투를 벌인다. 그리고 실제로 그렇게 되었다고 단정했다.

그 결과는 어떻게 되었는가……?

요도 부인 파로 불리던 사람들은 모두 미츠나리의 계략에 넘어가 처형되거나 가문이 망하거나 했다. 그 반대로 키타노만도코로 파로 불리던 사람들은 이제 모두 큰 영지를 가진 다이묘의 반열에 올라서지 않았는가……

이 사실만 가지고 비교한다면 어리석은 여자와 현명한 여자의 차이가 흥망의 차이를 만들어버린 셈…… 이를 깨달았을 때 요도 부인의 경악은 말로 형용할 수 없었다.

'내가 너무 어리석었다!'

깊이 생각하고 한 일이었다면 이토록 큰 후회는 하지 않을 터.

요도 부인은 심각하게 생각해보기도 전에 미츠나리 등에 의해—

'어리석은 여자.'

이렇게 쉽게 낙인찍혔고, 이에야스에게까지도—

"요도 부인은 여자의 몸이므로 전혀 관련이 없다……"

이렇게 가엾게 여겨지고 말았다.

남달리 자존심 강한 요도 부인, 이 굴욕은 견디기 어려웠다. 측근에게도 말할 수 없는 고민이 지금 그녀의 가슴속에서 푸른 불길이 되어 이글이글 타오르고 있었다……

4

히데요시의 미망인과 자식……으로 세상에서 잊혀질 날을 기다릴 생각이라면 구태여 괴로워할 필요가 없다. 그러나 이 미망인과 자식은 일본의 주인이 사는 거성 오사카 본성에 있다…… 더구나 세상에 둘도 없는 어리석은 여자, 자기 파 모두를 멸망으로 몰아넣은 여자……로서 평생토록 세상의 조소를 받으며 살아가야만 한다…… 이렇게 생각할 때 요도 부인이 아니라 해도 놀랄 터.

이 경악과 당황은 당연히 당사자에게 그 대책을 강구하게 할 터였다.

요도 부인이 측근의 말 따위를 귀담아듣지 않고 허공을 바라보고 히데요리를 바라보는 것은 이 때문이었다.

'이 오명을 씻을 힘이 과연 나에게 있을까······?'

그녀를 이러한 처지에 몰아넣은 미츠나리는 이미 세상에 없고, 다른 사람들도 하나 둘씩 그녀 곁에서 떠났다. 가장 믿고 있던 모리 테루모토조차 120만 5,000석에서 36만 9,000석으로 감봉된 끝에 그것이나마 유지하고자 버둥거리고 있었다······

모리 테루모토의 가신들은 그가 좀더 깊이 요도 부인에게 접근하지 않았던 것을 다행으로 여기고 있을 듯. 그랬더라면 그나마 36만 석도 남지 않았을 것이라고 계산하면서······

'애물 같다는 것은 지금의 나를 두고 하는 말······'

이러한 나에게 남겨진 오명을 씻을 길은? 힘은?

지금 요도 부인에게 남아 있는 것은 히데요리와 머지않아 시들어버릴 젊음뿐이었다. 처음 이 사실을 깨달았을 때 당황했다.

이에야스의 비만한 체구와 매력 없는 풍모가 짓누르는 것처럼 생각되어서가 아니었다. 그 이에야스를 남편으로 삼으라고 했던 어느 누구의 말과 함께 ─

'이에야스는 지금 나를 원하고 있을까?'

문득 이런 의문이 떠올랐기 때문이다.

'지금 이에야스의 아내가 된다······'

현재 이에야스에게는 정실이 없다. 이쪽에서 그럴 생각만 있다면 실현될 수 있는 꿈일지도 모른다. 그렇게 되면 자신은 히데요리를 보호하면서 다시 천하인을 조종할 수 있는 여자가 되어 최소한 어리석은 여자라는 오명만은 씻을 수 있다······

인간의 몽상이란 언제나 거침이 없다. 때로는 그 분방함에 몽상을 하는 당사자조차 아연해지는 일도 있다.

현재 요도 부인도 그 몽상의 노예가 되려 하고 있었다. 아니, 처음에는 이에야스가 그런 마음을 가지고 있을까 하고 생각해보았을 뿐이다. 지금 그런 마음이 있기 때문에——

"요도 부인은 여자의 몸이므로……"

죄상을 묻지 않겠다는 말이 나왔을 것이 분명하다고 생각하기에 이르렀다.

'수수께끼야, 그것은……'

요도 부인은 어떻게 해야 한다는 말인가?

'히데요리 님을 위해……'

이번 전투에서는 진심으로 이런 마음으로 죽은 사람도 많았다. 그런 사람들보다 생모가 히데요리에게 냉담해도 좋다는 말인가……?

이때 카타기리 카츠모토가 또 무슨 정보를 가지고 찾아왔다……

5

"오오, 글씨 연습을 하고 계시는군요."

카타기리 카츠모토는 언제나 요도 부인보다 먼저 히데요리에게 말을 건넸다. 오늘도 그는 탁자는 들여다보지도 않고 히데요리에게 공손히 인사하고 요도 부인 쪽으로 향했다.

"서쪽 성에서 쿄고쿠 님에 대한 처우가 결정된 모양입니다."

무사들의 발걸음이 뜸해진 뒤부터 요도 부인에게 카츠모토의 보고는 중요한 정보가 되었다. 아니, 그보다 이에야스와 교묘하게 일정한 거리를 유지하며 신뢰를 받고 있는 것은, 히데요리 측근 중에서는 카츠모토가 유일했다. 그런 만큼 이에야스가 그에게 자신에 관해 무슨 말을 하지 않았는지 늘 신경 쓰고 있는 요도 부인이었다.

"그럼, 재상은 오츠 성을 버린 죄를 문책받지 않게 되었나요?"

"예. 물론 그 부인이 마님과 에도 츄나곤 님 부인과 자매라는 점도 고려했을 것입니다. 오츠에서 와카사若狹의 오바마小浜로 옮겨 이전의 육만 석이 구만 이천 석으로 늘어난다고 합니다."

"어머, 그럼 삼만 이천 석이나 더……"

"물론 히데타다 님과 토도 님의 힘이 컸을 것입니다. 참, 타카토모高知 님은 별도로 신슈 이다飯田의 팔만 석에서 탄고丹後 미야즈宮津의 십이만 석…… 이것도 큰 출세입니다."

카츠모토의 말에 요도 부인은 양미간을 모았다.

"카타기리 님도 나를 원망하고 있겠지요?"

"원, 무슨 말씀을 하십니까. 제가 어찌 마님을……"

"내 곁에 있지 않았으면 삼십만 석이나 오십만 석 다이묘가 되었을 테니 말이에요."

카츠모토는 웃으면서 머리를 저었다.

"저에게는 녹봉과는 바꿀 수 없는 도련님이 계십니다."

"그 도련님과 나를 가까이했던 사람들은 모두 사라졌다…… 조금 전에도 그 생각을 하고 있었어요. 타이코의 미망인과 아들, 이렇게 두 사람만 남았다고."

"농담이라도 그런 말씀은 하지 마십시오. 카토 님이나 후쿠시마 님, 쿠로다 님 모두 도련님과 마님의 장래를 생각해서 나이다이진 편을 들었습니다. 이번 일은 지부가 꿈꾼 허황한 야심에서 나온 것…… 도련님 편은 절대로 줄지 않았습니다."

"그만두세요, 그런 위안의 말은……"

"하하하…… 그만두겠습니다. 악몽은 빨리 잊는 게 좋으니까요. 실은 오늘도 나이다이진과 잠시 이야기를 나누었습니다마는……"

"이야기를 나누다니, 알고 싶군요. 무슨 말이 나왔나요?"

요도 부인이 몸을 앞으로 내밀었다. 카츠모토는 눈을 가늘게 뜨고 히데요리를 바라보았다.

"도련님과 센히메千姬에 관한 일이었습니다."

"어머…… 센히메……?"

"예. 혼담에 대해 마음이 바뀌지 않았는지 슬쩍 운을 떼어보았습니다. 나이다이진은 눈을 가늘게 뜨고, 센히메도 에도에서 제법 자랐고 사랑스러워졌다고 했습니다. 이 혼담도 정식으로 발표하는 게 좋겠다, 그러면 민심도 가라앉게 될 것이다, 어쨌든 그대가 수고를 좀 해야겠다……고 했습니다."

"어머……"

"나이다이진은 도련님을 자식처럼 생각하고 있습니다. 마님과 도련님 단 두 분이 되시기는커녕 도쿠가와 가문도 그 일족도 모두 도련님 편이 되셨는데…… 비관적으로만 생각하시면 안 됩니다."

요도 부인은 가만히 한숨을 내쉬고 저도 모르게 탐색하는 듯한 시선이 되었다.

"그 밖에 다른 이야기는?"

6

"그 밖에 다른 이야기라면……"

카츠모토는 앵무새처럼 중얼거리다가 무릎을 탁 쳤다.

"그 말씀을 들으니 생각이 나는군요. 어제 서쪽 성에 나이다이진의 여자들이 들어왔습니다."

"여자들……?"

"예. 총애를 받던 오카메お龜 님은 임신 중이었습니다. 나이다이진

은 잘 확인도 하지 않고 칸토로 보냈다고 유달리 안쓰러워했습니다."

요도 부인은 크게 당황했다. 가슴이 뛰고 눈을 둘 곳이 없었다.

'카츠모토는 무슨 생각으로 이런 말을 할까……?'

자기 속이 들여다보인 것 같아 안절부절못했다.

"호호호…… 그것 참 경사스럽군요. 그렇다면 나이다이진도 타이코와 같은 경험을 하게 되는 셈이군. 지금 나이다이진의 연세는?"

"예. 그 이야기는 스스로도 말씀하시더군요. 쉰아홉 살인데 다시 아이가 태어나게 됐다고. 타이코 님이 도련님을 낳으신 것보다 더 늦었는데, 왼쪽 배에서 아기가 논다니 아들일 것이라고……"

"호호호…… 출산 예정은?"

"예, 십일월이라고 합니다."

"호호호…… 해를 넘기고 예순에 낳은 자식이면 좋을 텐데."

"그러게 말입니다. 겉으론 아무렇지도 않은 듯하지만 내심으로는 여간 기쁘지 않은 눈치…… 출산하거든 마님도 진심으로 축하를……"

카츠모토는 다시 눈을 가늘게 뜨면서 히데요리를 바라보고 나서 요도 부인에게 시선을 옮겼다. 히데요리를 위해서라도 상대의 기쁨을 마음으로부터 축하해주라는 의미인 듯했다.

요도 부인은 고개를 끄덕였다.

카츠모토는 히데요리에 대한 것밖에는 염두에 없는 듯. 그러한 태도 역시 이번 도요토미 가문 옛 가신들의 출세와 무관하다고는 생각되지 않았다. 히데요리와 요도 부인 측근에 있었기 때문에 동료들처럼 출세하지 못한 카츠모토는 오로지 히데요리만을 생각하며 자신의 고독을 잊으려는 것 같았다.

요도 부인도 화제를 돌려야겠다는 초조감이 생겼다. 그러나 입 밖에 나온 말은 그 반대였다. 어쩌면 자신의 존재를 잊고 있는 카츠모토에 대한 무의식적인 불만이었는지도 모른다.

"참, 아직 물어보지 않았는데, 아사노 요시나가 님은 어떻게 되었나요? 그 역시 영지가 늘어났겠지요?"

"예, 아사노의 아드님은 키슈紀州 와카야마和歌山에 삼십구만 석을 받았다고 합니다."

"그러면 카가加賀의 마에다 님은?"

"동생 토시마사利政 님은 노토能登의 영지를 몰수당하고, 그 대신 토시나가 님 영지는 일백십구만 오천 석이 되었다고 합니다."

요도 부인은 당황하며 몸을 앞으로 내밀고 빠른 말로 말했다.

"참, 이번에 영지를 몰수당한 사람을 아직 묻지 않았어요. 지부나 부교들은 당연하겠지만, 그 밖에 망한 사람들은?"

요도 부인은 마에다 가문의 늘어난 영지 이야기를 듣고는 견딜 수 없는 심정이었다. 그녀도 잘 알고 있는 호슌인芳春院(마에다 토시나가의 어머니)이 에도까지 인질로 가서 이에야스의 비위를 맞춘 효과를 상상하는 일은 숨이 막히는 노릇이었다.

카츠모토는 비로소 요도 부인이 격앙해 있다는 것을 깨달았다.

7

'여자의 마음이란 파악하기 어려운 것······'

이렇게 생각했을 뿐, 카츠모토는 호슌인에 대한 요도 부인의 여자로서의 무의식적인 질투라고는 눈치채지 못했다.

마에다 가문과 도요토미 가문의 관계는 토시이에가 이누치요犬千代, 타이코가 토키치로藤吉郎이던 시절부터 물과 물고기처럼 친밀한 사이였다. 호슌인이 낳은 딸을 막무가내로 데려다 키운 양녀는 우키타 히데이에의 정실이 되었고, 그 밑인 카가 부인은 타이코의 가장 젊은 소실이 되었다. 카가 부인은 지금은 곤노다이나곤權大納言° 마데노코지 미츠후사萬里小路充房에게 개가해 있었다. 이렇게 이중삼중으로 긴밀한 관계를 맺어온 두 가문이었다.

이 마에다 가문의 주인 토시나가가 이에야스 쪽에 가담해 100만 석 이상의 다이묘가 된다. 그래서 요도 부인은 불쾌감을 느낀 모양……이라고 카츠모토는 판단했다.

"공연히 말씀 드린 것 같습니다. 그럼, 저는 이만……"

"아니, 내가 알고 싶어서 묻는 거예요. 지부나 나츠카, 오타니大谷 외에 가문을 망친 사람은?"

"이미 아시고 계실 텐데요……"

"아니, 몰라요. 비록 알고 있더라도 도련님 앞에서 그 이름을 분명히 기억하고 있지 않으면 안 되겠어요."

요도 부인은 말하고 나서 자기도 깜짝 놀랐다. 스스로 제어할 수 없는 또 하나의 여자가 다시 머리를 들기 시작하는 모양이었다.

"그럼, 말씀 드리겠습니다. 우에스기 가문에 대한 처리는 아직 확실하지 않으나 머지않아 항복할 것 같고, 그렇게 되면 모리와 마찬가지로 가문만은 남을 수 있지 않을까 합니다마는……"

"살아남을 사람을 묻는 게 아니에요. 멸망하게 될 가문의 이름을 확실하게 알아두고 싶어요."

카타기리 카츠모토는 고개를 갸웃하고 생각하다가 다시 흘끗 히데요리를 바라보았다. 히데요리는 여전히 종이를 펴놓고 무언가를 그리고 있었다. 뛰어가는 말을 그리는 모양이었다.

"그런 사람이라면 우선 비젠備前의 우키타 히데이에, 기후의 오다 히데노부織田秀信, 우토宇土의 코니시 유키나가, 토사土佐의 쵸소카베 모리치카長曾我部盛親, 치쿠고 야나가와의 타치바나 무네시게, 카가 코마츠小松의 니와 나가시게丹羽長重, 쟈쿠슈若州 오바마의 키노시타

카츠토시木下勝俊……"

카츠모토는 손을 꼽으면서 이름을 열거하다가 물었다.

"마님, 그것을 알아서 어떻게 하시렵니까?"

이 질문은 격앙된 요도 부인의 감정을 날카롭게 건드린 듯.

"왜 묻는지는 뻔한 일…… 그 사람들은 도련님을 위해 모든 것을 바친 희생자예요. 절대로 잊어서는 안 돼요."

"하지만 지부 님 일파……"

"아니, 지부 님 때문에 궐기한 사람들이 아니에요. 모두 도련님을 소중히 생각했기 때문에……"

카츠모토는 당황하면서 손으로 제지했다.

"그런 말씀을 하시면 안 됩니다. 모처럼 나이다이진도 그렇지 않다고 말하고 있는 마당에."

"카타기리 님."

"예."

"후시미에서 이 본성으로 옮긴 황금은 얼마나 되나요?"

카츠모토는 다시 고개를 갸웃했다.

"삼백육십 바리, 일만 팔천 관貫쯤 됩니다마는, 왜 물으십니까?"

8

요도 부인은 그 물음에 대답하려 했으나, 전혀 반대되는 말을 했다.

"그렇다면 그 일만 팔천 관은 없다고 생각해도 그만인 여분의 것이군요. 그렇지 않나요?"

카츠모토도 이번에는 바로 대답할 수 없었다. 요도 부인의 가장 큰 결점이 드러났음을 그 역시 깨달았기 때문이다.

"그렇지 않은가요? 원래 천하를 위해서 필요한 금은 오사카 금고에…… 그렇다면 후시미에서 가져온 삼백육십 바리는 여분의 것. 나는 그것을 히데요리 이름으로 이번 희생자, 가엾은 무장들에게 나누어주어도 좋다고 생각해요. 카츠모토 님은 그렇지 않다는 말인가요?"

"마님……"

카츠모토는 끓는 물을 삼킨 것 같은 당혹감을 느꼈다.

"그와 정반대인 말도 성립합니다."

"아니, 어떤 말인지 알고 싶군요."

"가령 나이다이진이 이번에 소용된 군비軍費에 충당하고, 그 대신 마님이나 히데요리 님에게는 누를 끼치지 않겠다……고 한다면 건네지 않을 수 없는 황금이었습니다."

"호호호…… 카타기리 님, 나이다이진은 그런 말을 하지 않았어요. 나는 그런 전제 아래 생각해보는 거예요. 혹시 나이다이진이 그런 말을 한다면…… 등의 가정은 하지 않는 편이 좋아요."

"그렇지 않습니다."

카츠모토는 울고 싶었다. 겨우 무사히 마무리되어가는 지금의 분위기를 황금 이야기 따위로 흐트러뜨릴 필요가 어디 있단 말인가. 이에야스가 처단한 사람들에게 히데요리가 황금을 보낸다…… 그래서는 끝난 전쟁을 재발시키는 효과밖에 없을 터.

"그 황금 문제만은 제발 얼마 동안 입 밖에 내지 마시기 바랍니다."

진지하게 머리를 숙이고 카츠모토는 문득 웃었다. 그가 진지하게 의견을 말할수록 강하게 반발하는 것이 요도 부인의 성격임을 알아차렸기 때문이다.

"하하하…… 마님도 짓궂으십니다. 스스로 그런 일을 할 수 있는지 없는지 잘 알고 계시면서 공연한 말씀을 하시는군요…… 아니, 그 마음을 무장들이 듣는다면 얼마나 감사하게 여길지……"

허를 찔린 요도 부인은 숨을 삼켰다. 분명 카츠모토의 말이 옳다.

'할 수 없는 일.'

그런 줄 알면서 한번 입 밖에 내어본 말. 그런 것을 모를 요도 부인이 아니었다.

"호호호. 카타기리 님이 간파하시고 말았군. 나는 역시 쓸쓸한 모양이에요."

카츠모토는 다시 잠자코 고개를 숙였다.

"아니, 나뿐만이 아니라 도련님도 저렇게…… 참, 카타기리 님, 도련님 측근이 빨리 출사할 수 있도록 나이다이진께 잘 말씀해주세요. 이렇게 세상을 버린 사람처럼 주변이 쓸쓸해지니 이것저것 쓸데없는 생각만 하게 되는군요."

"그 점은 잘 알고 있습니다. 얼마 동안 저에게 맡겨주십시오."

카타기리는 마음이 가벼워짐을 느끼면서 고개를 끄덕였다.

정원에서는 때까치가 요란하게 울고 있었다.

9

카츠모토는 그 뒤에도 잠시 동안 이런저런 세상 이야기를 하다가 돌아갔다.

지금은 모두 전후의 일이 어떻게 결정될 것인가 하는 데에 마음을 빼앗기고 있었다. 그러나 마무리되면 도련님의 얼굴을 보지 않고는 못 견딜 사람이 많았다.

"걱정은 사태가 진정된 다음 도련님에게는 문안 드리지만 서쪽 성에는 가지 않는다, 이런 완고한 자들이 있지 않을까 하는 것입니다."

카츠모토는 이제는 히데요리와 이에야스를 구별하지 않고 양쪽을 같이 대하는 것이 결국 도요토미 가문을 위하는 길이라고 덧붙였다.

요도 부인도 그 말에는 이의 없었다. 히데요리를 위해서라면 이에야스의 정실이 되어도 좋다……고까지 생각하고 있었다. 그러나 카츠모토도 이에 대해서는 끝내 입을 열지 않았다.

카츠모토가 말하지 않는 것은 이에야스로부터 아무 말도 없었기 때문, 이에야스가 말하지 않는 것은 오카메 부인의 임신 때문인지도. 요도 부인은 오카메에 대해 처음부터 호감을 갖지 않았다. 어떤 여자인지 잘 알지 못했으나 고작 사찰의 무사나 신사의 신관……이 고작일 사람의 딸이 자신의 출세에 감격해 이에야스를 알뜰히 섬길 모습을 상상하는 것만으로도 여간 비위가 상하지 않았다.

그렇다고 요도 부인이 각별히 이에야스에게 호감을 갖고 있는 것도 아니었다. 아니, 도리어 언짢은 생각이 앞섰다. 그런데도 이에야스가 다른 여자의 것이라 생각하자 불쾌했다.

'여자에겐 모든 남자를 정복하려는 숨은 욕망이 있는 게 아닐까?'

그렇지 않다……고 요도 부인은 자기 자신을 납득시켰다.

'결국 모성애의 발로에 지나지 않는다……'

요도 부인은 부모, 조부모만이 아니라 외숙부 노부나가, 의붓아버지 카츠이에의 꿈이 집결되어 '히데요리'를 잉태하고 낳았다…… 그 히데요리에게 조상 대대로 내려오는 집념을 이루도록 해주는 일은 자연스럽기만 하다. 단지 그 때문에 이에야스를 정복해야 한다……

'그런데도 카츠모토 역시 거기까지는 깨닫지 못하고 있다……'

자신의 입으로는 도저히 말할 수 없는 일, 그래서 더더욱 비참한 외로움을 느끼는 요도 부인……

카츠모토가 물러간 뒤 요도 부인은 다시 멍하니 생각에 잠겼다.

'이대로 모두가 다 히데요리 모자를 잊는 때가 온다면……?'

미츠나리가 서두르는 바람에 천하를 이에야스의 손에 건네고 말았다. 타이코 머리맡에서 히데요리가 열여섯 살이 되면 천하를 돌려주겠다고 한 약속에 서명하거나 입회했던 사람들은 모두 실각했다……

우에스기와 모리가 다이묘로 남아 있다 해도 쿠로다나 후쿠시마보다 밑에 있게 되었으니 무슨 소용이 있겠는가. 이미 다섯 명의 타이로 大老˚도 없고 다섯 명의 부교도 없으며, 세 명의 츄로中老˚도 없다. 모두가 온통 이에야스의 우방이 되고 가신이 되고 말았다.

이런 변화 속에서 이에야스를 뜻대로 정복할 수 있다면 그것은 유일하게 요도 부인의 젊음과 모성애뿐…… 이런 생각을 하다가 요도 부인은 깜짝 놀랐다.

'또 하나 있다…… 타이코가 남긴 황금 ……'

다시 이 사실을 되새기며 숨을 죽였다.

10

'그렇다, 황금이라는 우리편이 아직 남아 있다……'

그 말을 했다가 카츠모토에게 주의를 받았을 때와는 전혀 다른 생각이었다. 그때는 갑작스럽게 생각한 빈정거림에 지나지 않았으나 지금은 진지했다.

물론 이에야스가 깨닫지 못하고 있을 리 없다. 그런 상황에서 자기편을 어떻게 살릴 것인가, 냉정한 준비와 계산이 필요하다. 이에야스가 천하를 위해 써야겠다고 하면 무어라 답할 것인가……?

요도 부인은 갑자기 몸이 달았다. 지금까지 별로 생각지 않았던 황금이 갑자기 크게 날개를 펴고 주위를 빙빙 돌기 시작했다……

그 정도 황금이면 주인을 잃은 몇 만에 달하는 떠돌이무사들을 부양할 수 있고, 성채와 사원도 살 수 있다…… 아니, 쓰기에 따라서는 천하인심을 다시 돌리기에 충분한 액수였다. 이번 전투를 통해 영지가 늘어난 대영주들도 실은 군비 때문에 크게 고통받고 있는 자가 많다. 그들에게 은밀히 빌려주기만 해도 요도 부인을 구세주처럼 고맙게 여길지 모른다.

생각이 여기에 미쳤을 때 요도 부인은 지체 없이 쿄토의 산본기로 옮긴 키타노만도코로, 코다이인의 모습을 떠올렸다. 코다이인에게 없는 것이 자기 뒤에서 남몰래 금빛 후광을 발하고 있었다.

'히데요리의 이름으로 이것을 유용하게 쓰자……'

마음이 정해지자 가만히 있을 수 없었다.

요도 부인은 손뼉을 쳐서 오쿠라 부인을 부르려다 말고 다시 생각해보았다. 자기 혼자 마음에 간직해두기에는 너무도 큰 황금의 위력이었다. 그러나 자칫 세상에 널리 알려지기라도 하는 날에는 도리어 어떤 오해를 초래하게 될지 알 수 없었다.

'역시 그녀를 불러 의견을 들어보는 것이 좋겠다……'

요도 부인이 이번에는 자기가 직접 거실 밖으로 나가 아무렇지도 않은 듯 오쿠라 부인을 불러왔다.

"카타기리 님은 돌아가셨습니까?"

"그래요. 그보다 그대에게 한 가지 물어보고 싶은 것이 있어요. 좀더 이리 가까이."

"예…… 예."

"오쿠라 부인, 이 성에 도련님의 이름으로 사용할 수 있는 금이 얼마나 있는지 아나요?"

"글쎄요…… 얼마나 되는지는 모르지만, 어떻든 그 모두는 도련님의 것입니다."

"오쿠라 부인 같으면…… 그 황금을 나이다이진이 내놓으라고 하면 어떻게 하겠어요?"

오쿠라 부인은 눈이 휘둥그레졌다.

"거절하겠습니다. 성인이 되신 후 필요한 일이 얼마나 많이 생길지 모릅니다. 도요토미 가문의 개인 재산이므로 내놓을 수 없다고 하면 전혀 이치에 어긋나지 않을 것입니다."

요도 부인은 다시 가슴이 달아올랐다. 만약 내놓으라고 했을 때 그런 구실은 통할 것 같지 않았다.

"호호호…… 나는 나이다이진에게 빼앗기지 않을 방법은 오직 하나뿐……이라는 생각을 했는데."

"오직 하나뿐……이라니요?"

"그래요. 이 황금을 가지고 내가 나이다이진에게 출가하면 어떻게 될까 하고."

요도 부인은 장난스럽게 말하고 짐짓 웃어 보였다.

11

순간 오쿠라 부인은 숨을 죽이고 요도 부인을 바라보았다. 농담인지 진담인지 열심히 탐색하려는 눈빛이었다.

"왜 그러세요, 그런 눈으로?"

오쿠라 부인은 그 물음에는 대답하지 않고 굳은 표정으로 물었다.

"그럼, 황금을 내놓으라는 말씀이 있었나요?"

요도 부인은 애매하게 웃었다.

"있었다면 어떻게 하겠어요?"

"실은 슈리도 그 점을 우려하고 있었어요. 탐욕이 많은 나이다이진 이므로 반드시 황금에 눈독을 들일 것이라고……"

"호호호…… 그런 말이 나온 것은 아니에요."

요도 부인은 일부러 명랑하게 웃었으나 마음속으로는 당황했다.

오노 하루나가가 우려할 정도라면 조만간 그것이 현실적인 화제가 될지도 몰랐다.

"그렇다면 안심이 됩니다마는."

오쿠라 부인은 크게 한숨을 쉬고 말했다.

"저는 정말로 나이다이진이 황금도 마님도…… 내놓으라고 말하지 않았나 싶어 잠시 마음이 얼어붙는 것 같았습니다."

"안도하기에는 일러요."

요도 부인이 말했다.

"아직 내놓으라는 말은 하지 않았지만, 언제 내놓으라고 해도 대답할 수 있게 준비는 해두어야만 해요."

"그야…… 물론입니다."

"그래서 부인의 생각을 물었던 거예요. 내놓지 못하겠다는 말만으로는 끝날 수 있는 일이 아니에요."

오쿠라 부인은 다시 불안한 듯 입을 다물었다. 그리고는 탐색하는 눈이 되었다.

그녀의 관찰로는 요도 부인은 이에야스를 싫어했다. 그러한 요도 부인이 황금도 자신도 달라고 하면 무어라 대답할 것인가? 그런 질문을 하고 있었다.

"마님, 여간한 결단으로는 해결될 일이 아닌 듯합니다."

"여간한 결단으로는……?"

"예. 나이다이진에게서 그런 말이 나오지 않도록…… 이쪽에서 선수를 쳐야 할 것입니다."

요도 부인은 실망했다. 역시 오쿠라 부인도 과부의 마음을 들여다볼 수는 없는 모양이었다.

"그 결단이란 어떤 것인가요?"

"예…… 우선 마님부터 머리를 깎으시는 일입니다."

오쿠라 부인이 허공을 바라보면서 진지하게 입을 열었다.

"머리를…… 내가 말인가요?"

"예. 그리고 타이코 님이 남기신 황금으로 대불大佛을 재건하여 명복을 빌겠다……고 말하면 어떨까요? 그러면 머리를 깎으신 마님을 탐할 수도 없고 황금도 무사할 수 있지 않을까 하고……"

요도 부인은 말도 끝나기 전에 배를 끌어안고 웃기 시작했다. 웃으면서도 왠지 눈물이 멎지 않았다.

'남의 일이라고, 오쿠라까지 이처럼 냉혹한 말을 하다니……'

위탁받은 자

1

근시를 내보내고 밥상 앞에 앉은 이에야스는 이상하게도 허전한 마음을 느끼고 깜짝 놀랐다. 상 위에는 평소와 다름없이 두 그릇의 국과 채소 다섯 접시가 놓여 있었고, 시중드는 코쇼小姓°들도 오카메 부인도 여느 때와 같은 모습으로 앉아 있었다.

'무엇 때문에 이렇게 쓸쓸한 기분이 드는 것일까……?'

스스로에게 물어보아도 정확한 답은 나오지 않았다.

세상에서 보기에 그는 그야말로 행운 속에 오사카에 입성했다. 그러나 그 입성은 결코 자신의 중재에 따른 조처 때문은 아니었다. 인간이 미숙해 저마다 크게 꼬리를 치며 날뛰다 사라져갔을 뿐……

가장 우스운 것은 마시타 나가모리의 존재였다. 그는 미츠나리 편에 섰으면서도 그를 위해 거의 아무것도 한 일이 없었다.

"나가모리는 나이다이진과 내통했다……"

오히려 성안에서는 이런 소문이 돌았다. 그 소문은 모리 테루모토의 발을 묶어놓아 끝내는 그를 총대장이라는 위치와는 동떨어진 하나의 허수아비로 만들어버렸다. 그 결과 이에야스는 군사 하나 상하지 않고 총알 한 방 쏘지 않으면서 여유만만하게 오사카 성문을 들어설 수 있었다.

새로운 일본의 배치도 거의 끝났다. 아무도 그가 자의대로 한 배치에 불만을 말하는 사람이 없고, 신변에는 생각지도 않았던 진상품까지 산더미같이 쌓여 있다.

그런데도 이에야스는 왠지 쓸쓸했다. 얼마 후면 태어날 오카메 부인의 태아 생각으로 기뻐해보려고도 했으나 그조차 곧 허망한 쓴웃음으로 변했다. 만약 아들을 낳으면 또 하나의 짐이 늘어날 뿐.

어떠한 짐이 될 것인가. 그에 대한 답은 타이코와 그 아들을 보면 잘 알 수 있었다.

건강한 자식이 반드시 영리하다고는 할 수 없고, 허약한 자식이 어리석다고도 할 수 없다. 사람의 어버이에게 허락되어 있는 것은 그 자식에게 희망을 걸고 마음이 놓이지 않아 속을 태우는 일뿐인 듯.

'아들과 딸을 선택할 수 있는 힘마저 부모에겐 주어지지 않았어.'

이에야스는 쓸쓸히 웃고 나서 밥공기의 냄새를 맡았다.

60년 가까이 고마움을 느끼면서 맡아왔던 밥 냄새마저 오늘 저녁엔 이상하게도 전혀 구수하게 느껴지지 않았다. 인간은 이 밥을 하루에 세 번 받아먹기 위해 태어난 것일까……?

이에야스가 '미카와의 고아'라 불리던 때도, 드디어 천하를 맡았다……고 생각하는 오늘 저녁의 식사도 국그릇이나 채소의 가짓수는 마찬가지였다. 누가 이렇게 하라고 명했기 때문은 아니었다. 그의 생활 방식일 뿐이었다.

이렇게 생각하는 동안 이에야스는 갑자기 가슴이 뿌듯해져 밥 두 공기를 가볍게 먹었다. 그러고 나니 식욕이 사라졌다. 밥공기에 더운물을 따르게 하여 공손히 마셨다. 그런 다음——

"나무아미타불……"

가만히 외워보았다. 입 밖에 낸 순간 긴장을 느낀 것은 어째서일까.

하찮은 인간의 힘이 바람처럼 가슴을 스쳐갔기 때문일까……?

'나는 지쳐 있다……'

천하를 맡은 자로서 지금 이렇게 지쳐 있어서야 되겠는가……?

이에야스는 밥공기를 내려놓고 명했다.

"지금 카타기리 이치노카미片桐市正를 불러오너라. 아직 본성에 있을 것이다."

마음속으로 다시 염불을 되뇌며 살며시 아랫배에 힘을 주었다.

2

인간은 너무 건강하다든지 지나치게 만족을 느낄 때도 경계해야 하지만, 지쳤을 때의 소극성도 역시 엄하게 조심하지 않으면 안 된다.

이에야스는 아무 생각 없이 염불을 외다가 문득 자기가 지쳐 있음을 깨달았다. 깨닫는 순간 곧 이에야스는 그답게 반성하고 스스로 조심을 기했다. 일본 전체가 순순히 자신의 조치를 받아들인다 할지라도 그것으로 안심하거나 지쳐버려도 될 때가 아니었다. 혼노 사本能寺에 갈 무렵의 노부나가의 방심과, 조선 침략 때 강화가 성립될 것으로 믿었던 히데요시의 안도감 등이 바로 그 좋은 예였다.

그들 두 사람은 신불에게 선택받아 일본 지도자로서의 지위를 누렸다. 그러나 사소한 틈과 방심을 발견한 신불은 용서 없이 그들에게 주었던 지위를 빼앗아버렸다. 두 사람 다 한때의 지도자였을 뿐 태평천하를 건설하지는 못했다.

'그 두 사람 다음에 내가 똑같은 과오를 범해서는 안 된다……'

그럴 경우 이에야스는 두 사람에 대한 우정을 배반하게 되고, 그들이 남긴 뜻에 충실하지 못하게 된다.

'위탁받은 자의 임무······'

그 짐이 클수록 괴롭고, 때로는 비인간적인 인내가 요구되기도 한다······고 분명히 깨닫고 있는 자기가 피로해져 인생의 허무를 느낀다면 어떻게 되겠는가.

상을 물리고 나서 얼마 후 본성에 묵고 있는 카타기리 카츠모토가 불려왔다. 카츠모토가 오고, 그와 함께 죠 오리베노쇼와 나가이 나오카츠永井直勝도 혼다 마사즈미와 함께 이에야스 앞에 나왔다.

그들의 얼굴을 보고 카츠모토의 표정이 파랗게 질렸다.

'밤중에 무슨 일일까?'

그런 의문보다 그 역시 히데요리 측에 선 사람으로서 처리되지 않은 문제가 앞으로 태산같이 남아 있다고 생각되었기 때문이다.

"오늘 저녁엔 도련님의 사부에 대한 문제 등으로 카츠모토 님과 이야기를 하고 싶으니, 모두 물러가도 좋다."

이에야스는 부드럽게 모두를 내보내고 카츠모토에게 웃어 보였다.

"술이라도 마실까?"

"아닙니다, 성안에 있을 때는."

"그러면 너무 딱딱해서 안 좋아. 실은 나도 좀 쉴까 했으나 그렇게도 안 되는군. 아직도 활과 총이 이렇게 곁에 걸린 채로 있으니."

"그렇습니다."

"오늘 밤 둘이서만 하는 이야기, 다른 데서는 말하지 않기로······"

"알겠습니다."

"내가 그대에게 묻고 싶은 말은 히데요리 님의 사부에 관해서인데, 카가의 다이나곤은 작고하셨고 나는 너무 바빠서 안 되겠어. 모리와 우에스기는 저 모양이고, 코바야카와의 아들은 너무 젊어······"

이에야스는 그런 다음 갑자기 목소리를 낮추어 물었다.

"그대가 보기에 도련님의 타고난 성품은 어떻던가?"

"타고난 성품……이라고 하시면?"

"솔개인가 매인가, 아니면 학인가, 때까치나 참새인가……"

카츠모토는 갑자기 자세를 바로했으나 대답은 나오지 않았다.

3

"제 입으로 말씀 드려야 할까요?"

잠시 후 카츠모토가 반문했다. 그 한마디로 충분히 마음쓰고 있음을 알 수 있었다.

"여보게, 이 이에야스는 그대의 마음을 모르는 게 아니야. 주군은 현명하건 우매하건 상관없다, 모자라는 데가 있으면 목숨을 걸고라도 돕는다…… 물론 훌륭한 생각일세. 이 이에야스는 그걸 알면서도 굳이 묻네. 타고난 성품과 그릇에 따라 사부가 될 인물을 선택하지 않으면 안 된다……는 당장 눈앞의 필요에서만은 아니야."

"정말 그렇습니다."

"십오만이나 이십오만 석 다이묘의 후예라면 그래도 좋아. 상대는 타이코의 유아, 오사카 성의 주인일세. 이 인물의 사람됨에 따라 일을 꾀하지 않으면 온갖 재능도 다 사상누각砂上樓閣…… 아니, 노부나가 공으로부터 타이코에게, 타이코에게서 나에게 세 사람을 거쳐 가까스로 쌓아올린 평화를 하룻밤 꿈으로 돌아가게 할지도 몰라."

"말씀 도중이오나……"

카츠모토는 다시 한 번 조심스럽게 되풀이했다.

"혹시 도련님이 매가 아니다……고 말씀 드린다면 센히메 님과의 약혼을 파기하시겠습니까?"

"카타기리!"

"예."

"그대는 이에야스를 오해하고 있군."

"저는 오직 두 가문의 불화를 두려워할 뿐입니다."

"나는 센히메와 도련님의 약혼을 그대와 상의해서 정하지 않았어. 타이코와 정했어. 도련님이 참새이건 때까치이건 그 때문에 약혼을 깰 생각은 추호도 없네. 도련님 기량이 부족하다 해도 타이코의 아들이고 나의 손자일세. 둘 사이에 태어날 아이가 모두 참새일 것으로는 여기지 않아…… 인간이란 중대한 약속을 지킨 뒤에 비로소 희망도 가질 수 있는 것……이라고 생각지 않나?"

카츠모토는 마음이 놓여 크게 한숨을 내쉬었다.

지금 자신의 말 한마디가 도요토미 가문뿐만 아니라 히데요리의 운명에 큰 영향을 미치게 된다는 생각에 몸의 마디마디가 쑤실 정도로 긴장되었다.

"나이다이진 님, 중대한 일이니 한 가지만 더 이 카츠모토에게 말씀해주시지 않겠습니까?"

"그래, 오늘 밤에는 두 사람만의 이야기로 하자고 했네. 무엇이든 물어보게."

"도련님이 열여섯 살이 되셨을 때는 천하를 건네주시겠다고 한 약속…… 그 약속을 어떻게 생각하고 계시는지요?"

이번에는 이에야스가 크게 한숨을 쉬었다.

"물론 잊고 있지는 않아. 잊고 있지 않기 때문에 도련님이 어떤 그릇인지 묻고 있는 것일세."

"그럼, 역량만 충분하다면 넘겨주실 생각으로?"

"카타기리, 그대는 말의 순서를 바꾸고 있군. 역량만 뛰어나다면 누가 넘겨주지 않아도 천하를 손에 넣을 수 있게 돼. 반대로 그렇지 못한 자라면 이 이에야스가 넘겨주기가 무섭게 큰 혼란을 불러일으키겠지. 큰 혼란을 초래한다는 것을 알고서야 넘겨줄 수 없지 않겠나. 넘겨준다면 타이코와의 진정한 약속을 배반하는 것이 되니까."

이에야스는 잠시 쉬었다가 다시 덧붙였다.

"알겠나, 타이코가 마지막으로 한 말에는 옳은 생각과 망령된 생각 두 가지가 있었어. 옳은 생각이 들 때는 이 이에야스를 머리맡에 불러 히데요리를 잘 보살피고 역량에 알맞은 대접을 부탁한다고 눈물을 흘리며 말했지……"

4

카타기리 카츠모토는 다시 호된 채찍을 전신에 느꼈다.

확실히 죽을 무렵의 타이코는 정상적인 정신 상태라고는 할 수 없었다. 카츠모토 자신도 어제와 오늘 하는 말이 완전히 달라져 깜짝 놀랐던 기억이 있었다.

'과연 나이다이진은 처음부터 그렇게 생각하고 있었구나……'

현실 세태를 이성적으로 바라볼 경우 받아들이는 당연한 자세일지도 모른다. 그러나 타이코의 망령된 생각이 무엇인지 아는 사람에게는 감정상 견딜 수 없는 일이었다.

"카타기리."

이에야스가 다시 입을 열었다.

"뜬세상 일이 뜻대로 될 수 있느냐 없느냐를 너무나 잘 알고 있는 자네와 내가 아닌가. 이 자리에서 숨김없이 털어놓고 이야기해보세."

"예…… 예."

"나도 맏아들 사부로 노부야스三郎信康가 노부나가 공에게 추궁당하고 할복해야 했을 때는 차라리 참아왔던 울화를 터뜨릴까…… 몇 번이나 생각했지. 그러나 참았어. 무엇 때문에 참았느냐…… 내가 노부나가 공의 일본 통일을 돕지 않는다면 같은 비극이 일본 천지에 무한히 계속될 것으로 생각했기 때문일세. 오닌應仁의 난° 이래의 난세가…… 도련님의 경우라고 예외일 수는 없지. 그것은 바른 정신으로 있을 때의 타이코가 나보다 더 잘 알고 있었던 일…… 따라서 정상적일 때의 타이코 생각을 따르는 것이 나의 책임일세."

"말씀 드리겠습니다."

카타기리 카츠모토는 이제 진정을 토로하고 이에야스의 날개 아래 히데요리를 둘 수밖에 없다고 생각했다.

"제 눈엔 도련님은 매로도 학으로도 보이지 않습니다. 그렇다고 흔히 있는 참새일 리도 없습니다."

"그럴 테지. 그렇다면 사부를 선택하기에 따라서는 매로 자랄 수도 있겠군."

"그런데……"

말을 꺼내려다 말고 카츠모토는 갑자기 그 자리에 두 손을 짚었다.

"그런데…… 어떻다는 건가?"

"그 사부 될 사람을 찾으시더라도…… 마님이…… 마님이 맡기시지 않으리라고 생각합니다."

이에야스는 다음 말을 예측한 듯 잠시 숨을 죽이고 있었다.

이에야스로서는 전혀 상상하지 못한 바가 아니었다. 맏아들 노부야스가 노부나가에게 추궁당해 할복하지 않으면 안 된 원인 가운데는 그 어머니 츠키야마築山 부인의 영향이 반 이상…… 히라이와 치카요시平岩親吉가 아무리 엄격하게 키워보려고 해도 어머니의 간섭 때문에 뜻대로 키울 수 없었다……

"그럴까, 요도 부인이 간섭할까?"

"간섭 정도……라면 좋겠습니다마는, 또 무술의 연습도……"

"무리가 아니지. 모자가 단둘이 남았으니 말일세."

"예. 츠루마츠 님을 잃고 더욱 마음이 약해져 걱정하시기 때문에."

카타기리 카츠모토는 문득 자기 얼굴이 젖어 있음을 깨달았다.

그가 걱정하고 있는 점도 그 한 가지였다. 히데요리는 유달리 뛰어난 매로는 보이지 않았다. 그렇다고 어리석게 태어난 것도 아니었다. 보통 기량은 되었다. 그런데 태어났을 무렵의 조건과 환경이 나빴다.

늙은 아버지의 지나친 사랑과 맏이 츠루마츠를 잃은 개성 강한 과부의 치우친 사랑, 아무리 훌륭한 소질을 가지고 태어났다 해도 그대로는 매가 될 수 없다. 히데요리는 행복이 지나쳐 불행한 것이다……

5

인간의 행과 불행은 때로는 이상하게 비꼬이는 성질이 있었다. 그와 같은 불행이 지금 요도 부인에게도 있었다.

카츠모토의 눈에 비친 요도 부인은 개성이 강하고 미모인데다 재치가 넘치는 보기 드문 재녀였다. 그녀가 이를 의식하지 않고 오직 남편에게 모든 것을 다 바쳤다면 아마도 키타노만도코로보다 나으면 나았지 못하지 않은 내조를 하는 어진 부인이 되었을 터였다.

요도 부인은 무엇보다 자기가 영리한 줄, 아름다운 줄 너무 잘 알고 있었다. 자기 쪽에서 불태우는 절절한 사모나 연정을 알지 못했다. 그녀의 경우 세상 사나이들은 모두 자기를 사모하고 가까이하려는 존재일 뿐 그녀 쪽에서 속을 태울 수 있는 대상은 없었다……

'불행한 분……'

카츠모토는 지금까지도 이렇게 생각하고 있었다. 인생의 행복은 사랑을 하는 데 있지 받는 데 있지 않다, 요도 부인은 평생을 두고 그 행복의 참맛을 맛볼 수 없는 분이 아닐까 하고……

그런 요도 부인인 만큼 히데요리를 자기 이외 사람의 손에 맡기지는 않을 터. 설사 맡기더라도 일일이 간섭하고 불만은 그대로 노기로 변할 터였다.

유달리 뛰어난 기량도 지니지 못하면서 오사카 성 주인이라는 무거운 짐을 지고 태어난 히데요리. 그 히데요리가 이런 어머니 손에서…… 여자들만의 환경 속에서 자란다면 도대체 어느 정도의 무장이 될 수 있을까……

"으음, 그래."

이에야스는 다시 신음했다.

"그럼, 이에야스가 혼자 하는 씨름이었군."

"그 말씀은……"

"나는 그대와 허물없이 앞으로의 일을 의논하고, 그대를 사부로 추천하고 싶었네."

"그건……"

"타이코의 옳은 생각을 받아들여서, 타고난 역량을 충분히 발휘할 수 있도록 해주려고 했네. 인간은 열여섯 살만 되면 차차 자신의 역량을 알게 되지. 일백만 석짜리라면 일백만 석, 오십만 석짜리라면 오십만 석…… 역량에 따라 맡았던 것을 돌려줄 뿐……이라 생각하고 있는데, 그대는 이 일을 맡을 수 없겠나?"

카츠모토는 다시 당황하며 그 말을 가로막았다.

"아닙니다. 결코 맡지 않겠다는 것이 아니라, 아무래도……"

"요도 부인이 그대의 뜻대로 되지 않을 것이라는 말인가?"

"이…… 이 문제는 얼마 동안…… 얼마 동안 이 카츠모토에게 생각할 여유를 주시지 않겠습니까?"

카츠모토는 이에야스의 마음을 알 수 있을 것 같았다. 확실히 이에야스의 생각은 옳았다. 이 생각은 결코 한 가문이나 일족의 야심, 또는 망령된 고집으로 좌우될 수 있는 것이 아니었다.

맡을 만한 실력을 가진 사람이 잠시 맡을 뿐. 아니, 아무리 발버둥을 친다고 해도 그렇게 될 수밖에 없는 게 엄연한 사실 아닌가.

'지금 사부의 일까지 거부한다면 히데요리는 어떻게 될까?'

6

요도 부인은 과연 무엇이라 할 것인가?

카츠모토는 이에야스에게서 이런 말이 있었음을 적당히 암시하면서 그녀의 의견을 들어볼 수밖에 없었다.

"그래, 그렇다면 사부에 대한 문제는 잠시 그대로 두세."

이에야스는 화제를 돌렸다.

"이제 그 이야기는 그만하고, 다음에 이에야스가 그대에게 말해두고 싶은 것은 이 성에 있는 황금에 대해서일세……"

카츠모토는 또 당황하면서 시선을 내리깔았다.

'드디어 그 말이 나오고 말았구나……'

이에야스가 잊어버리고 있을 리는 없다고 생각하면서도 갑자기 그 말을 꺼내리라고는 생각지 못했다.

"얼마가 되건 도요토미 가문의 재산, 나로서는 그 액수 같은 것은 알고 싶지 않아."

"사재私財……로 인정해주시겠습니까?"

"사재임에는 틀림없지. 또 나는 이번 전투에 대해 도련님과 요도 부인의 책임은 일절 묻지 않겠다고 했네. 그러므로 결코 구애될 것은 없네만…… 그 양이 막대하다는 것은 잘 알고 있어."

"그렇습니다."

"그래서 묻는데, 그대는 그 황금을 쓰기에 따라 천하가 다시 시끄러워질 큰 원인이 될 수 있음을 생각해본 일 있나?"

"예…… 예. 이미……"

"그래. 그럼 어떻게 쓰면 어떻게 된다는 것은 말하지 않겠네. 문제는…… 그 위력을 요도 부인이 알고 있을까…… 어떻게 생각하나?"

"그것은……"

"언젠가는 알게 되겠지. 깨닫지 못할 사람이 아니야. 따라서 미리 그 용도를 측근들이 암시해주지 않으면 큰일이 생길지도 몰라."

"큰일이라면?"

카츠모토는 알고 있으면서도 일부러 이에야스에게 반문했다. 이미 요도 부인과 카츠모토 사이에서 나왔던 이야기이므로 더욱 딴전을 부리지 않을 수 없었다.

"이번 전투로 일본에는 떠돌이무사들이 많이 생기겠지?"

"그렇습니다, 분명히……"

"뛰어난 기량을 가진 자들은 각지의 다이묘들이 포섭하겠지만 그렇지 않은 자들도 나올 것일세."

이에야스는 더욱 목소리를 부드럽게 하였다.

"포섭되지 않는 자는 대체로 세 가지로 나눌 수 있어. 상당한 능력을 가졌으면서도 다른 사람과 화목하지 못하는 편협한 사람. 다음에는 전혀 기량이 없는 무능한 사람. 그리고 보통 기량은 가지고 있으나 지나치게 의리를 지키고 처세에 서투른 고지식한 사람일세."

카츠모토는 다시 이에야스를 똑바로 바라보았다. 아직 그런 것까지 생각해본 일은 없었으나, 많은 떠돌이무사들이 세상에 넘치게 되면 확실히 그렇게 될 것 같았다.

"이제까지는 다만 창 하나로 공을 세우고 큰소리를 치던 난세였어. 지금부터는 그래서는 안 돼. 태평시대에 어울리는 자와 어울리지 않는 자가 확연하게 구분되겠지. 그러므로 아까 말한 자들은 자연히 뒤쳐지게 돼."

"옳은 말씀이라 생각합니다."

"만약 포섭되지 않은 자들에게 막대한 돈을 뿌리면 어떻게 되겠나. 그들은 불평이 가득하고 싸우는 능력밖에는 갖지 못한 우직한 인간들…… 카타기리, 내가 경계하는 것은 그 한 가지일세. 알겠지?"

카츠모토는 숨을 죽이고 고개를 끄덕일 수밖에 없었다.

7

"가령……"

이에야스는 말을 이었다.

"요도 부인은 여자의 몸일세. 여자란 영리한 사람이라도 감정이 내키는 대로 격해지기 쉬워. 혹시 무슨 오해라도 생겨 나와의 사이가 벌어질 경우 황금으로 떠돌이무사들을 불러모으겠다……는 생각이라도 하게 된다면 그것만은 나도 내버려둘 수 없어…… 그래서 그대와 상의하려는데, 무슨 좋은 생각이라도 있나?"

어디까지나 부드럽게 하는 말이었다. 그러나 카츠모토에게는 무서운 협박으로 느껴졌다. 예리하게 간 단도를 아주 부드럽게 목젖에 대고 속삭이는 소리를 듣는 기분이었다.

"과연…… 큰일임은 알겠습니다."

"따라서 그런 일이 없도록 하려면…… 무슨 좋은 생각이 없겠나?"

"나이다이진 님 뜻을 마님에게 잘 전하기는 하겠습니다마는……"

"그래. 물론 그것이 첫째야. 그러나 단지 그것만으로 될까?"

카츠모토의 이마도 목덜미도 땀으로 흠뻑 젖어 있었다.

'도대체 이에야스는 나더러 어떻게 하라는 것일까……?'

알 것 같으면서도 알 수 없었다.

분명히 사재는 인정한다고 하고, 이번 일에서는 일절 요도 부인의 책임은 묻지 않겠다고 잘라 말한 다음이었다. 위험을 자초할지도 모를 황금이기 때문에 내버리자고도 땅에 묻자고도 할 수 없었다.

이에야스는 눈을 가늘게 뜬 채 카츠모토를 지켜보았다. 카츠모토에게 깊은 생각이 있는가를 냉정하게 꿰뚫어보려는 것 같은 시선이 피부에 아프게 느껴졌다.

"카타기리."

"예."

"그대도 그런 경험이 있는지 모르겠네만, 강한 부하를 가지면 싸움을 해보고 싶은 것일세."

"저도 그런 경험이 있습니다."

"황금도 똑같아. 가지고 있으면 써보고 싶어지겠지. 그리고 그 용도에 만족하면 황금은 이런 데 쓰인다고 납득하게 되겠지."

"그렇습니다."

"요도 부인도 예외가 아닐세. 어떤가, 요도 부인에게 타이코의 뜻으로 세운 각지 신사와 불당을 수리하고 재건하도록 권해보면?"

카츠모토는 저도 모르게 무릎을 탁 쳤다.

"과연 그렇습니다. 이것은……"

그러다가 다음 말을 삼키고 말았다.

"나는 말일세, 천하를 맡은 이상 세 가지 일을 게을리 하지 않을 생각일세. 그 첫째는 학문의 길을 여는 일. 실은 오늘도 그 일로 후지와라 세이카藤原惺窩°라는 주자학자朱子學者를 쿄토에서 초청하여 의견을 들었어. 난보쿠쵸南北朝° 이후 하루도 평화스러운 날이 없었던 것은 아시카가 바쿠후足利幕府°에 무엇이 옳고 그른가를 가르치는 바탕이 없었기 때문일세. 이 일은 엔코 사圓光寺의 겐키츠元佶도 간곡히 권하고 있어. 학문 보급과 더불어 신사, 불각佛閣을 숭상하게 하여 예禮를 바로잡는다…… 그렇게 되면 타이코의 명복을 비는 일도 되고, 세상을 위해서도 유익하며, 도요토미 가문의 안태安泰를 비는 일도 되는데…… 어떻게 생각하나?"

8

카츠모토는 점점 더 자기가 굵고 끈적끈적한 거미줄에 얽혀드는 듯한 느낌이 들었다.

'이 얼마나 깊고 철저한 생각이란 말인가?'

막대한 황금으로 떠돌이무사들을 그러모으는 일이 생긴다면 참을 수 없다…… 이에 대해서는 카츠모토도 생각할 수 있다. 생각했기 때문에 무슨 말을 할 것인지 조마조마해하며 듣고 있었는데……

이 유산을 신사와 불당의 복구와 건립에 쓰게 한다면 낭비하는 것 같으나 낭비가 아니다. 더구나 요도 부인도 좋은 일을 했다는 만족감으로 불장난을 하지 않게 된다……

'어떻게 이런 데까지 생각이 미치는 것일까……?'

경탄과 동시에 말할 수 없이 무섭다는 생각이 들었다. 혹시 이에야스는 유례 없이 간악한 요물이 아닐까……?

지금은 이미 여러 다이묘의 무력이 도요토미 가문 편이라고는 할 수 없었다. 혹시 도요토미 편이 있다고 하면 그것은 막대한 황금뿐……

그 황금을 송두리째 쓰게 한 다음 히데요리의 역량이 보통사람보다 못하다고 하면 어떻게 되겠는가?

"과연 말씀은 잘 알아들었습니다."

"알았다면 납득이 된다는 의미인가?"

"나이다이진 님, 저는 이 말씀을 센히메 님의 혼담과 함께 꺼낼까 하는데 어떻겠습니까?"

지금 카츠모토로서는 되받아넘길 수 있는 유일한 구실이었다.

이에야스가 맏손녀 센히메를 무척 귀여워하고 있다는 것은 히데요리 측근에서도 널리 소문이 나 있었다. 그래서 이 센히메를 히데요리 모자에게 볼모로 보낼 생각이 있는가로 이에야스의 속셈을 들여다볼 수밖에 없었다.

"그것은 나중에."

이렇게 말한다면 카츠모토도 지금 이야기를 그때까지 요도 부인에게 말하지 않고 그대로 둘 생각이었다.

이에야스가 빙긋이 웃었다. 카츠모토의 마음을 읽은 것일까, 아니면 센히메의 이야기를 듣고 그 사랑스런 모습이 떠올랐기 때문일까.

"좋아, 좋아."

이에야스는 의외로 순순히 고개를 끄덕였다.

"타이코의 유산을 일본 주축이 될 학문을 펴는 데 도움이 되도록 쓰고 싶다는 것일세. 요도 부인에게 공연한 의심을 사게 해서는 안 돼. 되도록 빨리 센히메를 도련님 곁으로 보내겠네."

"그러시면 그때까지 마님께는……"

"그래. 가만히 있으면서 모든 일이 잘 풀리도록 부드러운 공기가 조성되게 하는 거야."

그러고 나서 이에야스는 다음 화제로 넘어갔다.

"카타기리, 도련님의 사부에 대한 문제 말인데, 나는 말을 꺼내지 않겠네. 그대가 요도 부인과 잘 상의해주게."

"예…… 예."

"그리고 오쿠라 부인의 아들 오노 슈리 말인데…… 슈리도 곁으로 돌려보낼 것이니, 부인과 함께 도요토미 가문을 충실하게 모시도록 그대가 잘 말을 전하게."

카츠모토는 다시 입을 반쯤 벌린 채 침묵하고 말았다.

'이에야스는 도대체 악마일까 부처일까……?'

이 모두가 못된 지혜라면 그야말로 카츠모토 따위로서는 상상도 못할 극악한 사람임이 틀림없었다……

정략결혼

1

"형은 승낙했다는 말이지?"

둘째 성에 있는 히데타다의 거실이었다.

히데타다 앞에 앉아 대들듯이 묻고 있는 것은 세키가하라에서 부상당한 오른팔을 아직 목에 매달고 있는 동생 시모츠케노카미 타다요시下野守忠吉였다.

같은 사이고西鄉 부인의 배에서 태어난 이 형제는 나이도 별 차이가 없고 얼굴도 비슷했으나 그 기질은 하늘과 땅 차이였다. 히데타다는 어디까지나 온후한 품격을 지니고 있는 데 비해 타다요시는 유키 히데야스 못지않게 과격했다.

"아버님의 분부야. 내가 반대할 이유는 없어."

히데타다는 단정히 앉아 눈 하나 까딱하지 않고 대답했다.

"마음에 들지 않아."

타다요시는 무릎걸음으로 한 발 다가앉으면서 혀를 찼다. 그 곁에 앉아 있는 혼다 사도노카미 마사노부本多佐渡守正信는 난처한 표정으로 잠자코 있었다.

얼마 전까지만 해도 혼다 마사노부는 이에야스 곁을 떠나지 않던 최측근이었다. 이번 전투로 에도를 떠날 때 이에야스의 일은 그의 아들 마사즈미가 맡고 노련한 마사노부는 히데타다에게 소속되었다.

"형은 아버님이 하시는 일에 전혀 의견을 말하지 않고 있어. 옳고 그름을 가리지 않고 복종하기만 할 생각이야?"

"시모츠케, 너는 그렇게 하지 말아야 한다고 생각하나?"

"그야 일에 따라 다르지."

"그렇다면 이것은 복종해도 되는 일이야."

"나는 그렇게 생각하지 않아. 아버님은 히데요리 모자를 용서하셨어…… 이미 타이코에 대한 의리는 충분히 다한 셈…… 센히메까지 히데요리에게 인질로 바칠 필요가 있느냐 말이야."

"인질이 아니야. 타이코가 살아 있을 때 한 약속이야."

"분명히 인질이야."

타다요시는 다시 한 번 쏘아붙였다.

"철없는 아이를 인질로 빼앗기고 무례한 트집을 당했을 때 잠자코 죽도록 내버려둔다…… 그래도 후회가 없겠느냔 말이야…… 아니, 그것도 이쪽에 약점이 있다면 또 몰라. 이렇게 해서까지 히데요리 모자의 비위를 맞출 이유가 어디 있겠어. 분명하게 거절하는 게 천하 제후들에게 우리 가문의 본때를 보여주는 길이라고 생각지 않아?"

"시모츠케."

히데타다는 화를 내지 않았으나 웃지도 않았다.

"너는 아버님이 키요스 성으로 가라고 한 것이 불만일 테지?"

"지……지금 그런 이야기를 하고 있는 게 아니야."

"너는 이 오사카 성에 들어오고 싶었다…… 에도에는 나, 오사카 성에는 네가 버티고 동서를 휘어잡겠다는 생각을 하고 있었다…… 그래서 센히메의 일에 이의를 제기한다, 혹시 그렇다면 삼가야 해."

"아니, 이 타다요시가 불손하다는 말이야?"

"아버님 생각은 훨씬 더 깊으셔."

"어떻게 깊다는 말이지?"

"이제 난세는 끝나야 해. 난세의 종식을 세상에 보이려는데 싸움을 해서 어쩌자는 거야. 우선 인내하면서 화해하는 게 선결문제야. 아직도 너나 내 생각은 아버님 생각에는 미치지 못해. 알겠나, 에도와 오사카가 화해하기 위해서는 중간 지점 키요스가 가장 중요한 장소야. 오와리 尾張만 할당받아서, 너는 불만인 모양이구나……"

2

시모츠케노카미 타다요시는 말문이 막혀 무릎만 탁탁 두드렸다.

오와리의 키요스가 얼마나 중요한 위치인지는 말하지 않아도 잘 알고 있었다. 타이코도 어려서부터 키워온 강직한 인물 후쿠시마 마사노리를 두었다. 그 마사노리를 아키 히로시마에 49만 8,200석 영지를 주어 옮기게 하고, 시모츠케노카미 타다요시를 52만 석으로 키요스에 머물도록 했으므로 이에 대한 불평은 입 밖에 낼 수 없었다. 다만 불만은 히데요리와 센히메의 약혼을 재확인한 데에 있다……고 타다요시는 생각했다. 그런데 지금 형에게 분명하게 지적당하고 보니 자기 본심을 비로소 알게 된 것 같아 거북스러웠다.

'그렇군, 형은 그렇게 해석하는구나……'

타다요시는 이렇게 시치미를 떼는 형을 무어라 한마디로 꼼짝 못하게 하고 싶었다.

'딸이 귀엽지도 않은가?'

이렇게 말해도 소용없을 것 같았다. 형은 아버지 말에는 절대 복종하도록 완전히 길이 들어버렸다.

"형, 형은 이 타다요시를 경계하고 있는 모양이군."

"농담을 하면 안 돼. 어째서 이 히데타다가 시모츠케를 경계한다는 말이냐?"

"그렇지 않다면, 내가 오사카의 주인이 되고 싶어한다는 망상 같은 것은 할 리가 없지 않아?"

"허, 그럼 나의 망상이었다는 말이냐? 그렇다면 기쁘군. 안심했어."

타다요시는 또 세차게 혀를 찼다.

"형은 도대체 우리 가문과 도요토미 가문 사이가 영원히 원만하리라고 보고 있나?"

"시모츠케."

"나는 그렇게 생각하지 않아. 이쪽에서 성의를 다하고 머리를 숙이면 숙일수록 상대는 고자세가 돼. 미츠나리가 그 좋은 본보기지. 아버님이 후시미에서 도와주고 일부러 유키 님에게 오츠까지 보내주도록 하셨어…… 그런데 어떻게 되었다고 생각해? 도리어 그의 방심을 조장시켰을 뿐이야……"

"시모츠케는 아직 젊군. 미츠나리는 예외, 일이란 노력이 첫째야. 우리 가문과 도요토미 가문이 의좋게 될지가 아니라, 어떻게 하면 의좋게 나갈 수 있을지 그 노력이 앞서지 않으면 의미가 없어."

히데타다의 대답은 말투까지 아버지를 닮았다. 아무 거리낌 없이 아예 의견 따위는 들으려고도 하지 않는 세련되고 노련한 태도였다.

혼다 마사노부가 참다못해 입을 열었다.

"시모츠케 님, 약혼을 파기한 뒤 어떻게 하시겠다는 말씀입니까?"

"노인은 그것도 모르시오?"

"예. 좌우간 약혼을 파기한다……고 통고하면 어떻게 될까요?"

"물론 저쪽은 낙담할 테지요. 문제는 그 다음이오."

"그렇습니다……"

"우리에게 적의가 있다는 것을 알고 불만을 가진 무리들이 책동하기 시작할 텐데, 그 여우들을 사냥하면 됩니다. 물론 그 태도에 따라서는 그대로 성을 점령할 수도 있고."

마사노부는 실망한 표정으로 말했다.

"시모츠케 님, 그런 말씀을 다른 자리에서는 하지 마십시오. 아버님이 수치로 여기실 것입니다."

"뭐, 아버님이 수치로……?"

드디어 타다요시는 안색이 변해 마사노부에게로 방향을 돌렸다.

3

마사노부는 여전히 담담한 표정으로 말했다.

"예. 시모츠케 님이 말씀하시는 것은 이삼천 석을 받는 무사들이나 할 이야기입니다."

그 뿌리치는 듯한 말투는 타다요시의 분노에 냉수를 끼얹었다.

만약 유키 히데야스였다면 아마 들고 있던 찻잔을 내던지고 칼자루를 잡았을 터. 양쪽 모두 무서운 성격이면서도 히데야스와 타다요시의 차이는 크게 화를 낸 다음에 있었다.

"으음, 그렇소?"

타다요시는 자신의 생각이 2, 3천 석 받는 무사의 분별력밖에 안 된다는 말에 그대로 물러설 수 없었다. 음성이 조용한 것과는 반대로 분노는 머리끝까지 번져 타들어가고 있었다.

"그럼, 키요스를 맡을 다이묘는 어떤 분별이 있어야 하오?"

"아까부터 츄나곤 님이 말씀하셨습니다. 아버님 말씀대로 센히메 님을 되도록 빨리 히데요리 님에게 보내 전국 다이묘들에게 태평성대가 되었다고 알리고 그 증거로 꽃구경을 시켜주어야 합니다."

마사노부는 손자에게 이르는 어조로 말하면서 눈을 가늘게 떴다.

"지금 일본에는 아직 전후의 살벌한 공기가 가시지 않고 있습니다. 잘 생각해보면 도쿠가와 가문에 적대할 자는 없다······는 것을 알면서도 앞으로 무슨 일이 생기지 않을까 안절부절못하고 있습니다. 이때 센히메 님과 히데요리 님을 나란히 보여줍니다······ 양쪽 모두 아직 이 세상의 때가 묻지 않은 분들입니다. 축제 단상을 장식하는 아름다운 이야기 속의 분들이지요. 두 분을 나란히 놓고 보십시오. 그대로 살아 있는 꽃입니다."

"으음."

"그 꽃을 보고 다이묘들은 안심합니다. 두 가문이 함께라면 싸울 구실은 더 이상 없다고 새로운 눈으로 세상을 봅니다. 하하하······ 다시 세상을 고쳐 보면 점점 더 우리 가문의 실력을 실감하게 됩니다. 평화는 이렇게 해서 이루어진다, 피만 흘린다고 되는 것은 아니다······ 아버님이 판단하신 끝에 내리신 지시. 그렇지 않습니까, 츄나곤 님······?"

히데타다는 단정하게 앉은 채 별로 수긍도 하지 않았으나 이의도 달지 않았다. 그러한 태도가 또 타다요시에게는 용납할 수 없는 위장으로 보였다.

아버지에게는 거역하지 않겠다······는 것은, 만약 거역했다가 가문의 상속 문제라도 거론된다면, 보신을 위한 위장으로 통할 것 같은 느낌을 떨칠 수 없었다.

"무슨 말인지 알았소. 그럼, 이 타다요시의 생각을 말하리다."

"허어, 다른 의견이 계십니까?"

"어찌 없을 수 있겠소? 옛날 타이라노 키요모리平淸盛°는 그 어머니

이케노젠니池の禪尼의 청을 받아들여, 요리토모賴朝°가 죽은 아우의 용모와 닮았다고 해서 살려주었다가 그 요리토모 때문에 멸망당했다는 것을 알고 있소?"

"알고 있습니다."

"세상에서 그 일을 어떻게 보는지는 묻지 않겠소. 나는 그때 키요모리가 불교에 발을 들여놓은 것은 자만심 때문이라고 생각해요. 이미 이겼다! 아무도 타이라 가문에 대항할 자가 없다…… 그 자만심이 부처님 마음으로 모습을 바꾸어 요리토모를 살려주었다고……"

이번에는 히데타다가 강한 어조로 말했다.

"시모츠케, 그 이상 말할 것 없어. 무엄하다."

4

"허어, 키요모리와 요리토모 이야기가 무엄하다니……"

타다요시의 얼굴은 창백했다. 음성은 점점 더 찌르는 듯한 차가움을 띠고 있었다.

"그럼, 형은 키요모리 뉴도清盛入道°가 자만하지 않았다는 말이야?"

히데타다는 아직 눈썹 하나 까딱 하지 않고 있었다.

"키요모리는 자만심을 가지고 있었겠지."

"그렇다면 그 전철을 밟지 않도록 조심해야 하지 않아?"

"철저히 준비는 해두고 있어."

히데타다의 풍모에서는 예리함은 느낄 수 없었지만, 그 대답은 새겨진 경문을 읽듯 거침이 없었다.

"시모츠케, 네 말이 그대로 아버님을 탓하는 말이 되었다는 것을 모르겠나?"

"뭐, 아버님을……?"

"그래. 키요모리는 자만하고 있었기 때문에 요리토모를 살려 이즈伊豆로 유배시켰어. 그러나 아버님은 가엾게 여겨서야. 아버님이 하시는 일과 비교한다는 것은 무엄한 태도임을 알아야 해."

"……"

"아버님은 히데요리 님의 입장을 세워주시려는 거야. 힘과 힘의 세계에서 도道의 세계로 발을 들여놓으시려 하고 계셔. 말하자면 센히메는 그 새로운 도의 세계로 가는 첫 사자라고 생각지 않니?"

"미안하지만 그렇게는 생각되지 않아…… 역시 정략이야. 그것도 마음이 약해 필요 이상 고개를 수그리는 정략이야."

"그렇게 보인다는 말이지, 시모츠케에게는?"

"물론이지! 그 이상 도요토미 가문의 옛 신하들에게 소란을 피우게 해서는 안 된다, 우선 모두의 감정을 어루만져주는 것이 상책…… 그렇게 생각하고 보내는 인질이야, 센히메는."

히데타다는 비로소 크게 한숨을 쉬었다.

"너하고 논쟁을 하고 싶지는 않아. 어쨌든 네 의견은 아버님에게 말씀 드리겠어."

"그렇게 해줘요…… 결코 타다요시는 오사카 성을 차지하고 싶어서도, 유달리 센히메를 동정해서도 아니야. 다만 이 정도로도 쉽게 평화의 바람이 일게 된다……고 믿는다면 너무 안일한 생각이란 말이야. 센히메를 보낸다면 저쪽에서는 인질을 잡았다는 생각으로 더욱 강하게 나올 수도 있어…… 센히메는 가엾은 희생자가 될 뿐……이라고 생각되어 말한 거야."

형제간의 논쟁은 표면상 타다요시가 이긴 셈이었다. 그렇다고 히데타다가 졌다고도 할 수 없었다. 그는 논쟁하기가 싫어 입을 다물고 일단 조심스럽게 동생의 의견을 아버지에게 전해보겠다고 했다.

타다요시는 히데타다의 침묵에 불안해졌다.

"형, 아까 내가 키요모리 뉴도의 이야기는 했지만, 그렇다고 아버님과 비교한 것은 아니니 그 점을 오해하면 안 돼."

"알고 있어. 네 말을 그대로는 전하지 않겠어."

이것으로 겨우 타다요시는 체면이 선 느낌이 들었다. 체면은 섰으나 형이 약혼을 파기하도록 진언할 것으로는 생각되지 않았다.

'형에게 아버지는 그대로 신불이고 진리이다……'

"에도에 계신 센히메 님이 장성하셔서 오늘 저녁 이야기를 알게 되면 감동하실 겁니다. 좋은 아버님, 좋은 숙부를 두었다고……"

혼다 마사노부가 남의 일처럼 말하고, 두 사람 앞에 포도주 병과 잔을 내놓은 것은 이때였다……

5

형제는 더 이상 센히메에 대한 이야기는 하지 않았다.

에도와 오사카를 잇는 가도 주변의 새로운 배치에 대한 서로의 생각을 이야기했다.

하코네箱根 서쪽에는 슨푸의 나카무라 카즈타다中村一忠가 호키伯耆 요나고米子에 17만 5,000석 다이묘로 옮겨가고, 그 뒤를 이즈의 니라야마韮山에서 나이토 산자에몬 노부나리內藤三左衛門信成가 3만 석 다이묘로 들어왔다. 그 부근 누마즈沼津에는 오쿠보 지에몬 타다스케大久保治右衛門忠佐가 배치되고, 코코쿠 사興國寺에는 아마노 사부로베에 야스카게天野三郎兵衛康景, 타나카田中에는 사카이 요시치로 타다토시酒井與七郎忠利와 그 일족 등 후다이譜代°가 배치되었다.

엔슈遠州 하마마츠의 호리오 타다우지堀尾忠氏는 운슈雲州 마츠에松

江에서 23만 5,000석 다이묘, 카케가와의 야마노우치 카즈토요山內一豊는 20만 석 다이묘가 되어 토사의 코치高知로 이봉되고, 그 자리에는 마츠다이라 사마노죠 타다요리松平左馬允忠賴와 마츠다이라 사부로시로 사다카츠松平三郎四郎定勝가 들어갔다.

미카와 요시다 성의 이케다 산자에몬 테루마사池田三左衛門輝政는 52만 석 거대 다이묘가 되어 반슈播州 히메지 성姬路城에 들어갔으며, 그 자리에는 역시 일족 마츠다이라 요지로 이에키요松平與次郎家淸가 3만 석을 분배받고 들어가게 되었다. 산슈參州(미카와) 오카자키의 타나카 효부노타유 요시마사는 치쿠고의 쿠루메久留米에 32만 5,000석으로 가봉되어 옮겨가고, 그 자리에는 혼다 분고노카미 야스시게本多豊後守康重가 5만 석의 다이묘로 들어왔다.

다른 곳으로 옮긴 도요토미 가문의 옛 신하들은 모두 막대한 영지를 늘려받았는데, 일족이나 후다이들은 오카자키의 5만 석이 가장 많고, 그 밖에는 거의 3만 석 이하였다.

"시모츠케 님만 키요스에 오십이만 석이시니 고마운 일이지."

이야기 도중에 다시 혼다 마사노부가 웃으면서 말했으나 그때 이미 타다요시는 별로 화도 내지 않았고 관심도 나타내지 않았다. 타다요시의 장인이고 후견인이기도 한 이이 나오마사까지도 이시다 미츠나리의 거성居城 사와야마를 받았으나, 그 녹봉은 18만 석에 지나지 않았다.

마사노부가 타다요시를 비꼬려고 한 말은 아니었다. 인물로는 결코 후쿠시마 마사노리나 이케다 테루마사에 못지않은 사람들이 어째서 단지 후다이라는 이유 때문에 3만 석, 5만 석 녹봉으로 만족하고 있을까? 그 이유를 과연 타다요시가 알고 있는지 입 밖에 내어보았으나, 아직 타다요시는 거기까지는 생각이 미치지 않은 것 같았다.

그렇게 말한 혼다 마사노부도 이에야스 부자 2대에 걸친 집사執事의 중책을 다하고 있으면서도 그 영지는 죠슈上州 하치만八幡에 있는 2만

2,000석이 전부였다.

이에야스가 어째서 자기 중신들에게 녹봉을 적게 준 것일까?

어째서 마사노부 이하 모두가 납득하고 충성을 다해 부지런히 일하고 있는 것일까……?

'그런 것을 알면 시모츠케 님도 어엿한 어른이 될 텐데……'

이렇게 생각하고 입 밖에 내어보았는데, 그 이상 설명에 들어가기 전에 또 새로운 손님이 찾아왔다는 전갈이 있었다.

"본성 마님이 오쿠라 부인을 보내셨습니다."

코쇼가 이렇게 전했다. 히데타다와 타다요시는 얼굴을 마주보며 잔을 놓았다.

"내가 용건을 물어볼까요?"

혼다 마사노부가 말했다.

"밤중에 무슨 일인지 모르겠군요."

히데타다는 잠시 생각하다가 말했다.

"아니, 내가 만나겠소. 정중하게 객실로 안내해주시오."

그러고 나서 타다요시에게 작은 소리로 말했다.

"센히메의 일로 왔을 거야. 내가 만나고 오겠어."

6

히데타다는 타다요시에게 잠시 기다리라고 하면서 그동안의 말벗으로 도이 토시카츠土井利勝를 부르고 거실을 나왔다. 단정하게 옷을 갈아입고 객실로 나갔을 때 거기에는 벌써 혼다 사도노카미 마사노부 앞에 오쿠라 부인이 아름다운 궁중 인형을 나란히 놓고 무언가 즐거운 듯 웃으면서 이야기를 나누고 있었다.

"어머나, 츄나곤 님. 일부러 나오실 것까지는 없다고 지금 사도 님에게 말씀 드리던 참입니다."

오쿠라 부인은 공손히, 그러나 명랑한 표정으로 인사했다.

"아니, 마님이 보내서 오셨는데 뵙지 않는다면 실례입니다. 도련님과 마님도 모두 안녕하시지요……?"

곁에서 마사노부가 말했다.

"아니, 벌써 나이다이진 님 말씀을 듣고 대단히 기뻐하신다고 지금 그 이야기를 하고 계셨습니다."

"그것 참 고맙습니다. 우선 편히 앉으십시오."

"감사합니다. 실은 이 궁중 인형은 오노노 오츠小野のお通°라는 여자가 쿄토에서 인형 만들기로 유명한 사람을 찾아가 만들게 하여 도련님에게 드린 것입니다."

"참으로 아름답게 칠해졌군요. 살아 있는 것처럼 귀엽습니다."

"예. 도련님도 마음에 드셔서 때때로 꺼내 보시곤 하지요…… 그런데 에도의 센히메 님 말씀을 들으시고, 그러면 이것을 센히메 님에게 주자고 말씀하셨어요……"

"허어, 히데요리 님이 말씀입니까?"

"예. 뭐라고 해도 사촌끼리니 역시 그리운 생각이 드시겠지요. 내일 아침에 사자가 에도로 떠난다는 말을 들으시고는 마님도 모처럼의 뜻이니 반드시 그때 전해드리라고 하셔서."

"고맙습니다. 센히메도 기뻐할 것입니다."

히데타다는 다시 탁자 위의 인형에 시선을 보냈다. 다이리비나內裏雛°가 아니라, 동자와 동녀가 반딧불이라도 쫓고 있는 듯한 자유로운 자세로 서로 바라보는 여섯 치 정도 되는 인형이었다.

히데타다는 문득 쓸쓸한 생각이 들었다. 히데타다에게도 첫딸인 센히메는 귀여웠다. 그런데 다 자란 모습도 보지 못하고 결국 자기는 에도로 돌아가고 센히메는 오사카로 오게 된다……

타다요시의 말을 들을 것까지도 없이 이 혼인 정도로 모든 일이 잘될 만큼 안이한 세상이 아님은 잘 알고 있었다.

'두 사람이 이 인형처럼 화목한 분위기에서 자랄 수 있을까……'

"츄나곤 님, 잘 보십시오. 이 인형은 도련님을 많이 닮았습니다."

"그렇군요. 그러고 보니 이 동녀는 센히메를 닮았군요."

"호호호…… 도련님도 어떻게든지 오늘밤에 갖다드리라고 해서."

히데타다는 웃으면서 머리를 끄덕이고 다시 인형을 바라보았다. 만들게 한 오노노 오츠가 혹시 둘을 닮도록 인형 만드는 이에게 지시했는지도 모른다.

"그럼, 이만 돌아가겠습니다. 도련님과 마님께서 에도 마님에게 부디 안부를 전해달라는 말씀이 계셨습니다."

오쿠라 부인이 돌아갔다.

"사도, 그 인형을 시모츠케에게 보여줍시다."

히데타다는 이렇게 말하고 거실로 돌아왔다.

7

거실에서는 도이 토시카츠와 시모츠케노카미 타다요시가 이에야스의 토자마外樣° 다이묘에 대한 후한 예우에 대해 이야기하고 있었다. 두 사람 모두 아직 젊기 때문에 듣기에 따라서는 논쟁인가 싶을 정도로 큰 소리로 떠들고 있었다.

"그럼, 그대는 도요토미 가문의 옛 신하들에게 늘려준 그 막대한 은상의 녹봉이 비위를 맞추기 위한 것이 아니란 말인가?"

타다요시는 형의 소바요닌側用人°이 형처럼 어른스럽게 자기를 달래려고 했기 때문에, 그 토시카츠의 말에서 거꾸로 히데타다의 생각과 아버지에 대한 견해를 알아볼 생각이었다.

"물론입니다. 나이다이진 님이 어째서 도요토미 가문의 옛 신하 따위를 두려워하시겠습니까? 나이다이진 님을 두렵게 할 정도로 역량 있는 자는 이 세상에 없습니다."

"허어, 그럼 아버님은 당연히 상을 줄 만한 사람들에게 상을 주셨다…… 그뿐이란 말이지?"

"일단은 그렇습니다."

"일단……이라면 반드시 그렇지는 않다는 말인가?"

"예."

"그럼, 또 어떤 뜻이 있다는 말인가?"

"지위도 재력도 모두 하늘이 맡긴 것……이라 여기시는 나이다이진 님이기 때문에 이번 전공에 따라 일단은 각자에게 맡기신다…… 그러나 맡겨진 영지와 백성들을 충분히 살리는 능력이 없을 경우에는 다른 사람의 손을 빌리지 않고 다시 바꾸어 맡긴다…… 이렇게 생각하고 계시는 줄 알고 있습니다."

타다요시는 저도 모르게 토시카츠를 다시 보았다. 토시카츠는 하얀 은빛 비늘로 싸인 생선처럼 당장 뛰쳐나갈 듯 생기가 있었다.

"으음, 그럼 역량에 따라서는 서슴없이 다시 바꾸신다는 말인가?"

"기량을 갖추지 못한 사람에게 맡겨둔다면 맡긴 사람도 맡은 사람도 천벌을 받게 됩니다. 이는 천하를 맡을 정도의 인물이 마땅히 갖추어야 할 각오이고 견식이라 생각합니다."

"그대는 언변에 능하군. 그럼 또 한 가지 대답해주게. 후다이에게 유달리 박하신 것은 무엇 때문인가? 후다이의 능력은 이미 알았다, 누구나 도토리 키 재기와 같기 때문에 삼만 석, 오만 석의 다이묘로는 발탁하지만 그 이상 높일 만큼 유능한 자들이 아니란 말인가?"

"그렇지 않습니다."

도이 토시카츠는 웃었다.

"원래는 하늘에서 맡긴 것, 그것을 나이다이진 님이 모든 사람을 대신하여 맡고 계십니다. 각자에게 많은 것을 맡기면 그 가운데는 맡았다는 사실을 잊고, 내 것이라 착각하여 낭비하는 자와 방심하는 자가 나타납니다. 따라서 나이다이진 님에게 맡겨두고 다만 신변에 소요되는 것만 자기 손으로 처리해나간다. 그러면 후다이의 단결도 조심성도 이중삼중으로 튼튼해집니다. 이 점이 나이다이진 님이 생각하시는 정책의 바탕이라 생각합니다마는……"

이때 히데타다가 돌아왔다. 두 사람은 자세를 고치고 히데타다를 맞이했다.

"어쩐지 이야기가 열을 띠고 있군."

히데타다는 인형을 들고 뒤따라오는 마사노부를 돌아보았다.

"사도 님, 그것을 시모츠케에게 보여드리시오."

"아니…… 사랑스러운 인형이로군. 어떻게 된 일이지?"

"본성 도련님이 에도의 센히메 님에게 전해달라는 선물…… 어떤가, 시모츠케? 이 동녀는 센히메와 닮지 않았나?"

그 말을 듣고 타다요시는 일부러 인형으로부터 시선을 돌렸다.

8

타다요시는 형이 무슨 말을 하려고 이 인형을 자기에게 가져왔는지 그 이유를 짐작한 순간 참을 수 없이 불쾌해졌다.

"어때, 도련님도 이렇게 기뻐하고 있다. 이로써 양가 사이는 원만해질 수 있을 거야."

이렇게 말하고 싶은 듯. 그러나 이것은 거꾸로 불안과도 통했다.

이 인형처럼 아무것도 모르는 순진한 아이들까지 어른의 희생물이 되는 것을 마다하지 않는다. 이러한 일이 용서치 못할 어른들의 '부정'이고 '악덕' 임을 왜 반성하지 않는 것일까.

'아니, 반성하기가 두려워 악덕을 거듭하면서 그 악덕에 공연한 희망을 걸고 있다……'

인간의 그런 비극을 형은 어째서 이해하려 하지 않는 것일까.

"뭔가 납득이 가지 않는다는 표정이군, 시모츠케는."

"형에게는 말하지 않겠어, 나는 이 인형을 보니 슬퍼지는군."

"허어, 어째서?"

"이 인형처럼 어린 두 사람을 자유로운 세계로 놓아줄 수만 있다면…… 문득 그런 생각이 들어서."

히데타다는 가슴이 뜨끔했다. 그러나 곧 그런 감정을 평소와 같이 예의바른 표정 뒤에 숨기고 말했다.

"으음, 시모츠케는 보고 싶지 않은 모양이군. 좋아, 내일 아침 떠날 때 가져갈 수 있게 잘 포장해놓도록."

이번에는 도이 토시카츠에게 명하고 덧붙였다.

"센히메를 버릇없이 키우지 않도록 마님에게 전하라. 아직은 멋대로 자란 아이들이 행복해질 수 있을 만큼 좋은 세상이 아니야."

마지막 한마디는 말할 나위도 없이 타다요시에 대한 항의였다.

"알겠습니다. 그럼, 곧."

도이 토시카츠가 인형을 들고 물러간 뒤 잠시 어색한 침묵이 흘렀다. 시모츠케노카미 타다요시는 형을 냉정한 아버지라 생각하고, 히데타다는 타다요시를 무자비한 아우라고 생각했다.

사실 센히메와 히데요리의 장래에 행복만이 기다리고 있다고는 생각할 수 없었다. 그렇다고 이 경우 억지로 기뻐하려 하고, 기뻐하는 것으로 위로를 삼아 이 약혼을 납득하려고 하는 히데타다의 마음을 타다요시는 알아줄 수 없는 것일까……

"시모츠케 님, 토시카츠와 무슨 말씀을 나누셨습니까?"

혼다 마사노부가 어색한 분위기를 풀어보려고 타다요시에게 다시 포도주를 권했다. 타다요시는 일단 엎어놓은 잔을 들려고 하지 않았다.

"충분해요."

가볍게 손을 내저었다.

"토시카츠는 형님의 훌륭한 부하야."

타다요시는 웃으면서 말했다.

"사고방식도 판단력이 빠른 머리도 형님을 그대로 닮았어. 그에 비하면 이 타다요시는 버릇없는 무사에 지나지 않아. 센히메를 닮은 인형을 보고 있으려면 와! 하고 큰 소리를 지르며 본성으로 쳐들어가고 싶은 충동을 느낀다니까."

"하하하…… 말씀을 너무 과장하시는군요."

마사노부는 웃었으나 히데타다는 웃으려 하지 않았다.

이때 다시 부산스럽게 복도를 밟는 소리가 들려왔다.

9

세 사람은 풀어지지 않은 감정을 그대로 지닌 채 복도의 발소리에 귀를 기울였다.

이미 밤은 상당히 깊었다. 시모츠케노카미 타다요시에게 무슨 급한 일이라도 생겨 달려온 것인지도 모른다…… 혼다 마사노부가 급히 일어났다. 발소리는 한 사람만의 것이 아니었다.

"누구냐?"

마사노부가 물으면서 밖으로 나갔다.

"오오, 아버님, 츄나곤 님은 아직 취침하시지 않았습니까?"

복도의 음성은 서쪽 성에서 오는 혼다 마사즈미의 것이었다. 이어서 다른 남자의 목소리가 들렸다.

"시모츠케노카미 님도 계신다고 해서 서둘러 말씀 드리려 합니다."

그 목소리는 나가이 나오카츠의 것인 듯했다.

실내에서는 히데타다와 타다요시가 얼굴을 마주보고 있었다.

'무슨 변고라도……?'

당연한 일이지만 이런 불안이 두 사람의 가슴을 스쳐갔다.

복도에서는 마사노부의 목소리가 들리지 않았다. 그것이 더욱 두 사람을 불안하게 했다. 그런데 갑자기 전혀 생각지도 않았던 명랑하고 여유 있는 마사노부의 웃음소리가 들렸다.

"그래, 그래, 참 반가운 일이로군. 어서 두 분에게 말씀 드려야겠어. 괜찮아, 뵙고 가는 것이 좋아."

마사노부는 마사즈미와 나오카츠를 데리고 들어왔다.

"보고 드립니다."

마사노부는 다시 싱글벙글 웃었다.

"무슨 일이오, 사도 님?"

마사노부의 웃는 얼굴을 보고 한숨을 돌리며 히데타다가 물었다.

"코즈케노스케도 우콘노다이부도 모두 이마에 땀을 흘리고 있는데 말이오."

마사노부는 대답하지 않고 일부러 사이를 두면서 천천히 말했다.

"실은 서쪽 성에서 경사스럽게도 아들을 낳으셨다는 소식입니다."

"뭐, 동생이 생겼다고?"

"예. 아우님이 한 분 느셨습니다. 구슬 같은……이라고 말씀 드려도…… 이 마사즈미가 직접 뵌 것은 아닙니다마는."

마사즈미가 들뜬 기분으로 말을 잇자 나가이 나오카츠도 경쟁하듯
말을 덧붙였다.

"주군은 매우 어색한 표정이셨습니다마는 어쨌든 알려드리려고 왔
습니다. 마음속으로는 매우 기뻐하시는 것 같았습니다."

"하하하…… 반가운 일이야. 아버님 얼굴이 보이는 것 같아."

타다요시는 파안대소破顔大笑했으나 히데타다는 웃지 않았다.

"그래, 아우가 생겼다니 반갑군. 그럼, 그대들도 축배를 들게."

"좋아. 포도주지만 좌우간 들면서 축하하는 것이 좋겠어."

마사노부가 술잔을 들어 두 사람에게 건넸다. 그들은 다시 자세를 바
로하였다.

"축하합니다."

공손히 두 손으로 받아 입으로 가져갔다.

"하하하…… 모자는 다 무사하겠지?"

타다요시는 아직 웃음을 그치지 못한 채 엎었던 잔을 들었다.

"좋아, 축하해야겠어. 즐거운 일이야. 어떤 얼굴을 하고 있을까?"

그 아이가 장차 자신의 뒤를 이어 오와리의 기초를 공고히 다질 사람
이 될 줄은 상상도 못했으나, 어쨌든 이 반가운 소식은 타다요시를 명
랑하게 했다. 타다요시는 눈을 가늘게 뜨고 싱글벙글 웃었다.

10

인간의 출생은 어떤 경우에나 활기를 동반했다.

쉰아홉 살에 아버지가 된 이에야스로서는 생각하기에 따라 또 하나
의 귀찮은 짐이 늘었다고 할 수도 있다. 실제로 타이코는 만년에 본 사
랑스런 아이 때문에 죽으면서도 괴로움에 시달려야 했다.

그러나 오늘 밤에는 아무도 그런 생각을 하는 사람이 없었다. 혹시 연상을 했다면 히데타다이겠으나, 그는 비록 그런 생각을 했더라도 입 밖에 낼 사람이 아니었다.

"점점 더 가문이 번창해지시는군요."

마사노부는 히데야스, 히데타다, 노부요시信吉, 타다요시, 타다테루 忠輝 등 손을 꼽으면서 진심으로 기쁜 듯이 말했다.

"이번 옥동자로 아들이 여섯 분. 앞으로 더 나으실지도 모릅니다."

실제로 센고쿠戰國 시대에 아들을 낳는다는 것은 그대로 일족에게 '힘'을 더해주는 일. 후세의 둘이나 셋으로 만족하는 가치관과는 달랐다. 힘은 생활을 쟁취시킨다……는 사고방식은 아직 뿌리깊었다.

"주군도 훨씬 더 젊어졌다는 기분이 드실 줄 압니다. 이제는 츄나곤 님에게도 속히 대를 이으실 분이 태어나셔야……"

어느 틈에 지금까지 머릿속을 점령하고 있던 센히메의 모습은 아직 보지도 못한 갓난아기에 대한 생각으로 바뀌고 말았다.

갑자기 타다요시가 무슨 생각을 했는지 소리 내어 웃었다.

"아니, 왜 그러십니까?"

마사노부가 놀란 듯 묻자 타다요시는 형을 쳐다보며 손을 저었다.

"꾸중을 들을 것 같아 말하지 않겠어."

"원, 이런. 혼자 웃고 말씀을 않겠다니 있을 수 없는 일입니다. 반드 시 들어야겠어요."

"하하하…… 난 이 세상을 사는 남녀 결합에 대해 생각해봤어요."

"그렇다면 색정에 대한 말씀입니까?"

"젊은 기분 내지 마시오, 노인…… 혼인에 대해서 말이오."

"알겠습니다. 그렇다면……"

"끝내 말을 시키겠다는 말이로군. 형 꾸중을 들어도 나는 모르겠소. 나는 말이오, 이 세상에는 추한 정략결혼밖에는 없다고 생각했소."

"허어······"

"그래서 센히메 일에도 공연히 화가 났소. 그런데 가만히 생각해보니 이 세상에는 정략결혼 아닌 맺어짐도 있어서, 그래서 즐거워졌소."

"말씀해보시오, 시모츠케 님. 그렇게 맺어진 경우가 어디 있는지."

"하하하······ 아버님이오. 아버님 주변에는 정략결혼에 의한 여자는 한 사람도 없소."

히데타다는 흘끗 타다요시를 흘겨보았다. 그러나 타다요시의 입은 다물어지지 않았다.

"하하하······ 자기가 좋아하는 여자를 소망한다, 그리고 그 여자에게 아무런 부담이나 싫증도 느끼지 않고 자식을 낳게 한다, 아버님은 세상의 하찮은 구속에서 벗어나 유유하게 살고 계시다는 말이오."

"시모츠케!"

"하하하······ 더는 말하지 않겠소. 다만 아버님이 부러울 뿐이오. 아니, 그렇게 살아오셨기 때문에 혹시 이번에 낳은 동생은 거물일지도 모른다고 문득 생각했소. 와하하하······"

11

히데타다도 그만 웃음을 터뜨리고 말았다. 타다요시의 순진한 기쁨에 끌린 탓도 있었으나, 그 이상으로 그를 안도하게 한 것은 타다요시의 관심이 센히메와 히데요리의 약혼으로부터 벗어난 일이었다.

타다요시에게는 아직 자식이 없었다. 아이를 갖지 못한 사람의 아이에 대한 애정은 실은 관념론일 뿐이었다. 타다요시가 묘한 반발심을 보이면 다른 동생 노부요시나 타다테루도 무어라 말을 할 것 같은 기분이었다.

그리고 오에요阿江與 부인은 친언니지만 요도 부인의 성격을 별로 신뢰하고 있지 않았다.

"왠지 모르게 허무의 냄새가 풍깁니다."

키타노쇼 성北の庄城 함락 때도 타이코 소실이 되었을 때도 어딘지 모르게 내버려진 화분처럼 자포자기하는 듯했다. 더 많은 아이를 낳았거나 더 엄격하고 응석을 받아주지 않는 남편을 만났더라면 좋았을 텐데 모두 그와는 반대였다. 더구나 젊어서 남편을 잃었다. 그런 조건들이 겹쳐 요도 부인의 운명을 파멸로 이끌지 않나 마음속으로 은근히 걱정하고 있었다. 그런 이모에게 센히메를 보내는 것이므로 주위 정세에 따라서는 주저하지 않을 수 없었다.

'새로 태어난 동생이 타다요시를 구해주었구나……'

타다요시는 그 후에도 기분이 좋아 아버지가 무어라 이름을 지을 것인지, 며칠이 지나면 형으로서 면회를 청해도 좋을지 그런 것을 즐겁게 이야기하다가 돌아갔다.

모두 돌아가고 마사노부도 물러갔다. 벌써 넉 점 반(오후 11시)이 가까워, 요도가와淀川를 오르내리는 배의 노 젓는 소리까지도 들려올 것처럼 조용했다.

혼자가 된 히데타다는 단정하게 서쪽 성을 향해 돌아앉았다.

"아버님, 안녕히 주무십시오."

그리고는 얼른 덧붙였다.

"오늘 동생의 출생을 축하 드립니다."

그리고는 자신의 말이 추호도 형식적인 인사가 아니라고 다짐하면서 잠자리에 들었다.

잠자리에 누워서도 히데타다는 날마다 똑같은 것을 빌면서 잠을 청한다. 자기 역량이 아버지에게 훨씬 미치지 못하는 것에 대한 사과요 반성이었다. 그 반성을 버린다면 그는 열등감에 사로잡혀 보기에도 딱

할 정도로 자세가 흐트러지고 말 터였다.

히데타다는 자신의 이러한 점을 잘 알고 있었다. 그래서 타다요시와 같이 자유로운 사고방식을 동경하는 일은 없었다. 그는 오늘 타다요시의 이야기가 아버지 규방에 미쳤을 때 당황하고 난처해하는 자신을 발견했다.

'나에게는 창업자의 기량이 없다……'

있는 것은 오직 아버지의 사업을 지키는 조심성뿐이라고 날마다 되새기듯 생각하고 있었다. 만일 자신의 자세가 흐트러진다면 아버지의 사업을 방해하게 될 터. 그뿐만 아니라 아버지 또한 후계자를 기르는 노력을 게을리 했다고 크게 결함을 지적받게 될 터였다.

'나는 아버지의 그늘이 되지 않으면 안 된다……'

그것도 아름답고 위대한 인물인 아버지의 그늘이.

히데타다는 평소와 다름없이 이러한 생각 속에서 세상을 떠난 어머니의 모습을, 잠시 동안이지만 뜨겁게 사랑을 쏟아준 의붓어머니 아사히히메朝日姫를 회상하는 동안 어느덧 그 영상은 센히메가 되고 히데요리가 되어 있었다.

'제발 그 두 사람만이라도……'

착하기 짝이 없는 히데타다는 잠자리에서도 자세를 바로한 채 꿈길에 들어섰다……

등뼈 만들기

1

이에야스에게는 이이 효부노타유 나오마사井伊兵部大輔直政, 혼다 나카츠카사노타유 타다카츠本多中務大輔忠勝, 사카키바라 시키부노타유 야스마사榊原式部大輔康政, 오쿠보 사가미노카미 타다치카大久保相模守忠隣, 토쿠나가 시키부노호인 나가마사德永式部法印壽昌 다섯 사람 외에, 히데타다로부터도 혼다 마사노부가 자주 출입하고 있었다.

위의 여섯 사람이 이에야스 창업의 각료이고 조수이며 기사이기도 했다. 물론 설계자는 이에야스, 그들의 표면적인 일은 논공행상의 조사라는 명목이었다.

이들 창업 각료들의 조사에 따른 인물 배치. 이것은 이에야스의 염원이던 태평성세를 이룩할 수 있느냐의 열쇠였다. 이들 창업 각료 중에서도 가장 이에야스의 마음을 잘 알고 보좌할 수 있는 사람은 혼다 마사노부였다.

참고로 창업 각료들의 녹봉을 기록하면 다음과 같은데, 그들의 녹봉이 토자마 다이묘와 얼마나 큰 차이가 있는지 잘 알 수 있다.

혼다 사도노카미 마사노부 2만 2,000석(죠슈 하치만)

토쿠나가 나가마사 5만 700석(노슈濃州 타카스高須)

오쿠보 타다치카 6만 5,000석(소슈相州 오다와라)

사카키바라 야스마사 10만 석(죠슈 타테바야시館林)

혼다 타다카츠 12만 석(세이슈勢州 쿠와나桑名)

이이 나오마사 18만 석(고슈 사와야마)

마에다 토시나가의 119만 5,000석은 별도로 친다고 해도 엔슈 카케가와의 야마노우치 카즈토요도 20만 석 이상이 늘어 토사의 태수太守가 되었다. 이에 비하면 얼마나 후다이에게 박했는지 알 수 있다.

그러나 누구 하나 불평을 하는 사람은 없었다. 언제나 이에야스를 움직일 수 있는 혼다 마사노부까지도 2만 2,000석이 너무 많다고 사양했을 정도였다. 이이 나오마사도 그렇고, 혼다 타다카츠도 자신의 공로에 비추어 충분히 토자마 다이묘들을 설득할 수 있었다.

케이쵸慶長 5년(1600) 중에 대체로 배치를 끝내고 통고까지 했다. 남은 것은 우에스기 가문이 있는 오우奧羽 지방의 일부와 큐슈의 시마즈 가문뿐이었다. 물론 이들 두 가문에 대해서도 이에야스의 마음속에는 이미 어떤 복안이 세워져 있을 터였다.

'이것으로 일단락되었다.'

이렇게 말하고 이에야스는 곧 후지와라 세이카를 불러 『한서漢書』 십칠사十七史를 강의하게 하고는 열심히 귀를 기울였다.

시대를 만드는 자는 결코 '힘의 배치'만으로 시름을 놓아서는 안 된다. 타이코의 생애가 이를 실증해 보이고 있다. 무서운 난세에서 살아남은 센고쿠 시대 사람들에게는 자칫 무력으로 매사를 해결하려는 난폭한 습성이 남아 있음을 부정할 수 없다.

그 남겨진 습성을 무엇으로 불식해야 할 것인가?

까다로운 법도나 법률로는 제어할 수 없다는 것 또한 경험하고 있었다. 지금은 무사와 상인과 농민이 모두 우러러볼 수 있는 학문의 보급을 생각하지 않으면 안 되었다. 그러기 위해 이에야스는 새삼스럽게 국학도, 한학漢學도, 불교도, 신도神道도 겸허한 마음으로 배워보리라 생각하고 있었다.

이때 오카메 부인이 일곱번째 사내아이를 낳았다. 이에야스는 이를 행운의 징조로 받아들이고 학문에 이어 할 일에도 손을 대었다. 부국책富國策이 그것. 나라에 부富가 없다면 평화는 유지되지 못한다. 부국책은 학문, 무력과 함께 병행시켜야 할 시대의 중요한 목표였다.

오쿠보 타다치카가 그런 큰 일을 할 수 있는 묘한 인물을 이에야스 앞에 데려온 것은 일곱째아들을 고로타마루五郎太丸라 이름짓고 서쪽 성에서 초이레 축하잔치를 베풀고 있을 때였다……

2

고로타마루라는 아명을 가진 아이가 어떻게 성인으로 자랄 것인가?

이 성의 주인 히데요리에게 히데타다는 장인이 되기로 결정되어 있다. 그렇게 되면 나이가 비슷한 여섯째아들 타츠치요辰千代(타다테루)와 일곱째아들 고로타마루가 히데요리와 함께 다음 세대를 크게 짊어질 때가 올지도 모른다.

'과연 그때까지 나는 이 세상에 살아남을 수 있을까……?

노부나가가 세상을 떠난 것은 49세. 이에야스는 그보다 10년 이상이나 더 살아 59세에 갓난아이의 아버지가 되었다.

이에야스는 감개무량했다. 만약 히데요시와 같은 수명밖에 누리지 못한다면 고로타마루는 다섯 살에 아버지를 잃게 될 것이다……

이런 생각에 이에야스는 자신의, 웃어야 할지 울어야 할지 모를 감정에 또 하나의 안타까운 추억마저 떠올렸다.

이에야스가 아버지를 잃은 것은 여덟 살이 되던 해 3월이었다. 그리고 그 이전 태어난 지 1년 반 만에 이미 어머니를 운명의 손에 빼앗기고 말았다. 어머니는 후에 다시 그에게로 돌아왔다. 그리고 지금 이 오사카 서쪽 성에 들어와 있었다.

이에야스가 가까운 친척을 서쪽 성에 초청해 노쿄겐能狂言°을 공연할 생각이 든 것은 고로타마루의 출생을 축하하는 의미와 노모 덴즈인傳通院을 위로하려는 두 가지 의미에서였다.

솔직히 이에야스는 무대 정면에 앉아 있으면서도 거의 노能도 쿄겐狂言도 보고 있지 않았다.

'인생이란 우스운 거야……'

물론 새로 태어난 아기는 아직 산실에 있었다. 그러나 노모 덴즈인이 황홀한 듯이 무대를 바라보고 있는 모습은 단지 그것만으로도 가슴이 뿌듯했다.

공연이 끝난 뒤였다.

이에야스가 거실로 돌아왔을 때 오쿠보 타다치카가 서른 남짓해 보이는 늠름한 모습의 사나이를 데리고 왔다.

"아까 무대 앞에서 작은북을 치던 자입니다."

이에야스로서는 낯익은 사나이가 아니었다. 그러나 소개받고 보니 다시는 잊을 수 없는 미남이었다.

'어딘가 노부나가를 닮은 것 같다……'

노부나가를 닮은 사나이가 무대에서 작은북을 치고 있었다는 것이 우스웠다.

"그러고 보니 작은북 소리도 맑았어."

타다치카가 상을 주게 하려고 그 사나이를 데려온 줄 알고 이에야스는 분위기를 맞췄다.

"이름은?"

"예, 쥬베에 나가야스十兵衛長安*라고 합니다."

타다치카가 대답했다.

"뭐, 쥬베에…… 그렇다면 휴가노카미 미츠히데日向守光秀의 이름과 같지 않은가?"

이에야스는 새삼스럽게 그 사나이를 주목했다.

얼굴은 노부나가를 닮고 이름은 미츠히데와 같다는 것이 문득 웃음을 자아냈으나 얼른 참았다.

"그럼, 성姓은?"

"타케다 신겐武田信玄 공이 금해 아직 성이 없다고 합니다."

"뭐, 신겐 공이 성을 갖지 못하게 했다는 말인가?"

"예. 사연이 있습니다."

타다치카는 아무래도 상을 주기 위해서만 데려온 것이 아닌 듯했다. 이에야스는 새삼 그 사나이를 눈여겨보았다.

3

얼굴의 근육에도 미간에도 재치가 넘치고 있었다. 아니, 그 눈빛도 예사롭지 않았다. 무언가 하겠다는 결심만 하면 노부나가처럼 끈질기고 과격하게 해낼 인물로 보였다. 그러면서도 콧등으로부터 입 언저리에는 호색적인 느낌 또한 뚜렷했다.

"묘한 자를 데려왔군. 도대체 무슨 연유로 신겐 공이 성을 쓰지 못하게 했나?"

사나이는 묘하게도 타다치카 뒤에 공손히 앉아 모든 것을 다 타다치카에게 맡겨놓고 있는 것 같았다.

"예. 어려서부터 측근에서 섬기고 있었습니다마는 약간 재주가 지나쳐서 주제넘은 참견을 많이 했던 것 같습니다."

"허어, 신겐 공에게 참견을 했다는 말인가?"

"작은북을 금광에까지 가지고 가 그 소리로 땅속 황금 매장량을 점쳤던 모양입니다. 신겐 공은 미신을 싫어했는지, 그 모습에 이 광대 녀석이! 꾸짖고 코와카幸若라는 성을 쓰지 못하게 했다고 합니다."

"으음, 코와카 쥬베에가 광대 쥬베에가 되었다는 말이로군."

이번에는 이에야스도 그만 웃음을 터뜨렸다. 비상한 재주를 가진 젊은이가 너무 주제넘게 굴다가 야단 맞는 광경이 눈에 선했다.

"쥬베에, 그게 사실이냐?"

오쿠보 타다치카도 웃으면서 비로소 그 사나이에게 말을 걸었다.

"말씀하신 그대로입니다."

그 사나이는 이에야스 쪽은 보지 않고 예법대로 공손하게 타다치카를 통해 대답했다.

이에야스가 웃으면서 말했다.

"직접 대답하도록 허락하겠다. 광대는 별로 명예로운 이름이 아닐거야, 쥬베에."

"예. 이 촌뜨기…… 정도의 의미라고 생각합니다."

"그럼, 신겐 공이 세상을 떠난 다음에도 계속 광대로 지내왔느냐?"

"예. 광대로서는 대수롭지 않다고…… 눈이 높으셨던 것 같습니다."

"나이가 맞지 않는군. 신겐 공이 세상을 떠났을 때 그대 나이는?"

"열셋이었습니다."

"뭐, 열셋…… 그렇다면 지금은?"

"예, 올해로 마흔이 되었습니다."

"그럴 테지. 그러니까 이십칠 년 동안 광대로 지냈다는 말이냐?"

"예."

"젊구나."

"예……? 무어라 말씀하셨습니까?"

"젊다고 했어. 나는 고작 서른 살 내외라고 보았어."

"별로 고생하지 않고 살아온 탓이라 생각합니다. 부끄럽습니다."

"타다치카."

이에야스는 타다치카 쪽을 보면서 물었다.

"이 사람에게는 광대말고 무슨 재주가 있는가?"

타다치카가 무엇 때문에 이 사나이를 데려왔는지 벌써 이에야스는 알고 있었다.

타다치카는 얼른 정색을 하고 이에야스에게 고개를 숙였다.

"실은 신겐 님에게 주제넘은 말을 했던 것처럼 이 사나이는 땅속에 묻힌 금 광맥을 점치는 데 불가사의한 재주를 가지고 있습니다. 말하자면 태어날 때부터의 광산 기술자가 아닌가 합니다마는."

"광산 기술자라……"

이에야스는 실망한 듯이 말하고 혼다 마사노부를 돌아보았다.

4

혼다 마사노부도 이에야스의 측근에서는 항상 인물을 평가하는 눈을 번뜩이는 습관이 있었다. 그런 혼다 마사노부, 이에야스가 눈길을 보내자 얼른 시선을 피했다.

'쓸 만한 자가 못 될 것 같습니다……'

그런 눈길이 아니라 좀더 시험해보지 않고는 모르겠다는 눈짓처럼 보였다.

이에야스는 다시 쥬베에게로 향했다.

"그대는 이 이에야스 밑에서 일하고 싶은가?"

이번에는 단도직입적으로 물었다.

"예. 오쿠보 사가미노카미 님께서, 만약 주군의 눈에 들면 오쿠보란 성으로 부르도록 해주시겠다고 말씀하셨습니다. 그래서 사가미노카미 님을 통해 제가 가진 모든 재능을 충성에 걸어보고 싶다는 꿈을 꾸게 되었습니다."

"역시 광산 기술자로 말인가?"

"광산 기술자……라고 한마디로 말씀하십니다마는, 광산 기술자는 지형을 굽어보고 산의 생김새를 분석하여 이를 파보지 않으면 목적을 달성할 수 없습니다. 따라서 계산에 능하고 토목에도 능통합니다. 개간, 식림, 도로, 교량 가설 등은 이제부터 평화의 시대가 오면 없어서는 안 될 재주라고 생각합니다."

이에야스는 빙긋이 웃었다.

이런 주제넘은 소리로 신겐을 노하게 했을 것이라고 생각하니 저절로 웃음이 나왔다.

"그럼, 무대에서는 광대지만 평화스런 시대에 주판을 주면 유능한 자가 될 수 있다는 말인가?"

"유능한 자……라고 하시니 황송합니다. 그런 자는 못 됩니다마는, 첫째로 충성을 바칠 수 있다고 생각하는 것은 에도와 쿄토, 오사카의 도로 공사에 있습니다. 아직도 민심은 평온하지 못하므로 간혹 무엄한 생각을 품은 자가 나오지 않는다고는 할 수 없습니다. 그럴 때 우선 도로가 갖추어져 있지 않으면 첫째 군사를 보낼 때의 불편, 둘째 물자 수송이 어렵습니다. 또 셋째는……"

"그만 됐어."

이에야스가 웃으면서 제지했다.

"도로 이야기는 할 것 없어. 황금은 어디서 채굴한다는 말인가?"

"그것도 도로 정비가 우선되어야 합니다마는, 제가 먼저 손을 대고 싶은 곳은 사도佐渡와 이와미石見의 금은 광산입니다. 코슈甲州는 산이 좀 늙었습니다. 그 부근의 타다多田 은광은 도요토미 가문에서 관할하고 있으니 일단 보류하고, 에도에 가까운 이즈伊豆 금광, 또 오슈 남부에도 유망한 산 기운이 느껴집니다. 이들을 개발하시어 부국의 길을 도모하시는 것이 중요한 국책이 아닐까 생각합니다."

처음에는 묘하게 보였던 사나이가 입을 열자 놀라운 웅변가로 변해 갔다. 반드시 이에야스의 기호에 맞는 유형은 아니었으나, 어딘가 상대의 가슴에 파고드는 박력을 가지고 있었다.

"제가 말씀 드리려는 것은 통용화폐를 명明나라 등에서 수입한다면 일본의 발전은 있을 수 없다는 점입니다. 만민이 사용할 수 있는 훌륭한 화폐를 만들어 쓰게 해야 합니다. 그러면 싸움을 하지 않고도 살아나갈 길을 발견해 위로는 영주들로부터 아래로는 나무꾼이나 어부에 이르기까지 저마다 재물 개발에 힘쓰게 됩니다. 제가 가장 하고 싶은 것은 새로운 일본의 평화에 충성을 바치는 일입니다."

이에야스는 다시 한 번 혼다 마사노부를 살짝 바라보았다.

5

마사노부도 깜짝 놀란 듯이 눈을 크게 뜨고 쥬베에 나가야스를 바라보고 있었다. 그리고 시선이 마주친 이에야스에게 두 사람만이 통하는 눈짓으로 대꾸했다.

'예사 녀석이 아닙니다……'

"그런가…… 그거 참, 유감스러운 일이군."

이에야스는 다시 시선을 쥬베에에게 돌렸다.

"네 신념이 잘못되었다고는 생각지 않아. 그러나 시대의 흐름에 대한 진단은 제대로 못하고 있어."

"예?"

쥬베에는 눈을 크게 떴다. 순간 장년의 노부나가 모습과 똑같았다.

"그러시면, 이 쥬베에가 시대의 흐름을 모른다는 것입니까?"

"모른다는 것이 아니라 잘못 알고 있다는 거야. 그대는 보통사람보다 훨씬 젊어. 이삼십 년 더 있다가 다시 출발해야 해."

"예……?"

쥬베에 나가야스가 다시 기묘한 소리를 냈다. 이에야스의 말이 의표를 찌른 듯 당장에는 대답하지 못했다.

이에야스는 긴장하여 대령하고 있는 오쿠보 타다치카에게 말했다.

"이 사람은 평화로운 일본에 충성을 바치고 싶다고 하는군. 나를 섬기겠다는 것이 아니라."

"그것은…… 그것은 주군이 평화로운 시대를 여실 분이라고……"

"타다치카! 내가 찾고 있는 것은 평화로운 시대에서 일할 사람이 아니야. 평화를 이룩하려고 피투성이가 되어 있는 이 이에야스를 섬길 수 있는 사람일세."

이에야스의 이 한마디에 쥬베에 나가야스는 대번에 표정이 굳어져 고개를 떨구었다.

'아뿔싸!'

이번에도 너무 말을 앞질렀다…… 이렇게 깨닫고 당황하는 기색이 역력히 나타났다.

"내가 이삼십 년을 더 기다렸다가 새로 출발하라고 한 것은 그때까지면 일본에 평화의 주춧돌이 놓인다는 뜻이야. 그때까지는 평화는커녕 어떻게 하면 평화를 이룰 것인가 하고 싸움만 하게 되겠지. 그대는 지레짐작하고 벌써 평화가 온 줄로 착각하고 있어. 좀 생각이 앞질러 갔다는 말이다. 그렇다고 생각지 않나, 타다치카는?"

오쿠보 타다치카는 말문이 막혔다. 과연 이에야스의 말처럼 평화가 이루어진 일본을 섬기겠다니, 주제넘은 큰소리였다.

'어째서 주군을 섬기고 싶다고 하지 않았을까……'

"하하하……"

이에야스가 웃었다.

"오늘은 천천히 세상 돌아가는 얘기라도 하다 가도록. 그대가 자신의 성을 받고 싶어 할 만한 사람이라면 어딘가 쓸모있는 자일 테지."

이에야스는 이렇게 말하면서 다시 쥬베에게 말을 건넸다.

"그대는 어째서 이십 년 가까이나 주인을 가지지 않았나? 그동안 타이코 전하를 뵐 기회가 없었나?"

그 말을 듣는 순간 쥬베에는 다다미에 이마를 조아리고 있었다. 그 두 손 위에 뚝뚝 눈물을 떨구며 심하게 어깨를 들먹거렸다.

"그대 정도로 언변이 좋은 사람이라면 타이코가 기꺼이 등용했으리라 생각하는데 어떤가, 생전에 뵐 기회가 없었나?"

다시 질문을 받고 이번에는 쥬베에의 목구멍 깊은 곳에서 기묘한 울음소리가 새나왔다.

6

"황송합니다."

쥬베에는 기묘하게 오열하고 나서 소름이 돋을 만큼 싸늘한 물과 같은 목소리로 말했다.

"타이코 전하도 뵈었습니다."

"광산 기술자로 말인가, 아니면 광대로서인가?"

"양쪽 모두입니다."

이에야스는 쥬베에에게 큰 흥미를 느낀 모양이었다.

"그렇겠지. 그런데 어째서 그때 성이라도 받지 못했나?"

쥬베에는 결심했다는 표정으로 딱 잘라 말했다.

"황송합니다마는, 제가 바라지 않았습니다."

"아니, 그대가 타이코에게 거절했다는 말인가…… 그 이유는?"

"예. 이제 와서 무엇을 숨기겠습니까. 제가 광산 기술자로서 도요토미 가문의 재산을 늘려주더라도 전혀 일본의 재력에 기여하고 평화를 가져오는 길이 못 된다……고 제게 가르쳐준 분이 있었습니다."

"허어, 그것 참 이상한 말을 듣는군. 그게 누구인가?"

"예, 니치렌日蓮 대선사°입니다."

이에야스는 깜짝 놀랐다. 대답에 궁한 나머지 발광한 것이 아닌가 생각했다. 상대는 더욱 냉정해져 자세를 바로하고 말을 이었다.

"이, 이렇게만 말씀 드리면 의아하게 생각하실 것입니다. 주군은 혹시 혼아미 코에츠라는 칼 감정사를 알고 계십니까?"

"아, 잘 알고 있지. 내가 스루가에 인질로 있을 때 그의 아버지 혼아미 코지本阿彌光二가 나에게 곧잘 장난감 칼을 만들어주었어. 그 인연으로 지금도 출입을 허락하고 있어."

"니치렌 대선사는 그 코에츠의 입을 통해 저에게 가르쳐주었습니다. 사람의 마음에 입정立正이란 큰 소원이 없다면 사람도 가신도 재물도 황금도 반드시 언젠가는 그 주인에게 반역한다고."

이에야스는 눈이 휘둥그레져 숨을 죽였다.

'미치기는커녕 이 녀석은 정말로 마음속을 털어놓고 있구나.'

"허어, 그러니까 코에츠가 그대에게 가르쳐주었다는 말이지?"

"아닙니다. 니치렌 대선사께서 코에츠의 입을 빌려 말씀하셨습니다…… 과연 듣고 보니 옳은 말씀…… 눈이 번쩍 뜨이는 느낌이었습니다. 재산 있는 자는 재산 때문에 몸을 망치고 지위 있는 자는 지위 때문에 몸을 망친다. 풍류객은 차 도구 하나 때문에 몸이 여윌 만큼 고뇌를 짊어지고, 무력을 자랑하는 자는 무력 때문에 패망의 원인을…… 제가 비록 도요토미 가문의 재력을 늘리더라도 타이코 전하의 몽상과 허영에 소비되어 파멸의 길로 떨어지지, 황금 본래의 목적인 만백성을 살리는 길은 되지 못할 것이라고……"

이에야스는 그제야 사정을 알아차렸다.

혼아미 코에츠가 조상 대대로 내려오는 열성적인 니치렌 신자라는 사실은 알고 있었다. 그는 정의를 세우는 입정의 뜻이 없는 자는 거들떠보지도 않는 독실한 신자라고 종종 챠야 시로지로가 탄식 비슷하게 말하곤 했다.

오쿠보 가문 또한 대대로 내려오는 니치렌 신자였다. 이 쥬베에 나가야스와 타다치카의 접근 역시 그러한 신앙을 통해서일 터……

"그래, 코에츠의 입을 통해서란 말이지. 그러면 타이코를 마다한 그대가 어째서 나를 섬기고 싶다는 생각이 들었나?"

부드러웠으나 이에야스의 마음을 결정하게 할 질문이었다.

7

좌중은 조용해졌다.

혼다 마사노부도 오쿠보 타다치카도 이것이 어떤 의미를 가진 문답이 될지 잘 알고 있었다. 쥬베에 나가야스는 더욱 침착해졌다. 보기에 따라 일종의 처절함마저 띤 필사의 자세로도 보였다.

"타이코 전하를 섬길 생각이 없는 제가 어째서 주군에게 충성을 다하려 하는지 그 이유를 말씀 드리겠습니다."

"격식을 차리는 말투로군."

이에야스는 일부러 터놓는 어조로 말했다.

"나를 너무 놀라게 하지는 말게."

"예. 이 역시 니치렌 대선사의 말씀입니다."

"그래, 또 대선사가 코에츠의 입을 빌렸다는 말이지?"

"아닙니다. 이번에는 코에츠 님만이 아닙니다."

"허어, 또 누가 있다는 말이냐?"

"챠야 시로지로 님과 여기 계신 오쿠보 사가미노카미 님입니다."

쥬베에 나가야스는 또박또박 대답하고, 다시 이에야스 앞에 두 손을 짚었다.

"용서해주십시오. 저는 평화로운 일본을 위해 일하고 싶다고 말씀 드렸습니다. 몹시 귀에 거슬리는 허풍……임은 알고 있습니다마는, 이렇게 말씀 드리지 않으면 입정의 뜻이 통하지 않습니다. 절대로 주군을 가볍게 보고 말씀 드린 것은 아닙니다. 그 반대입니다. 주군이야말로 이 쥬베에가 모든 것을 바쳐도 후회 없는 입정의……"

갑자기 이에야스가 손을 들어 제지했다.

"알겠으니, 그만두게. 젊어 보이기는 하지만 그대도 이미 사십대, 앞으로 삼십 년이나 기다리게 하면 일할 시간이 없겠지. 타다치카가 믿고 또 챠야와 코에츠가 특별히 니치렌 대선사의 말씀을 전했다고 하니 나도 거절할 수가 없어. 알겠나, 이 이에야스는 그대가 생각하는 것처럼 신불은 아니야. 말할 수 없이 많은 세속의 때에 더럽혀진 속인이야. 그것을 이해한다면 일할 수 있게 해주겠어. 앞으로 타다치카를 통해 할 일을 상의하기로 하고 말이다."

"후유!"

누구보다도 먼저 한숨 돌린 것은 오쿠보 타다치카였다.

"감사합니다."

이렇게 쥬베에도 기쁨을 나타낼 것으로 타다치카와 마사노부는 상상했다. 그런데 쥬베에는 이에야스의 말을 듣는 순간 얼굴을 일그러뜨리고 훌쩍훌쩍 울기 시작했다. 감격에 못 이긴 울음이 아니라 잔뜩 긴장했던 마음이 중심을 잃고 낙담한 어린아이의 울음 같았다.

"쥬베에!"

이에야스가 엄한 소리로 불렀다.

"그대는 신겐 공도 타이코 전하도 저버린 부랑자야. 세 살 버릇 여든까지 간다는 말이 있듯, 언젠가는 나에게도 등을 돌리게 될 녀석 같았어. 그러나 그때는 살아남으려는 생각을 버려야 할 것이야."

"예…… 예."

"알았거든 눈물을 거두어라. 누구나 말이다, 정의란 게 그대가 찾고 있는 것처럼 깨끗이 닦인 구슬 그대로 반짝인다면 고생하여 찾을 자가 하나도 없어. 정의 역시 항상 진흙 속에 있는 거야. 이에야스는 그대로부터 눈을 떼지 않겠다. 먹느냐 먹히느냐 각오를 단단히 하고 구슬을 찾아야 한다. 알겠는가?"

8

마사노부도 타다치카도 숨을 죽였다. 세키가하라 전투 이후 이에야스가 이처럼 엄한 목소리로 상대를 대한 일은 아직 없었다.

'무엇이 이에야스의 비위를 상하게 했을까……?'

쥬베에 나가야스가 등용되는 것을 진심으로 기뻐하지 않았기 때문에 건방진 녀석으로 눈에 비친 것이 아닐까.

쥬베에의 거동은 확실히 이상했다. 어딘지 모르게 교만한 데가 있었다. 살아 있는 사람이 아니라 일일이 '니치렌 대선사'를 들고 나오는 등 상식을 벗어난 이상한 행동을 보이고 있었다. 더구나 젊었을 때 이에야스는 자기 영지 안에 있는 잇코—向 신도의 반란°으로 애를 먹은 일이 있었다. 그렇더라도 이에야스의 입에서 나온 '먹느냐 먹히느냐'는 말은 얼마나 뜻밖의 것인가. 상대는 고작 광대이고 광산 기술자에 불과하지 않는가……

그런데 이 일갈로 쥬베에 나가야스의 표정이 갑자기 싱싱하게 생기를 되찾았다.

"예!"

그는 얼른 자세를 고치고 덤벼들기라도 할 듯한 눈으로 똑바로 이에야스를 쳐다보면서, 꿇어엎드렸다.

"알겠느냐?"

"예, 알겠습니다. 주군이 평소에 가지고 계시는 각오…… 황송하기 짝이 없습니다."

"그래, 알았다면 됐어. 그대가 일해보라는 말을 듣고 실망한 듯한 기색을 보여 기합을 넣었던 것이야. 인간이란 말이다, 토끼를 잡는 데도 전력을 다하는 사자의 마음가짐을 자칫 잊어버리기가 쉬워."

"예."

"이를 잊는다면 단 하루도 주인 자리에 앉을 수 없어…… 몇 만, 몇 십 만의 가신이 있다 해도 그들 각자와 항상 먹느냐 먹히느냐의 대결을 하게 돼. 이쪽에 조금이라도 틈이 생기면 당장 신뢰를 잃고 멸시를 받게 되는 것이야."

더 이상 그는 쥬베에에게만 말하는 것이 아니었다. 쥬베에보다 오히려 타다치카에게 훈계하고 있는 것 같았다.

"옳으신 말씀……이라 생각합니다."

"그렇게 쉽게 대답하면 안 돼, 타다치카."

"예."

"하하하…… 꾸짖는 것은 아닐세. 가문을 망치는 것은 가신을 믿고 방심하기 때문이야. 알겠나, 열 사람의 가신 중에서 한두 사람이 주인을 깔보기 시작하면 그 못된 풍조가 무서운 기세로 불어닥친다고 생각해야 하는 거야."

"예…… 예."

"이것이 세 사람이 되고 다섯 사람이 되면 이미 그 누구도 막을 수 없어. 그런 의미에서도 항상 처음 한두 사람에게 멸시받지 않도록 노력해야 해. 말로써도 아니고 눈으로 노려보는 것도 아니야. 먹느냐 먹히느냐 하는 것이 인간 세계의 참모습이라고 단단히 명심하고 멸시받지 않도록 엄하게 자신을 단련해야 해."

이렇게 말하고 이에야스는 다시 쥬베에를 불렀다.

"쥬베에!"

두 손을 짚고 이글이글 타는 눈으로 쳐다보고 있는 쥬베에 나가야스를 날카로운 목소리로 불렀다.

9

이에야스의 부름에 쥬베에도 이번에는 힘주어 대답했다.

"예."

"그대는 이 이에야스와 대결할 수 있겠느냐?"

"예."

"나는 앞서 그대와 비슷한 인물을 한 번 등용했던 적이 있어."

"그분이 누구입니까?"

"백성들이 대나무톱으로 목을 자른 오가 야시로大賀彌四郎야."

무서운 말에 마사노부도 타다치카도 그만 어깨를 꿈틀했다.

등용하기로 결정한 사람에게 새삼스럽게 야시로의 이름을 들려줄 필요가 있을까…… 오가 야시로는 오카자키 때부터 이에야스의 가신 중에서 유일하게 반기를 들었다가 극형에 처해진 간악한 인물이 아니었던가……?

이런 생각을 하는 순간 이에야스는 다시 타다치카의 간담을 서늘하게 하는 말을 했다.

"타다치카, 그 역시 오쿠보 가문, 곧 그대의 아버지 타다요忠世가 추천한 자였어."

"예…… 저도 그렇게 알고 있습니다마는."

"그대는 모르는 일이야. 그자는 장래성이 있어 아시가루였던 것을 군다이郡代°까지 맡겼어. 그랬더니 오만해져 나를 배신했어."

혼다 마사노부는 흘끗 쥬베에 나가야스를 바라보았다. 놀랍게도 쥬베에는 눈을 빛내며 몸을 앞으로 내밀고 있었다.

"황송하오나 그 오가 야시로의 일이라면 저도 알고 있습니다."

"알고 있었느냐?"

"예. 그 처자까지도 모두 넨지가하라念志ヶ原에서 처형하셨다고."

"그래. 모반에 대해서는 그 죄가 구족九族까지 미치는 것이 우리 가문의 법이야."

"황송합니다마는 주군은 아직도 그 야시로를 증오하고 계십니까?"

"이봐."

타다치카가 얼른 부채 끝으로 다다미를 쳤다. 그러나 쥬베에는 무언가 몹시 흥분하고 있는 듯 깨닫지 못했다.

"나중 일을 위해 꼭 가르쳐주십시오. 지금도 그 오가 야시로를……"

"증오하고 있어."

이에야스가 말했다.

"나는 지금 그 증오를 말하는 게 아니야. 그대와 야시로의 기질이 닮았다는 말을 하고 있는 것이야."

"예."

"예전의 이에야스라면 그대를 등용하지 않아. 다시 오쿠보 가문의 추천으로 그대를 등용했다가 자칫 잘못하면 그 피해는 타다치카의 신상까지 미치게 될지 몰라."

"옳은 말씀입니다."

"나는 예전의 이에야스가 아니야. 야시로를 증오하지만, 가엾은 놈이었다고 불쌍하게 여기는 마음도 있어. 그 무렵의 이에야스가 좀더 주인다운 주인이었다면 그런 엉뚱한 일은 꾸미지 못하게 했을 거야…… 이에야스는 젊었던 거야…… 이에야스가 젊었던 탓으로 사나운 말을 명마로 바꾸지 못했어. 그의 불운이었지. 주인 쪽에서 본다면 가신을 잘 택해야 해. 그런데 섬기는 쪽에서 보면 정말 주인을 잘 고르지 못하면 야시로 같은 불행한 일이 생길지 몰라."

이에야스는 겨우 말을 끊고 이번에는 빙긋 쥬베에게 웃어 보였다.

10

"황송합니다."

쥬베에는 다시 생기 있는 모습으로 머리를 조아렸다.

"휴우."

혼다 마사노부가 전신의 힘을 뺀 것은 이때였다.

'정말 묘한 사나이야……'

그러나 이 사나이에게 톱으로 목이 잘려 죽은 오가 야시로의 이야기를 들려준 이에야스의 마음은 이해할 수 있었다. 물론 열렬한 니치렌 신자로서 남을 쉽게 믿는 오쿠보 타다치카에 대한 우회적인 교훈이기도 했으나 그 참뜻은 아무래도 마지막 한마디에 있었다.

쥬베에 나가야스와 같이 재치있는 인물은 주인을 잘 택하지 않는 한 도중에 마음이 변해 반역 같은 것을 시도하고 싶어진다…… 이렇게 지적함으로써 은근히 쥬베에에게 마음가짐을 촉구하려는 것 같았다. 쥬베에는 전혀 두려움 없이 받아들이며 더욱 생기를 띠는 것처럼 보여 오히려 이상했다.

'웬만한 자라면 이에야스가 흘끗 눈길을 던지기만 해도 전신이 꼿꼿해지게 마련인데도……'

"하하하……"

이에야스가 느긋하게 웃었다.

"그대가 그렇게 쉽게 황송해할 리가 없어."

"아니, 참으로 황송합니다. 오가 야시로가 되고 싶지는 않습니다. 솔직히 말해 그렇기 때문에 지금껏 주인을 섬기지 않고 있었습니다."

"야시로는 도중에 오만한 마음이 생겼는데, 그대는 처음부터 출중했던 모양이지?"

"예…… 주군은 모든 것을 꿰뚫어보시므로 숨김없이 말씀 드리겠습니다. 이 쥬베에는 세상에 진력이 나 몇 번이나 죽으려 했습니다."

"허어…… 죽는 일이라면 어렵지 않을 텐데, 사는 것에 비한다면."

"아닙니다. 죽는 것도 뜻대로 되지 않았습니다. 예…… 실은 이 쥬베에에게 죽음의 신이 접근했을 때마다 항상 여자가 따라다닙니다."

"뭣이, 여자가……?"

"예. 죽음의 신과 여자가 함께 따라다닙니다. 그래서 죽으려 하면 여자가 말립니다. 이것 참 난처하다, 여자를 버리지 않으면 목적을 이룰 수 없다…… 이렇게 생각하고 가혹한 짓을 해 여자를 버렸습니다."

"으음."

이번에는 이에야스도 그만 어처구니가 없었던 듯. 처음 대하는 이에야스 앞에서 여자와 놀아난 이야기를 할 정도로 엉뚱한 인물은 만난 적이 없었다. 더구나 쥬베에 나가야스는 니치렌 대선사 이야기를 할 때와 다름없이 진지한 태도였기 때문에 더욱 어리둥절했다.

"가혹한 짓이라니 어떻게 해서 여자를 버렸다는 말인가?"

"그 일만은 묻지 말아주십시오. 어쨌든 있는 지혜를 다 짜내어 버렸습니다. 그런데 버렸을 때는 죽음의 신 역시 훌쩍 떨어져 사라집니다…… 그리고 다시 죽고 싶어지면 다른 여자가 또 반합니다…… 주군 앞에서 외람스런 말씀입니다마는…… 죽음의 신과 여자는 끊을 수 없는 친척 사이인 것 같습니다."

마사노부가 타다치카에게 눈짓을 했다. 이대로 두면 쥬베에가 어디까지 탈선할지 모른다고 보았기 때문이다.

11

타다치카는 마사노부의 눈짓을 받고 쥬베에에게 말했다.

"자아, 이만 물러가기로 하세, 나가야스. 주군도 피곤하실 테니."

이에야스는 이렇게 말하는 타다치카를 웃는 낯으로 바라보았다.

"재미있는 녀석이야, 쥬베에는."

"황송합니다."

"아니, 그대가 황송해할 것은 없어. 황송한 것은 이 이에야스일세. 그렇지 않은가, 쥬베에?"

"예?"

"말하자면 그대가 여자에게 미쳤을 때는 죽고 싶어졌을 때……라고 보면 틀림없겠군."

"예…… 그러나 그것은 옛날…… 옛날 일입니다."

"그렇더라도 세 살 버릇은 여든까지 가게 마련. 그대가 열심히 일에 몰두하고 있을 때는 나도 그대에게 죽으라고는 하지 않을 것이야."

이에야스는 이렇게 말하고 마사노부를 돌아보면서 말했다.

"사도, 잘 기억해두게. 쥬베에의 고백은 진지했어."

"예."

"쥬베에가 만약 여자에게 미치기 시작하면 그때는 일 같은 것은 집어치우고 죽고 싶어졌을 때일세."

"그렇겠군요."

"그러므로 용서하지 말게. 얼른 베어 소원을 이루게 해주는 거야. 그렇지, 타다치카……?"

타다치카는 아직 이에야스의 말을 이해하지 못했다.

"예…… 예?"

"쥬베에가 여자에게 미치기 시작하면 자비를 베풀어 즉시 죽이라는 말일세."

이번에는 타다치카도 이해했다. 쥬베에가 여자를 밝힌다는 것을 알고 엄하게 쐐기를 박으려는 모양임을……

쥬베에가 먼저 넙죽 엎드리면서 말했다.

"훈계의 말씀 깊이 명심하고 일할 각오입니다."

"그래야겠지."

이에야스는 다시 웃었다.

"그대와 타다치카는 하는 역할이 달라. 그대는 정말 재치 있는 자이지만 주역은 되지 못해. 타다치카의 훌륭한 조역이 되도록…… 알겠느냐? 주역을 뛰어넘어 무대의 조화를 깨뜨리면 안 돼."

"예."

쥬베에 나가야스의 이마에서 처음으로 땀이 줄줄 흘렀다. 아무리 영리한 그도 이에야스는 만만하게 볼 수 없었기 때문.

"세상에 무서운 분이 계시다고 비로소…… 예, 뼈에 새겼습니다."

"하하하…… 이제 됐어. 내가 그대에게 등뼈 하나를 넣어주겠다. 따라서 그대는 진지하게 시대의 흐름을 등뼈에 새겨넣어야만 해. 전쟁터에서의 칼 싸움 외에 어떤 충성이 평화로운 세상에 필요한가를…… 그러나 잊어서는 안 될 것이 있어. 아직 그 평화로운 시대가 온 것은 아니야. 우리 모두 힘을 합쳐 이룩할 때라는 것을 알아야 한다."

"예."

"좋아, 물러가라. 오늘부터 그대는 오쿠보 쥬베에 나가야스군."

"예, 드디어 성을 갖게 되었습니다."

타다치카는 나가야스와 함께 공손하게 절을 하고 그를 재촉하여 물러났다.

이에야스와 마사노부는 얼굴을 마주보며 다시 웃었다. 분명 오쿠보 나가야스는 지금 세상에서는 보기 드문 이질적 인물이었다.

벚꽃의 난행亂行

1

이마이 소쿤今井宗薰은 따뜻한 봄날의 햇살을 부채로 가리고 산본기에 있는 코다이인 저택으로 급히 걸음을 옮기고 있었다.

세상은 이제 완전히 평온해져, 오사카 성에 있던 이에야스도 머지않아 후시미 성의 수리가 끝나는 대로 옮길 것이라고 했다. 소쿤도 한발 앞서 후시미에 집을 마련하고 사카이에는 거의 돌아가지 않았다.

세상에서는 리큐와 타이코 관계 이상으로 소쿤과 이에야스의 관계가 긴밀하다거나, 소쿤은 말하자면 이에야스의 숨은 첩자라거나 하는 등의 소문이 나 있었다. 그런 소문 속에 소쿤은 필요 이상 거들먹거리거나 권세를 휘두르는 일이 없도록 극도로 자제하고 있었다.

소쿤은 이에야스를 진정으로 신뢰했다.

아무리 큰소리를 치고 억지를 부려도 현재 이에야스에게 반항할 수 있는 자는 일본에 한 사람도 없었다. 그런데도 이에야스는 거의 누구에게도 노여움을 보이지 않았고 오만도 느끼게 하지 않았다.

이에야스는 당연히 오사카 성에 있으면서 천하를 호령하리라 생각하고 있었다. 그러나 그는 히데타다를 에도로 돌려보내고, 자신은 후시미로 물러나 정사를 돌본다고 한다…… 이 일이 결정될 때까지 소쿤은 저절로 고개가 숙여지는 일을 겪었다.

누가 꺼낸 말인지 자세히 알 수 없었으나, 어쨌든 도요토미 가문의 은혜를 입은 다이묘들이 아사노 나가마사淺野長政를 표면에 내세워 이에야스에게 이렇게 제안했다.

"히데요리 님은 아직 어리시므로 다른 데로 옮기도록 하시고, 나이 다이진 님이 오사카에 계시면서 정사를 돌보심이 어떠하신지……"

이에야스는 한마디로 이를 거절했다.

"그럴 필요가 어디 있겠소. 어차피 손녀를 출가시킬 것이므로…… 이 이에야스는 후시미에 있으면서 뒤를 돌보겠소."

이 말을 전해들은 도요토미 가문의 옛 신하들은 모두 눈물을 흘리면서 고마워했다. 소쿤도 물론 그 중의 한 사람이었다. 개중에는 도리어 이에야스의 엉큼한, 도요토미 가문의 옛 신하들에 대한 아첨으로 보는 경향도 없지 않아 있었다.

'묘한 일을 생각하는 사람들이야……'

비록 옛 신하들에 대한 이에야스의 조심이라 해도 충분히 우러러볼 만한 겸양이라 할 수 있지 않은가.

그러한 소쿤에게 이날 산본기의 코다이인으로부터 급히 만나자는 연락이 왔다.

'무슨 일일까……?'

최근 얼마 동안 문안을 드리지 못했기 때문에 소쿤은 서둘러 산죠 다리까지 가마를 달려와 지금 막 내렸다.

"아니, 소쿤 님 아니십니까?"

뒤에서 부르는 소리가 나 돌아보니 역시 이마에 땀을 흘리면서 급히 달려온 혼아미 코에츠였다.

"코에츠 님이시군. 어디 가는 길이오?"

"코다이인 님 부름을 받았습니다."

"아니, 코에츠 님도? 실은 나도 그리 가는 길이오."

두 사람은 서로 고개를 갸웃했다.

"혹시 우키타 님에 관한 일이 아닌지……"

소쿤이 작은 소리로 말했다.

우키타 히데이에가 교묘히 사츠마로 도망쳐 살아 있다는 것이 요즘 쿄토에서는 소문으로 퍼지고 있었다.

2

혼아미 코에츠는 대답하지 않았다.

그의 눈에는 코다이인이 그런 일에 참견할 만큼 조심성 없는 사람으로 보이지는 않았다. 코다이인이 이에야스에게 우키타 히데이에의 구명을 청한다면 더더구나 도요토미 가문 쪽에 부담이 늘어날 뿐. 타이코가 있을 때 공공연하게 정치에 참여했다 하여, 남편과 남의 구별도 못할 코다이인은 아니라고 생각했다.

코에츠가 대답하지 않자 소쿤도 그대로 입을 다물고 나란히 걸어 산본기 저택 문을 들어섰다.

한 사람씩 따로 만날 생각일까, 아니면 두 사람을 같이 불러 무언가를 물으려는 것일까……?

안내하러 나온 케이쥰니가 말했다.

"같이 들어오십시오."

그 말을 듣고 두 사람은 다시 얼굴을 마주보며 그녀를 따라갔다.

이곳 정원에는 요시노나 산벚꽃은 이미 철이 지나고, 모란을 연상케

하는 송이가 큰 겹벚꽃이 피어 있었다.

"오랫동안 뵙지 못했습니다. 별고 없으셔서 다행입니다."

예의바르게 절하는 소쿤 뒤에서 코에츠는 눈을 빛내며 상대의 안색을 살피고 있었다. 코에츠는 아무래도 소쿤보다는 짓궂은 관찰자였다.

코다이인은 약간 수척해 오히려 산뜻한 보라색 두건이 이전보다 더 어울리는 것처럼 보였다.

"그대들도 별일 없으니 다행이에요."

코다이인은 케이쥰니에게 차를 가져오게 하고 곧 말을 꺼냈다.

"실은 그대들을 통해 나이다이진의 의향을 알고 싶어요."

"예, 무슨 일인지는 모릅니다마는 코다이인 님의 일이라면 아마 나이다이진 님도……"

소쿤이 입을 열었을 때 코에츠가 웃으면서 가로막았다.

"그렇다고 코다이인 님의 마음이 편해지시지는 않겠으나 우선 말씀해보시지요."

코다이인은 두 사람의 얼굴을 번갈아 바라보면서 말했다.

"나이다이진 님은 오사카를 떠나 후시미로 오실 작정인가요?"

"예, 벌써 오실 날이 멀지 않은 줄로 알고 있습니다."

"그러면 도련님 측근에는 누가 남게 되나요? 후견인은 코이데小出와 카타기리 두 사람뿐…… 나머지는 일곱 장수이므로 양육한다 해도 경호나 하는 것이 고작. 누군가 새롭고 믿을 만한 사부를 둔다는 말은 듣지 못했나요?"

"글쎄요, 전혀 그런 말은……"

코에츠의 대답에 이어 소쿤이 말을 돌렸다.

"생모님이 남에게는 맡길 수 없다, 내 손으로 엄하게 키우겠다고 말씀하신 것 같습니다."

"그럼, 그 이후 오쿠라의 아들 슈리노스케도 등성하고 있나요?"

"예."

이번에는 코에츠가 대답했다.

"나이다이진이 보내셨다면서 아주 가깝게 지내고 있습니다."

코에츠는 일부러 노골적으로 말하고 코다이인의 표정을 살폈다.

코다이인은 이맛살을 찌푸리고 시선을 돌렸다.

나이다이진이 보냈다고 해서 아주 가깝게……?

젊은 나이이므로 무리는 아니라 해도, 어머니와 측근의 신하가 색정에 빠져 있는 곁에서 자라는 히데요리가 여간 가엾지 않아 자기마저도 몸이 움츠러드는 것 같은 코다이인이었다.

3

코다이인은 넌지시 화제를 바꾸었다.

"나이다이진도 여러모로 신경을 쓸 일이 많겠지만, 실은 나도 이 집에 싫증이 났어요."

"아니, 무슨 말씀인지요……?"

코에츠가 얼른 반문하고 흘끗 소쿤을 돌아보았다. 이 집에 싫증이 났다…… 그러므로 다시 오사카에 돌아가 히데요리 곁에서 살고 싶다…… 이런 말이 나올 줄 알고 흠칫했다.

"내가 여기 살고 있으면 여러 방면의 사람들이 찾아와요."

"물론 그렇겠지요."

소쿤도 코다이인의 마음을 알아차리지 못해 말꼬리를 흐렸다.

"다이묘 중에는 코다이인 님을 어머니처럼 받드는 사람이 많지요."

"그래서 말인데, 일부러 찾아오는 사람을 거절할 수도 없고 그렇다고 일일이 상담에 응할 수도 없는 일…… 나도 지쳤어요."

"예, 하기는 그렇습니다마는……"

"이제 타이코의 미망인 따위는 조용히 세상 사람 밖으로 사라져도 좋을 때……"

"당치도 않으신 말씀입니다."

"아니, 그렇지 않아요. 나이다이진은 타이코가 남기신 뜻을 훌륭하게 계승하셨고, 에도의 츄나곤도 뛰어난 인품. 히데요리와 센히메의 혼약도 이루어졌으니 나도 이쯤에서……"

코다이인은 이렇게 말하고 흰 손을 모아 두 사람에게 합장했다.

"어떨까요, 이 여승을 위해 작은 절을 하나 지어줄 수 없을지…… 은밀히 의향을 물어볼 수 없을까요?"

"저어, 코다이인 님이……"

"그래요. 나는 이제 그 절 깊숙한 곳에서…… 타이코의 위패나 모시며 지내는 생활을 하고 싶어요. 세상의 바람이 불지 않는 곳에서."

혼아미 코에츠는 문득 눈시울을 누르고 고개를 꼬았다. 이 관찰자의 신경은 소쿤보다 먼저 코다이인의 심경을 간파한 것 같았다.

"정말 뜻하지 않은 말씀을 듣게 되는군요."

소쿤도 의외라는 듯이 고개를 갸웃했다.

"물론 나이다이진 님은 절 하나나 둘쯤은 원하시는 대로 기꺼이 지어드리시겠지만, 지금은 아직……"

"그럴 때가 아니란 말인가요?"

"예…… 아직 도요토미 가문으로서는 코다이인 님의 지시를 받아야 할 일이 많이 있을 것이기 때문에……"

소쿤은 말하다가 무언가 생각난 듯—

"참, 코다이인 님에게 보여드리려고 가져온 것이 있습니다. 바로 얼마 전에 무츠陸奥의 다테 님이 저에게 보낸 서신입니다."

"아니, 다테 님이! 어떤 내용인지…… 읽어주세요."

"알겠습니다."

소쿤은 품에서 꺼낸 보자기를 끌러 달필로 쓴 다테 마사무네의 서신을 조용히 폈다.

혼아미 코에츠도 그 서신의 내용을 알고 싶어하는 표정이었다.

4

"다테 님께서 사사로이 저에게 보낸 기탄 없는 서신이므로, 실례되는 점이 있더라도 용서해주십시오."

소쿤은 다시 한 번 정중히 다짐을 하고 읽기 시작했다.

한마디로 우리가 원하는 것은, 히데요리 님이 어리실 때는 에도나 후시미에 계시는 나이다이진 님 곁에 두도록 하고, 무사히 성인이 되시거든 나이다이진 님 뜻에 맡기는 일입니다. 타이코 님 후계자라도 일본을 통치할 인물이 못 된다고 나이다이진 님이 판단하시면 두세 군데 영지를 할애해 물러나시도록 하는 것이 좋겠습니다. 지금 이대로 오사카에 혼자 둔다면, 장난질하는 무리들 때문에 언젠가는 아무것도 모르는 히데요리 님이 할복하는 일이 생길지도 모릅니다. 그렇게 되면 타이코 님 혼백도 안타까우실 것입니다. 직접 만나 상의하기전에 이 의견을 말씀 드립니다. 히데요리 님을 위해서라도 이렇게 하는 것이 마땅할 줄로 압니다. 혼다 마사노부 님과 그 밖의 여러분에게도 지나가는 말처럼 꼭 말씀 드려주십시오.

듣고 있는 동안 코다이인의 표정이 백랍처럼 창백해졌다. 소쿤이 어째서 이런 서신을 읽는지 그 뜻을 분명히 알 수 있었기 때문이다. 소쿤 자신도 히데요리를 이에야스에게 맡겨 키우는 것이 도요토미 가문의 장래를 위하는 길이라 믿고, 그 지시를 코다이인이 하지 않으면 누가 할 것인가 묻고 있음이 분명했다.

소쿤이 서신을 다 읽었다.

코다이인은 잠시 이마에 염주를 댄 채 입을 다물고 있었다.

"이 서신을 보면 다테 님은 과연 앞을 내다보는 사람이라고 감탄하게 됩니다마는 어떻게 생각하시는지요?"

"정말 그래요."

코다이인은 눈을 감은 채 한숨을 쉬었다.

"실은 나도 그것이 두려워 속히 절로 들어가고 싶어요."

"잘못 생각하신 것입니다."

코에츠가 끼여들었다.

"잠깐, 코에츠 님……"

소쿤이 깜짝 놀라 당황하며 제지했으나 일단 입을 열면 신들린 듯이 열을 올리는 것이 코에츠의 버릇이었다.

"……"

"그것은 잘못된 생각이십니다! 가령 코다이인 님이 그런 제안을 하신다 해도 생모님이 그렇게는 하지 않겠다, 어떤 일이 있어도 내 곁에 두겠다……고 하면 그 후에 절에 들어가셔도 늦지 않습니다."

"……"

"그렇게 하시지 않고 지금처럼 도련님을 여자들 틈에 그냥 내버려둔다면, 타이코 전하에 대한 배신입니다."

"이보시오, 코에츠 님!"

"아니, 일부러 부름을 받고 왔으면서도 생각하는 바를 말씀 드리지 못하면 오히려 잘못…… 코다이인 님! 오사카 내전에서 여자들에게 떠받들려 자라시면 아무리 날랜 말도 둔한 말이 된다고 생각지 않으십니까? 계승자를 훌륭하게 단련시키는 것은 인간이 마지막으로 할 수 있는 봉사입니다."

단호하게 말했으나 코다이인은 꼼짝도 하지 않았다……

5

코에츠는 말을 계속했다.

"오늘 부르신 뜻은 우리들의 생각을 꾸밈없이 말하라……는 의미인 줄로 알고 있습니다. 그래서 꾸중을 각오하고 말씀 드립니다."

한번 말을 꺼내면 마음먹은 것을 모두 털어놓지 않는 한 입을 다물지 않는 코에츠의 버릇을 알고 있기 때문에 소쿤도 더 이상은 제지하려 하지 않았다.

"도련님 측근 중에서는 아무도 다테 님의 서신에 있는 그대로를 말하지 않을 것입니다. 아니, 못할 것입니다. 누가 보기에도 옳은 의견…… 저는 나이다이진 님도 깊이 생각하신 후에 아사노 님의 제안을 거절하셨다고 보는데 어떠신지요?"

"아사노 님의 제안이라니?"

"아니, 모르고 계셨습니까? 아사노 나가마사 님은 도련님을 오사카 성에서 다른 곳으로 옮기도록 하셨으면 하고 나이다이진 님에게 제의하셨다고 합니다. 나이다이진 님은 머지않아 센히메도 출가해올 것이므로 굳이 그럴 필요가 없다고 자진하여 후시미로 옮기겠다고 하셨습니다…… 저는 그렇게 말씀하신 데에 큰 암시가 있지 않나 생각합니다. 그렇게 말씀하신 것은, 그렇다면 나이다이진 밑에서 도련님을 키워주십시오…… 이렇게 말할 수 있는 분별력 있는 자가 도련님 측근에 있는지…… 약간 불순하게 느껴질지도 모르지만, 그런 탐색의 의미도 있지 않았나 하고……"

"……"

"그런데 아무도 그 말을 꺼내는 자가 없었습니다…… 그렇게 되면 여자들 틈에서 자랄 도련님의 장래는 보나마나 뻔합니다. 수업을 첫째로 삼아야 할 사람이 아무 단련도 하지 않고 버릇없이 어리광만 부리다가는 천하를 넘겨받을 인물로 자랄 수 없습니다. 천하를 맡은 나이다이진 님으로서는 당연히 다른 후계자를 택하지 않을 수 없을 것……이라고 생각합니다마는 어떻게 보시는지요?"

코에츠가 쏟아내듯 말하다 말고 흠칫 놀라 중단했다. 어느 틈에 코다이인의 눈에서 뚝뚝 눈물이 떨어지고 있었다.

"원 이런, 말이 지나쳤습니다. 용서해주십시오."

코다이인은 쓸쓸히 미소를 띠고 고개를 저었다.

"아니에요…… 그것을 묻고 싶었어요."

"황송합니다. 그 심정도 헤아리지 못하고."

"코에츠 님도 소쿤 님도 내 말을 들어보세요."

"예, 말씀하십시오."

"실은 아사노 님에게 그렇게 말하도록 한 것은 바로 나였어요."

"예? 그럼 도련님을 오사카에서 다른 곳으로 옮기라고 하신……?"

코다이인은 가만히 두 눈을 손끝으로 누르면서 고개를 끄덕였다.

"심술궂은 과부예요, 나는…… 이렇게 말하면 나이다이진이 옳거니 하고 응할지도 모른다……고 생각했어요. 그래도 좋다, 그렇게 되면 능력에 걸맞은 다이묘로서 도요토미 가문의 상속자는 남게 될 것이라고 생각했어요……"

"으음, 그런 줄도 모르고……"

"그런데 나이다이진은 이 과부보다 훨씬 더 의리가 있었어요."

이렇게 말하면서 다시 무릎에 눈물을 뚝뚝 떨구기 시작했다……

6

"그럴 필요는 없다, 오사카 성에 그대로 있어도 좋다…… 그런 말을 들었을 때 나와 아사노는 쥐구멍이라도 찾고 싶은 심정이었어요."

코다이인의 술회는 차차 소쿤과 코에츠의 눈도 젖게 만들었다.

코다이인은 히데요리의 기량을 높이 평가하지 않았다. 그러므로 속히 오사카 성에서 안전한 곳으로 보내어 안심하고 싶었을 터. 오사카 성에 있는 한 히데요리의 신변은 야심가들의 목표가 되기 쉬웠다……

"내 생각은 너무 성급했어요…… 나이다이진의 대답은 의미가 깊어요. 히데요리 님이 어느 정도의 기량을 가진 사람으로 성장할지 아무도 그 양육에 힘쓰고 있지 않다……는 힐책의 뜻이 있었어요."

코에츠와 소쿤은 서로 얼굴을 바라보고 고개를 끄덕였다. 듣고 보니 과연 그러했다. 히데요리의 가치를 알기에는 이른 것이 아니라 지금으로선 부정확할 뿐. 매라도 훌륭한 매와 그렇지 않은 매가 있다. 매를 길들이는 사람의 노력이 있을 때 비로소 그 가치는 결정된다.

"과연 나이다이진은 보통사람이 아니에요…… 그래서 나는 아사노 님에게 코조스를 딸려 은밀히 오사카에 보냈어요."

"그러니까 생모님에게……?"

코에츠가 다시 앞질러 말했다.

"히데요리 님은 어리므로 요도 부인의 생각에 달렸다고 생각해서."

"그런데…… 생모님은 무어라 하셨습니까?"

"쉿."

소쿤이 주의를 주었다. 이쪽에서 먼저 물을 일이 아니라고 자제시키기 위해서였다.

"좋아요, 말하겠어요…… 히데요리 님을 나이다이진에게 맡기는 게 어떠냐, 그렇게 하고 싶지 않다면 나이다이진의 눈에 드는 사부를 택해

달라고 하면 어떤가…… 상의하라고 했어요."

"그래서…… 그래서, 생모님은 뭐라고……?"

"만나주지 않았어요……"

"아니, 코다이인 님의 사자인데도?"

코다이인은 대답 대신 옆을 보고 입술을 깨물었다.

그때 코조스가 한 보고만은 두 사람에게 그대로 말할 수 없었다. 요도 부인은 술에 취해 오노 하루나가의 무릎에 기대 있었다고…… 물론 코조스가 직접 본 것은 아니었다. 그러나 본성에는 아직 옛날의 시녀가 남아 있었다.

"오늘은 만날 수 없으니 전할 말을 들어놓으라고 하셨습니다."

옛날 시녀는 이렇게 말하고 나서 잠시 기다리겠다는 아사노 나가마사에게 은근히 그 일을 털어놓았다고……

소쿤이 한숨을 쉬며 말했다.

"으음, 만날 수 없었다면 상의도 하지 못했겠군요."

"그래서 나도 절에 들어갈 생각을 한 거예요."

여전히 코다이인은 시선을 돌린 채 눈물을 닦았다.

"나도 나빠요, 이런 정도로 손을 뗀다면…… 그러나 이 세상에는 어떻게도 할 수 없는 게 있어요. 그게 크게 보이는 건 역시 지친 탓."

7

혼아미 코에츠가 다시 크게 혀를 찼다.

'너무 약하신 말씀입니다!'

이렇게 말하고 싶었으나 차마 그렇게까지는 하지 못했다.

분명 인생에는 어떻게도 할 수 없는 무언가가 있다. 코에츠도 잘 알고 있었다. 그렇다고 해서 은둔자가 된다면 인간세계에 무슨 진보를 기대할 수 있겠는가. 어떤 곤란과 나쁜 인연에도 반드시 그에 따르는 원인이 있다. 그 뿌리를 끊는 각오가 용기이고, 그 용기를 가진 자만이 다음에 착한 일을 쌓아 곤란을 이길 수 있다······

"나는 말이에요, 직접 요도 부인을 찾아가 이야기할까 하는 생각도 했어요."

"그렇게 하십시오. 그것이 용기입니다."

코에츠가 힘주어 말했다.

"아직 진정으로 키우려는 노력을 하고 있지 않다······ 나이다이진 님이 이렇게 말하는데도 코다이인 님이 팔짱을 끼고 계신다면 그것은 잘못입니다."

"코에츠 님의 말은 항상 옳아요."

"아닙니다. 생각한 그대로를 말씀 드리지 않으면 그야말로 무례가 될 것 같아서."

"그러나 코에츠 님, 만약 내가 요도 부인에게 강요하여 히데요리를 나이다이진에게 보냈다가 혹시 앓기라도 하면 어떻게 하지요?"

"하지만 그것은······"

"그렇지 않아요. 아직 홍역도 치르지 않은 히데요리······ 만약 앓다가 그만 눈을 감기라도 하면 어떻게 하지요?"

"으음, 살아 계시는 한 전혀 그런 일이 생기지 않는다고는 보장할 수 없습니다마는······"

"그때 만약 독살되었다는 소문이라도 나면 그때는 정말 어떻게도 하지 못할 불신의 악귀가 생겨나요."

"과연 그렇기는 합니다."

소쿤은 코에츠를 제지하듯이 입을 열었다.

"그렇게 되면 나이다이진 님과 요도 부인 사이뿐만 아니라 코다이인 님과 요도 부인 사이에도······"

"아니, 나에게 출입하는 사람과 요도 부인의 측근 사이에도 어떻게 할 수 없는 의혹의 악귀가 도사리게 될 거예요······ 그것을 생각하면 섣불리 강요할 수도 없고······"

"코다이인 님, 말씀은 그러합니다마는 요도 부인도 노부나가 님의 조카딸이십니다. 마음을 열어놓고 말씀하시면 이해하지 않을까요?"

아직도 코에츠는 자기 주장을 굽히려 하지 않았다.

코에츠의 말로는, 인간끼리의 오해는 언제나 겁을 먹고 주저하는 데서 생긴다, 비록 처음에는 서로 충돌하더라도 겁을 먹지 않고 이야기하면 비로소 이해의 빛이 비치게 된다고. 물론 이러한 코에츠의 '용기'를 알고 있어서 코다이인도 일부러 그를 불렀던 것이지만······

"코에츠 님, 내 말을 좀 들어보세요."

"예······ 예. 제가 또 말이 지나쳤군요."

"아니, 그렇지 않아요. 내가 코에츠 님에게 부탁하고 싶은 것이 있어요. 나는 지쳤어요. 히데요리의 일에 참견도 할 수 없어요. 그러니 절에 들어가고 싶다는 말은 코에츠 님이 요도 부인에게 전해주세요."

코에츠는 섬뜩하여 자세를 바로했다.

8

코에츠는 생각하고 있었다.

'무언가 있다······'

이에야스에게 절을 세워달라는 이야기뿐일까 하고 약간 의아해하고 있었다. 그런데 역시 코다이인에게는 좀더 깊은 생각이 있는 듯.

"저더러 요도 부인을 찾아뵈라는 말씀입니까?"

"코에츠 님이라면 히데요리의 칼을 구실 삼아 자연스럽게 만날 수 있을 거예요."

"그야…… 분부시라면."

"오늘 이야기를 그대로 요도 부인에게 말해주면 되는 거예요."

"으음……"

"내가 히데요리의 일로 나이다이진과 이야기했다는 것, 나이다이진에게 힐문을 받았다는 것, 그리고 아사노와 코조스를 보냈으나 만나주지 않았다는 것……"

"또한 코다이인 님은 절을 짓고 세상을 버리시겠다는 것도……"

"그래요."

코다이인은 갑자기 음성을 낮추었다.

"알겠지만, 절에 들어가 숨겠다는 것은 내 마지막 소원이에요."

코에츠는 자신도 모르게 몸을 앞으로 내밀었다.

"그렇게 하시지 않으면 안 된다는 것을 알았습니다."

"알겠나요, 코에츠 님?"

코다이인은 뚫어져라 코에츠의 이마를 바라보며 말했다.

"내가 절에 들어가는 것은 더 이상 세상 사람들을 만나지 않고 오로지 타이코 님 명복만 빌고 싶어서……라고 전해주세요."

"타이코 전하의 명복만을 빌고 싶어서……"

"그래요. 요도 부인도 히데요리도 번거로운 세상에 살고 있어 잡다한 일이 많을 것이기 때문에 명복을 비는 데까지는 손이 미치지 못할 거예요. 그래서 타이코 님이 지하에서 쓸쓸해하시지 않도록 나만이라도 완전히 세속과 인연을 끊고 밤낮 없이 지켜드리려고 해요."

"저어…… 그런 말씀을 드려도 되겠습니까?"

코다이인은 진지한 표정으로 고개를 끄덕였다.

"나의 마지막 소원……이라고, 이것 역시 말해주세요."

"그러시면, 요도 부인의 정성이 부족하다고 꾸짖는 것처럼……"

코에츠는 깜짝 놀라 말을 중단했다.

'그렇구나 여기에 소원이 있었구나……'

요도 부인도 히데요리도 공양이 부족하다는 코다이인의 말을 전하면 그 억척스런 요도 부인은 어떤 생각을 할 것인가……

나도 질 수 없다고 코다이인과 공양을 다투려 할 터. 공양을 다투게 되면 다른 일에 몰두하는 것보다 낫고, 여기에서 어린 히데요리 또한 자기 가문의 소중함을 깨닫게 될 터였다.

'과연 이것이 마지막 소원이었구나……'

마지막 소원이라기보다 최후의 교훈이라 할 수 있었다.

"알겠습니다. 아니, 알 것 같습니다."

코에츠는 다시 서둘러 두 번이나 고개를 끄덕였다.

"과연 도련님에게 도요토미 가문의 후계자로서 그 책임감을 일깨워 주는 가장 가까운 길임이 틀림없습니다."

9

코에츠와 소쿤이 산본기에 있는 코다이인의 저택에서 물러난 것은 여덟 점(오후 2시)이 지나서였다.

결국 코다이인은 소쿤에게 자기가 남편 타이코와 죽은 시어머니의 명복을 빌기 위해 코다이 사高臺寺……라고까지는 할 수 없어도 하다 못해 작은 암자라도 짓고 여승으로서 깨끗이 여생을 보내고 싶어한다는 뜻을 슬쩍 나이다이진에게 전해달라는 것이었고, 코에츠에게는 기회를 보아 요도 부인을 만나달라는 것이었다.

저택에서 나온 두 사람은 말없이 어깨를 나란히 한 채 시죠 강가로 향했다. 그리고 어느 쪽이 먼저 권한 것도 아닌데 강가의 찻집 툇마루에 앉아 비로소 얼굴을 마주보고 한숨을 쉬었다.

두 사람이 부탁받은 일은 간단했다. 그러나 그 의미는 생각하면 할수록 깊었다.

"오사카 마님에 대한 소문은…… 사실일까요?"

코에츠가 차를 한 모금 마시고 비로소 입을 열었다.

"아마 사실일 것이오."

소쿤도 알 듯 모를 듯한 말을 했다.

"싹트는 이 계절에는 말이오, 살아 있는 것은 모두 싹이 나오게 마련. 마님은 아직 젊으시니까."

"그렇기는 하나 신분과 책임을……"

"아니, 코에츠 님은 예외입니다. 젊은 분으로서는 너무 근엄해요."

"하지만 지금 나이다이진은 그렇다 하더라도 전국의 다이묘들이 어떻게 될까 하고 모두 마른침을 삼키며 주시하고 있는 마당에……"

"나는 말이오, 요도 부인이 아집에 사로잡혀 있는 것 같소."

"어떤 아집에……?"

"젊은 미망인이란 망상과 질투심이 많아요. 혹시 나이다이진이 손을 뻗치려 할 것이다…… 이런 생각을 하고 있지 않을까요?"

"예? 무슨 그런 말씀을……"

"원, 금방 표정이 굳어지시는군. 코에츠 님은 엄한 가풍과 깨끗한 몸가짐을 귀하게 여기시지만…… 인간이란 모두가 다 그렇지는 않아요. 특히 남녀관계에서는."

"아무리 그래도 나이다이진이……"

"바로 그것이오. 말을 꺼내는 대신 일단 소문이 돌았던 오노 슈리를 다시 측근으로 돌려보냈다. 이렇게 되면 기질이 강한 여자일수록 묘하게도 아집이 생기는 것입니다."

코에츠는 눈이 휘둥그레진 채 대답하지 않았다.

코다이인이 그런 말을 꺼내게 된 이면에는 요도 부인의 난행이 있다……고는 추측하고 있었다. 그러나 나이다이진이 관련되어 있으리라고는 상상도 하지 못한 코에츠였다.

"아니, 믿고 싶지 않으면 그대로 좋아요. 어쨌든 마님은 일본 제일의 남편이 아니면 만족하지 못하는 분이죠. 이전의 나이다이진은 일본에서 제일이었으나 아직은 타이코의 대리…… 그러나 지금의 나이다이진은 그렇지 않소. 명실상부하게 일본에서 제일…… 그러니 같은 성에 있는 일본 제일의 미인을 한 번도 유혹하지 말라는 법은 없어요. 가만히 있게 되면 남녀문제에서는 무례가 되는 거요."

"뭐……뭐……뭐라고 하셨습니까?"

"하하하…… 유혹에 넘어가느냐 않느냐 하는 것은 여자의 자유. 그러나 내버려두면 의리가 아니오. 그 의리가 아닌 일을 나이다이진은 했던 것 같아요."

소쿤은 아마도 지나치게 딱딱한 코에츠에게 인정의 미묘함을 가르쳐줄 생각이었던 모양이다.

10

"농담은 이제 그만하십시오. 나는 그보다 찾아뵙고 무슨 말을 할까 생각하니 마음이 무겁습니다."

코에츠는 아직도 소쿤이 농담을 하고 있는 줄 알고 있었다.

소쿤은 꼬챙이에 꿴 떡이 나오자 한입 베어 물고 말을 이었다.

"이 떡으로 말하더라도 반드시 먹어야 한다는 법은 없어요. 그러나 이것을 내놓지 않으면 손님 대접이 허술하다는 말을 듣게 됩니다."

"그만둡시다. 이야기가 지저분한 데로 흐르는군요."

"코에츠 님, 내가 농담을 하고 있다고 생각하시오?"

"그럼 농담이 아니란 말씀입니까?"

"어찌 농담일 수 있겠소. 이 정도의 미묘한 감정쯤은 알고 있는 것이
좋다……고 생각해서 하는 충고요."

"허어……"

"나이다이진은 꼬챙이에 꿴 떡을 내놓지 않았던 거예요. 그래서 화
를 내고, 전부터 허리에 차고 있던 마른밥을 꺼내 먹기 시작했다……
이렇게 분명하게 단정하여 말할 것은 아니지만, 그렇게 될 경우도 있으
니 알고 있으라고 한 말이오."

"그렇다면 오노 슈리 님은 마른밥이라는 말씀입니까?"

"전부터 허리에 차고 있었던 것 같으니까 하는 말이오."

"놀라운 일이군요. 그럼, 소쿤 님은 마님이 여간 색을 밝히지 않는
분이라고 생각하십니까?"

"아니, 보통 이상도 이하도 아닙니다. 만일 색을 싫어하는 남자나 여
자가 있다면 그야말로 불구자지요. 내 말은 나이다이진이 혹시 생각이
미치지 못해 무례를 저질러 그게 원인이 되었다면 그렇게 될 수도 있다
는 의미요."

"이해하지 못하겠습니다!"

코에츠는 고개를 내저었다.

"유혹하는 무례가 무례가 아니고 가만히 있는 것이 무례라니……"

"그렇게 딱딱한 말은 하지 마시오. 반어反語요. 아무리 새침한 미인
이라도 당신을 사모한다고 하면 노하지 않아요. 그 속마음은 다르오.
타이코 님처럼 남의 아내를 칭찬하고 수청을 명한다면 싫어할 테지요.
그러나 칭찬은 칭찬받고 싶어하는 여자의 허영을 염두에 둔 위로라오.
그러므로 그렇게 하지 않는 것은 무례라고……"

코에츠는 진지한 표정으로 생각에 잠겼다.

소쿤의 말이 사실이라면 더욱더 마음 무거운 사자.

코다이인은 요도 부인의 난잡한 행동을 만류하려 하고 있다. 물론 코다이인 자신의 마음을 신불에 돌리려는 면도 있으나, 그보다 그렇게 함으로써 히데요리에게 가장 중요한 책임감을 일깨워주려 하고 있었다. 그런데도 요도 부인은 이에야스의 유혹이 없는 것에 화를 내어…… 따위의 말을 듣게 되니 어떻게 해야 좋을지 종잡을 수 없었다.

'소쿤 님이 할 일이 나보다는 더 수월하겠다.'

코에츠는 차만 마시고 나서 일어났다. 무슨 일이든 일단 가슴속에 얽힌 생각의 실을 깨끗이 풀지 않으면 안심할 수 없는 코에츠였다.

"생각해보겠습니다. 집에 돌아가거든 자세히…… 여자들에게 여자의 마음을 물어야 할 일인 것 같습니다……"

겨우 농담 비슷한 한마디 말을 던지고 소쿤과 헤어졌다.

11

코에츠가 부탁받은 히데요리의 칼을 손봐서 상자에 넣고 오사카 성으로 향한 것은 그로부터 사흘째 되는 날 아침이었다.

요도가와를 내려가는 배 안에서도 코에츠는 물끄러미 강물의 흐름을 바라보며 생각에 잠겼다. 고지식한 코에츠는 집에서도 아내와 가사를 도와주러 와 있는 오가타 소하쿠尾形宗柏의 딸에게 미심쩍은 자신의 의문을 정말 물어보지 않을 수 없었다.

"나는 이 쿄토에 당신만큼 용모도 마음도 훌륭한 사람이 있다고는 생각지 않아요."

아내에게 은근히 말했다. 그녀는 처음에는 당황했다.

"어머, 놀리지 마세요."

아내의 얼굴은 금세 빨갛게 되어 안절부절못했다.

'역시 기쁜 모양이군……'

정말 인생이란 얼마나 분별을 모르는 놀이터란 말인가. 일상적인 행동을 통해 진정을 깨닫지 못하고 달콤한 말에 넘어간다면, 남편 코에츠라는 사나이의 가치를 반도 이해하지 못한 셈이 된다.

'아니, 여자라고 모두가 다 그럴 리는 없다. 우선 남자 이상으로 꿋꿋했던 오소데 같은 여자도 있었지 않은가……'

이런 생각을 하면서 이번에는 소하쿠의 딸 오키쿠阿菊에게도 같은 일을 시도해보았다. 코에츠의 탐색하려는 버릇도 보통이 아니었다.

"오키쿠, 나는 너처럼 인물이 뛰어나고 마음이 넓은 여자는 이 세상에 둘도 없다고 생각해."

"어머……"

오키쿠는 빤히 코에츠를 쳐다보았다. 그리고 아내보다 더 당황한 기색으로 고개를 떨구더니 갑자기 코에츠의 가슴에 얼굴을 묻었다.

"아저씨, 그런 말씀을 아주머니 앞에서 하시면 안 돼요……"

코에츠는 저도 모르게 주먹을 쳐들었다.

'이 못된 것이.'

하마터면 거칠게 오키쿠의 볼을 쥐어박을 뻔했으나 겨우 자제했다. 유혹하려 한 것은 자기 자신이 아닌가…… 이러한 반성과 낙담은 전혀 다른 것이었다.

'여자란 그토록 새침하고 얌전한 체하면서도 사실은 사랑의 유혹만을 기다리고 있는 것일까?'

아니, 바로 그것이 자연의 이치다…… 이렇게 생각을 돌리기는 했으나, 다시는 오키쿠에게 웃는 얼굴을 보이고 싶지도 않은 심한 혐오감은 어쩔 수 없었다.

코에츠는 배를 타고 있으면서도 그 일을 생각했고, 요도 부인과 만나는 일이 더욱 큰 부담으로 느껴졌다. 이야기하기에 따라 자기도 모르게 욕설을 퍼부을지도 모르는 자기 성격이 걱정되기도 했다.

'결과가 좋지 않아 이게 마지막 출입이 될지도 모른다……'

가능하면 그런 일은 건드리지 않고, 코다이인이 절에 들어간다는 사실만 전하고 돌아올 수는 없을까……?

그렇게 되면 그의 탐색해내려는 버릇이 가만 있지 않을 터. 요도 부인은 무슨 생각으로 도련님을 이에야스에게 맡기지 않을까……? 그 이유를 알기 위해서라도 속속들이 그 마음을 들여다보고 싶어졌다.

'소쿤이란 사람이 못된 암시를 주었어……'

배가 본성 수문 어귀에 도착한 것은 오후였다.

12

본성 내전에 용무가 있는 사람은 수문을 통해 들어간다. 객실로 가서 찾아온 용건을 말하고 거기서 잠시 기다려야 한다.

타이코가 살아 있을 때 제삼자는 절대로 그 이상은 들어갈 수 없었다. 코에츠도 이를 당연한 일로 알고 전혀 이상하게 생각지 않았는데, 오늘은 그의 생각과는 다른 의미가 있었던 것처럼 느껴졌다.

타이코는 자기 나이와 용모를 알고 있었기 때문에 젊은 소실들에게 젊은 사내들을 보여주기가 두려웠다…… 아니, 여자들이 얼마나 맹랑한 바람둥이인지를 타이코가 잘 알고 있었던 탓인지도 모른다.

'제발 오늘만은 요도 부인이 술을 마시지 않고 있었으면……'

애당초 도련님의 칼 따위 일로 요도 부인을 만나겠다는 사실 자체가 전혀 이치에 맞지 않았다. 수납 담당자도 있고 측근 집사도 있었다. 아니, 그보다 더 중요한 용건이라면 당연히 후견인을 만나야 했다.

"생모님을……"

그런데도 이렇게 요구하는 것은 은총을 구실로 버릇없이 만나겠다는 태도. 그러나 도련님이 지닐 칼……에는 반드시 요도 부인이 관여했고, 코에츠도 어떤 면에서는 측근처럼 취급되고 있었다.

"들어오십시오."

4반각(30분)쯤 기다렸을 때 내전 관리가 말했다. 코에츠는 순간 온몸에 땀이 흘렀다. 도련님의 생모가 아니라 오키쿠처럼 유혹을 기다리는 살아 있는 여자……라는 생각에 자기도 사냥감이 될 것 같아 몹시 당황하지 않을 수 없었다.

'난 융통성 없고 아직 여자에 대해선 모르는 게 많을지도 모른다.'

요도 부인의 거실에 이르러 보니 술은 마시고 있지 않았다. 그러나 방안 가득히 풍기는 사향과 난 향기 속에 숨막힐 듯한 여자의 체취가 감돌고 있었다.

"코에츠 님, 잘 왔어요. 어서 이리 가까이……"

코에츠에게는 받쳐든 칼집 사이로 힐끔 바라본 요도 부인이 오키쿠나 자기 아내보다 몇 갑절 더 요염한 색정의 덩어리처럼 보였다. 무르익어 금방이라도 터질 듯한 탐스러운 과일을 연상시켰다.

"하명하신 칼집 장식을 완성했기에 가져왔습니다."

이 말을 듣고 일어나서 다가온 사람―

"수고했소. 내게 먼저 보여주시오."

그가 문제의 오노 하루나가임을 깨달은 것은 두 사람의 시선이 칼집을 얹어놓은 탁자 위에서 딱 마주쳤을 때였다.

'역시 요도 부인은 마른밥을 허리에 차고 있었구나……'

"오, 훌륭하오. 아주 잘 만들었군요."

마른밥이 말했다.

"여기에는 돌아가신 전하의 한 자 여덟 치짜리 애검 마사무네正宗를 넣기로 되어 있소. 곧 가져올 테니 잠시 기다리시오."

하루나가는 그 칼집을 요도 부인 앞에 놓으면서 은근한 말투로 덧붙였다. 그 말투에는 지나치게 친근한 느낌이 있었다.

'역시 소문만은 아니었구나……'

코에츠는 자기가 온갖 정성을 기울인 칼집도 이제부터 넣어질 마사무네도 가엾다는 생각이 들었다.

13

요도 부인은 하루나가가 건넨 칼집을 자기와 나란히 앉은 히데요리 쪽에 약간 밀어놓듯이 하며 집어들었다.

히데요리는 신기한 듯 어머니 손을 쳐다보고 있었다.

"메누키目貫き°는?"

요도 부인이 물었다.

"예. 고토 유죠後藤祐乘가 만들었습니다."

"이 손잡이 장식 무늬는 무언가요?"

"옛노래에 나오는 아카시明石의 물결을 본뜬 것입니다. 새 두 마리는 물새인데 백금으로 만들었습니다."

"지금은 은처럼 보이는군요."

"은이란 시간이 지나면 검어집니다. 황금과 빛을 다투게 하려면 백금이어야 합니다."

"그래, 좋아요. 그럼 곧!"

그때는 벌써 코난도小納戶°가 쏟아질 듯 피어 있는 겹벚꽃이 보이는 이리가와入側°에 흰 칼집의 흰 마사무네를 갖다놓았다.

"그럼, 실례합니다."

코에츠는 다시 칼집을 들고 이리가와로 나가 등을 웅크리고 칼집을 바꾸어 끼웠다. 물론 치수에 조금도 어긋남이 없어, 한 자 여덟 치인 마사무네는 그대로 멋지게 소년용 장식 칼집에 들어갔다.

코에츠가 들은 바로는, 요즘 궁전에서 이에야스를 겐지源氏의 장로로서 세이이타이쇼군에 임명하는 의논이 있다고, 그렇게 되면 당연히 히데요리의 관직도 곤노다이나곤쯤으로 임명될 것이었다. 이에야스는 히데요리를 먼저 승진시키고 그때까지 자기 관직은 사양하는 형식을 취할지도 모른다.

그 승진과 성장成長에 대비한 칼이며, 코에츠가 작업을 끝낼 무렵에는 요도 부인과 하루나가, 그 어머니인 오쿠라 부인 사이에서 이 훌륭한 칼을 받쳐들고 히데요리의 뒤를 따르는 코쇼로는 누가 적당할까 하는 이야기가 시작되었다.

"키무라 시게나리木村重成가 좋을 것 같습니다."

이렇게 말한 것은 아에바饗庭 부인이었다.

"그보다는 그 부인의 아들을 불러 칼을 들게 하는 게 어떨까요?"

의미심장하게 말한 것은 오쿠라 부인이었다.

"그 부인이라니…… 누구 말이죠?"

요도 부인이 물었다.

"나이다이진의 소실인 오카메인가 하는 여자?"

"호호호…… 물론 농담으로 한 말이니 그냥 흘려버리세요."

코에츠는 깜짝 놀랐다. 아직 태어난 지 얼마 안 되는 이에야스의 일곱째아들 고로타마루에게 칼을 들게 하겠다는 말인가……?

이렇게 생각했을 때 요도 부인이 이상한 말을 했다.

"참, 오카메 님 아들이라면 좋을지도 몰라. 아마 도련님보다 서너 살 위일 거야."

그 말이 뜨끔하게 가슴을 찔러왔다. 그러나 오카메 부인에게 그렇게 큰 아들이 있는 줄 코에츠는 전혀 알지 못했다.

'무슨 이야기일까?'

코에츠가 이에야스 곁에서 본 오카메 부인은 겨우 스물이나 스물두 서넛, 그런데 히데요리보다도 서너 살이나 위인 아들이 있으리라고는 믿어지지 않았다.

칼을 칼집에 집어넣고 다시 요도 부인 앞으로 돌아온 코에츠는 의심 나는 것을 묻지 않을 수 없었다.

14

"조금 전에 칼을 들 코쇼에 대한 말씀이 있었던 것 같습니다마는."

코에츠의 말에 요도 부인이 신경질적인 소리로 웃었다.

"그대도 듣고 있었나요?"

"예. 훌륭한 칼이므로 어떤 코쇼가 뽑힐 것인지, 칼집을 만들 때부터 여러모로 상상하고 있었습니다."

코에츠는 이렇게 대답하고 오쿠라 부인 쪽으로 시선을 돌렸다.

"나이다이진 님 소실 중에 큰 아들을 둔 분이 계시다고요?"

오쿠라 부인은 빈정대는 어조로 웃으면서 말했다.

"코에츠 님도 설마 오카메 부인에게 그런 큰 아들이 있는 줄은 몰랐 겠지요?"

"그럼, 정말 있다는 말씀입니까?"

"호호호…… 그러니까 사람 속은 알 수 없는 거예요."

"그러면, 그 아드님은……?"

"지금 나이다이진에게 얹혀 에도에서 양육되고 있죠."

"그럼, 당연히 나이다이진의 핏줄은 아닐 것이고……"

"물론 그럴 리 없지요."

그 자리에 있던 여자들 모두 얼굴을 마주보며 킬킬 웃었다.

아무리 여자의 마음을 알 수 없는 코에츠였으나 이 웃음은 예사 웃음이 아니었다. 경멸과 적의가 합쳐진 무어라 형용하기 어려운 불쾌한 웃음이었다.

"코에츠 님 같은 풍류객도 감쪽같이 속고 있었군요."

오쿠라 부인의 흥분도 보통이 아니었다. 이번엔 야유의 칼날을 코에츠에게 돌리는 것처럼 말했다.

"실은 말이에요, 차라리 마님을 나이다이진의 정실로…… 그러시면 도련님 앞날도 안전할 것입니다…… 이렇게 말한 자가 있었어요."

"하기는……"

"그래서 내가 탐문해보았어요. 호호호…… 혹시 마님이 오카메 부인에게 구박받는 일이 생기면 큰일이라 싶어서."

코에츠는 묵묵히 고개를 끄덕였다.

'요도 부인의 시녀라면 그런 생각을 하게 되는 것일까……'

"오카메 부인도 실은 미망인이었어요. 첫 남편은 타케코시 스케쿠로 竹腰助九郎라는 사람으로 미노美濃 사이토齋藤 가문의 무사였다고 해요. 사이토 가문이 망한 뒤에는 몰락하여 하치만야마八幡山에서 떠돌이무사로서 여간 가난하게 살지 않았대요. 그곳에 출가한 것이 바로 오카메 부인이에요."

"그게 사실입니까?"

"사실이기 때문에 나도 마님에게 재가를 권하지 않아요. 그게 무엇보다도 확실한 증거 아니겠어요?"

"허어."

"그 타케코시 스케쿠로는 오카메 부인에게 아기를 갖게 하고는 아키타 성秋田城의 스케 사네스에介實季한테 벼슬을 하러 갔는데, 무슨 이유에서인지는 몰라도 아키타에서 자살했어요. 코에츠 님, 나이다이진은 그 스케쿠로의 미망인에게 손을 대고 전남편의 자식까지 소중하게 에도로 데려다 기르고 있어요. 그런 사람에게는 나도 마님을 권해드릴 수가 없어요. 같은 미망인이라도 마님은 일개 떠돌이무사의 미망인이 아니라 타이코 전하의 미망인이니까요."

오쿠라 부인은 이렇게 말하고 한층 더 기묘한 웃음을 터뜨리며 이야기를 계속했다.

"그렇지 않은가요? 전하의 미망인이 스케쿠로의 미망인에게 구박당하는…… 일이 있어서는 안 되지요, 호호호……"

15

코에츠는 숨을 죽였다.

설마 하고 생각은 했으나, 오쿠라 부인의 말을 들으면 소쿤의 추측이 맞는다고밖에 달리 해석할 수가 없었다. 요도 부인에게는 재가할 뜻이 있었으나 이에야스가 거들떠보지 않았던 모양이다.

그 무시의 원인이 오카메 부인에게 있었을까?

코에츠로서는 전혀 그런 것 같지 않았다. 그러나 자존심에 상처받은 여자들—

'그 여자가 있기 때문이다.'

좁은 소견으로 이렇게 단정한 끝에 오카메 부인의 과거를 조사해본 심정이 전혀 이해되지 않는 것도 아니었다. 그렇더라도 오카메 부인이 가난한 떠돌이무사의 미망인이고, 전남편의 자식까지 에도에서 양육되고 있다는 것은 뜻밖의 일이었다.

"그럼, 오카메 부인이 낳은 아들 이름은 무엇입니까?"

"아, 만마루萬丸라는 이름이래요. 타케코시 만마루…… 나이다이진에게 가기 전에는 하치만의 니시노오카西岡에서 할아버지인 지로자에몬次郎左衛門과 같이 살고 있었어요."

오쿠라 부인의 말을 이어 오노 슈리노스케 하루나가가 웃으면서 끼여들었다.

"타케코시 만마루라면 도련님의 칼을 들 수 없습니다."

"그것은 왜죠, 슈리?"

요도 부인이 물었다.

"잘 생각해보십시오. 칼은 천하의 명검인 마사무네인데 대나무 허리(타케코시竹腰는 대 죽竹, 허리 요腰)가 들고 있다면."

"호호호……"

오쿠라 부인과 요도 부인은 배를 끌어안고 웃기 시작했다.

"그렇군요. 대나무 허리라면 칼이 울겠어요. 그리고 만마루란 이름도 유치해요, 호호호……"

모든 것이 심심풀이 농담이었다.

코에츠는 그의 성격상 더 이상 가만히 있을 수 없었다.

'이런 환경에서 자란다면 도련님은 어떻게 될 것인가?'

히데요리는 다른 사람들이 웃자 덩달아 자기도 얼굴을 일그러뜨리고 같이 웃고 있었다.

"과연 나이다이진답군요."

코에츠는 일부러 진지한 표정을 지으면서 감탄한 듯 말했다.

"과연 나이다이진이라니요?"

오쿠라 부인이 발끈 성을 내며 물었다.

"예. 가난한 떠돌이무사의 아들까지 거두어 자신의 거성에서 키우다니 말씀입니다. 여자에게는 손을 대면서도 그런 데까지 인정을 베푸는 사람은 드물어요."

아에바 부인이 말했다.

"하치만구八幡宮 신관의 딸이 여간 마음에 드시지 않은 모양이죠."

"상스럽게 말하면 홀딱 빠졌다…… 나이다이진도 제법 좋은 점이 있다는 말이군요, 호호호……"

아에바 부인의 말에 이어 오쿠라 부인이 다시 빈정대며 웃었다.

"저는 그렇게 생각하지 않습니다."

드디어 코에츠는 본심을 드러냈다.

"여자는 빼앗더라도 거추장스러운 전남편의 자식은 버려두고 돌보지 않는 것이 요즘 세상의 인정…… 과연 나이다이진의 책임감은 본받을 만한 일…… 지금 세상에서 도련님의 사부를 고른다면 나이다이진 이상 더 적합한 분은 이 나라 안에 없습니다."

16

"코에츠!"

아니나 다를까 요도 부인의 눈썹이 무섭게 치켜올라갔다.

"나는 도련님을 다른 데 맡길 생각 없어요. 말을 삼가세요. 그대의 말을 듣고 보니 도련님을 오카메의 자식과 마찬가지로 에도에 맡기려는 것처럼 들리는군요."

코에츠는 강하게 고개를 흔들었다.

"당치도 않은 말씀입니다."

"뭐, 당치도 않다고?"

"예. 우선 나이다이진은 에도에 계시지 않습니다. 머지않아 후시미로 옮기신다고 들었습니다마는, 아직은 같은 성안에 계십니다."

"그러니 서쪽 성에 맡기란 말인가요?"

"그것도 잘못된 생각입니다. 제가 말씀 드리는 것은……"

말하다 말고 그만 코에츠도 더 이상 말을 계속할 수 없었다.

이에야스를 본성에 들게 하고 히데요리를 그 밑에서 키우도록……
하라고 말하려는 자신을 깨닫고는 당황했다. 지금의 분위기에서 어떻
게 그런 것을 실현시킬 수 있겠는가. 이미 이에야스는 후시미 성의 수
리를 거의 끝냈다.

눈치 빠른 요도 부인이 곧바로 무섭게 쏘아붙였다.

"그럼, 그대는 나이다이진을 이곳 본성에 들도록 하고 나도 도련님
과 같이 살라는 말인가요?"

"글쎄요. 그것은……"

"호호호…… 그대는 역시 상인이군. 알았어요, 함께 살면 나는 여
자…… 오카메나 오만於万(키슈 요리노부賴宣의 생모)과 어떻게 총애를
다투란 말인가요? 허튼소리는 하지도 마세요. 나는 타이코 전하의 아
내, 히데요리의 생모…… 호호호…… 나는 나이다이진의 그 촌스러운
얼굴만 보아도 지겨워요. 어째서 천한 오카메 따위와……"

코에츠는 땅이 꺼질 듯이 한숨을 쉬었다. 농담인 줄로만 알았던 소쿤
의 말이 너무도 정확히 적중했다.

'요도 부인이 미워하고 있는 것은 나이다이진이 아니라 현재 측근에
있는 고로타마루의 생모 오카메 부인과 젊은 오만 부인, 그리고 오하치
お八 부인이구나……'

이 여자들이 없었다면 당연히 이에야스는 좀더 요도 부인에게 접근
해왔을 텐데 하고……

'정말 여자의 마음은 알 수 없는 것……'

"죄송합니다."

코에츠는 이글이글 끓어오르는 감정을 억누르며 화제를 돌렸다.

"과연 저 같은 사람은 알지 못할 세계. 귀에 거슬리는 일이 있거든 용서해주십시오."

"호호호…… 알았으면 됐어요. 참, 오랜만에 코에츠 님이 왔으므로 노고를 위로하는 뜻으로 한잔 드리겠어요. 준비하도록."

코에츠도 이것까지는 사양할 수 없었다. 아직 코다이인이 전해달라는 말은 한마디도 못했다. 그 전에 하마터면 크게 분노를 살 뻔했다.

"거듭 황송합니다."

이렇게 말하면서도 언제나 이처럼 술자리가 벌어지고, 술을 마신 뒤에는 젊음을 주체하지 못하게 될 것이다…… 이런 생각을 하자 전신에 소름이 끼쳤다.

'도요토미 가문의 벚꽃은 이제 떨어지려 하고 있다……'

떨어지는 꽃은 흐르는 물처럼 어떤 힘으로도 막을 수 없을까……?

17

술상이 나왔을 때, 히데요리를 양육하는 데는 부적합한 장소임을 더욱 통감했다. 후견인 코이데 히데마사小出秀政나 카타기리 카츠모토는 출근하지 않는 것일까……? 아니, 그럴 까닭이 없다. 대기실까지는 나와 있지만 요도 부인이 자유롭게 출입하지 못하게 했을 터.

"자, 나에게도 한잔 주세요."

처음에는 시녀에게 잔을 내밀고 따르도록 했으나, 어느 틈에 하루나가를 향해 잔을 내밀며 술을 청했다.

"슈리, 한잔 따르세요…… 그대도 취하도록 마셔요."

'이 정도니 코이데 님도 카타기리 님도 등성할 수 없다……'

소문을 듣고 억측하는 것은 아니었다. 은근히 사방침에 상체를 기대

204

고 하루나가에게 미소짓는 그 흐트러진 자태에는 유곽의 지분 냄새와
도 통하는 음탕함이 있었다.

'나는 너무 순진하다는 말을 들었다……'

남녀의 욕망은 자연스러운 것이라고 소쿤도 말했고, 코에츠 역시 그
사실을 부인하지는 않는다. 그러나 게슴츠레한 눈으로 추파를 던지며
술을 따르는 요도 부인과 하루나가를 차마 똑바로 바라볼 수는 없었다.
시선이 얽힐 때마다 무엇을 주고받는지 알 것만 같았다.

"참, 깜박 잊고 있었습니다. 얼마 전에 산본기 저택에서 코다이인 님
을 뵈었습니다."

굳게 마음을 먹고 말을 꺼냈다. 그 말은 요도 부인의 귀에까지는 도
달하지 않았다. 도리어 그 옆에서 상반신을 젊은 시녀의 무릎에 맡기고
시녀의 아래턱을 주무르고 있던 히데요리가 반문해주었다.

"그래서 어떻게 됐어?"

"예. 가까운 장래에 절을 짓게 하시고 저택에서 나오고 싶다는 말씀
을 하셨습니다."

물론 히데요리에게 들려주려고 한 말은 아니었다. 그래서 코에츠는
일부러 큰 소리로 말하고 술에 취한 듯이 구역질을 했다.

"아니, 왜 그래요, 코에츠?"

"아니, 아무것도 아닙니다. 코다이인 님이 저택에서 떠나 절에 들어
가겠다고 말씀하셨다……고 했습니다."

"호호호…… 절에 들어가신다면 그것도 좋은 일 아닌가요?"

"예. 생모님이나 도련님은 성에 계시므로 이런저런 일로 바쁘시기
때문에 타이코 전하의 공양도 뜻대로 되지 않을 것이다, 전하가 쓸쓸하
실 것이니 절에 들어가 밤낮으로 공양하겠다……고 하셨습니다."

"뭐, 타이코 전하가 쓸쓸해하신다고?"

"예. 그렇게 말씀하셨습니다."

"호호호…… 그것 참 우습군요. 코에츠 님, 그것이 아이를 못 낳는 여자의 자격지심自激之心이라는 거예요."

"과연 그럴까요?"

"그럼요. 호호호…… 어째서 전하가 쓸쓸해하시겠어요? 매일 여기서 도련님을 내려다보고 계실 텐데."

코에츠는 시치미를 뗐다.

"타이코 전하의 영혼은 늘 여기 계실까요?"

그의 눈이 가까이에서 빛나고 있다면 이처럼 술자리도 벌일 수 없을 텐데…… 이러한 야유를 담고 바보스럽게 고개를 갸웃거렸다.

요도 부인이 눈썹을 치켜올리고 몸을 일으킨 것은 이때였다.

18

"코에츠 님!"

요도 부인의 목소리는 날카로웠다.

"그럼, 코다이인의 말처럼 전하의 영혼이 허공에 떠돌아다니고 있다는 말인가요?"

"아닙니다…… 저 같은 자가 어떻게 알 수 있겠습니까. 다만…… 생모님이나 도련님은 바쁘실 것이기 때문에 나날의 공양은 코다이인 님이 하셔야 할 일……이라 생각했을 뿐입니다."

"무슨 말을 하는 거예요! 나날의 공양은 후계자인 도련님이 하지 않고 누가 하겠어요?"

"그러나 성에 계시면 여러 가지로 하실 일이 많기 때문에."

"그 일과 공양은 달라요."

"그럴까요?"

"물론이죠. 그런데 코다이인은 어디에 절을 세우겠다던가요?"

"지금 쿄토에서 그 장소를 물색 중인데, 머지않아 나이다이진과 담판하시겠다고 하셨습니다."

"뭣이, 나이다이진과 담판을?"

"예. 타이코 전하의 공양을 위해서……라고 하시면 나이다이진도 그냥 있을 수 없으리라고 생각합니다."

코에츠는 오기가 나서 요도 부인을 곯려주고 싶었으나 참았다.

'그런 일을 하려고 온 것이 아니다……'

비록 코다이인에 대한 질투심이나 경쟁심일지라도, 좌우간 마음을 신앙이나 불공 같은 데로 돌려 지금 나돌고 있는 소문이 사라지도록 하려는 것이 오늘 찾아온 목적이었다.

"호호호……"

갑자기 요도 부인이 큰 소리로 웃기 시작했다.

"그런 일을 상의하면 아마도 나이다이진은 코다이인이야말로 참으로 열녀라고 감탄하겠지요."

"그럴까요?"

"코에츠, 만약 나이다이진이 지금은 절 같은 것을 지을 때가 아니라고 하더라도 낙심하지 말라고 코다이인에게 전해주세요."

"그렇지만 저는 별로 그 저택에 볼일이 있는 자가 아니어서."

"호호호…… 일부러 찾아가라는 것은 아니에요. 기회 있으면 그렇게 전하라는 의미일 뿐. 그때 이렇게 말하세요. 전하의 공양을 위해서라면 호코 사方廣寺의 대불전大佛殿도 있고 토요쿠니豊國 신사도 있습니다, 우리가 공양을 드릴 것이니 걱정하지 마시라고……"

코에츠는 안도했다.

'역시 효과가 있다……'

오늘의 코에츠로서는 이 정도로 끝내고 물러가야 할 때였다. 더 이상

취기를 돋우어 시들어가는 꽃의 탄식을 감상할 필요는 없었다.

"말씀을 듣고 보니 과연 그렇습니다. 대불전도 토요쿠니 신사도 있습니다."

코에츠는 비로소 깨달은 것처럼 감탄하며 잔을 엎어놓았다.

"공연히 버릇없이 술잔을 거듭 들었습니다. 그럼, 저는 이만 물러가겠습니다."

"오, 벌써 가시려고요? 오쿠라 부인, 복도 입구까지 배웅해주세요."

요도 부인은 일어서려는 하루나가를 눈짓으로 제지하고 그 어머니에게 배웅을 명했다. 이미 상체는 무너지듯 사방침 위에 얹혀 있었다.

에도의 포부

1

케이쵸 6년(1601) 4월 10일, 히데타다는 에도를 향하여 귀로에 올랐다. 에도에서 오사카로 갈 때는 엄중하게 무장하고 나카센도中山道를 지나왔으나 돌아가는 길은 전혀 다른 입장에서 하는 여행이었다.

아버지 이에야스는 3월 23일 오사카 서쪽 성을 아마노 야스카게에게 맡기고 후시미 성으로 옮겼다. 히데타다도 그 이튿날 아버지 뒤를 이어 후시미 성으로 들어가 거기서 처음으로 아버지로부터 큰 포부를 전해 들었다.

27일에는 오사카에 있는 히데요리가 곤노다이나곤의 지위에 오르고, 이어서 그보다 하루 늦은 28일 히데타다도 곤노다이나곤이 되었다. 히데타다가 29일 조정에 들어가 인사를 드리고 돌아왔을 때 이에야스는 아무 말도 않고 히데타다 앞에 두툼한 사본寫本을 내놓았다. 그리고는 알 수 없는 표정으로 펼쳐놓은 책장을 가리켰다.

"오늘부터 에도 다이나곤이란 말이지. 다이나곤, 이것을 보아라."

히데타다는 무언가 주의받을 일이 있는가 싶어 고개를 갸웃거리는 기분으로 그 사본을 받아들었다.

"『타이헤이키太平記』로군요."

이에야스는 대답하지 않고 말했다.

"펼쳐져 있는 곳을 소리 내어 읽어보아라."

"소리 내어……?"

"그래. 그러면 네 마음에도 이 아비의 마음에도 그 축원문의 의미가 정확하게 전해질 것이다."

히데타다는 다시 한 번 아버지를 흘끗 바라보고 시키는 대로 읽기 시작했다.

"부족하나마 신臣은 화광和光의 축복에 의지해 나날을 보내며 역연逆緣을 맺은 지 오래입니다. 원컨대 정복을 위해 만리萬里 아득히 먼 곳까지 수호의 손길 뻗쳐주시고, 다시 대군을 일으켜 조정의 적을 멸할 수 있는 힘을 더해주십시오…… 불행하게도 이 몸이 그 소원을 이루지 못하더라도, 원하옵건대 자손 중에서 반드시 대군을 일으키는 자 있어 조상의 죽음이 깨끗해질 수 있게 해주십시오. 이 두 가지 가운데 하나라도 달성할 수 있다면 자손 대대로 이 신사의 시주자가 되어 신령의 위광을 빛나게 해드리겠습니다."

읽기를 마치고 히데타다는 다시 아버지를 쳐다보았다.

"누구의 축원문인지 알겠느냐?"

"예. 닛타 사츄죠 요시사다新田左中將義貞가 홋코쿠北國로 신위를 모시고 도주할 때 히에 대궁日吉大宮 곤겐權現에 참배하면서 올린 축원문입니다."

그 대답은 이에야스의 마음에 들지 않았던 듯. 이에야스는 조용히 아들을 응시한 채 잠시 아무 말도 하지 않았다.

"그래 다이나곤이나 되는 사람이 이것을 읽고 겨우 그 정도의 감회밖에 없다는 말이냐?"

"그러면…… 이것은……?"

"그래! 우리의 먼 조상인 닛타 사츄조의 축원문인 동시에 이 이에야스의 축원문이기도 하다. 무언가 좀 알 것 같으냐?"

히데타다는 아직 무어라 대답해야 할지 알 수 없었다.

자기 가문이 닛타 가문의 후손이며 겐지라는 말은 들어 알고 있었다. 그러나 이에야스가 말하려는 것은 그뿐만이 아닌 듯했다……

2

히데타다는 아버지의 응시를 견디며 조심스럽게 입을 다물고 있었다. 경박하게 입으로 대답하는 것만으로는 만족할 아버지가 아님을 잘 알고 있었기 때문이다.

잠시 후 이에야스는 길게 숨을 내쉬며 어깨의 힘을 빼고 말했다.

"내가 후시미로 옮긴 일도 물론 관계가 없지 않아. 또한 도련님과 센히메의 약혼도 관계가 없지 않아. 그리고 참, 센히메의 동생은 마에다의 장남에게 주려고 한다."

히데타다는 숨을 죽인 채 자세를 바로하고 긍정도 부정도 하지 않았다. 그러나 젖먹이나 다름없는 센히메의 동생까지 벌써 출가시킬 곳을 정하고 있다니 뜻밖이지 않을 수 없었다.

그러한 히데타다의 태도가 이에야스의 눈에는 못마땅하게 비쳤던 모양이다.

"나는 모든 것을 다 걸고 나가겠어."

이에야스의 말에는 거역할 수 없는 무거운 울림이 담겨 있었다.

"걸 수 있는 것은 모두 걸겠어. 내 목숨은 물론이고 너희들 자식들도 손자도, 또 그 자식들도……"

"그 모든 것이 다 평화를 이룩하기 위해서입니까?"

"그렇다. 우리 조상 사츄죠가 신위를 모시고 에치젠越前으로 갔을 때의 결심…… 내가 살아 있는 동안에는 소원을 이루지 못한다 해도 자손 중에는 반드시 대군을 일으키는 자가 있어 조상의 죽음이 깨끗해질 수 있기를 바란다고…… 이에야스는 그 조상의 죽음을 깨끗하게 하려고 택해진 자였어. 그 각오는 절대로 흔들리지 않는다."

이에야스의 확고한 각오임과 동시에 히데타다에게도 역시 어겨서는 안 된다는 어조였으며 기백이었다.

"오사카 서쪽 성에 있으면서 조용히 천하를 바라보고 내린 결론이다. 평화는 아직도 뿌리 없는 풀…… 사나운 바람이 불 때마다 이리 흔들리고 저리 흔들리며 멈출 줄을 모른다."

"옳으신 말씀……이라 생각합니다."

"그 사나운 바람의 근원을 어떻게 훌륭하게 막아놓을 것인가…… 사츄죠 님은 그 뜻을 이루지 못하고 에치젠의 외로운 섬에서 한 많은 최후를 마치셨어. 그 후 아시카가 바쿠후는 너도 알다시피 집안 싸움, 아무런 뿌리도 내리지 못하고 오닌의 난을, 눈뜨고는 차마 볼 수 없는 난세를 초래했어…… 알겠나, 다이나곤? 그 난세의 바람은 이 이에야스의 할아버지 키요야스淸康와 아버지 히로타다廣忠를 스물네다섯 살의 젊은 나이에 휩쓸어가고…… 그 다음이 바로 나 이에야스."

히데타다는 이렇게까지 열띤 어조로 말하는 아버지를 10년 가까이 보지 못했다. 평소에는 거의 무표정에 가까운 아버지의 얼굴, 이때만은 뚜렷하게 핏기가 살아 있었다.

"이에야스의 전반생에는 몇 차례나 불가사의한 일이 있었어. 패전에서 살아남았고 사지에서 뜻밖에 활로를 찾았어…… 이 모두 오늘의 이 부탁에 답하라는 신불의 뜻이었어."

히데타다는 경직된 몸으로 고개를 끄덕이면서도 아버지가 무엇을 말하려는 것인지 아직도 그 진의를 정확히 이해하지 못했다. 곧 에도로 돌아갈 자신에 대한 훈계로는 평소와는 너무도 다른 흥분…… 무엇을 깨달아서 이런 말을 꺼내는 것일까? 이런 생각을 하고 있을 때 이에야스가 뜻밖의 말을 했다.

"다이나곤, 나는 공경이 되지 않겠어. 세이이타이쇼군이 되겠다고 청원 드려 요리토모 공의 옛일을 거울 삼아 무장으로서 일본의 평화를 이룩할 생각이다."

3

히데타다로서는 처음 듣는 아버지의 진심이었다. 아니, 아버지의 말처럼 최근에 비로소 갖게 된 결심. 지금까지는 아직 천하를 맡은 자로서 현실적 국면을 처리하는 일을 우선으로 생각하고 있었을 터였다. 그러는 동안 아버지의 구상은 크게 진전되었다.

히데요시는 그 출신이 겐지나 헤이케平家 두 계통과는 관계 없는 혈통에서 태어났기 때문에 관직으로 공경의 반열에 올라 실력으로 무사들을 제압해왔다. 그러나 아버지는 겐지 혈통으로, 요시사다의 뜻을 계승하는 데 요리토모가 처음 창시한 바쿠후 방식을 취하겠다고 아들에게 선언하고 있었다.

'그래서 이토록 흥분하고 계시는구나……'

이렇게 깨달은 순간 히데타다로서도 아버지의 마음을 헤아릴 수 있었다. 그에 필요한 지식은 이미 가지고 있었다.

누가 뭐라 해도 아직은 '힘'이 아니고는 다스릴 수 없는 세상…… 그점에서는 410년 전 요리토모가 카마쿠라에 바쿠후를 개설했을 때의 상황에서 아직 한 걸음도 나아가지 못했다고 할 수 있었다.

요리토모가 카마쿠라에 바쿠후를 열지 않을 수 없었던 근본 원인은 지난날의 '인세이院政°'에 있었다. 왕과 전왕인 '인院'과의 다툼이 그 무렵 신흥계급이라 할 무사들에게 각기 다른 명령을 내리고, 그 결과 전쟁의 씨앗을 뿌려왔다. 어제는 칙명을 받들고 일어난 자가 내일은 다른 명령에 의해 역적이 된다. 오늘의 역적도 내일은 다른 연고에 의해 충신이 된다…… 실력 없는 인이나 공경이 남을 희생시키면서 정권에 집착하면 단순한 무사들은 이쪽에 붙었다 저쪽에 붙었다 하여 혼란이 되풀이된다……

'이래서는 안 된다.'

조상을 모두 그 희생의 제물로 바친 요리토모가 생각한 끝에 마련한 해결책이 공경과 무사의 분리였다. 그리고 요리토모 자신은 무사의 우두머리로서 그들의 명령자가 되었다. 그 무렵 세상에는 무사와 그에 따른 고용인이 압도적 다수였기 때문에 자연히 정치권력 또한 그의 손에 들어가는 결과가 되었다.

사정은 지금도 그때와 같다. 나라 일은 무장들의 폭력에 맡겨져 그들 중에서 가장 강한 자와 연합해 우로 좌로 기울면서 서로 싸우고 있다. 세키가하라의 전투는 말하자면 그 큰 파도의 하나…… 이러한 때 아버지가 세상을 뜨기라도 하면 다시 옛날로 돌아가게 될 터였다.

이에야스도 심각하게 생각하고 드디어 단호한 결의에 도달했을 것이 분명하다.

히데타다는 여기까지 생각하다가 흠칫 놀랐다.

'아버지는 에도에 바쿠후를 개설하시려는 것일까?'

그래서 깨끗이 오사카 성을 떠나 후시미로 옮긴 것이 아닐까…… 에도에 바쿠후를 열 준비가 끝날 때까지 후시미에 있다가 세이이타이쇼군의 직함이 내려지면 이에야스도 에도로 간다. 그렇게 하여 일본의 무장들을 제도상으로 엄격히 규제해 그들에게 경거망동輕擧妄動할 여지

를 주지 않는다. 그렇게 되면 틀림없이 평화는 뿌리 없는 풀이 되지는
않을 터였다.

히데타다는 성급하게 입을 열었다.

"아버님! 어느 정도 납득되었습니다."

4

이에야스는 히데타다의 그 성급한 표정을 날카롭게 바라보았다.

"알겠다는 말이지?"

그 어조는 아직 부드러워지지 않았다.

"어째서 내가 공경이 되지 않을 생각인지 알겠느냐?"

히데타다는 아버지의 그 어조로 미루어 이제는 자신이 엄한 심문의
자리에 놓였음을 깨달았다. 자칫 잘못 대답하면 이에야스는 자기 아들
이라 해도 그냥 두지 않을 기색이었다. 모든 것을 걸겠다고 한 이에야
스의 말은 그렇게 받아들일 각오를 해야 한다는 의미를 강력하게 내비
치고 있었다.

"불초합니다마는 저는, 공경으로 이대로 쿄토 부근에 머물러 계시면
어제와 내일을 구별짓기 어렵다…… 그래서 결심하신 것이 아닌가 생
각합니다."

그때야 비로소 이에야스는 가만히 고개를 끄덕였다.

"그것을 다이나곤도 알게 되었느냐?"

"물론 자세히는 알지 못합니다. 그러나 새로 평화의 시대가 열렸
다…… 제후들에게 이를 깨닫게 하기 위해서는 분명히 어제와는 인연
을 끊어야 할 때라고 생각합니다."

히데타다는 이렇게 말하면서 자신의 이 말이 아버지 마음을 충분히

나타내고 있는지를 세심하게 살피고 있었다. 이러한 태도는 결코 비굴한 아첨이 아니었다. 히데타다에게 아버지는 비교할 상대가 없는 절대적 존재였다.

"그래, 대체로 내 생각과 일치하고 있다……"

이에야스는 비로소 미소를 보였다.

"그 대신 일단 걷기 시작하면 한 걸음도 지체해서는 안 되는 길이야. 어제와 내일을 구별짓는다…… 말로 하기는 쉬우나 그 내용은 태산준령泰山峻嶺과 같다. 어제와 내일이 어떻게 바뀌어야 하는지 그것을 알 수 있겠느냐?"

"예…… 예."

히데타다의 하얀 얼굴은 땀으로 흠뻑 젖었다.

"어제까지의 제후들은 모두 전쟁을 생각하고 전쟁을 통해 자신의 기반을 다지려 했습니다. 그러나 내일부터는 더 이상 전쟁을 통한 출세는 없다! 이 점을 분명히 마음에 새기도록 하는 것이 근본적인 차이라고 생각합니다."

이에야스는 다시 웃으려다 말고 날카롭게 질문했다.

"그러기 위해 가장 필요한 것은?"

"카마쿠라 바쿠후 초창기처럼 우리 가문이 최강의 무력을 견지하여 반역을 해도 무의미하다는 것을 일깨워주는 게 우선이라고 생각합니다."

"다이나곤."

"예…… 예."

"히데타다, 네 대답은 그런 대로 괜찮다. 세이이타이쇼군이 절대적인 힘을 유지하고 무사들에게 군림한다…… 그럴 때 겨우 평화가 유지돼. 이건 이에야스의 착상도, 이에야스 혼자만의 생각도 아니야. 나는 우매하게 태어났기 때문에 내 생각에 의지하는 대신 면밀하게 예로부터 오늘에 이르기까지 흥망의 자취를 추적해왔다. 그에 따른 답과 네 답은 거의 일치하고 있어. 그러나 문제는 그것만이 아니야."

"예."

"네가 말할 필요도 없이 지금 이 이에야스는 분명히 천하 제일의 무력을 가지고 있어. 이 점에서는 누구에게도 뒤지지 않아."

"그렇습니다."

"어제의 나는 타이코의 싯세이執政°였고, 제후들은 모두 우인友人들이었어. 이제는 우인으로만 될 때가 아니야."

이에야스는 어느새 아들을 훈계하는 아버지의 어조가 되어 있었다.

5

히데타다는 가만히 이마의 땀을 닦고 고개를 끄덕였다.

아버지는 지금까지 남에게 굴복한 일이 한 번도 없다…… 무용담을 이야기할 때 첫째가는 자랑거리였다.

철없던 인질 시절을 제외하고는 타케다 신겐과도 대등한 전투를 벌였고, 노부나가와의 동맹 역시 동맹자로서의 악수였으며, 히데요시와의 경우는 더욱 신중한 '친척'으로서의 협력이었다. 생전의 히데요시가 일본에서 가장 강한 무장은 자신이라고 호언장담했을 때 이에야스는 안색을 바꾸고 항의하여 동석했던 영주들을 당황하게 했다는 일화까지 남아 있다.

"그렇지 않습니다. 전하가 일본에서 가장 강한 무장이라는 것은 잘못된 생각입니다. 전하는 코마키 전투에서 이 이에야스에게 패하셨습니다. 다른 일이라면 몰라도 일본에서 첫째가는 무장은 바로 이 이에야스입니다."

마치 사람이 달라진 듯이 덤벼드는 바람에 히데요시도 그만 난처하여 쏩쓸한 얼굴로 자리를 떴다고.

그러한 이에야스가 지금은 자기 입으로—

"나는 타이코의 싯세이였고, 제후들은 모두 우인들이었다……"

이렇게 말하고 있다. 아마도 마음속의 긍지와 세상의 눈은 다르다, 세상에서는 그렇게 보고 있을 것이 분명하다는 의미의 겸손한 술회일 터였다.

"다이나곤, 내가 오사카 성에서 나오려 한 것은 그 때문이다. 그대로 오사카 성에 있으면 어제와 오늘의 차이를 모두에게 정확히 알릴 수가 없어. 알릴 수 없다면 큰 안목으로 볼 때 성실치 못한 일이야."

"옳은 말씀입니다."

"우선 후시미로 옮겼다가 쇼군將軍 임명의 칙명이 내려지면 즉시 에도로 가서 정사를 보겠다. 그렇게 함으로써 시대가 바뀌었음을 알릴 수 있을 것이야. 어제의 정치는 오사카였으나, 내일부터는 에도…… 싸워서 출세할 수 있는 시대가 아니라, 어떻게 하면 백성들을 잘 다스리고, 어떻게 하면 재정을 넉넉하게 하느냐가 중요한 시대가 되었다……고 제후들에게 노력할 목표를 바꿔주지 않으면 결코 평화로운 세상이 될 수 없어. 이 또한 내 생각이나 창안이 아니야. 학자들과 고승들이 입을 모아 말하고 있는 것이다."

히데타다는 아버지를 새로이 대하는 마음이었다. 대부분의 사람들은 부하의 생각을 자신의 것인 양 자랑하기 예사였다. 그러나 아버지는 그 반대이다. 지금 결의를 말하는 데도 그 지혜를 일일이 고금의 지식인으로부터 빌린 것이라 하고 있다. 그런 만큼 이 결의는 특히 엄격한 자세로 받아들여야 할 것만 같았다.

"이제야 겨우 내 각오가 네 마음에도 통한 것 같구나. 알겠느냐, 에도는 내일의 카마쿠라. 그리고 네 어깨에는 머지않아 이 대 쇼군의 무거운 짐이 없힐 것이다…… 그 각오를 단단히 마음에 새기고 에도에 내려가도록 해라."

그러고 나서 인간을 육성하는 것이 얼마나 중요한가에 대해 간곡하게 말해주었다.

이에야스 대에는 의리상 제후들은 모두 동료다. 그러나 2대, 3대로 내려가는 동안에 태어나면서부터의 쇼군도 있게 된다.

동료로서의 제후를 다스리는 법과 태어나면서부터의 쇼군이 하는 그것은 전혀 양상이 다를 터. 그때 이를 그릇되지 않게 하는 것이 측근의 어진 신하들…… 따라서 자기 자식을 키울 뿐만 아니라, 그 자식의 어진 신하들도 모두 앞으로 쓸모가 있도록 주위에 두고 육성해야 한다는 다짐을 듣고 히데타다는 후시미를 떠났다……

6

아버지와 자식 사이에도 역사는 있었다.

히데타다는 결코 자기가 먼저 아버지와 대립하는 태도를 취하려 한적이 없었다. 그러나 반항기라 할 수 있는 시기도 있었고, 또 아버지의 지혜를 빼앗으려 했던 성장기도 있었다.

아버지는 강직한 장수라거나 맹장이라 해야 할 유형. 세상의 소문처럼 혈육에 대한 따뜻한 정이 없는 것은 아닐까……? 이런 생각도 했고 얼른 그런 마음을 부인하기도 했다.

어떤 때는 검소한 아버지의 일상생활이 세상에서 말하듯 인색함과 동질이 아닌가 싶어 고개를 갸웃거리기도 했고, 수많은 소실이 거의 모두 재혼이거나 아이를 낳은 경험이 있는 여자라는 데 불쾌감을 느낀 일도 없지 않았다.

그러나 지금 에도로 떠나는 히데타다의 마음에는 그와는 전혀 다른 새로운 감동이 자리잡고 있었다.

'아버지처럼 순진하고 외곬인 사람도 없다……'

쉰아홉의 아버지가 세키가하라 전쟁터에 '염리예토 흔구정토厭離穢土欣求淨土'의 기치를 들고 나갔다는 사실을 알았을 때 히데타다는 가만히 쓴웃음을 지었다. 아버지는 그 기치를 열아홉 살 때부터 전쟁터의 상징으로 삼고 있었다. 이 기치를 내걸고 싸우면 반드시 이긴다는 미신 비슷한 신앙을 아버지나 되는 인물도 믿는 것일까……

그러나 이러한 생각은 아직 히데타다 자신의 미숙함을 나타낼 뿐. 아버지의 평생 소원은 바로 그 기치의 여덟 자에 응결되고 압축되어 계속 이어지고 있었다. 더구나 잘 생각해보면 그 여덟 자야말로 영원히 변치 않는 전체 인간의 염원, 평화를 추구하는 지금 세상의 의지 그 자체였다. 백수십 년 동안 전란에 시달리고 있는 민중의 소원과 같은 소원을 내걸고, 이 소원을 위해 모든 것을 걸고 엄격히 자신을 감시하고 제어해왔다……

그러한 눈으로 다시 아버지를 바라보니 모든 의심과 불안은 남김없이 풀렸다.

필요 이상 생활이 검소한 것도, 노부나가와 히데요시에 대한 지나칠 정도의 인내도…… 아니, 불행한 생이별과 사별을 경험한 여자들 중에서 모자를 다 같이 받아들여 소실로 삼는 일에서부터 절약을 통해 모은 황금을 때로는 아낌없이 빌려주는 인정 등에 이르기까지 모두 '흔구정토'라는 한 가지 소원으로 이어졌다.

아버지는 공납의 인수증을 주로 자기 손으로 썼다.

"나이다이진이시면 측근에 서기들도 많을 텐데……"

측근 중에는 그 진의를 모르고 아직 미카와의 작은 다이묘 때 버릇을 고치지 못했다는 듯이 얼굴을 찌푸리는 자도 있었다. 그러나 그것은 아버지의 마음을 전혀 모르는 자의 억측이었다. 아버지는 쌀 한 톨에 기울이는 민중의 비원과 노고에 스스로 보답해 보이고 있었다……

그런 의미에서 아버지는 거의 벌거숭이였다. 어디서 바라보아도 좋다. 내가 자신의 소원에 알맞은 자인가 아닌가를…… 그런 생활신조를 간직해온 아버지가 마침내 에도를 근거로 하여 평화의 뿌리를 내릴 수밖에 없다고 결심했다……

히데타다의 이번 여행은 그러한 아버지를 다시 평가하는, 말하자면 이들 부자의 역사에 큰 진전을 재확인하는 여행이었다.

7

히데타다가 에도에 도착한 것은 4월 21일. 26세의 곤노다이나곤은 성문 앞에 이르러 눈앞까지 굽이쳐들어온 바닷가 왼쪽의 칸다야마神田山 부근을 한참동안 바라보았다.

이 성을 쇼군의 거성으로 삼고 에도를 그 관할도시로 삼기에는 너무나 좁았다.

언젠가는 천하 제후들에게도 각각 저택을 나누어주어야 하고, 그렇게 되면 상가도 들어차게 될 터. 지금도 에도는 처음 들어왔을 때의 규모와는 비교도 안 될 만큼 번창하였다. 그러나 이런 규모로는 앞날을 대비하기에는 어림도 없었다.

오사카와 마찬가지로 이곳 역시 스미다隅田 물줄기가 여기저기 삼각주를 이루고 있었다. 그 삼각주와 삼각주를 연결하면 상당히 넓은 매립지가 생긴다.

'칸다야마를 깎아내고 수로를 정비해서……'

이런 생각을 하는 히데타다에게는 전면 바닷가에서 해상에 걸쳐 오사카의 수많은 집들이 겹쳐떠올랐다.

'완성된 도시와 이제부터 규모를 바꾸어 만들어야 하는 도시……'

오사카 거리도 처음부터 지금과 같은 규모는 아니었다. 원래는 이시야마石山 혼간 사本願寺 문전거리에 지나지 않던 것을 타이코가 대담하게 오늘날과 같은 거대한 오사카를 이룩해내었다.

남이 만든 것을 그대로 물려받기란 쉬운 일이었다. 그뿐 아니라 그렇게 해서는 정치를 쇄신하려는 목적은 결코 달성되지 않는다. 세상에서는 타이코의 유산을 가로챘다고 말할 터였다. 아버지는 장차 수도에 접근하기 위한 초석으로 아즈치安土에서 오사카로 진출한 노부나가와 히데요시의 구상을 깨끗이 버리고 이곳 무사시에 정치의 중심을 옮기려 하고 있다.

그 웅대하고 뛰어난 뜻에 부응하는 도시건설은 당연히 앞날의 큰 과제…… 아니, 스물여섯 살의 새로운 이 다이나곤은 그 과제 앞에 아버지보다 한발 앞서 와 있었다.

"산도 있고 강도 있고 바다도 있다……"

히데타다는 이렇게 중얼거리면서 엄한 표정으로 말에서 내려 문으로 들어갔다. 물론 말을 탄 채로 들어갈 수도 있었으나 히데타다는 그렇게 하지 않았다.

'머지않아 제후들이 이 앞에 왔을 때 말에서 내려 들어오도록 해야할 문이다……'

히데타다가 성안으로 들어갔을 때 임시로 성을 맡아보고 있던 타케다 노부요시武田信吉, 마츠다이라 야스모토松平康元, 이타쿠라 카츠시게板倉勝重 세 사람이 나란히 나와 전승을 축하했다.

타케다 성을 가지고 있는 노부요시는 히데타다와 타다요시의 동생으로 이에야스의 다섯째아들이었고, 마츠다이라 야스모토는 이에야스의 의붓동생이었다.

그들은 성을 맡고 있는 동안 우에스기와 그 잔당이 조용했던 것을 진심으로 기뻐하고 있었다. 우에스기 카게카츠는 이미 히데타다의 형뻘인 유키 히데야스에게 항복을 제의하고 있었다. 그 사실은 아버지 밑에 있었던 히데타다가 그들보다 더 자세히 알고 있었다.

히데타다는 그동안의 보고를 듣고 나서 여섯 점 반(오후 7시)이 지나서야 비로소 처자에게 갔다.

오에요 부인은 물론 센히메도 그 동생인 네네히메子子姬, 카츠히메勝姬, 하츠히메初姬도 아버지가 돌아오기를 기다리고 있었다.

아직 이때는 이에미츠家光도, 나중에 입궐하여 토후쿠몬인東福門院이 된 카즈코和子도 태어나지 않았다. 그러나 어느 딸이라도 슬하에서 키우겠다는 것이 오에요 부인의 방침이어서 연년생을 둔 히데타다의 내전은 활기에 넘쳤다……

8

"아버님, 안녕히 다녀오셨습니까?"

위의 두 딸은 공손히 두 손을 짚고 절했다. 그러나 나머지 둘은 각각 유모에게 안겨 있어서 그녀들이 대신 인사했다.

네 명의 딸이 모이면 오에요 부인은 언제나 부끄러운 듯 얼굴을 붉히곤 했다.

"딸만 낳다니, 왜 그런지 모르겠어요."

이 말이 히데타다에게는 은근한 압력이었다. 딸만 낳으므로 소실을 두라는 의도는 결코 아니었다. 아직 후계자도 태어나지 않았으므로 좀 더 자기를 사랑해주지 않으면 안 된다는 시위라고나 할까.

물론 오에요 부인에게도 그만한 견식은 있었고, 이 시위는 충분히 어떤 의미를 가지고 있었다. 오사카에 있는 타이코의 아들은 바로 언니가 낳은 히데요리. 따라서 에도의 후계자 또한 정실인 자신의 몸에서 태어난 아들이 아니면 언니나 히데요리에게 얕보이게 된다고 진지하게 생각하고 있었다.

"저는 절대로 소실을 두지 말라……고 하는 것은 아니에요. 다만 서자라면 가문의 권위가 손상된다, 이 점을 걱정하고 있어요."

때때로 이런 말을 하면서 유모들의 용모에까지 세심하게 신경을 쓰고는 했다.

히데타다는 오에요의 이러한 태도를 지나친 질투라고는 생각지 않았다. 기질이 강한 여자의 언니에 대한 경쟁심이거니 했다.

많은 이에야스의 소실들 중에서는 히데타다가 가엾다고, 시녀들까지 추녀들만 모아놓은 괴물 저택이라고 흉을 보는 사람도 있었다. 물론 히데타다의 귀에 들어갈 정도로 공공연하게 말하는 사람은 없었다.

농담 비슷하게 그런 말을 하는 자라고 해도 히데타다 앞에서는 입을 놀리지 못했다. 히데타다의 태도가 남의 경솔한 입을 봉할 수 있을 만큼 언제나 진지했기 때문이다.

저녁상이 나올 때까지 잠시 동안 히데타다는 자세를 바로하고 아내가 끓여준 차를 마시고 있었다.

화장을 짙게 한 연상의 아내는 이러한 히데타다의 얼굴을 황홀하게 바라보고 있었다. 이미 오에요 부인도 남편이 외지에 나가 다른 여자를 건드릴 사람이 아님을 너무나 잘 알고 있었다.

"할아버님도 안녕하시겠지요?"

다른 딸들은 물러가고 센히메와 네네히메만이 어머니 양옆에 앉아 얌전히 아버지를 바라보고 있었다.

"응, 안녕하시다. 그리고 참, 내게 또 동생이 태어났어."

"어머나……"

그 말에 오에요 부인이 낯을 찌푸렸다. 고로타마루 출생에 대한 반응이 히데타다와 다른 것은 당연한 일이었다. 아직 그녀는 아들을 낳지 못했다. 그런데 또 어린 동생이 태어나, 만일 그를 히데타다의 후계자로 삼으라고 한다면 거절할 수 없을 것이기 때문이다.

"센히메의 신랑감도 많이 자랐겠군요?"

오에요 부인은 조심스럽게 화제를 바꾸었다.

9

"아, 히데요리 님도 몰라보게 성장했지."

히데타다가 근엄하게 대답했다. 오에요 부인은 그만 웃음을 터뜨릴 뻔했다. 고로타마루에 대한 이야기는 별로 하고 싶지 않았지만, 겨우 아홉 살이 된 히데요리에게 '님' 자를 붙이는 히데타다의 정중한 태도가 우스웠다.

"왜 웃는 거요, 무슨 일이 있소?"

"아니, 주군이 너무 근엄하게 히데요리 님……이라고 하셔서."

"히데요리 님은 이번에 나와 같이 곤노다이나곤이 되었소. 그러니 공경으로 대우하여 불러야 하오."

히데타다의 진심은 오에요 부인과 잘 맞지 않았다. 히데요리와 히데타다가 다 같이 곤노다이나곤이 되었다는 말에 오에요 부인은 수긍할 수 없는 불만을 느꼈다.

얼마 후 장인이 될 사람과 사위의 관직이 같다는 것은 별로 바람직하지 않았다. 그녀는 세키가하라의 소요를 거친 뒤인 만큼 당연히 히데타다의 관직이 더 높아야 한다고 생각하고 있었다.

"할아버님도 아시면서 하신 상주였나요?"

"물론이오. 모르면서 상주하실 아버님이 아니오. 하루 사이였소……
히데요리 님이 나보다 하루 먼저였소."

"어머…… 그럼, 주군이 하루 늦게?"

"그렇소."

히데타다는 일부러 아무렇지도 않은 듯이 대답했다. 오에요 부인이
어떤 반응을 보일지 확인한 뒤 다음 이야기는 할 생각이었다.

오에요 부인은 눈썹을 치켜올리고 숨을 죽였다. 비록 타이코의 아들
이라고는 하나 이번 소요에 히데요리를 불문에 부친 것은 이에야스의
놀라운 인내와 자비…… 이렇게 생각했기 때문이다.

'히데요리보다 낮게 취급받아도 불만을 느끼지 않는 것일까……?'

"주군! 지금 하신 이야기는 좀 순서가 틀리지 않았을까요?"

"허어, 그렇게 생각하오?"

"예. 비록 하루라고는 하나, 어째서 주군이 늦게 서임되셨습니까?"

"아버님이 히데요리 님의 승진만을 상주하셨기 때문이오."

"뭐……뭐라고 하셨나요?"

"나에 대해서는 아무 말씀도 없으셨소. 그래서 조정에서도 히데요리
님에게 먼저 곤노다이나곤의 벼슬을 내리고, 그런 뒤 아직 내가 츄나곤
임을 깨달으시고 그대처럼 깜짝 놀라 승진을 시켜주신 것 같소."

오에요 부인은 더더구나 납득이 안 되는 모양이었다.

"아버님은 어째서 주군을 제쳐놓고 히데요리 님만을……?"

히데타다는 그 질문을 기다리고 있었다. 천천히 찻잔을 아내에게 돌
려주고 대답했다.

"바로 그것이오. 우리 집안은 공경이 안 되겠다는 아버님의 결심이
시오. 머지않아 아버님도 나도 공경의 관직은 반납할 것이오."

"그……그것은 또 어째서인가요?"

"공경으로는 무장들을 통솔하기 어렵소. 무사의 대들보로서 그들을

통치한다…… 아직 말할 단계는 아니지만, 아버님의 각오는 그런 방향으로 확고하게 결정되셨어요. 그대도 그렇게 알고 아이들을 키우도록 하시오."

오에요 부인은 아직도 남편의 말을 잘 납득할 수 없었다. 공경에게 한 번 출가한 일은 있으나, 히데요시가 칸파쿠로 정권을 쥐고 있었으므로 자기 가문도 마찬가지일 것이라 생각하고 있었다……

10

오에요 부인은 잠시 동안 남편을 바라본 채 의아하다는 듯 눈을 깜박거리고 있었다. 히데타다 역시 잠자코 있었다. 생각할 만큼 생각하게 한 뒤 의문에 답해주어야 아내가 납득할 수 있을 것이라 여겨 침묵하고 있었다.

"그럼, 타이코 전하와는 다른 정치를 하시는 것인가요?"

"그렇소, 바로 그것이오!"

비로소 히데타다는 말에 힘을 주었다.

"타이코는 무력을 가진 공경…… 다시 말하면 문관으로서 정치를 하셨소. 그러나 일종의 편법. 알다시피 타이코는 무사 가문 출신도, 공경 출신도 아니었소. 그러므로 도요토미라는 공경의 가문을 만들어 다스렸는데, 이는 겉으로 드러난 사실이었고, 실제로는 무력으로 다스렸소. 지금 세상은 아직 무력 없이는 하루도 다스릴 수 없소."

오에요 부인은 눈이 휘둥그레져 계속 남편의 입을 바라보았다. 이렇게 말 잘하는 남편은 처음이었다.

"우리 집안은 처음부터 무사의 가문…… 닛타 겐지요. 그러므로 무사의 대들보로서 천하를 다스려나가겠다는 것이오. 무력이 치세의 주축인 한 이를 계승하는 자에게는 길다란 관복 소매나 펄럭이며 다니는 나약한 생활은 허용되지 않는다는 교훈이기도 하오⋯⋯ 그래서 공경이 되기를 바라지 않소."

"어머, 그러면⋯⋯ 무가의 대들보인 관직이 따로 있나요?"

"무슨 소리를 하는 거요. 계속 공염불이 되기는 했으나 아시카가 가문은 대대로 세이이타이쇼군이었소."

"아, 그 쇼군 가문⋯⋯"

"그렇소. 다만 아시카가 쇼군은 이를 혼동해 공경의 생활을 살았기 때문에 일본 무사들을 제압할 실력을 잃었소. 그 결과 그토록 처참한 난세를 초래했는데, 처음부터 그 실력을 중히 여기고 다른 사람의 망동을 용서하지 않는다면 평화는 계속될 것이오."

오에요 부인의 눈이 차차 빛을 되찾았다. 성격은 히데타다보다 훨씬 더 거칠었다. 더구나 온갖 인간의 흥망을 보았으며 자신도 그러한 경험을 한 그녀의 생각은 남편보다 훨씬 더 비약의 범위가 넓었다.

"이제 납득되었어요."

"그렇소. 알았거든 그런 마음가짐으로 내전 여자들에게도 화려한 사치를 허용해서는 안 되오. 무인의 생활은 어디까지나 검소한 것이 우선. 자신이 직접 땅을 갈지 않고 살아가니까 말이오."

오에요 부인은 그 말에는 대답하지 않았다.

"정치 상황도 크게 달라지겠군요. 그러니 히데요리 님에게 천하를 되돌려줄 필요는 없겠군요."

아무래도 오에요 부인에게는 언니의 아들에게 정권을 되돌려야 한다는 것이 마음 어딘가에 걸렸던 듯. 오에요 부인의 말을 듣고 고지식한 히데타다는 버럭 화를 냈다.

"부인⋯⋯ 부인은 지금 뭐라고 했소?"

"히데요리 님이 열여섯 살이 되면 천하를 돌려준다고 한 약속 말이에요. 왜 불쾌하시기라도 한가요?"

"어찌 불쾌하지 않겠소! 쓸데없는 생각은 하지 마시오."

히데타다에게서는 찾아볼 수 없을 만큼 격렬하게 감정을 드러낸 질타였다.

11

오에요 부인은 놀랐다는 듯이 두 손을 짚고 남편을 올려다보았으나 속마음은 그 반대였다.

오에요 부인으로서는 근엄한 히데타다가 종종 미덥지 않게 여겨져 견딜 수 없었다. 따라서 입에서 나오는 말은 표정과는 정반대로 거역하는 것이 되어 있었다.

"용서하십시오. 저는 생각난 대로 말씀 드린 것뿐입니다. 딸들말고는 듣는 사람이 없다고 여겨서."

"듣는 사람이 있고 없고를 말하는 것이 아니오."

"그러면 생각난 것도 물어서는 안 된다……는 말씀입니까?"

히데타다는 강하게 혀를 찼다. 그러나 말똥말똥 자기를 쳐다보는 맏딸 센히메와 시선이 마주치자 당황하며 표정을 누그러뜨렸다.

"경솔하게 그런 말을 해서는 안 되오. 미츠나리의 반란 때문에 아버님의 이전 구상이 바뀌었을 뿐이오. 쇼군으로서의 적격 여부는 앞으로 두고 볼 일이오."

"그러면 히데요리 님의 기량이 쇼군에 적합하다면 천하를 넘겨주시는 건가요?"

"더 이상 말하지 마시오. 설령 아버님 뒤를 이 히데타다가 잇는다 해도 히데요리 님은 센히메의 남편인데 그런 것에 구애를 받다니, 그게 무슨 지장이라도 있다는 말이오?"

오에요 부인은 약간 얼굴을 붉히며 생긋 웃었다.

"그럼, 저도 서둘러 후계자를 낳아야겠군요."

히데타다는 더 이상 대답하지 않았다.

"그리고 어느 쪽이 더 쇼군으로서 아버님의 마음에 드실지, 양육에 힘을 기울이지 않으면 아버님이 실망하실 거요."

히데타다는 또다시 무섭게 오에요를 노려보았다. 그러나 곧 생각을 바꾸고 시녀가 가지고 온 밥상으로 시선을 옮겼다.

이에야스도 검소했으나 히데타다 역시 아버지 못지않게 검소했다. 그러나 오늘은 오랜만에 돌아왔다. 도미 한 마리가 밥상에 올라 있었다. 그 도미에 시선을 떨구고 히데타다는 다른 말을 꺼냈다.

"참, 아버님은 머지않아 덴즈인傳通院 님을 후시미로 모시겠다고 하셨소."

"어머, 그럼 덴즈인 님도 기뻐하시겠군요. 이번 전투를 가장 걱정하신 분도 덴즈인 님."

"그랬을 것이오. 벌써 일흔넷이나 되셨으니까."

"예. 아무리 나이가 드셔도 아드님이 걱정되시는 모양이에요."

덴즈인이란 에도에 와 있는 이에야스의 생모 오다이於大°였다. 오다이는 이미 덴즈인 코가쿠요요 치코傳通院光岳蓉譽智光라는 계명戒名까지 가지고 있었다.

텐쇼 18년(1590) 8월, 이에야스가 에도로 들어온 지 얼마 되지 않았을 때였다. 지형답사를 겸하여 매사냥을 나갔다가 돌아오는 길에 황폐한 절을 하나 발견한 이에야스는 덴즈인이란 이름을 붙이고 조상의 위패를 모시는 절로 삼았었다.

"덴즈인 이야기가 나와 생각난 일인데, 마에다 가문의 호슌인芳春院 님도 안녕하시겠지?"

"예…… 최근에는 찾아뵙지 않았지만……"

"그 마에다 가문 말이오……"

히데타다는 젓가락을 들면서 넌지시 말했다.

"네네히메를 마에다 가문으로 출가시키기로 했소."

아내의 반응을 꺼리며 하는 말. 오에요 부인은 소스라치게 놀라 고개를 들고 남편을 응시했다.

"지금, 뭐……뭐라고 하셨습니까?"

히데타다는 못 들은 체하고 국그릇을 입으로 가져갔다.

12

"제 말이 안 들리나요?"

오에요 부인의 재촉을 받고 히데타다는 진지한 표정으로 앞서 한 말을 되풀이했다.

"둘째 네네히메를 마에다 가문에 보내기로 했다고 말했소. 그 일에 대해서는……"

"그 일에 대해서는……?"

오에요 부인은 대들듯한 기세로 다음 말을 재촉했다.

"그 일에 대해 아버님으로부터 자세한 말씀이 계실 것이오. 우리는 마에다 가문과 선대는 물론 지금의 주군과도 각별한 사이오. 그러나 지금의 주군께는 아직 후계자가 없소. 그러므로 동생 중 한 사람에게 마츠다이라의 성姓을 주고 그와 네네히메를 맺어지게 하여 다음 대의 주인으로 삼으려는 의향이신 것 같소."

"아버님의 확고하신 생각……이라 보시나요?"

"아니, 확고하신 생각이라니?"

히데타다가 갑자기 젓가락질을 멈추고 의아하다는 듯이 물었다. 오에요 부인은 입을 다물었다. 이에야스의 말은 남편으로서는 움직일 수 없는 절대적인 것임을 알고 있었기 때문이다. 그렇더라도 잠자코만 있을 수 없는 사연이 오에요 부인의 가슴속에는 있었다.

"그대는 아버님의 결정이 아니라면 반대하겠다는 말이오?"

히데타다의 반문에 오에요 부인은 서슴없이 대답했다.

"예, 그래요."

"으음, 무슨 다른 생각이 있기 때문이겠군."

"물론이에요. 저는 네네히메의 어머니, 아이에 대해 아무 생각도 없을 리가 없지요."

"으음."

"말씀 드려도 될까요?"

"아니, 거의 결정된 일이오."

이렇게 말하면서 다시 한 번 천천히 고개를 갸웃했다.

"후일도 있고 하니, 어디 그 생각을 들어봅시다."

"말씀 드리지요. 저는 이곳으로 시집오기 전에는 쿠죠 미치후사九條道房의 아내였어요."

히데타다는 문득 불쾌한 빛을 떠올렸으나 곧 그 기색을 엄숙한 표정 속에 숨겼다.

"저는 한 아이는 히데요리 님에게 보내더라도 다른 아이는 다른 곳에 출가시켰으면 해요."

"으음, 그 혼처는……?"

"말하지 않겠어요. 아버님이나 주군의 생각에 방해가 되어서는 안되니까요."

"말해보시오, 딸은 둘만이 아니지 않소? 그럼, 한 아이는 공경 집안으로…… 보내겠다고 생각하고 있었소?"

오에요 부인은 천천히 고개를 가로저었다. 그 표정에는 어딘지 모르게 남편을 경멸하는 듯한 기미마저 있었다. 히데타다는 또다시 고개를 갸웃했으나 재차 물으려 하지는 않았다.

공경 집안이 아니라면 역시 아버지 생각처럼 딸들을 모두 무장에게 출가시켜 평화의 대들보가 되게 하는 것이 옳다……고 히데타다는 생각하고 있었다. 오에요 부인이 다시 입을 열었다.

"역시 말씀 드려야만 하겠어요."

"그렇소, 후일을 위해 들어보기로 합시다."

"저는 한 아이를 궁전에 보냈으면 어떨까 싶어요. 세키가하라에서 승리한 우리 가문을 위하는 길이라고 은밀히 생각하고 있었어요."

히데타다는 깜짝 놀라 하마터면 젓가락을 떨어뜨릴 뻔했다.

13

여자의 꿈이란 때때로 남자의 그것보다 훨씬 더 비약하는 듯.

잇따라 출생하는 자식이 모두 여자였기 때문에 히데타다는 적지않게 실망하고 있었다. 남자라면 곁에 두고 이 실력 시대의 바람 속에서 엄하게 단련시켜 훌륭한 인물로 키우는 보람이 있다. 그러나 딸은 그렇지 못했다. 고작 출가시킬 곳이나 사위의 인물 선택 등으로 할아버지의 비원에 협력할 수밖에 없다. 이런 생각으로 지금까지 아버지 의견에 이의를 제기할 마음조차 갖지 않았던 히데타다였다.

그런데 오에요 부인은 아버지와 히데타다가 생각지도 못한 일을 떠올리고 있었다. 궁전과 가까운 쿠죠 가문에 있으면서 칸파쿠의 소실인 언니에게 마음속으로 은근히 경쟁심을 불태워온 탓이었을까.

히데타다는 지금까지 그런 일을 자기 아내가 생각하고 있을 줄은 상상도 하지 못했다.

'궁전은 특별한 곳…… 정치와 정략을 초월해 있는 곳……'

이렇게 생각하고 있었던 만큼 히데타다의 놀람은 각별했다.

"호호호…… 놀라시는군요. 이 오에요도 처음부터 그런 생각을 가졌던 것은 아니에요."

"으음."

"세키가하라에서 승리했다……는 것을 알았을 때 그런 일도 한번 생각해볼 만하다는 마음을 갖게 되었어요."

"……"

"실력에서 우리 가문은 이미 일본에서 첫째지요. 그렇다면 다음으로 중요한 것은 남에게 뒤지지 않는 관직…… 아니, 좀더 솔직하게 말하면, 대궐에 보낸 딸이 천자라도 출산하게 되었을 때는 황공하게도 천자도 외손자, 도요토미 가문의 후계자도 외손자…… 이렇게 되면 이 가문을 보는 다이묘들의 시선도 달라질 뿐 아니라, 아버님의 비원이신 평화로운 세상도 당연히 계속되리라고 생각한 거예요."

히데타다는 아직 대답할 수 없었다. 무언가 무서운 음모인 듯한 생각까지 들었다.

'나는 오에요에 비해 너무 소심한 것일까……?'

깨닫고 보니 히데타다의 전신은 땀으로 흠뻑 젖어 있었다.

아버지의 포부를 알고는 자기 생각이 너무 좁다고 반성하고 있던 히데타다였다. 그런데 이번에는 아내가 자신의 좁은 소견을 지적하고, 에도의 포부를 피력하며 질타하고 있는 느낌이었다.

원래 히데타다는 성격적으로도 오에요 부인에게 눌리는 편이었다. 그런데 지금 말할 수 없는 열등감을 심어주는 것 같은 느낌이었다.

'이 여자는 무서운 담력을 가지고 태어난 군사軍師다……'

과연 외손자 중에 천자가 있으면 도요토미 가문의 존재 따위는 반딧

불처럼 작아질 터였다.

히데타다는 허둥지둥 수저를 놓고 가만히 밥상을 밀어놓았다.

"으음, 그렇게 하는 것이 오에요 그대의 생각이었군. 좌우간 이야기는 잘 들었소."

이렇게 말하고 얼른 이마의 땀을 닦았다.

그렇게 말하는 것말고는 오에요의 대담한 꿈의 피력에 대해 무엇이라 대꾸해야 좋을지 알 수 없는 히데타다였다……

오다이의 생애

1

에도에서 후시미로 옮겨 조용히 노후를 보내는 이에야스의 생모 오
다이에게는 각계각층의 사람들이 찾아왔다. 오다이라는 이름은 이미
먼 옛날의 것이 되고, 지금 그녀는 '덴즈인 님'이라 불리고 있었다.

오다이는 올해(케이쵸 7년, 1602) 75세, 지금으로부터 60년 전에 낳고
곧 이별한 아들 밑에서 이처럼 조용한 나날을 보내게 될 줄은 생각지도
못했다. 지금도 그녀는 종종 59년 전의 꿈을 꾸고는 했다. 그녀가 열일
곱 살일 때 생후 1년 반 정도 된 타케치요竹千代와 헤어지던 꿈이었다.
깨어 있을 때는 감사한 마음 가득한 오다이도 꿈속에서는 계속 울고 또
울었다.

'반드시 이 아이는 나를 맞이해줄 것이다……'

아니, 이미 맞아들이고 있는 기억도 꿈속에 섞여 있으나 일단 울기
시작하면 하염없이 눈물이 흘러내렸다.

벌써 그 무렵 사람들은 거의 이 세상에 남아 있지 않았다. 이에야스
의 아버지 히로타다, 오다이의 생모 케요인華陽院, 친정아버지 미즈노

타다마사水野忠政, 오다이를 가장 따뜻하게 배려해준 사카이 우타노스케酒井雅樂助……

그로부터 59년이란 세월이 지난 지금 오다이는 새삼스럽게 자기 신변을 생각해보고는 이번에는 묘하게도 우스운 마음이 들어 곧잘 혼자 웃곤 했다. 그때의 타케치요가 지금은 종1품으로서 당당하게 일본을 다스리는 존재가 되어 있었다.

'결국 이렇게 될 수밖에 없었다……'

이런 마음이 드는 것은 역시 어머니로서의 자만심 때문일까.

"일본에서 첫째가는 어머니."

오다이를 가리켜 선대의 챠야茶屋(키요노부清延)는 곧잘 이렇게 말하고는 했다. 그런 말을 들어도 과분하지 않은 자신이라고 생각하면서 온몸이 뜨거워졌던 일을 기억하고 있다. 그 챠야도 벌써 이 세상에는 없고, 현재 챠야 가문의 주인은 올해 열아홉 살인 키요타다清忠이다.

오다이가 후시미로 오기 조금 전인 2월 1일, 이이 나오마사가 죽었다. 나오마사는 마흔한 살의 아직 젊은 나이였으나, 지난번 세키가하라 전투 때 부상 이후 건강이 좋지 않았다.

이와 반대로 이에야스는 더욱더 건강해 얼마 후면 소실 오만에게서 자식이 태어난다. 쉰아홉 살 때 고로타마루를 낳고 머리를 긁었던 이에야스, 예순한 살이 된 지금 다시 아이를 낳는다는 소문에는 아무렇지도 않은 듯 시치미를 떼는 모습이 우습기도 했다.

태어나는 자.

죽어 사라지는 자……

시시각각 때는 흐르고 사람은 변하는 자연의 흐름 속에서 75세로 장수를 누리면서 감사의 나날을 보내고 있는 오다이…… 언제라도 웃으면서 눈을 감을 수 있다고 생각하면서도 오다이는 저도 모르게 쓴웃음을 지었다.

'좀더 살고 싶다!'

이러한 마음이 인간의 탐욕인 줄 너무도 잘 알고 있었다. 그러면서도 오다이는 아직 이에야스를 위해 해주고 싶은 게 남아 있었다.

오늘도 오다이는 챠야의 둘째아들 마타시로 키요츠구又四郎淸次˙를 부르러 사람을 보냈다. 마타시로가 나가사키長崎에서 돌아왔다는 이야기를 들었기 때문이다.

"마타시로는 아직 오지 않았느냐?"

오다이는 열어놓은 거실 마루 가까이 깔개를 옮기게 하고, 5월의 햇살에 눈을 가늘게 뜨고 있었다.

2

챠야의 둘째아들 마타시로 키요츠구가 온 것은 4반각(30분) 가량 지나서였다.

"언제나 변함 없으신 모습을 뵈니 기쁘옵니다."

형 챠야 키요타다와 연년생인 마타시로는 올해 열여덟 살로, 병약한 형과는 달리 건장했다. 슈인센朱印船˚ 제정(분로쿠文祿 원년, 1592)으로 '아홉 척의 배'가 운행 허락을 받았을 무렵부터 교역에 눈을 뜬 그는 자주 나가사키를 왕래하고 있었다.

이에야스가 지난해 11월 일단 에도로 돌아와 오다이를 모시고 다시 후시미로 왔을 때 마타시로는 오다이를 만나고 곧바로 나가사키에 갔었다.

"오, 너도 별고 없다니 다행이구나. 자, 좀더 가까이 오너라."

"예. 감사합니다."

열여덟 살이지만 체격도 태도도 의젓하여 스물대여섯 살로 보이는 마타시로였다.

"마타시로, 나는 너에게 두 가지 부탁과 질문이 있다."

"예, 무엇인지요? 이 마타시로가 할 수 있는 일이라면 무엇이든 하겠습니다⋯⋯"

오다이는 빙긋 웃고 고개를 끄덕였다.

"너라면 못할 일이 아니야."

이렇게 말하고 가까이 있던 네 명의 하녀들을 물러가게 했다.

젊은 마타시로는 사람들을 물리치는 덴즈인의 태도에 얼굴이 굳어졌다. 연로한 덴즈인이 어떤 어머니인지는 마타시로도 잘 알고 있었다.

이에야스가 에도에서 이 어머니를 모시고 올 때 ─

"행렬은 간단히."

덴즈인이 주의를 주어 이에야스는 고작 30명 정도의 수행원만으로 토카이도를 여행했고, 오츠에서 야마시나山科로 마중 나갔던 공경과 다이묘들은 이에야스의 행렬인 줄 모르고 그들이 지나간 다음에야 부랴부랴 뒤쫓아왔다. 마중 나온 사람들이 너무도 검소한 이에야스의 행렬을 2, 3천 석 다이묘라고 짐작해 누구냐고 묻지도 않았기 때문이다. 물론 이에야스도 어머니의 뜻을 어기지 않으려고 그렇게 했을 테지만, 이 일로 그는 한층 더 사람들의 마음 깊이 자리잡았다.

이러한 덴즈인이 할 이야기가 있다고 하면서 사람들을 내보냈다.

"마타시로, 우선 첫번째 부탁을 말하겠는데, 네가 나가사키에 가거든 남만인들의 학문을 배웠으면 해."

순간 마타시로는 눈이 휘둥그레졌다.

"그것은⋯⋯ 실은 저도 조금씩 그들의 글을 배우고 있습니다마는, 무엇 때문에 그런 말씀을 하시는지요?"

"마타시로, 늙은이는 아무리 나이를 먹어도 자식 걱정을 하지 않을 수 없단다."

"예…… 그러실 겁니다."

"주군은 이 늙은이에게는 더할 나위 없는 아들이야. 그러므로 이 늙은이가 도움을 줄 수 있었으면 해."

"그 뜻은 잘 알고 있습니다."

"앞으로 평화로운 세상이 오면 주군은 교역에 많은 힘을 기울이게 될 거야. 그때 통역이 무슨 농간을 부려도 알지 못한다면 큰 낭패가 아닐 수 없어. 따라서 마타시로 같은 젊은이가 그곳 학문을 배워두면 얼마나 많은 이익을 세상에 가져다줄지 모른다는 생각에서……"

마타시로는 똑바로 덴즈인을 쳐다보며 입술을 떨었다.

'이런 노인이 그런 말을 하다니……'

그 말만으로도 젊은 마타시로는 피가 끓어올랐다……

3

"인간이란 말이지, 살아 있는 동안 한 가지만이라도 세상에 도움이 되는 일을 해야 한다고 생각해."

오다이는 자못 즐거운 듯 눈을 가늘게 뜨고 말을 계속했다.

"오카자키에서 주군을 낳기 전에도 그런 생각을 하고 목화씨를 심었지. 그 덕분에 주군도 마츠다이라 집안 가신들도 계속 이 노파를 잊지 않았다는 거야. 목화를 볼 때마다 내 생각이 나서……"

챠야 마타시로는 몸을 꼿꼿이 하고 머리를 끄덕였다. 이미 인생의 종말에 다다른 이 행복한 여자의 입에서 공부하라는 말이 나올 줄은 생각도 못했다.

'과연 보통 분이 아니다……'

불과 열일곱 살 나이로 마츠다이라 가문과 인연을 끊고 떠나야 했을 때 오빠 미즈노 노부모토水野信元의 불 같은 성격을 감안해, 전송 나온 마츠다이라 가문 사람들을 도중에 돌려보냈다. 이 때문에 후에 원한이 남지 않아 다시 도쿠가와 가문으로 돌아오게 되었다는 말을 아버지 시로지로로부터 들었는데, 그 신중하고 조심성 많은 성격을 일흔다섯 살이 된 지금까지 그대로 지니고 있었다.

"너처럼 훌륭한 재능을 가진 젊은이가 후세사람을 위해 남만 학문을 배운다면 그야말로 범이 날개를 단 것과도 같아…… 아니, 짐승으로 비유할 수야 없지. 틀림없이 신불의 뜻에 맞는 일이야."

"예…… 예."

"그래서 남만 학문을 배웠으면 싶은데…… 어때, 내 말을 알아들을 수 있겠어?"

"덴즈인 님! 염려하지 마십시오. 그 학문은 저희 집안의 번영을 위해서라도 이 마타시로가 공부하지 않으면 안 됩니다."

"오, 반가운 말이로군. 그럼, 또 한 가지 부탁하겠는데……"

덴즈인은 갑자기 목소리를 낮추면서 주위를 돌아보았다.

"마타시로, 나는 주군 생각을 잘 알고 있어. 그래 부탁하는 거야."

"예, 말씀하십시오."

"네 어머니는 카잔인花山院° 산기參議° 님 분가分家 태생이지."

"예. 어머님은 아직도 정정하게 잘 계십니다."

"어떨까, 네 어머니를 통해 은밀히 알아보고 싶은 게 있는데."

덴즈인의 얼굴에는 이상하게도 젊은이 같은 정열이 되살아나고 있었다. 챠야 마타시로는 그만 자신도 모르게 마른침을 삼켰다.

"지금 하는 말은 너에게만 하는 부탁, 다른 사람한테는 얘기하면 안돼…… 다름이 아니고, 주군은 공경 벼슬보다 무장의 가문이기 때문에 쇼군이 되기를 원하고 있어."

마타시로는 전신을 굳히고 눈앞의 덴즈인을 똑바로 바라보았다.

공부하라는 첫번째 이야기보다 더 의외의 말…… 더구나 한마디만 들어도 그 다음 말은 들을 필요가 없었다.

지금 도쿠가와 가문의 옷감을 납품하고 있는 챠야는 조정의 일도 보고 있었다. 어머니를 통해, 현재 조정에서 이에야스에게 쇼군 직을 내릴 것인가 칸파쿠에 임명할 것인가로 의견이 갈려 있다는 사실도 마타시로는 알고 있었다.

"그러시면…… 덴즈인 님은…… 주군의 희망을 이루게 해드리고 싶으시군요?"

마타시로는 숨을 몰아쉬며 물었다. 덴즈인은 가만히 한숨을 쉬면서 합장했다.

4

마타시로로서는 당장에는 그 다음 말을 할 수 없었다. 이미 노망을 하고도 남을 나이의 덴즈인. 그 나이에 생각하는 것이 있다면 사소한 푸념이나 불평…… 이렇게 생각했던 상대로부터 노신들도 감히 입에 올리지 못하고 있는 중대한 말을 들었으므로 무리가 아니었다.

'이분은 나 같은 젊은이에게 그런 중대한 말을 하다니, 힘이 될 수 있다고 생각하는 것일까?'

만일 덴즈인이 그런 생각을 했다면 마타시로로서는 부끄러운 일이었다. 그가 알아낼 수 있는 일은 고작 이에야스가 쇼군이 되는 것을 누가 반대하고 있는가 정도에 불과했다.

그런 사실을 알아내는 대로 보고한다면 덴즈인은 어떻게 하려는 것일까……? 반대하는 사람에게 선물이라도 보내 찬성하도록 만들려는 것일까……?

"마타시로……"

다시 한 번 덴즈인은 마타시로에게 합장했다.

"네 어머니에게 내가 이렇게 말하더라고 전해주었으면 해…… 이 늙은이는 주군을 낳기는 했으나 기르지는 못한 불연佛緣 없는 박복한 여자였다, 나는 지금 목숨을 거두어주십시오 하고 날마다 기도하고 있다, 주군의 희망만 이루어진다면……"

"아니, 목숨을 바쳐서라도?"

"그래……"

덴즈인은 다시 어린아이 같은 표정으로 고개를 끄덕였다.

"이 늙은이도 주군의 희망대로 된다면 틀림없이 평화가 계속된다고 생각하고 있어. 너도 알다시피 쇼시다이에는 이타쿠라 님, 사와야마에는 대대로 조정을 받들어온 가문인 이이 님…… 등이 쿄토를 공고히 하고 난폭한 무리를 에도에 모아 주군이 단속한다면 불순한 생각을 가진 사람들도 어쩔 수 없을 거야…… 호호호…… 늙은이의 집념이라고 웃어도 좋아. 아니, 그 생각은 이 늙은이보다 주군이 더 많이 하고 있어. 그래서 이 늙은이는 그 희망을……"

"잘 알겠습니다."

마타시로의 목은 바싹 말랐다.

그는 세키가하라 전투 때 형을 도와 군량조달과 무기수송에 힘을 쏟았다. 그러나 이에야스와 그 노모까지 에도에서 정치를 할 생각인 줄은 아직까지 알지 못했다.

"그러면, 주군과 덴즈인 님의 희망을 어머니에게 전하고 그 후에는 어떻게 해야겠습니까?"

그 정도로 깊이 생각하는 덴즈인이라면 당연히 그 후 내릴 지시도 염두에 두고 있을 것이다…… 이렇게 생각하고 물었다. 덴즈인은 다시 두 손을 모았다.

"그 후 달리 할 일이 있을 리 없지. 여자의 일은 여자들끼리 하면 돼. 내가 그 때문에 목숨을 걸고 기도한다는 말만 전하면 돼."

'앗!'

마타시로는 하마터면 소리를 지를 뻔했다. 노망이기는커녕 마타시로 따위는 생각할 수도 없는 냉정한, 소름끼칠 정도로 깊은 배려가 담긴 수수께끼임을 깨달았다.

아버지 시로지로는 이미 이 세상에 없었다. 그러나 조정에 있는 공경 이상의 벼슬아치 중에서 챠야의 재력과 관계가 없는 사람은 사실상 한 사람도 없다고 해도 좋았다. 그 사실을 잘 알고 있는 덴즈인은 마타시로의 어머니에게 큰 희망을 걸고 있었다.

여자의 일은 여자들끼리……라니, 아무렇지도 않은 듯하면서도 이 얼마나 놀라운 어머니로서의 집념이란 말인가……

5

오다이는 그 후 마타시로에게 더 이상 딱딱한 말을 하지 않았다. 자기 손으로 직접 차를 끓여, 이에야스가 보냈다는 하얀 설탕을 종이 위해 쏟아놓고는 이처럼 맛있는 것은 처음 보았다면서 눈을 가늘게 뜨고 권했다.

마타시로는 공손하게 권하는 대로 받아 맛을 보았다. 그러면서 웃음이 나왔으나 참았다. 그 설탕은 바로 마타시로가 형의 이름으로 이에야스에게 바친 것이었다.

마타시로가 돌아간 것은 세상 이야기 끝에 이에야스가 코다이인의 청을 받아들여 절을 세우게 했다는 말에 이어, 코다이인도 쓸쓸할 테니 때때로 방문하는 게 좋다……는 이야기를 한 뒤였다.

마타시로가 아직 젊은 혈기에 흥분을 감추지 못하고 자리를 뜬 뒤 덴즈인은 하녀를 불러 복도까지 배웅하게 했다. 그러고 나서 요즘 일과가 되어 있는 불경의 사경寫經에 들어갔다.

"덴즈인 님, 허리를 주물러드릴까요?"

총애하고 있는 오사이於才의 말에 오다이는 가만히 고개를 저었다. 이에야스와 아버지가 다른 동생 야스토시康俊가 가신 중에서 뽑아 보낸 오사이는 그 이상 말을 않고 오다이 뒤로 돌아가 부채로 바람을 보냈다.

그녀는 오다이가 무슨 생각을 하는지 알고 있었다.

오다이는 지금 누구에게도 밝힐 수 없는 싸움을 자기 자신에게 걸고 있었다. 오다이의 이 싸움은 스물두 살인 오사이에게는 반쯤은 이해되지만, 반쯤은 납득하기 어려웠다.

'이런 생각을 미신이라고 하는 게 아닐까?'

때때로 오사이는 이렇게 생각하기도 했다.

오다이는 자신의 노후 행복을 두려워하고 있었다. 아니, 행복이라기보다 안일한 생활을 두려워한다고 하는 편이 정확할지도 모른다.

오사이는 그 두려움을 오다이로부터도, 주인 야스토시로부터도 들어 알고 있었다.

마츠다이라 집안과 인연을 끊고 히사마츠久松 가문에 재가했을 때의 일이었다. 오다이는 당시 히사마츠 가문이 거주하던 작은 성과 가까이 있는, 위패를 모신 절 선종禪宗 토운인洞雲院에 혈서로 쓴『관음경觀音經』을 바쳤다.

"이 목숨을 바칠 것이오니……"

자신의 피로 경문을 쓰면서 간절하게 소원한 오다이의 염원은 이루어졌다. 현재 이에야스는 만인이 갈망하는 평화로운 시대의 담당자로 이 성안에 있고, 목숨을 바치려 한 오다이 또한 그 이에야스 밑에서 일본의 가장 행복한 어머니로 선망을 받고 있었다……

오다이는 그 행복을 그대로 받아들여서는 안 된다고 진지하게 생각했다. 허리의 통증이나 어깨의 결림과 싸우는 것으로 양심을 잠재우려는 모습을 오사이는 역력히 느끼고 있었다.

오다이는 이곳에 온 지 얼마 안 되어 감기 기운으로 반나절 가까이 누워 있었다. 그때 이에야스가 약을 보내왔으나 먹지 않았다.

"이 약을 먹으면 미안해지는 어떤 분이 있어."

이에야스에게 거듭 고마움을 표하면서도 약은 그대로 이부자리 밑에 놓아둔 채로 있었다.

그 미안해지는 어떤 분……이란 오다이가 염원을 위해 기도 드리고 있는 신불이라고 오사이는 생각했다. 그러므로 오늘도 오사이는 굳이 허리를 주무르겠다고 하지는 못했다.

6

오다이의 일과인 사경은 잠시 더 계속되었다.

그동안 오사이도 묵묵히 부채질을 했다. 해가 질 무렵이 되면서 한층 더 더위는 기승을 부렸다. 75세 노인의 목 언저리는 땀으로 흠뻑 젖어들었다. 오사이는 그 땀조차 닦아주려 하지 않았다. 아마도 오다이는 자기 몸을 괴롭히는 고행이 그대로 이에야스의 안녕과 통하는 길이라 믿고 있는 것 같았다.

시녀 둘이 촛대를 받쳐들고 들어왔다. 이때 비로소 오다이는 방안이 어두워져 있다는 것을 깨닫고 고개를 들었다.

"사실은 말이야, 오사이."

"예."

"나는 오늘 챠야의 아들 마타시로와 이야기하는 동안에 또 하나의 소원을 빌어야 한다는 것을 알았어."

"어머, 어떤 소원이신지요?"

오다이는 붓을 놓고 천천히 탁자에서 물러났다.

"그 젊은이는 놀라운 일을 할 수 있는 사람이야."

"예. 주군께서도 챠야 가문을 번창하게 할 수 있는 사람은 마타시로⋯⋯라고 말씀하셨습니다."

"그래. 형을 능가하는 사람이야."

오다이는 연신 고개를 끄덕였다.

"그 똑똑한 젊은이가 내 말을 완전히 이해하지는 못하고 돌아갔어. 이 세상의 일이란 묘한 곳에서 꼬이게 마련이야."

오사이는 고개를 갸웃하고 저도 모르게 무릎걸음으로 한 걸음 다가앉았다.

"마타시로가 미처 이해하지 못한 데가 있었습니까?"

"그래. 칠 할까지는 이야기가 통했지만 나머지 삼 할 정도는."

그러면서 오다이는 가만히 고개를 가로저었다.

무슨 말을 할까 말까 망설일 때 언제나 오사이에게 해 보이는 이 노인의 버릇이었다.

"어떤 점이 통하지 않았는지요?"

오사이는 무릎걸음으로 다시 한 걸음 앞으로 다가앉았다.

"물론 통하지 않은 것은 그 젊은이 탓이 아니야. 조정의 높으신 양반들까지 망설이고 있을 정도니까."

"어머, 조정의⋯⋯"

오사이는 당황하면서 말끝을 삼켰다. 그녀 역시 이런 뜻밖의 말이 노인의 입에서 나올 줄은 몰랐다.

오다이도 말하고 나서 아차 싶은 표정이었다.

"촛대에 불을 밝혀주지 않겠니?"

다시 가만히 고개를 가로저으면서 화제를 바꾸었다.

"고마운 일이야. 모두들 주군에게 협조하고 있어."

오사이는 일어나서 시키는 대로 촛불을 옮겨붙이면서, 자기가 물어서는 안 될 일이구나 하고 판단했다. 오다이도 두 번 다시 '조정'이라는 말은 하지 않았다.

오다이가 마타시로에게 던진 수수께끼는 마타시로의 해석과는 약간 다른 것이었다.

오다이는 조정에서 이에야스를 어려워한다고 생각하고 있었다.

조정에서는 이에야스에게 키요모리나 히데요시의 경우와 같이 섭정이나 칸파쿠, 또는 다죠다이진太政大臣° 같은 직위를 주어야 한다고 여겨 히데요리의 존재를 두고 망설이고 있었다.

그러나 이런 우려나 망설임은 전혀 쓸데없는 일, 이에야스는 무사의 대들보가 되고 싶을 뿐이라고 마타시로의 어머니를 통해 전하고 싶다…… 이것이 마타시로에게 낸 오다이의 수수께끼였다.

7

세상에는 말하기 쉬운 일과 말해서는 안 될 일이 있다. 그래서 서로 상대의 눈치를 살피면서 움츠러든다.

지금 공경 중에서 이에야스에게 거침없이 말할 수 있는 사람은 하나도 없었다. 아니, 그보다 이에야스는 자기 일에 관한 한 극히 겸허해 입을 열지 않는 버릇이 있었다. 그리고 이에야스에게 자주 출입하는 쇼타이나 스덴崇傳, 그 밖에 5대 종단 원로들도 이에야스가 어떤 관직을 바라는지 섣불리 추측하지 못하는 입장에 있었다. 천하는 이미 이에야스의 것……이라고 알고 있지만, 타이코의 아들인 히데요리가 살아 있었다. 따라서 히데요리에 대한 이에야스의 방침을 확실히 알고 있지 않는한 함부로 입을 열 수 없었다.

이에야스의 마음을 알고 있는 오다이는 이러한 정황이 안타까웠다. 그래서 영리한 챠야 마타시로에게 이와 같은 양쪽의 모호한 태도를 이해시키려고 했다. 그런데 말하는 도중에 오다이는 그만 양심의 가책을 느꼈다.

'내 잘못이다, 내 교만함이다……'

결코 이에야스에게 그만한 실력이나 덕망이 없는 것은 아니었다.

'그런 일까지 끼여들어 참견할 자격이 나에게는 있는가……?'

이렇게 반성하고 당황하여 마타시로와의 화제를 얼른 바꾸었다.

그런 자격이 오다이에게는 없었다. 그녀는 이미 목숨을 바치겠다고신불에게 맹세했다. 그리고 오다이의 '염원'은 이루어져, 이에야스만이 아니라 자기도 이처럼 행복한 여생을 보내고 있지 않은가.

'더 이상 바란다는 것은 밑도 끝도 없는 무서운 욕망이다.'

오다이는 마타시로가 돌아간 뒤 곧 용서를 비는 염불을 했다. 그러나아무리 빌고 빌어도 욕망은 수그러들지 않았다.

'나는 어머니로서 아들에게 무엇을 해주고 싶은가……?'

이러한 자책감과 욕망이 하나 되어 오다이의 마음을 불태웠다. 이것이 자연이 어머니에게 허락한, 아무리 사랑해도 부족한 애정이라고는생각되지 않았다.

'나는 유달리 욕심 많은 사람이다. 바라서는 안 될 것까지 바라는 못된 죄업罪業을 가진 여자야……'

지금 오다이의 모든 생각은 불교의 색깔로 칠해져 있었다. 현세의 고락도 성쇠도 과거의 악인惡因과 선근善根이 축적된 것이라 단정하고있었다. 사실 그녀가 아는 한 이는 거의 예외 없이 적중했다. 이웃을 깊이 사랑한 사람들의 자손은 모두 번영하고, 악업을 계속하면서 증오하고 다툰 자의 자손은 멸망했다.

"오사이, 이제 겨우 마음을 정했어."

하녀가 가져온 밥상을 오사이가 오다이 앞에 놓았을 때 이미 정원은 조용한 어둠으로 뒤덮이고 실내의 등불이 부드럽게 빛을 흘려보내고 있었다.

"내 얼굴이 밝아졌을 거야. 마음을 정하면 편해지니까……"

오사이는 웃으면서 고개를 끄덕였다. 밥상 앞에 앉은 오다이는 정말 기분이 좋은 것처럼 보였다……

8

오다이는 평소처럼 밥상을 마주하고 합장을 했으나, 좀처럼 젓가락을 들려 하지 않았다.

"오사이, 여자란 죄업이 깊어."

오사이는 이번에도 대답하지 않았다. 노인이 이렇게 명랑한 얼굴로 말을 꺼낼 때는 가슴 가득 추억이 차올라 있게 마련. 말로써 맞장구를 치기보다 눈으로 의사를 전하며 몸으로 이야기하는 편이 더 상대를 기쁘게 한다는 것을 오사이는 알고 있었다.

"너도 여자니 잘 기억해두어라."

"예."

"남편을 섬기면 사랑하는 마음을, 아기를 낳으면 그 역시 사랑하는 마음을 갖게 돼."

오사이는 약간 고개를 갸웃했다. 사랑하는 것이 어째서 악업인지 반문하는 의미를 담고 있었다.

"악업이야."

오다이는 곧바로 말을 이었다.

"형제가 있으면 그 역시 사랑스럽고 하인을 두면 마찬가지로 사랑스러워. 아니, 고양이 한 마리를 기르거나 새 한 마리를 길러도 모두 사랑스러워…… 그러나 사랑한다고 생각하는 그 집념 뒤에는 저도 모르는 사이에 미움이 깃들이게 되는 거야."

"어머나……"

"질투에 못 이겨 소실을 죽인 여자를 나는 보았어. 질투 때문에 남편을 배반한 여자도 보았어. 자기 하인을 사랑한 나머지 남의 하인을 죽인 자도 있고, 개들의 싸움을 보고 이웃 개를 독살한 예도 있어."

오사이는 심각한 얼굴로 고개를 끄덕였다. 그런 의미라면 분명히 '사랑'도 악업의 하나인지 모른다.

"알겠느냐, 오사이? 자기 자식이 사랑스럽다고 해서 남의 자식을 미워한다면 그 사랑은 선근善根일 수 없어. 그러나 여자는 자칫 그런 일을 범하게 돼."

"예. 깊이 마음에 새기겠습니다."

"아니, 네게 하는 말이 아니야. 내가 나 자신에게 말하는 거야."

"어머나…… 어찌 덴즈인 님에게 그런 일이 있겠습니까."

오다이는 눈을 가늘게 뜨고 웃었다.

"원, 너까지도 나에게 입에 발린 소리를 하다니. 자, 내 이야기는 이제부터야."

"호호호…… 국이 식겠습니다."

"그렇구나, 미처 깨닫지 못했어."

오다이는 국그릇을 들고 맛있게 한 모금 마시고 나서 다시 한 번 마셨다. 그릇을 내려놓으면서 이야기하기 시작했다.

"그런데 귀여워서 못 견딜 지경인 대상 중에서 세상 여자들이 특히 귀여워하는 것은 무엇일까?"

"그것은…… 역시 자식이라고 생각합니다."

오다이는 장난스럽게 눈을 가늘게 뜨고 고개를 가로저었다.

"아니야. 그리고 너는 아직 자식이 없어."

"어머…… 자식보다도 사랑스러운 것…… 그러면 그건 역시 남편일까요?"

"아니, 너는 남편도 없지 않느냐?"

"그렇다면……"

"자기 자신의 몸이야! 자기 몸이 가장 귀여운 거야!"

오다이는 약간 힘을 주면서 이렇게 말한 뒤 다시 경건하게 합장하고 밥상을 밀어놓았다. 오사이는 상대가 이야기에 열중하여 식사도 잊은 모양이라 생각하고 저도 모르게 미소지었다.

9

오사이에게 75세라는 나이는 상상도 못할 고령. 드물게는 80이 넘도록 사는 여자도 없지는 않았다. 그러나 대개 60 고개를 넘으면 약속이라도 한 듯이 두뇌 활동이 줄어들고, 개중에는 완전히 어린아이로 돌아가 생명만 유지하고 있는 사람도 있다.

그런 의미에서 오사이는 덴즈인을 희한한 사람이라 생각하고 있었다. 아직 정신이 또렷할 뿐만 아니라 때로는 오사이보다도 훨씬 엄격하게 자신을 반성하고 자기 자신을 다스렸다.

'그렇기는 하나 역시 일흔다섯……'

오사이는 웃음이 나오려는 자신을 꾸짖었다.

"덴즈인 님, 아직 식사를 하시지 않으셨습니다."

"참, 그렇구나."

오다이는 웃었다.

"알고 있었느냐?"

"예. 겨우 국을 조금 드셨을 뿐입니다."

"그 정도면 충분해. 오늘 저녁은 배가 불러. 아마 마타시로와 같이 차와 흰 설탕으로 배를 채웠기 때문일 거야."

오다이는 언제나 기분이 좋을 때 그렇게 하듯이 한쪽 눈을 가늘게 뜨고 익살스럽게 웃으면서 말했다.

"식사를 제대로 하지 않으면 늘 누가 걱정해주고 있어. 그래서 일부러 설교를 하며 너를 속이려 했는데 헛일이었던 모양이구나."

"어머, 재미있는 농담을 하시는군요."

"농담이 아니야. 자, 알았으면 그만 상을 물려라."

"정말 배가 부르십니까?"

"어찌 거짓말을 하겠느냐?"

"그러나, 혹시 불편하신 데라도 있으면 주군께 말씀 드려야……"

"그럴 필요는 없어…… 아니, 필요가 없다기보다 질색이야. 그렇게 하면 당장 의사를 보내거나 약을 가져오게 할 테니 말이다. 너도 알고 있지 않느냐, 이 늙은이가 약을 싫어한다는 것을."

이 말에 오사이는 별로 깊이 생각하지 않고 그대로 상을 물렸다.

그 이튿날에야 오사이는 오다이의 행동이 평소와 다르다는 것을 깨달았다. 아침 식사를 가져왔을 때 오다이는 오사이에게, 눈에 거슬리니 정원의 시든 나팔꽃을 없애라고 했다. 오사이가 나팔꽃을 없애고 돌아왔을 때 오다이는 벌써 자기 손으로 밥공기를 부신 물을 마시고 있었다. 그때까지는 아직 이상하다고 생각하지 않았다.

오다이는 저녁에도 또 밥공기를 든 채 명령을 내렸다. 이번에는 이에야스 쪽에서 일을 보고 있는 시모츠케노카미 타다요시에게 자기가 정서한 경문을 갖다주라고 했다.

"세키가하라에서 시모츠케노카미의 목숨을 구해준 이이 님이 세상을 떠났어. 이 경문을 이이 가문에 전하라고 일러라…… 생각이 났을 때 해야지 그렇지 않으면 잊어버리기가 쉬워서 탈이라니까. 자, 어서 전하고 오너라."

오사이가 급히 경문을 전하고 돌아와 보니 밥상은 이미 다른 사람이 치운 후였다. 혹시나 하고 주방에 달려가 살펴보니 작은 밥통 안의 밥은 조금도 줄지 않고 그대로 남아 있었다. 덴즈인은 오사이가 갖다준 밥을 그대로 밥통에 쏟은 듯.

10

오사이는 어떤 예감으로 부르르 몸을 떨었다.

'덴즈인 님이 단식으로 목숨을 끊겠다고 기도 드린 것은……?'

그 예감이 적중한다면 오사이의 입장은 여간 난처해지지 않는다.

오다이의 식사를 오사이가 아닌 다른 사람에게 맡기지 못하게 한 것은 이에야스의 명령이기도 하고, 또 아버지가 다른 동생인 마츠다이라 야스토시와 야스모토의 엄명이기도 했다. 물론 독살을 경계하려는 것은 아니었다. 워낙 고령이기 때문에 식사의 분량까지 확실히 파악해두기 위해서였다.

그처럼 자식들이 소중히 떠받들고 있는 오다이가 혹시 엉뚱한 '소원'을 빌고 있다면 어떻게 해야 할 것인가……?

일단 결심하면 절대로 번복하지 않는 오다이였다. 오사이가 그 사실을 깨달은 줄 알면 틀림없이 오다이는 자기 쪽에서 속뜻을 털어놓을 것이 분명했다. 마음을 털어 놓고 납득하기를 강요한다면 오사이는 덴즈인이나 주인 중의 한 사람을 배신하지 않으면 안 된다.

사흘째 되는 날 밥상을 나를 때 오사이는 자신의 손이 와들와들 떨리는 것이 여간 마음에 걸리지 않았다. 아직 그녀의 마음은 정해져 있지 않았다. 자기가 먼저 묻기는 두려웠다. 그렇기는 하지만 오다이 쪽에서 고백하고 나서 다른 사람에게 말을 못하도록 함구령을 내린다면 그것은 더욱 무서운 일이었다.

오사이가 불단 앞에서 오랫동안 기도를 드리고 있는 덴즈인에게 밥상을 가져갔다.

"수고가 많구나"

걱정을 하며 보아서 그런지 더위로 수척해진 오다이는 역시 당장에는 젓가락을 들려 하지 않았다.

"오사이……"

"예…… 예."

"너는 나를 고집스런 늙은이로 생각하겠지?"

"어머, 어째서 그런 말씀을 하십니까?"

"지난번에 나는 이미 마음을 정했다, 마음을 정했으므로 편하다고 했을 거야."

"예…… 예."

"그때 내가 어떤 결정을 했는지, 영리한 너는 깨달았을 것이야."

오사이는 당황했다. 오다이가 드디어 결심을 밝히고 식사를 거부하려는 것이라고 알았다.

"그때 나는 가장 사랑스러운 자기 자신을 약속대로 부처님에게 바치겠다, 그렇게 하면 그만큼 주군이 세상에 도움을 줄 훌륭한 일을 할 수 있다고 생각했던 거야."

"더할 나위 없이 착하신 마음입니다."

"아니, 울고 있구나, 오사이…… 그러면 말을 할 수 없지 않느냐?"

"하지만……"

"그렇게 하면 분명히 도쿠가와 가문은 부처님의 보살핌으로 십오 대 정도는 태평한 세상을 이끌 수 있으리라고 생각했어. 알겠느냐, 주군은 정성을 다해 조상을 찾아뵙고 십오 대 전의 영령까지 깍듯이 제사를 모셨어…… 제사도 모시지 않고 대대손손 지켜달라고 하면 부처님도 고개를 돌리실 거야. 아니, 이건 말이 빗나가고 있군."

오다이는 다시 장난스러운 표정으로 돌아와 미소를 떠올렸다.

"결심을 하고서도 나는 왜 멋대로 굴었는지 모르겠어…… 오사이, 미안하지만 주군에게 의사를 보내달라고 부탁해주지 않겠니……?"

11

오사이는 무슨 말을 들었는지 당장에는 이해하지 못했다. 완전히 마음을 털어놓으려는 줄 알고 오로지 그 생각만 하고 있었다.

"예…… 무어라고 하셨습니까, 덴즈인 님?"

"의사를 보내달라고 주군에게 말해줄 수 있느냐고 했어."

오다이는 오사이의 얼굴을 들여다보듯이 하며 대답하고는 비로소 상을 밀어놓았다.

"특별히 어디가 이상한 것은 아니야. 아프지도 않고 쑤시지도 않아. 그러나 왠지 식욕이 없어졌어."

"어머…… 그래서 의사를 부르시라고……?"

"그래."

오다이는 크게 고개를 끄덕이고 눈을 가늘게 뜨면서 웃었다.

"어처구니가 없어. 거창한 말을 하면서도 역시 자기 몸이 소중하니 이대로 내버려둘 수 없구나. 그리고 너도 무척 걱정하는 것 같고."

오사이는 어이가 없어 부끄러운 듯 주름진 오다이의 웃는 얼굴을 바라보았다.

당장에는 사태를 파악할 수 없었다. 오다이는 정말 식욕이 없어져 자기 몸을 걱정하는 것일까? 아니면 오사이의 입장을 생각하고 한 번 정도 의사를 불러 보이고 나서 자기 뜻을 관철하려는 것일까……?

얼굴 표정만 보면 앞의 경우인 듯하고, 성격을 생각하면 뒤의 경우인 듯도 했다.

"그러시면, 식사는 그만 드시겠습니까?"

"참, 그렇군. 아까우니까 국만은 조금 마시기로 하겠어."

일단 물렸던 밥상을 다시 끌어당겨 국그릇을 집어들었다. 그 동작은 전혀 이상하지 않고 아주 자연스러웠다.

"역시 더위 때문에 그런 모양이야."

"그럴지도 모릅니다. 혹시 달리 드시고 싶은 것이라도 계시면……"

"아니, 없어."

오다이는 손을 내젓고 그대로 손을 모아 합장했다.

"나이 탓이야. 고집을 부리면 정토에는 가지 못해. 오사이, 그다지 걱정할 것 없어."

오사이는 반신반의하면서도 상을 물리고 의사를 부르러 갈 수밖에 없었다.

이에야스는 곧 마나세 겐사쿠曲直瀨玄朔를 보내 맥을 짚게 했다.

"염려하지 마십시오. 곧 회복되실 것입니다."

겐사쿠는 오사이에게도 이렇게 말하고 이에야스에게도 똑같은 보고를 한 모양이었다. 그러나…… 오다이는 끝내 회복되지 않았다. 처음에는 일어나서 『아미타경阿彌陀經』을 베끼곤 했지만, 7일 정도 지난 뒤에는 자리에 누워 점점 쇠약해졌다.

다른 의사가 몇 번이나 번갈아 찾아왔다.

오다이는 맥박이 점점 약해지는 것은 식욕이 없기 때문이라고, 다른데는 아픈 곳이 없다면서 누워 있기만 할 뿐이었다.

"수명이 다하신 것일까?"

"아마 그러신 것 같아."

나이를 생각하며 고개를 끄덕일 뿐……

오사이는 여간 애가 타지 않았다. 그녀로서는 도저히 예사로운 노쇠라 생각할 수 없었기 때문이다.

12

이에야스도 그동안 두 번이나 문병을 왔다. 한 번은 진귀한 신종 참외를 가지고 와서 한 입만이라도 드시라면서 직접 자기 손으로 잘게 잘라 입에 넣어주었으나 그것도 오다이는 먹지 않았다.

이에야스가 있는 동안에는 입에 물고 있었다. 그러나 그가 돌아가면 가만히 뱉어서 오사이에게 건넸다.

"고마운 일이야. 하지만 뱃속에 수많은 아미타불이 들어와 계시기 때문에 들어갈 여지가 없어."

그러한 오다이가 억지로 침구 위에 일으켜달라고 오사이에게 조른 것은 완연하게 날씨가 서늘해진 8월 25일 점심 무렵이었다.

"오늘은 꼭 일어나보고 싶어."

거의 고집이나 다름없는 환자의 애원이었다. 오사이가 일으켜 앉히고 침구에 기대게 했다.

"이제 괜찮아. 서늘해지면 나을 거야."

정말 낫기를 염원하는 것처럼 보이는 오다이는 오사이에게 문갑을 가져오게 했다.

"지금 꾸벅꾸벅 졸고 있으려니 호라이 사鳳來寺에서 신다라타이쇼眞 達羅大將가 와서 낫고 싶거든 여한이 없도록 유품을 모두에게 나눠주라고 하더구나. 자, 그 안에 있는 것을 꺼내 늘어놓아라."

오사이가 그 말을 듣고 안을 들여다보니 어느 틈에 유품이 다섯 꾸러미로 나누어져 있었다. 빗과 머리장식을 비롯하여 비파를 연주하기 위한 채, 향료주머니, 그리고 여기에 몇 개의 황금이 곁들여지고 꾸러미마다 이름이 적혀 있었다.

이에야스에게 주는 것은 아무것도 없었다. 오에요 부인과 히사마츠 집안에서 낳은 아들의 아내 두 사람 몫으로 되어 있었다……

오다이는 그 가운데서 이름이 씌어 있지 않은 향료 주머니와 연지, 자개함을 꺼냈다.

"센히메가 오거든 이것을 주어라. 좀더 자라면 소용이 될 테니까."

그 뒤에 '덴즈인 코가쿠요요 치코로부터' 라 씌어 있었다. 오사이는 철렁 가슴이 내려앉았다.

'역시 단식을 각오하고 있었구나!'

"오사이…… 자, 네게 주는 것이다. 네가 여름 내내 부채질을 해주었으므로 주군으로부터 받은 부채를 주겠다."

다섯번째 유품인 그 부채에는 갓 주조한 동전이 서너 개 곁들여 있었다. 오사이는 가만히 있을 수 없었다. 각오한 끝에 행한 단식이라면 이미 꺼져가는 생명의 불꽃을 예감하고 있는 것이 분명했다.

'주군께 말씀 드리지 않으면……'

"오사이……"

"예…… 예."

"어째서 우물쭈물하고 있느냐? 주군을 만나고 싶을 때는 내가 먼저 말할 것이야."

"예…… 예."

이미 의심할 여지가 없었다. 그것이 어떤 모순을 가진 행동이라 해도 오다이는 결국 마음으로 맹세한 신불을 배신할 수 없는 성격의 여성이었다……

"오사이, 왜 우느냐?"

오다이는 다섯 가지 유품을 나란히 놓고 크게 숨을 들이마시면서 이번에는 노래하는 듯한 어조로 말했다.

"남자들에게 질 수는 없어…… 고집이나 맹세는 무사들만이 가진 것이 아니야. 오사이…… 잊어서는 안 된다. 너에게 고집이 없으면 네가 낳을 아이가 고집을 가진 사람이 되기를 원해도 소용없어."

13

오다이는 드디어 자신의 각오를 밝혔다.

오사이는 무언가 주술에 걸린 듯한 기분이 들어 꼼짝할 수 없었다.

"오사이, 남자들은…… 무장들은…… 다다미 위에서 죽는 것을 수치로 여기고 있어…… 나도 젊었을 때는 그런 남자들의 긍지를 여간 싫어하고 저주하지 않았어…… 결코 정상적인 일이 아니다…… 신불의 뜻을 배반하는 일이다, 신불은 모두에게 그 천수天壽를 누리게 해주려고 하는데 일찍 죽음을 택하려 한다……고."

오다이는 어느 틈에 침구에 기대어 눈을 감고 있었다. 초췌해진 옆얼굴이 시들어버린 하얀 나팔꽃을 연상하게 했다……

다시 무슨 말을 하려 한다는 것을 깨닫고 오사이는 얼른 더운물로 입술을 축여주었다.

"고맙다."

오다이는 눈을 감은 채 생긋 웃었다.

"……내가 잘못 생각했어…… 누가 죽기를 좋아하겠는가…… 죽고 싶지 않다…… 살고 싶다…… 이렇게 생각하면서도 죽을 수밖에 없는 일들이 계속 생기는 거야. 잘못된 난세의 탓임을 알았어…… 너도 이 정도는 알고 있을 것이야."

"예…… 예, 잘 알고 있습니다. 죽고 싶어서 죽는 사람은 결코 없습니다."

오다이는 크게 고개를 끄덕였다. 그렇게 생각해서 그런지 시든 얼굴에 홍조가 떠오르는 것 같았다.

"그래. 누구든지 죽고 싶지 않은데도 죽어야만 해. 그 모순을 없애려고 한다면 난세를 평화로운 세상으로 바꿀 것…… 이렇게 생각하고 나는 신불에게 몇 번이나 소원을 빌었어."

"그 말씀이라면 전에도 여러 번 들었습니다."

"아니, 아직 부족해…… 그 소원을 신불이 받아들여 주군의 사업을 완성시켜주셨어…… 그러나 이 늙은이는 아직 약속을 지키지 못했어…… 그렇다면 남자들에게 패한 것이 돼."

"……과연 그럴까요?"

"어찌 그렇지 않다는 말이냐. 남자들은 의義를 위해…… 언젠가는 평화로운 세상이 오리라 믿고 죽어갔던 거야…… 우리도 그들에게 지면 안 돼. 올바른 무장들이 다다미 위에서 죽기를 원치 않는 것 같은 엄숙한 마음으로 약속만은 지켜야 하는 거야……"

오사이는 이 정도에서 오다이의 입을 막고 싶었다.

그 이상은 들을 것까지도 없었다. 오다이는 결코 착한 여자만은 아니었다. 세상에서 말하듯 절개가 높은 여자 중의 한 사람. 어쩌면 이 단호한 기질이 이에야스에게 고스란히 계승된 것이 아닐까?

"걱정할 것 없다. 더 이상 딱딱한 말은 하지 않겠다."

오다이는 눈을 감은 채 소름이 끼칠 정도로 정확하게 오사이의 마음을 꿰뚫고 있었다.

"이제부터는 이 늙은이의 꿈 이야기야. 편한 마음으로 들어라."

"예…… 예."

"나는 말이다, 꿈에서 본 신다라타이쇼로부터 세 가지 중요한 이야기를 들었어."

"어머, 어떤 것인지요?"

"첫째는 이 늙은이가 여행을 떠날 날짜야."

"어머나……"

"이제 멀지 않았어. 나는 분명하게 알고 있다. 하지만 그 말을 하지는 않겠어…… 그 다음은 주군에게 부탁할 말이야. 오사이, 혹시 이 말이 기억에 남아 있거든 우스갯소리로 이 꿈 이야기를 주군에게 말해도 좋아."

딱딱하지 않은 이야기이기는커녕, 오다이는 주군에 대한 유언을 꿈 이야기라는 형태를 빌려 오사이에게 말해주려는 것 같았다……

14

"이 늙은이가 벌써 꿈인지 생시인지도 구별하지 못하는구나 하고 주군이 웃을지도 몰라…… 그래도 상관없어…… 신다라타이쇼는 말이다, 주군이 십오 대까지 거슬러올라가 조상을 제사한 공덕으로, 지금 부처님들이 고귀한 장소에 모여 앞으로 십오 대까지는 평화로운 세상이 되도록 해줄까…… 의논하고 있다고 나에게 귀띔해주었어…… 오사이, 주군에게 부탁해다오…… 삼 대나 오 대 앞일만으로는 안 된다…… 부처님들이 기대하고 계신 것은 십오 대…… 그때까지 평화가 계속되도록 깊이 생각하고 인정仁政을 베풀어야 한다고……"

"예, 십오 대 앞을 바라보시라고……"

오다이는 고개를 끄덕이고 다시 병든 꽃잎 같은 미소를 주름진 얼굴에 떠올렸다.

"부처님을 대신하여 인정仁政을…… 그렇게 되면 더욱 지혜가 넓어질 거야. 이 늙은이는 그 이상 바랄 것이 없어."

"저어, 덴즈인 님……"

"응……"

"신다라타이쇼가 중요한 세 가지 이야기를 말씀하셨다고 하셨는데 나머지 하나는 무엇입니까?"

"내가 그런 말을 했던가?"

"예. 두 가지는 말씀을 들었습니다."

"그럼, 또 하나는 무엇이었더라……"

그대로 끄덕끄덕 졸 것만 같아 오사이는 좀 강하게 상체를 흔들고 다시 입술을 축여주었다. 이대로 잠이 든 채 깨어나지 않는다면 큰일……이라는 생각에 겁이 났다.

"아, 이제 생각나는군!"

입술을 축여주자 오다이는 번쩍 눈을 떴다.

"내가 부처님 마음에 들었다는 것이었어. 여기서 여행을 떠나도 그대로 에도의 덴즈인에 보내주겠다는 것이었어."

"어머, 그런 일을……"

"그러므로 여기서 자식이나 손자들을 만날 생각은 하지 마라. 에도 덴즈인에 가면 사이좋게 지내는 백성들의 부부 사이를 지켜주라고 했어. 전혀 쓸쓸해할 것 없다…… 때때로 말벗이 되려고 찾아올 테니 마음 굳게 먹고 여행을 떠나라고 했어."

이야기를 끝내면서 벌써 말꼬리는 가벼운 숨소리로 변해 있었다.

오사이는 얼른 오다이의 몸을 침구에 바로 뉘었다. 그리고 조용히 이

불을 가슴까지 덮어주고 서둘러 일어서려다 생각을 바꾸고 다시 그 자리에 앉았다. 곧바로 현재의 상태를 이에야스에게 보고하려 했는데, 오다이의 말에는 이것을 거부하는 무언가가 있었다.

오다이가 단식을 하여 고집을 관철했다는 사실을 안다면 이에야스는 어떻게 받아들일까……?

오다이의 숨소리는 더욱 편안하게 이어지고 있었다. 어쩌면 꿈속에서 그녀가 신앙하는 부처들과 자비에 대해 이야기를 나누고 있는지도 모른다. 여기에 인간 냄새가 나는 사별의 슬픔이 개입된다면, 오다이의 여행을 고통으로 바꾸어놓지 않을까……?

아니, 이에야스는 그래도 괜찮다. 그러나 다른 형제와 손자들은 아직 이에야스만큼 인생의 높은 경지에 도달해 있지 못하다. 따라서 무엇보다도 고령 때문이라고 진단한 의사들의 책임이…… 오사이는 망연히 생각을 계속했다……

15

덴즈인, 곧 오다이가 75년에 걸친 생애에 막을 내린 것은 케이쵸 7년 (1602) 8월 28일이었다.

호흡이 심상치 않다고 깨달은 것은 정오 직전.

"주군을…… 주군을……"

이때 비로소 오다이는 오사이에게 두 마디를 했다. 그러나 이에야스가 달려왔을 때는 이미 의식이 없었다.

신시申時(오후 4시)가 조금 지나 숨을 거둘 때까지 이에야스는 머리맡을 떠나지 않았다.

"임종이십니다."

겐사쿠가 이렇게 말했을 때 이에야스는 천천히 붓끝으로 입술을 축여주고 나서 가만히 눈을 감았다. 합장도 염불도 하지 않았으나 이별의 슬픔이 전신에 역력히 나타나 있었다.

"마치 주무시는 것 같아……"

"이야말로 극락왕생……"

"정말이지 한번도 고통을 호소하지 않으시고…… 불만도 말씀하시지 않으셨어……"

시녀들의 속삭임을 듣고 오사이는 목놓아 울고 싶었다.

'아무도 덴즈인 님의 본심을 알지 못한다……'

편안히 잠든 얼굴처럼 온화하게 보인다 해도, 조금도 오사이의 마음은 가볍지 않았다. 덴즈인은 싸우고 또 싸우고 투쟁하면서 눈을 감았다. 아니, 눈을 감은 지금도 아마 덴즈인은 그 끈기로 평화에 대한 비원을 버리지 않고 있을 터였다.

'생애가 다할 때까지 그토록 평화를 기원하셨으면서 자신만은 그 속에 안주해서는 안 된다고 생각하셨던 그 꿋꿋함……'

이 사실을 아무도 모른다는 생각에 오사이는 몇 갑절 더 슬픔을 느낄 수밖에 없었다.

"덴즈인 님은 일부러 생명을 끊으신 것입니다."

이제 오사이는 이런 말로 진실을 고하고 싶지는 않았다. 생명이란 자신의 의지 여하에 관계없이 언젠가는 끊어진다……

'덴즈인 님은 그 필연을 잘 아시고, 정말 저 세상에 가서 사실 생각이셨다……'

지금쯤은 일일이 혈육 만나기를 사양하고 에도의 덴즈인으로 급히 여행하고 계신다. 그리고 그곳에서 화목한 백성들 부부를 영원히 지켜주려고 열심히 노력하실 거야……

"오사이……"

문득 이에야스가 입을 열었다.

"그대의 손으로 베개의 방향을 바꾸어드려라."

"예…… 예."

오사이는 얼른 유해를 북쪽으로 돌려 뉘었다. 그리고 꽃과 향을 장식하고 단검을 가슴에 얹어놓으면서도 벌써 마음은 그곳에 있지 않았다. 그곳에 있는 것은 단지 유해뿐, 오다이의 영혼은 이미 허공을 날아 에도로 달리고 있는 것만 같았다.

이에야스는 아직도 묵묵히 앉은 채 움직이지 않았다.

소식을 듣고 중신들이 잇따라 들이닥치기 시작했다.

오사이가 환한 빛의 번뜩임을 보고 저도 모르게 가슴이 물결친 것은 치온인智恩院 대사가 찾아와 머리맡에 앉았을 때였다.

'아아, 이것이 인간의 일생이었구나……'

어째서인지 모른다. 그러나 모르는 채 오사이는 뚝뚝 눈물을 흘렸다. 이번에는 덴즈인이 결코 불행한 사람이 아니었다는 안도감과도 같은 묘한 감동이 오사이를 사로잡았다.

깨닫고 보니 이에야스의 얼굴에도 완연한 눈물자국이 있었다……

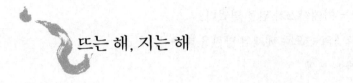

뜨는 해, 지는 해

1

이에야스가 정식으로 세이이타이쇼군에 임명된 것은 생모 오다이가 죽은 지 약 반년이 지난 케이쵸 8년(1603) 2월 12일. 그해 정월에도 다이묘들은 먼저 오사카에 가서 히데요리에게 신년 하례를 하고 나서 후시미 성으로 이에야스를 찾아갔다. 실력자이긴 했으나 관습상 아직 오사카가 후시미 상위에 있었다.

이에야스는 물론 이런 일에 아무런 구애도 받지 않았다. 뿐만 아니라 그 자신이 2월 4일에는 일부러 오사카까지 가서 히데요리에게 신년 하례를 하고 돌아왔다. 물론 그 무렵에는 카쥬지勸修寺 재상宰相과 카라스마루烏丸 부자의 연락으로 쇼군 임명에 대한 것을 알고 있었다.

이에야스는 이 방문에 개인적인 감회를 담았던 것이 아닐까……

'내 쪽에서 히데요리를 방문하는 마지막 의례이다……'

이렇게 ― 이러한 그의 감회를 과연 히데요리 측근은 깨달았을까?

그리고 이에야스의 쇼군 임명에 대한 인사를 하기 위한 입궐은 3월 25일에 행해졌다.

정식으로는 '세이이타이쇼군, 가문의 웃어른, 쇼가쿠인獎學院°과 쥰나인淳和院°의 벳토別當°, 깃샤헤이죠牛車兵仗°, 종1품 우다이진右大臣°'이라는 긴 관직명이었다.

"닛타新田 님, 닛타 님……"

입궐하기 전부터 궁전에서는 여관女官들까지도 이렇게 부르며 그날을 기대했을 정도로 인기가 높았다.

이에야스는 21일 후시미를 떠나 니죠 성二條城으로, 25일에 니죠 성에서 행렬을 갖추어 입궐했다. 궁전에 도착한 것은 늦은 사시巳時였으므로 오전 10시 반 무렵이었을 터였다.

이른 아침부터 의관을 갖추고 시동 젠아미善阿彌를 선두에 세웠다. 그 다음에는 말을 탄 쇼타이후諸太夫°와 20명의 카치徒士°. 그 뒤를 이에야스가 탄, 소가 끄는 수레──수레 곁에는 호위하는 기마 8기騎, 이어 말 탄 쇼타이후 10명에 수행원 다섯이 나가에고시長柄輿°를 타고 뒤를 따랐다.

수행원 다섯 사람도 의관을 갖추고 있었는데, 맨 앞이 유키 히데야스, 다음이 호소카와 타다오키, 이케다 테루마사, 쿄고쿠 타카츠구, 후쿠시마 마사노리의 순이었다. 히데야스만은 이에야스의 혈육이었으나, 실은 히데요시의 양자인 만큼 다섯 사람 모두 히데요시의 은혜를 입은 다이묘라 해도 좋았다.

여기서도 이에야스의 신중한 일면을 엿볼 수 있었다. 그는 오사카와 대립하는 것이 아니라 오사카를 포용하여 부자연스럽지 않게 그들과 일체가 되려 하고 있었다.

궁전에 도착한 이에야스 일행은 나가바시長橋°에서 휴식을 취한 뒤 텐소傳奏°의 안내로 어전에 나갔다.

그때의 기록 『오유도노우에노닛키御湯殿上日記』에는 다음과 같이 기록되어 있다.

"닛타 님(이에야스)에게 주상이 술을 내리셨다. 절친한 남자들과 여관들이 닛타 님에게 술을 따라주어……"

그때 이에야스가 헌상한 것은 은 1,000장이었으며, 신년 진상품으로는 솜 100타래에 은 100장, 그리고 큰칼이었다.

주상뿐만 아니라 친왕親王°과 뇨인女院°에게까지 각각 진상품을 올리고 궁전에서 나온 것은 오시午時(오후 1시)가 지나서였다.

이로써 오다이까지 마음에 두었던 아시카가 쇼군을 대신하는, 같은 겐지인 닛타 쇼군이 정식으로 출현하게 되었다.

챠야의 둘째아들 마타시로 키요츠구는 그 돌아가는 행렬이 고쇼御所°를 나오는 것을 확인하고 사카이로 떠났다. 나야 쇼안納屋蕉庵을 문병하기 위해서였다.

2

나야 쇼안은 노쇠해서 이번에는 두 번 다시 일어나지 못하리라는 말이 나오고 있었다. 그런데도 그는 마타시로에게 이에야스의 입궐을 직접 보고 나서 문병을 오라고 했다.

쇼안은 세상을 떠난 마타시로의 아버지 시로지로뿐만 아니라, 사카이 사람들이나 하카타博多, 히라도平戶, 나가사키 등 큰 상인들에게도 잊지 못할 은인이었다. 어떤 의미에서 그들의 배후였고 지혜주머니였으며 군사軍師이기도 했다.

리큐도, 소로리 신자에몬曾呂利新左衛門이란 이름으로 알려져 있는 사카타 소쥬坂田宗拾도, 소큐宗及나 소쿤도 모두 그로부터 조언이나 지혜를 빌렸다.

소쿤을 통해 이에야스에게 교역권交易圈를 넓히도록 계속 진언하게 한 것도 그였으며, 일찍부터 슈인센 구상을 한 것도 그였다. 현재 교역의 무대는 차차 사카이에서 나가사키로 옮겨지고 있다고는 하나, 전체 거래는 눈부신 약진을 거듭하고 있었다.

분로쿠文祿 원년(1592) 슈인센이 제정되었을 때는 모두 합해야 겨우 아홉 척이었다.

쿄토 챠야 한 척

쿄토 스미노쿠라角倉 한 척

쿄토 후시미야伏見屋 한 척

사카이 이요야伊豫屋 한 척

나가사키 스에츠구 헤이조末次平藏 한 척

나가사키 후나모토 야헤이지船本彌平次 두 척

나가사키 아라키 소에몬荒木宗右衛門 한 척

나가사키 이토야 즈이에몬絲屋隨右衛門 한 척

'아홉 척의 배'라는 별명으로 불리던 것이 그동안 조선과의 전쟁을 겪기도 했으나, 그 후 11년이 지난 현재는 그 20배인 180척을 넘어서려 하고 있었다. 물론 이에야스의 비호를 받았기 때문이었는데, 나야 쇼안은 슈인센을 300척으로 늘리면 국내의 폭동과 소요는 반감될 것이라고 입버릇처럼 말하고 있었다.

그러한 쇼안이, 이에야스에게 쇼군 임명의 칙명이 내리도록 마타시로의 어머니까지 은밀히 움직이고 있다는 말을 들었을 때 웬일인지 의아해하는 얼굴로 생각에 잠겼다. 그러한 움직임에 반대하는 것은 아니라고 했다.

"아직 나이다이진은 맡지 않을 것이야."

그럴 준비가 국내에는 아직 되어 있지 않다고 했다.

쇼안의 그러한 말을 듣고 보니 마타시로도 마음에 걸렸다. 조심성 많은 이에야스이므로 받아들였다고 하면 이미 국내는 평화롭게 되었다고 생각해도 좋은데…… 맡지 않겠다고 하면 어떤 어려운 사정이 있다는 것일까……? 2월 12일에 임명되었는데도 감사의 입궐은 3월 25일…… 아무래도 시일이 너무 늦다는 느낌이 들었다.

사실 그동안에 병이 난 나야 쇼안은 이번에는 일어나지 못할 것이라고들 했다. 자신은 나이를 잊었다고 시치미를 떼지만 80이 넘었을지도 모른다. 대기시켜놓았던 배를 타고 사카이로 향하는 챠야 마타시로의 마음은 조급했다.

모처럼 찾아갔는데 이미 의식이 없다면 여간 실망스럽지 않을 터였다. 의식만 있다면 이렇다 할 중병은 아니므로, 먼저 세상을 떠난 아버지의 우인友人, 무언가 중요한 생각의 씨앗을 남기고 눈을 감을 것이라는 믿음이 있었다.

"서둘러 노를 저어주시오. 상대는 노인이므로 뵙지 못하고 돌아가시면 참으로 여한이 큽니다."

마타시로는 오늘 이에야스의 행렬이 얼마나 옛 격식을 따른 것인지 뇌리에 새삼스럽게 떠올리면서 화살처럼 요도가와를 내려갔다.

3

마타시로 키요츠구가 치모리乳守에서 얼마 멀지 않은 쇼안의 집에 도착한 것은 밤도 상당히 이슥해서였다.

물론 네거리 검문소 문은 닫혀 있었으나, 안면으로 통과하고 쇼안의 집 앞에 도착할 때까지 마타시로는 여간 조마조마하지 않았다. 만일 그동안에 숨을 거두었다면 집 문에는 장대 끝에 등롱이 걸려 있을 터. 그가 쿄토를 떠날 때까지는 아직 부고가 오지 않았으나 도중의 변고가 걱정이었다.

"아아, 등롱은 걸려 있지 않구나, 늦지 않았다."

마타시로가 수행한 점원에게 이렇게 말했을 때 점원은 얼른 문을 두드렸다.

"챠야입니다. 쿄토에서 급히 달려왔습니다. 문을 열어주십시오."

순간 뜻밖에도 안에서 젊은 여자의 목소리가 들려왔다.

"마타시로 님인가요, 곧 열겠습니다."

흡사 문지기 방에서 기다리고 있기라도 한 것 같은 대답이었다. 마타시로는 깜짝 놀라, 문이 열릴 때까지 기다리지 못하고 물었다.

"어떻게 내가 지금쯤 도착한다는 것을 알았습니까?"

"예. 할아버지께서 조급한 모습으로 마타시로 님이 배를 타고 있다……고 말씀하셔서."

"아니, 쇼안 님이 그런 말씀을?"

"예. 죽을 때가 되니 신통력이 생겼다…… 아니, 신통력이 생겼으니 이제는 죽을 때가 온 모양이라고 농담하시며 기다리고 계십니다."

아직 상대의 얼굴은 보이지 않았다. 그러나 맑은 그 목소리로 미루어 더없이 아름답고 현명한 처녀인 것 같은 느낌이 들어 마타시로는 그만 당황했다.

"어서 안내해주시오."

"호호호…… 오늘 저녁에는 일어나서 받으신 위문품을 살펴보고 계신답니다."

처녀는 생긋 웃고 앞장서서 현관 앞에 깔린 조약돌을 밟으며 자기 소개를 했다.

"어렸을 때 두세 번 만난 적이 있는 오미츠於みつ입니다."

"뭐, 오미츠 님?"

"예. 코노미木の實의 사촌동생이에요. 우키타 가문으로 마님이 출가하실 때 비젠에서 모시고 갔던 오미츠입니다."

그 말을 듣는 순간 마타시로도 생각이 났다.

"아, 그 어린……"

"호호호…… 그때는 여섯 살이었어요. 하지만 저 역시 해마다 한 살씩 나이를 먹습니다."

"그야 당연하지."

마타시로는 가볍게 맞장구를 쳤으나 다음 말이 나오지 않았다.

타이코의 양녀가 된 마에다 토시이에의 딸이 우키타 히데이에에게 출가했을 때 어린 몸종으로 따라간 오미츠라면 마타시로보다 한두 살 위일 것이다.

히데이에는 그 후 사츠마에 숨어 있었는데, 지금 인도하라는 교섭이 진행 중이었고, 마님은 친정인 마에다 가문으로 돌아갔다고 했다. 그래서 오미츠도 나야에게 돌아온 모양이었다. 섣불리 말을 걸면 상대의 상처를 긁는 결과가 될 것만 같아 조심스러운 마음이었다.

"킨고 츄나곤金吾中納言°(코바야카와 히데아키) 님도 돌아가셨다고 해요…… 세키가하라 전투 때는 원망도 받으셨지만."

오미츠는 마치 그리운 옛친구라도 만난 듯이 이야기했다.

4

"그래요, 코바야카와 님의 배신으로 승패가 결정되었다는 말을 들었던 분이었는데."

마타시로가 이렇게 말했다. 오미츠가 말을 이었다.

"킨고 님은 스물여덟이셨다고 해요. 우키타를 대신해 오카야마 성岡山城에 들어갔지만 뒤를 이을 아들이 없어 성에 익숙해지기 전에 가문은 멸망…… 이기는 것도 지는 것도 모두 꿈과 같은 일이에요."

이런 말을 하면서 병실 밖에 이르러 오미츠가 장지문에 손을 대는데 뜻밖에도 안에서 원기 있는 쇼안의 목소리가 들렸다.

"이봐, 마타시로는 내 손님이야, 오미츠…… 가로채지 마라."

"호호호…… 욕심쟁이 할아버지, 어차피 저 세상으로의 여행은 혼자 떠나실 텐데도."

오미츠도 가벼운 농담으로 응수하며 장지문을 열었다.

"반드시 혼자 가야만 한다는 법은 없어…… 순사殉死라는 것도 있으니까. 어떤가 마타시로, 함께 가지 않겠나?"

"유감스럽게 되었습니다."

마타시로도 놀랄 만큼 가벼운 마음이 되어 있었다.

"왜냐하면 쇼안 님이 좋아하시는 세이이타이쇼군 님이 머지않아 순사를 금하는 명령을 내리실 것이기 때문입니다."

"그러면…… 맡으셨다는 말인가, 나이다이진이?"

"나이다이진이 아닙니다. 종일품 우다이진 님입니다."

그러면서 마타시로는 처음으로 이 방의 이상한 모습을 둘러보았다.

방안 가득히 촛불이 밝혀진 가운데 환자는 침구 위에 좌선 자세로 앉아 머리띠를 매고 위문품을 검토하느라 한창이었던 듯.

오다 우라쿠織田有樂가 보낸 것은 작은 통에 담은 붕어 초밥인 것 같았고, 토도 타카토라로부터는 도미 말린 것이 왔다. 사카이 사람들이 보낸 갖가지 선물 뒤에 조그만 탁자 위에 얹혀 있는 흰 설탕은 챠야의 손을 거쳐 쇼시다이인 이타쿠라 카츠시게가 보낸 선물이었다. 쇼안은 지금 그 선물더미 속에서 한 장의 종이쪽지를 꺼내 펼쳐보고 있었던 모양이다.

"이건 나 이상으로 욕심쟁이로군. 마타시로, 보게, 위문품은 보내지 않겠다고 했어."

마타시로가 자리에 앉기를 기다렸다는 듯 쇼안은 그 종이쪽지를 마타시로에게 던져주었다. 그것은 쇼안과 마찬가지로 노쇠해서 언제 죽을지 모른다는 소로리 신자에몬, 곧 사카다 소쥬의 위문편지였다.

"위문품은 선사받은 것이 산더미오만, 보낸 다음 이쪽이 먼저 죽으면 받을 빚이 남게 되니 보내지 않겠소. 서로 주지 않기로 합시다."

이런 내용이 자못 신자에몬다운 해학적인 문장으로 씌어 있었다.

"소쥬가 먼저 갈지도 모르겠는걸. 그 달필인 사나이의 필력筆力이 한결 떨어졌으니 말이야."

쇼안은 새삼스럽게 눈을 크게 뜨고 말했다.

"······인간이란 속절없는 것이야."

"어째서입니까?"

"죽을 때가 되면 누구나 죽는 것. 나는 인연이 있어 노부나가 공의 아버지가 죽는 것부터 보아왔어. 그 아버지가 죽고 노부나가 공이 그렇게 날뛰더니 역시 죽었고, 미츠히데, 타이코, 미츠나리······ 모두 죽었어. 아니, 상인들 중에서도 벌써 요도야도 챠야도 리큐도 모두 대가 바뀌고······ 이렇게 본다면 모두 꿈이야, 꿈······"

지금의 쇼안은 언제나 자세를 흐트러뜨리지 않고 단정하기만 하던 그에게서는 찾아볼 수 없는 한 단면을 보이고 있었다.

5

"그런 사람들 중에서 가장 당당하고 마음껏 사신 분은 아저씨인지도 모릅니다."

마타시로는 애써 화제를 밝은 데로 돌리려고 가볍게 응수했다. 그런데 쇼안은 그 말에 따라오지 않았다.

"마타시로, 네 형은 별로 건강하지 못하다고?"

"예. 그러나 앓아 누워 있지는 않고, 약간 지쳐 있는 정도입니다."

"알겠나, 인간은 누구나 죽는 거야. 움직일 수 없는 자연의 이치. 세이이타이쇼군이라고 해서 오래 살 수 있는 것은 아니지."

마타시로는 기뻐할 줄 알았던 쇼안의, 이에야스도 그리 멀지 않을 것이라는 말에 깜짝 놀랐다.

"그럼, 아저씨의 신통력으로 그 시기까지 아신다는 말씀입니까?"

"농담으로 여기지 말게, 마타시로. 나는 지금 서두르지 않으면 안 된다…… 누군가의 말소리를 문득 들었어."

"누군가의……?"

"그래. 죽음의 신이 하는 말소리인지도, 바람이나 별의 속삭임이었는지도 몰라."

"그러면, 어서 말씀해주십시오, 아저씨."

"도쿠가와 님이 세이이타이쇼군이 되셨다…… 경사스런 일이야. 그분이 요리토모 공의 옛 지혜를 본받아 무장의 대들보로 군림한다면, 그분 생존 중에는 나라 안이 평화로울 것이야."

"생존 중에는……?"

"그래. 하지만 사후의 일은 사후의 일…… 우리들도 없고 도쿠가와 님도 그 공신들도 죽고 난 다음 세상에 어떤 인물이 나와 이것을 무너뜨리지 않도록 지켜낼 수 있느냐 하는 의문이 남아."

"그렇군요……"

"그렇군요가 아니야. 너도 그 중요한 일을 짊어지지 않으면 안 돼. 그래서 눈을 감기 전에 만나고 싶다고 한 거야…… 하지만 도쿠가와 님이 쇼군이 되었는지도 알고 싶어서…… 욕심을 내어 죽음의 신을 거부하고 있었어."

쇼안은 오미츠가 건네는 칡차를 조금 마시고 곧 밀어놓았다. 넓은 방 안에는 오미츠와 늙은 하녀 한 사람이 있을 뿐, 촛대가 지나치게 많은 것이 왠지 을씨년스러운 느낌을 주었다.

물론 마타시로가 데리고 온 점원은 이미 물러갔다.

"하하하…… 도쿠가와 님이 쇼군 직을 맡느냐 안 맡느냐에 따라 너에게 할 말의 내용도 달라지지. 맡지 않는다면 우선 맡도록 해야만 하고, 맡는다면 그 후 대비에 대해 말하지 않으면 안 된다."

마타시로는 이제 농담을 할 수 없었다. 점점 이 노인의 망집이라고도 할 수 있는 것이 방안 가득히 숨가쁘게 펼쳐져갔다.

"알겠느냐, 너는 다이묘가 아니야…… 그런 만큼 평화로운 세상이라 해서 안일하게 지낼 생각은 하지 말아야 한다. 너는 도쿠가와 님이 돌아가시면 그 뒤 일어날 나라의 큰 어려움은 무엇일까…… 생각해본 일이 있겠지. 그 생각을 말해보아라."

"예. 무엇보다 도요토미와 도쿠가와 가문의 관계가 아닐까……"

안색을 살피면서 마타시로가 하는 말에 쇼안은 어디에 그러한 기력이 있었는가 싶을 만큼 큰 소리로 꾸짖었다.

"멍청한 놈! 그런 것이 아니야."

6

엄한 소리로 꾸지람을 듣고도 무슨 까닭인지 마타시로는 가슴에 뭉쳤던 것이 후련하게 풀렸다.

'역시 쇼안 노인이시다……'

일찍이 노부나가마저도 꾸짖었다는 이 노인의 격한 기질은 시들어가는 육체의 어딘가에 아직도 눈을 번뜩이며 살아 있었다. 노부나가만이 아니었다. 히데요시와 다투고 깨끗이 자기 집을 절에 기증하고 샴(타이)으로 이주한 루손 스케자에몬呂宋助左衛門도 이 노인의 일갈에는 간담이 서늘해졌다는 말을 했다.

"도요토미 가문과의 관계는 벌써 끝난 일이야. 그런 식견으로 앞날의 세계에 뛰어들 수 있다고 생각하느냐, 마타시로!"

"뛰어들 수 없을까요, 아저씨?"

"도요토미 가문의 앞날은 이미 결정되었어. 도쿠가와 님이 쇼군 직을 받아들이는 순간, 히데요리 님은 그 지배를 받는 셋츠, 카와치河內, 이즈미和泉의 육십오만 칠천사백 석 다이묘일 뿐이야. 삼십만 석으로 살아남은 우에스기 카게카츠나 모리 테루모토와 마찬가지…… 그것을 깨닫지 못하고 망동을 부린다면 자멸의 길을 걸을 뿐이지. 그러나 나라 밖의 일은 그렇게 간단하지 않아, 마타시로."

"나라 밖의 일……?"

"그래. 슈인센을 세계의 바다로 내보내고 있는 챠야의 아들이 그것을 모른다면 어떻게 하느냐?"

마타시로는 자기도 모르게 몸을 내밀고 숨을 죽였다.

'과연, 쇼안은 아직 늙지 않았다……'

도요토미와 도쿠가와 두 가문의 대립 따위는 두 가문에 의리를 느끼는 무장들 사이에서나 감정의 불씨가 될 수 있을 뿐, 그 밖의 점에서는 문제가 되지 않았다. 실력의 차가 너무 크다. 세키가하라에서 벌써 도요토미 파 사람들은 거의 자멸해버렸던 것 아닌가……?

"마타시로, 스케자에몬과 코노미를 기억하고 있느냐?"

"예, 기억하고 있습니다."

"지금 그들은 샴에서 배를 관장하는 부교가 되어 있어. 그들이 보낸 소식으로는 에스파냐 배와 포르투갈 배의 내항來航이 근년에 이르러 훨씬 줄었다는 거야. 그 대신 오란다(네덜란드), 이기리스(영국) 등의 홍모인紅毛人°들 활약이 대단하다고 한다."

"저도 나가사키에서 듣고 왔습니다."

"들었더라도 곧 판단을 내리지 못한다면 의미가 없어. 남만인이나 홍모인의 나라 사이에도 온갖 세력의 흥망성쇠가 있다는 걸 모른다면 되겠는가!"

"예…… 예."

"오란다는 벌써 샴에 도시를 만들고 있다. 일본인도 물론이고. 알겠느냐, 지금 너희들의 슈인센이 가는 곳은 니포寧波, 아마카와天川(마카오), 기안, 추란, 페포, 미트, 우돈, 아유챠는 물론 멀리 말라카, 쟈가타라에까지 이르고 있다."

"예, 그 밖에 타카사고토高砂島(타이완)와 루손(필리핀)의 여러 곳에도 일본인이 머물러 있습니다."

"바로 그곳이야, 앞으로 너희들이 눈을 돌려야 할 곳이. 알겠느냐, 사카이, 하카타, 히라도, 나가사키처럼 손이 미치는 나라 안의 일이라면 문제가 없을 테지. 그러나 모두 바다 건너의 먼 나라들…… 그곳에 뿌리내린 일본인이 만일 그 땅에서 남만인이나 홍모인과 이권을 다투다가 전쟁이 벌어지면 어떻게 하겠는가? 우선 이 점에 대해 챠야의 촉망받는 아들, 기린아麒麟兒라 할 너의 포부를 듣고 싶다. 그것이 내게는 무엇보다도 고마운 저승길 선물이다."

노인의 눈은 인광을 뿜으며 마타시로에게 쏟아지고 있었다.

7

마타시로는 노인에게 이끌려 차차 젊은이다운 흥분에 휩쓸렸다.

듣고 보니 틀림없이 있을 법한 일. 아니, 살아 있는 인간끼리이므로 당연히 이해의 대립은 있을 터. 그렇게 되면 싸움의 규모도 지금까지의 다이묘 대 다이묘의 그것이 아니라 눈빛, 살갗이 다른 집단과 집단의 싸움, 나아가서 나라와 나라 사이의 전쟁이 될 수도 있다. 그러할 경우 외국에 나가 있는 일본인이 본국에 구원을 청해온다면……?

쇼안은 그때의 각오를 이에야스에게 넌지시 알려두라고 말하고 있는지도 모른다.

"알겠느냐, 마타시로……?"

쇼안은 다시 칡차를 한 모금 마시고 나서 말을 이었다.

"그런 경우에도 방법은 몇 가지 있을 터…… 세이이타이쇼군이 일본의 체면을 걸고 비호하는 경우가 그 첫째. 둘째는 쇼군으로서는 일절 관계하지 않을 것이므로 현지에 있는 자들이 실력을 감안하여 대응할 것…… 셋째는 다 같은 일본인의 문제이니 그대로 내버려둘 수 없다, 슈인센 선주들이 단결해 나라 이름은 내세우지 않고 원조하는 경우야. 너는 이 세 가지 중 어느 것을 상책이라고 생각하느냐?"

마타시로는 얼른 앞으로 다가앉듯이 하고 대답했다.

"물론 그 방법은 셋이지만 하나이며 하나이자 셋…… 사태와 때에 따라 해결해야 합니다."

"으음, 그러면 그때의 사정에 따라 쇼군의 힘도 빌리고 현지의 자위력도 갖게 하자는 것이로군."

"예, 선주들 사이에도 그 중간의 무력이 될 사람들……을 각 배에 배치해두어야 한다고 생각합니다."

"좋아! 그것으로 첫째 문제는 처리되겠지. 그 경우 반드시 주의해야 할 것은 고용한 경비원들이 배를 납치하여 해적이 되지 않도록 하는 일이야."

마타시로는 빙긋이 웃고 고개를 끄덕였다.

"그러므로 선주는 해적 이상의 담력과 용기를 단련시켜야 합니다."

"이제 됐어. 그 다음은……"

쇼안은 손을 저었다.

"다음에 당연히 일어날 수 있는 일은 남만인과 홍모인의 싸움이 나라에까지 영향을 미치게 될지 하는 문제야. 어떠냐, 기린아님은 거기까지 상상해본 일이 있느냐?"

마타시로는 쩔끔했다.

이 경우 남만인이란 에스파냐와 포르투갈 인을 말하고, 홍모인은 영국이나 네덜란드 인을 일컫는다. 그 신구 두 세력의 다툼이 일본까지 파급될 것인지를 묻고 있었다. 솔직히 말해서 그는 아직 거기까지는 상상을 비약시켜본 일이 없었다.

"없습니다…… 과연 그러한 우려가 가까운 장래에 있을까요?"

"반드시 있어!"

노인은 목소리마저 젊음을 되찾아 단호하게 말했다.

"도요토미니 도쿠가와니 하고 있을 시대가 아니야. 우리의 슈인센이 삼백 척이나 된다는 것은 그들 남만인이나 홍모인의 배도 무수히 많아져 서로의 배가 바다에서 쉴 새 없이 만나게 된다는 의미야. 그렇게 되면 그들에게 약탈당하는 경우도 있고, 그들이 손을 잡고 일본에 쳐들어올지도 몰라. 기린아님은 그럴 경우 어떻게 하겠느냐?"

8

마타시로는 그만 손을 들고 말았다.

"죄송합니다. 미숙한 자라서 아직 거기까지는 생각을 못했습니다."

"그렇다면 멍청한 녀석이로군……"

쇼안은 반쯤 성난 듯한 얼굴로 고개를 끄덕였다.

"선대의 챠야 님과 쇼군 님 사이는 어떠했느냐. 다만 은혜를 입은 정도의 사이만은 아니었어. 타이코의 부름을 받고 처음 상경했을 때 쇼군이 너희 집에서 여장을 푸셨다……는 것은 너희 아버지가 어떤 의미에서는 둘도 없는 협력자였다는 뜻이다."

"그 이야기는 부모에게 들어 잘 알고 있습니다."

"그럴 것이다. 그 챠야가 쇼군으로부터 교역하기 위한 슈인센의 특권을 받고도 세계 동향에 눈이 미치지 못해 협력하지 못한다면, 너희들은 아버지에게 훨씬 못 미치는 불초한 자식들이야."

"황송합니다."

"그것을 안다면 됐어. 책망하려는 것은 아니야. 그러나 남만인과 홍모인의 세력 다툼…… 이를 깊이 유의해 너희들이 실수 없이 그 동향을 쇼군에게 알려드려야만 한다."

"알겠습니다."

"내가 지금 가장 걱정하는 것은 그 점이다. 남만인과 홍모인의 싸움에서 만일 한쪽이 도요토미 편, 다른 한쪽이 도쿠가와 편……이 된다면 문제는 여간 커지지 않아. 도요토미 가문뿐만이 아니라, 외부세력과 결탁한 자가 가령 큐슈 끝에 있는 시마즈나 동북지역 끝에 있는 다테일지라도 충분히 국난國難이 될 수 있어."

마타시로는 숨을 죽이고 노인을 다시 보았다.

'죽음의 자리에서 이 노인은 거기까지 꿰뚫어보고 있었을까……?'

과연 자기들은 못난 2세들이었다. 그러한 대외정책을 미처 생각하지 못했던 탓으로 조선에서의 전쟁이 그토록 비참한 결과를 초래하지 않았던가……

"아저씨, 귀한 가르침을 받았습니다. 이 마타시로는 평생 동안 가슴에 새기고 잊지 않겠습니다."

"암, 그래야만 해…… 이 문제는 말이야, 일단 불이 붙으면 남만파와 홍모파 분열뿐만 아니라, 천주교와 불교의 골치 아픈 싸움이 될지도 몰라. 종교가 개입되면 얼마나 까다로운가는 노부나가 공의 후반생이 잘 말해주고 있어. 그의 반생은 거의 잇코 신도와의 싸움이었어. 아무쪼록 조심해야만 해."

"예…… 말씀을 듣고 있는 동안에 또 한 가지 무서운 것이 있음을 깨달았습니다."

"허어…… 그게 뭔가?"

"지금 여러 가문의 떠돌이무사들 중에는 해외로 나가는 자가 꼬리를 물고 있습니다. 그자들이 만약 외부세력과 결탁하고 국내로 쳐들어온다……는 경우도 생각해야 한다는 것을 깨달았습니다."

그때 쇼안이 무릎을 치며 큰 소리로 무어라고 말했다.

"기린아!"

이렇게 말하려 했는지도 모른다. 그러나 그 기성과 함께 기침이 나오는 바람에 갑자기 얼굴을 찌푸렸다.

"아, 할아버님!"

오미츠가 창백한 얼굴로 쇼안을 부둥켜안았다.

9

"아니, 왜 그러세요? 칡차를 좀 드십시오."

오미츠는 쇼안을 안아일으켜 한 손으로 칡차를 입으로 가져갔다. 그러나 쇼안의 밭은기침에 호흡의 얽힘은 풀리지 않았다.

오미츠는 당황하며 이번에는 등을 문질렀다.

"역시 너무 많은 말씀을 하셨어요. 마타시로 님, 좀 도와주세요. 가만히 눕혀드려야 해요."

쇼안은 고개를 젓고 가까이 온 마타시로의 손목을 꼭 잡았다. 여전히 목에서 가래가 끓고 있었다.

손목을 잡고 마타시로를 올려다보는 눈은 핏발이 선 채 묘한 빛을 발하고 있었다.

"으……"

무언가 말하려는 듯 입술을 떨다가 이번에는 어깨에 올려놓은 오미츠의 손을 떼어놓았다. 그리고 그 손을 마타시로의 손과 같이 자기 가슴 위에 포개놓고 가만히 두드렸다.

마타시로는 당황했다. 아니, 마타시로뿐만 아니라 오미츠 역시 말을 할 수 없게 된 쇼안이 무엇을 하려는지 깨닫고 귓불까지 새빨갛게 물들었다.

바로 이때였다.

"앗! 불타고 있다…… 불이 붙었어!"

갑자기 쇼안의 일그러진 입에서 말이 새나왔다.

"아니, 뭐라고 하셨습니까? 불타고 있다니 뭣이 타고 있습니까?"

"호코 사야…… 대불전이 타고 있어…… 아, 불타고 있어."

두 사람은 깜짝 놀라 얼굴을 마주보았다. 허공으로 던져진 묘한 시선으로 무언가 환상을 본 것이 틀림없다.

"불타고 있어……"

다시 한 번 쇼안은 말했다. 말을 끝냈을 때 다시 숨이 막히고 목에서 골골거리는 소리가 나는가 싶더니 이어 몸을 심하게 떨다가 그대로 호흡이 멎고 말았다.

"할아버님!"

오미츠는 깜짝 놀라서 귀에 대고 소리지르고 마타시로는 펄쩍 뛰듯이 한 발 물러났다.

"임……임……임종이 아닐까요, 오미츠 님?"

오미츠는 대답 대신 꼭 잡고 있던 나야 쇼안의 손목에 손가락을 대고 맥을 짚어보았다.

"이미 맥이 없어요."

"누군가 불러야겠어요, 오미츠 님."

"아니, 괜찮아요. 밤중에 죽거든 너 혼자라도 좋으니, 아침까지는 아무도 깨우지 마라, 이것이 유언이었어요."

마타시로는 더 이상 강요할 수 없었다. 그보다 쿠마熊 도령이라 불리며 노부시野武士°들의 수령으로 활약하던 무렵부터 오늘까지 그 초인과 같던 나야 쇼안, 그도 결국 죽음의 손에 몸을 내줄 때는 평범한 노인과 다름없는 얼굴이 되는가 싶어 여간 이상하지 않았다. 오미츠의 품에 안겨 숨을 거둔 쇼안의 얼굴은 깊은 주름살로 덮인 한낱 보기 흉한 주검에 지나지 않았다.

"눕혀드립시다, 오미츠 님."

잠시 망연히 바라보고 있다가 마타시로가 생각을 바꾼 듯이 말했을 때 허둥지둥 복도를 달려오는 발소리가 들렸다. 그리고는 이 집 점원이 다급하게 말했다.

"아룁니다. 사카타 신자에몬 님이 돌아가셨다고 합니다."

10

달려온 점원은 아직 쇼안이 숨을 거둔 줄도 모르고 장지문 밖에서 말을 계속했다.

"유언에 따라 맨 먼저 알려드린다고 점원 키베에喜兵衛가……"

오미츠는 흘끗 마타시로를 쳐다보았을 뿐 움직이려 하지 않았다.

"그 점원이 할아버님을 뵙겠다고 하던가요?"

"예…… 무슨 약속이 있었다고…… 그것을 지키지 못하고 먼저 가게 되었으니 일을 맡을 자격이 없었던 사람이라고 사과하셨답니다."

그 뒤를 이어 다른 목소리가 들렸다. 아마도 점원은 키베에를 장지문 밖까지 데리고 온 모양이었다.

"예…… 오늘은 아침부터 여느 때보다 한결 좋으셨습니다. 그리고 주무셨으므로 모두 안심하고 잠을 잤어요. 그런데 갑자기 일어나시더니 불타고 있다……며 외치듯이 말씀하시는 것이었어요."

"뭐? 불타고 있다고……"

"예…… 예. 아마 쿄토의 호코 사가 불타는 꿈이라도 꾸셨던 모양인지 대불전이 불타고 있다…… 허공을 노려보며 이렇게 말씀하신 것이 마지막이었습니다."

마타시로와 오미츠는 얼굴을 마주본 채 알 수 없는 두려움에 사로잡혀 부들부들 떨기 시작했다.

사카타 신자에몬은 물론 소로리 신자에몬, 그는 타이코의 오토기슈 お伽衆°를 지내온 큰 무기상이었다. 리큐가 죽고 나서부터는 그 역시 차차 타이코의 측근에서 멀어져 쇼안과 더불어 사카이의 일에 몰두하던 원로 중 한 사람이었다.

쇼안과는 곧잘 싸우기도 했지만 서로의 인품을 존경하며 요즘에는 둘도 없는 바둑 상대였다. 이 두 사람이 약속이나 한 듯 같은 날 숨을 거두었을 뿐만 아니라, 마지막으로 본 환상까지 똑같았다. 이 얼마나 무서운 일치란 말인가……?

"원, 어쩌면 이럴 수가……"

생각난 듯 오미츠가 말했다.

"할아버님이 지금 막 잠 드셨으니 내일 아침에 전해드리겠어요."

"그럼, 모쪼록……"

"잠깐 기다리세요. 아까 당신은 무언가 두 분 사이에 약속이 있었다고 하셨지요?"

"예…… 예. 혼담의 중개를 부탁받으셨다고……"

"아니, 할아버님에게서?"

"예, 아가씨의 혼담이시겠지요. 상대는 쿄토에 계신 챠야의 둘째 서방님…… 그 혼담만은 중개하고 죽어라…… 이런 부탁을 받고 맡으셨는데…… 이행하지 못하고 먼저 간다고 부디 사과를 드리라고 말씀하셨습니다."

오미츠는 마타시로 쪽으로 얼굴을 돌릴 수 없었다. 그것이 자기들 이야기인 줄도 모르고 물었다. 그러나 마타시로는 더 이상 점원의 말 같은 것은 듣고 있지 않았다.

두 노인의 마지막 말이 같았다는 것은 두 사람 모두 호코 사가 불타지 않을까 걱정하고 있었다는 증거가 아니었을까…… 하는 데 생각을 기울이고 있었다.

11

사카타의 죽음을 알리러 왔던 사람이 돌아가고 난 뒤 남은 것은 무서운 정적뿐이었다. 촛대의 심지가 길어져 방안이 차차 어두워졌다. 오미츠는 그때야 비로소 마타시로를 재촉하여 둘이서 주검을 고쳐 뉘고 유물을 정리했다. 아직 주검으로서가 아니라 날이 밝을 때까지 환자로 그대로 눕혀두려는 것이다.

그런 뒤 오미츠는 일어나 촛대의 불을 하나하나 꺼나갔다. 머리맡에 하나, 발치에 하나…… 둘만 남겼다. 쇼안의 주검은 편안하게 잠든 사람의 얼굴로 보였다.

"아저씨의 성격으로 보아 장례와 그 밖의 일에 상세한 지시가 계셨겠지요?"

마타시로가 침묵을 견디지 못하고 말을 걸었다. 오미츠는 눈으로 그렇다고 대답했다. 오미츠도 역시 각오했던 일이기는 하나 치솟는 감정에 휩쓸려 몹시 당황하는 모습이었다.

마타시로는 또다시 두 노인이 마지막으로 보았다는 환상에 대해 생각하지 않을 수 없었다. 그는 혼아미 코에츠로부터 마음에 걸리는 말을 듣고 있었다. 곧 히데요리를 훌륭하게 교육할 만한 유능한 인물이 없는 오사카 성 안에, 또 하나의 커다란 화근이 도사리고 있다고.

"다름 아니라 타이코의 막대한 유산일세."

이 경우 유산은 황금. 황금은 어리석은 소유자와 같이 있으면 반드시 불행한 풍파의 원인이 된다고 코에츠는 단언했다.

"그러므로 이 유산을 효과적으로 분산시키는 것이 도요토미 가문의 안녕과 통하는 길이지."

그 의미는 마타시로도 잘 알 수 있었다.

무슨 일이 있기를 바라는 떠돌이무사들에게 이 막대한 황금이 그들의 음모를 돕는 군자금으로 비친다면, 히데요리를 그대로 내버려둘 리 없었다. 그들은 온갖 선동을 시도할 터였다. 가능하다면 그 유산을 전국 사찰과 신사를 위해 쓰는 것이 좋을 텐데, 그런 사실을 히데요리나 그 생모 요도 부인은 모를 것이라고……

코에츠가 그런 말을 마타시로에게 했다면 사카타 신자에몬이나 쇼안에게도 같은 말을 했을 터. 아니, 반대로 쇼안이나 신자에몬에게 무슨 말을 듣고 코에츠도 깨달았을지 모른다……

이런 생각을 하자 두 노인의 마지막 말이 더욱 걱정되었다.

도요토미 가문에서도 해마다 영지 안의 절이나 신사에 쓸 예산을 세우고 있었다. 대체로 1년 동안에 두 군데쯤. 케이쵸 5년(1600)에는 셋츠의 텐노 사天王寺와 야마시로 산호인三寶院의 금당金堂을 수리했다. 케이쵸 6년에는 해마다 하던 두 군데에 대한 지출도 하지 않았다. 케이쵸 7년에 이르러 토요쿠니 신사豊國神社 정문과 오미의 이시야마 사石

山寺를 수리했으나, 이것도 양쪽으로부터 불붙은 듯한 재촉이나 간청을 받고서야 겨우 지출했다.

도요토미 가문에서 자진해 무언가 하려는 기색은 조금도 없었다.

'만일 그것을 염려하여 누군가가 타이코가 건립한 호코 사나 대불전에 눈독을 들였다면······?'

마타시로는 물끄러미 쇼안의 얼굴을 바라본 채 자신의 공상에 스스로 떨기 시작했다.

12

'혹시 쇼안과 신자에몬이 누군가를 시켜 호코 사에 불을 지르라고 명령했다면 어떻게 될까?'

그런 일을 할 수 있는 사람이 있다면, 쇼안과 신자에몬밖에 없다. 그들은 비록 상인의 신분이기는 하나 담력의 크기로는 쿠로다 죠스이나 후쿠시마 마사노리에게 조금도 뒤지지 않는 센고쿠 시대를 살아온 담력을 지니고 있었다.

"저, 마타시로 님, 무엇을 그리 생각하고 계시나요?"

드디어 오미츠가 먼저 말을 걸었다.

"오미츠 님······ 이 마타시로는 날이 밝거든 실례하겠습니다."

"어머······ 어째서인가요?"

"쿄토의 일로 갑자기 마음이 뒤숭숭해졌습니다."

말하고 나서 마타시로는 흠칫 놀랐다. 밤하늘을 수놓으며 활활 타오르는 대불전의 불길이 머릿속에서 사라지지 않았다.

"쿄토의 일로······?"

"아니······ 장례식에 내가 참석한다는 것은 옳지 않으므로······ 돌아가서 형에게 알려야 합니다."

이렇게 고쳐 말하고 말문을 돌렸다.

"걱정됩니다. 사카타 님과 댁 노인 두 분이 똑같은 환상을 보고 숨을 거두시다니."

오미츠는 당황하며 무언가 말하려다 마음을 바꾼 듯 고개를 수그렸다. 그녀로서는 사카타의 점원에 의해 누설된 자신의 혼담에 마타시로가 어떤 반응을 보일지 알고 싶었을 터.

민감한 마타시로가 이를 깨닫지 못했을 리 없다. 그러나 그보다 노인들이 ──

"도요토미 가문을 위해 대불전을 불태워라!"

이런 명령을 내렸고, 방화를 한 그자가 쇼시다이의 손에 잡히는 경우가 생기면…… 그러한 공상이 마타시로의 마음에 훨씬 더 큰 비중을 차지하고 있었다.

"오미츠 님은 걱정되지 않습니까? 이 마타시로는 지금 대불전이 불타고 있다는 느낌이 드는데요……"

"대불전이 불타다니요……?"

오미츠는 깜짝 놀라 얼굴을 들었다. 그 동작만으로도 그녀가 마타시로의 연상과는 전연 다른 생각을 하고 있었다는 것을 한눈에 알아볼 수 있었다.

"마타시로 님."

"왜 그러죠?"

"급히 돌아가셔야 한다는 마타시로 님의 마음을 알 수 있어요."

"예? 그것은……"

"아니, 괜찮아요. 할아버님이 무엇을 생각하고 계셨는지…… 저는 누구에게도 말하지 않겠어요. 마타시로 님도 못 들으신 것으로 여기고 잊어주세요."

마타시로는 초조했다. 초조해지자 젊은 혈기가 그대로 드러났다.

"지금 혼담 이야기를 하는 것인가요? 그렇다면 분명히 말해두죠. 나는 여자에게는 흥미가 없어요. 여자란 별것 아닐 거예요. 그러나 승낙합니다. 당신을 맞겠어요. 그러면 될 것 아니오…… 그 이야기를 하고 있는 게 아니오. 지금 밤하늘을 불태우며 대불전이 타고 있다…… 불을 지른 자가 쇼시다이 이타쿠라 카츠시게 님에게 잡혀 배후를 자백하고 있다……는 예감이 들어 여간 초조한 게 아닙니다."

"어머……"

오미츠는 눈이 휘둥그레져 마타시로를 바라보았다.

13

젊었을 때는 누구나 범하게 마련인 잘못이지만, 이 경우 마타시로의 말은 너무 과격했다.

오미츠도 젊은 만큼 성미가 격해진다. 상대의 진정한 마음은 헤아리려고도 하지 않고 표면에 나타난 말에만 집착하게 된다.

오미츠는 최초의 수치감에서 벗어나 차차 분노 속으로 발을 들여놓았다. 여자로서는 평생의 문제가 담긴 혼담에 대해 —

"그러면 될 것 아니오."

이렇게 말하다니, 이 얼마나 큰 모욕이란 말인가……?

그렇다고 당장 분노를 폭발시킨다면 더욱 설자리가 없어진다. 숨을 거둔 쇼안의 머리맡에서 이성을 잃은 언동은 용서받지 못한다. 그렇게 하면 더욱 상처를 받게 되는 것은 오미츠 자신이었다.

"호호호……"

오미츠는 화를 억누르고 나직하게 웃었다.

"그럼, 마타시로 님의 걱정은…… 아니, 알겠어요. 날이 밝거든 돌아가세요."

"그러죠. 그리고 곧 형을 보내도록 하겠어요."

마타시로는 아직 오미츠의 감정까지는 깨닫지 못했다. 그는 자기가 떠올린 망상과 쉴 새 없이 격투를 하고 있었다.

그렇지 않아도 소문 많은 세상이었다. 이런 마당에 호코 사나 대불전이 불탄다면, 불태우게 한 자는 쇼군……이라는 소문이 나지 말라는 법도 없다.

쇼시다이 이타쿠라 카츠시게는 풀뿌리를 헤쳐서라도 수상한 자를 찾을 것이고, 잡힌 자가 있다면 어떻게 해서라도 자백을 받아 극형에 처하지 않으면 안 된다. 그렇게 하지 않으면 주군의 신뢰를 떨어뜨리게 될 것이다…… 그 결과 만일 쇼안이나 신자에몬의 이름이 나온다면 그야말로 사카이로서는 큰일…… 아니, 그보다도 상인 전체의 흥망에 영향을 끼칠 터.

마타시로……보다 현재 아버지의 뒤를 이어 2대가 되어 있는 형 키요타다를 중심으로 한 챠야 일족은 쇼시다이 이타쿠라 카츠시게와 친척이나 다름없는 사이였다.

원래 세상을 떠난 아버지 시로지로 키요노부四郎次郎清延는 이에야스의 오른팔로서 헤아릴 수 없을 만큼 공적을 쌓았다. 에도의 도시계획에도 참여했고, 상인의 원로로 타루야樽屋를 추천한 것도 그였다.

"앞으로 상인들의 문제는 시로지로가 다스릴 것."

그리고 이러한 특별 명령에 따라 쿄토 부근에서는 상인의 우두머리가 되어 있었다. 따라서 상인 쪽에 큰 잘못이 생기면 그 지배자의 위치에 있는 챠야 집안으로 책임이 돌아올 것이다.

'즉시 돌아가 이타쿠라 님을 만나야 한다……'

오미츠는 더 이상 아무 말도 하지 않았다. 그녀는 나름대로 자기가

당한 굴욕을 언제 어떤 방법으로 마타시로에게 되돌릴지 그것을 생각
하면서 오늘의 분노를 억누르고 있었다.

"아직 날이 밝지 않았군요……"

마타시로가 이따금 생각난 듯이 잠든 듯한 쇼안의 얼굴을 들여다보
며 중얼거렸다.

"정말…… 하지만 곧 밝겠지요."

오미츠도 아무렇지도 않다는 듯이 말하고 머리맡의 향로에 향을 올
리면서 다시는 마타시로 쪽은 보려 하지 않았다.

인질초人質草

1

챠야 마타시로는 새벽을 기다렸다가 자기 집 배를 출발시켰다. 그리고는 낮 동안은 물론 날이 저물어도 밤새도록 배를 젓게 했다.

출발한 다음다음 날 아침 후시미에 닿을 때까지 여간 초조해하지 않던 그는 후시미에 닿자마자 아무에게나 이상한 질문을 던져 사람들을 어리둥절하게 만들었다.

"간밤이나 그저께 밤에 무언가 달라진 일이 없었습니까, 쿄토에?"

"글쎄요…… 달라진 일이라니요?"

"화재가 났다는 말이나 죄인을 잡았다는……"

"전혀 그런 말은 못 들었는데요……"

"그렇습니까? 혹시 당신도 무언가 달라진 일을……"

"저 역시 전혀 못 들었습니다."

그래도 아직 걱정이 풀리지 않아 마타시로는 가마를 달려 호코 사로 가보았다. 그리고 아침 하늘에 우뚝 솟은 건물을 보았을 때 마치 꿈인 것처럼 생각되었다.

마타시로는 토리데通出 미즈사가루마치水下ル町의 자기 집에 있는 형에게 점원을 보내 쇼안과 사카타 신자에몬의 죽음을 알리고 자신은 니죠 호리카와에 있는 쇼시다이 저택을 찾아갔다.

이타쿠라 카츠시게는 아직 관저 정원에서 그의 습관인 창 연습을 하고 있었다. 마타시로를 보고는 의아한 표정으로 창을 놓고 툇마루로 가 앉으며 나무라는 어조로 말했다.

"아니, 어찌 된 일인가? 집에서는 고양이 손이라도 빌려야 할 만큼 바쁠 텐데."

"고양이 손이라도 빌려야 할 정도로……?"

"그래. 드디어 에도에서 센히메 님이 후시미에 도착했네. 혼례식은 오월 십오일로 결정되었어. 그때까지 혼수 일체를 챠야에서 준비하라는 하명이 계셔……"

말하다 말고 무언가를 눈치챈 모양이었다.

"그동안 집을 떠나 있었군?"

"예…… 예. 사카이에 갔었습니다."

"허어, 그럼 사카이에서 곧바로 이리 왔다는 말인가? 마중 나간 사람과 길이 어긋났는지도 모르겠군."

"그랬을지도 모릅니다마는…… 실은 사카이에서 두 거물이 세상을 떠났습니다. 그 문상을 하러 갔습니다."

"두 거물이라면 사카타 소쥬와……"

"나야 쇼안, 두 분이 약속이나 한 듯 같은 날 눈을 감았습니다."

이타쿠라 카츠시게는 가볍게 고개만 끄덕였다.

"그래? 그렇다면 얼른 상점으로 돌아가는 것이 좋겠어. 자네가 없으면 좀처럼 일이 진척되지 않을 테니."

이렇게 말하고 나서 그제야 깨달은 것처럼 말했다.

"그럼, 형님이 장례에 참석해야겠군."

혼자 말하고 혼자 결론을 내렸다. 그런 다음 무릎에 두 손을 모으고 마타시로의 얼굴을 들여다보았다.

"실은 나도 중요한 일이 한 가지 생겨 난처해하던 참일세."

마타시로는 아직 흥분이 가시지 않은 표정으로 물었다.

"이타쿠라 님이 난처해하시다니 무슨 일입니까?"

"실은 사람을 구하고 있어. 에도에서 센히메 님을 따라온 시녀들만으로는 주군이 미덥지 않으시다는 거야."

"어……어째서입니까?"

"주군으로서는 눈에 넣어도 아프지 않을 귀여운 손녀. 에도에서 따라온 시녀들과 시어머니 측근에 있는 여자들 사이에 혹시 알력이라도 생긴다면 손녀가 가엾다는 염려 때문일세."

그러면서 하인이 가져온 찻잔을 받았다.

2

"그러면 히데요리 님의 생모 마음에도 드는 쿄토 지방 사람이라야 하겠군요."

마타시로도 차를 불면서 마땅한 사람을 생각하는 표정이 되었다.

"그래. 아직 철이 없는 손녀라서…… 양쪽을 잘 조정해나갈, 신분도 성격도 나무랄 데 없는 여자…… 그런 사람이 셋쯤 필요하니 찾아보라고 하셨어. 그래서 나도 자네와 코에츠를 만나려던 참이었네."

마타시로는 그 말을 듣고는 얼른 찻잔을 내려놓고 말했다.

"오다 우라쿠사이織田有樂齋 님과 상의하시면 어떻겠습니까?"

"아, 누구나 생각이 같은 모양이군. 우라쿠 님에게는 조금 전에 부탁했네. 한 사람쯤 마땅한 여자가 있는 것 같았으나……"

말하다 말고 카츠시게는 중얼거리듯 탄식했다.

"자네 아버님이 살아 계셨다면 좋았을 텐데…… 오사카 성 여주인은 여간 까다롭지 않은 모양이야. 만에 하나라도 거슬려서는 안 되고, 오사카 편에 서서 에도에서 온 사람과 대항하면 더욱 안 돼."

"그러면…… 야마토大和에 있는 야규柳生 님의 딸은 어떨까요?"

"야규 세키슈사이柳生石舟齋(무네요시宗嚴) 님의 따님……무네노리 宗矩의 여동생 말인가?"

"예. 들은 바로는 여동생이 몇 사람 있다는데……"

카츠시게는 천천히 고개를 저으면서 말했다.

"어려울 거야. 야규의 딸이라면 생모님이 반대할 거야."

"하기는 그렇습니다마는……"

"어쨌든 자네도 바쁘겠지만 마땅한 사람이 없는지 어머님에게도 한 번 여쭈어보게. 쇼군 가문에 포목을 조달하는 사람, 챠야가 추천한 사람……이라면 이야기가 달라질 거야."

카츠시게에게 그 말을 듣는 순간 마타시로는 무릎을 탁 치며 눈을 빛냈다.

"그렇군, 좋은 여자가 있습니다!"

"뭐, 적당한 여자가 있다는 말인가?"

"있습니다. 나야 쇼안 님의 손녀입니다."

"허어, 쇼안 님에게 그러한……"

"있습니다. 아주 적격입니다! 원래 도요토미 가문과는 인연이 깊은 우키타 가문의 마님을 따라가 어렸을 때부터 섬긴 오미츠라는……"

"으음, 그 여자는 몇 살인가?"

"거기까지는 잘 모르겠습니다. 열아홉이나 스무 살 가량."

"이미 출가했을 나이인데 나야의 주인이 승낙할까?"

"방법이 있습니다. 제가 직접 부탁해보지요. 그 까닭은……"

말하려다 말고 마타시로는 말꼬리를 흐렸다. 그는 오미츠가 순순히 자기에게 출가해올 것으로 알고 있었다. 그렇다면 오미츠는 그의 말을 따르게 될 터.

"이삼 년 동안 센히메 님이 오사카에 익숙해질 때까지만 섬겨주지 않겠소. 그래서 익숙해지거든 허락을 받아 내 아내로 맞겠소."

이렇게 말하면 일은 쉽게 끝날 것 같았다.

"으음. 그렇다면 문상도 할 겸 이 카츠시게가 정면에 나서보고 경우에 따라서는 자네에게 부탁해야겠군."

신중한 카츠시게는 직접 인물을 시험해볼 작정인 것 같았다.

3

마타시로가 카츠시게와 헤어져 자기 집에 돌아온 것은 다섯 점 반(오전 9시)경이었다.

미리 통지를 했기 때문에 형 키요타다는 이미 사카이로 떠날 준비를 해놓고 기다리고 있었다. 도쿠가와 가문 출입은 자기보다 동생 마타시로가 더 환영받고 있다는 생각을 하고 있는 키요타다로서는 후시미 성에 불려가도 왠지 모르게 어색해지고, 그것이 더 한층 상대에게도 답답한 느낌을 주는 모양이었다.

"성에 갈 때마다 마타시로에 대해 묻는다. 병약한 나보다는 활달한 너에게 일을 맡기기가 쉬운 거야. 사카이에는 내가 가겠으니 너는 하명 받은 일이나 잘 추진하도록."

마타시로도 그럴 작정이었으므로 선뜻 승낙하고 형을 배웅한 뒤 곧 후시미 성으로 달려갔다. 이에야스는 만나지 못했으나, 히데타다의 부인 오에요 마님은 일부러 마타시로를 내전까지 불러들여 인형 같은 일곱 살짜리 센히메와 대면시켜주었다.

혼수는 모두 챠야가 마련해 납품하게 되었다. 그러기 위해서는 당사자인 센히메에게 어울릴 무늬와 자수를 고안하지 않으면 안 된다.

"자, 마타시로, 센히메를 잘 보아두었다가 이 어린 신부에게 알맞은 옷감을 조달해주오."

이렇게 말하고 살짝 딸을 바라보는 부인의 눈이 붉어진 것을 마타시로는 놓치지 않았다. 무리가 아니라고 마타시로는 생각했다.

이종남매……라고는 하나 세상에서는 아직 도요토미 가문과 도쿠가와 가문의 사이가 원만하다고는 생각지 않고 있었다. 당시 상식으로 볼 때 센히메는 신부라는 이름의 인질이었다.

"오, 참으로 훌륭하고, 귀여운……"

마타시로는 지나치게 뜨거운 차를 삼킨 기분으로, 그러나 센히메를 자세히 살폈다.

키는 무럭무럭 자랄 것 같았다. 살갗은 단지 희기만 할 뿐 아니라 어딘가 투명해 보였다. 쌍꺼풀 없는 눈은 꼬리가 가늘게 째지고, 눈동자와 콧날과 입매가 조화를 이룬 가운데 오다의 핏줄인 슬기로운 자아가 생생하게 드러나고 있었다. 남자로 태어났다면 역시 남의 말을 잘 듣는 편은 아닐 것이라는 생각이 들었다.

"이제 됐나요, 마타시로?"

"예. 센히메 님이 한창 피어날 무렵의 모습이 상상되고도 남음이 있습니다."

"모쪼록 정성껏 준비해주세요. 할아버님도 여간 걱정하고 계시지 않아요."

"알았습니다. 오월 십오일……이라면, 이제부터 밤낮을 가리지 않아야겠습니다만, 반드시 기뻐하시도록 노력하겠습니다."

"좋아요, 그럼 센히메는 이만 자리를……"

오에요 부인은 유모에게 말해 딸을 데리고 나가게 하고, 다시 마타시로에게 나직한 목소리로 물었다.

"마타시로, 최근에 히데요리 님을 뵈었나요?"

"아니, 저는 뵙지 못했습니다. 혼아미 코에츠 님의 말로는 도련님은 열한 살이지만 요즘 겉보기엔 열세 살쯤으로 보인다고……"

"그것이에요, 내가 염려하는 것은…… 실은 벌써 도련님이 여자를 가까이할 줄 안다고…… 그것이 정말일까요, 마타시로?"

마타시로는 오에요 부인의 걱정이 무엇인지 알고는 고개를 숙였다.

4

"여간 걱정스럽지 않아요. 히데요리 님도 어울리는 아이라면…… 그러면 소꿉장난 같지만 차츰 의좋게 되련만……"

여기까지 말하고 오에요 부인은 입을 다물었다. 차마 그 다음 말은 입 밖에 낼 수 없는 모양이었다.

마타시로는 무슨 말이라도 해야 할 것 같은 다급한 마음이었다. 오에요 부인의 걱정은 너무나 잘 알고 있었다. 그러나 히데요리가 이미 여자를 가까이 하고 있다는 소문은 사실인 듯했다. 코에츠가 더러운 것이라도 보고 온 듯 마타시로에게 이렇게 말한 일이 있었다.

"도련님이 나쁜 게 아니라 환경이 나빠. 엄하게 가르쳐야 할 시기에 많은 시녀들 속에 던져져 있어. 시녀 중에 유혹하는 자도 있을지 모르고…… 이대로 두면 거머리가 우글거리는 연못에 젖먹이를 내던진 것이나 마찬가지야."

결국 어머니의 생활이 시녀들에게 온갖 망상을 불러일으켜, 그 영향이 히데요리의 몸에 미친다. 병법, 무예 수련과 이성에 눈을 뜨기 시작한 히데요리의 육체가 불균형을 초래하여 기형아의 느낌이 들기 시작한다고 코에츠는 말하고 있었다.

"몸만 어른…… 아무런 절도도 분별력도 없어. 이 거머리 연못에 던져지면 아무리 영리한 아이도 말일세."

이런 이야기를 그대로 하기에는 너무나 잔인하다. 그러나 이 소문을 터무니없는 것이라고만은 할 수 없었다.

"아직…… 아직…… 겨우 열한 살. 설마 그런 일이……"

"없다고 생각하나요, 마타시로는……?"

"예…… 예."

"여자로서는 남자의 일에 대해 아무리 알려고 해도 어디까지나 수수께끼…… 그대에게 물으면 알 수 있을 거예요. 그대는 열한 살을 경험한 지 아직 얼마 안 된 사람이니까."

"황송합니다. 이 마타시로 따위는 그 나이 때는 아무것도……"

"그럴 테죠. 이 일만은 아무리 혈육 사이라도 언니에게 물을 수도 없고…… 아니, 도련님이 어른인 데 비해 센히메가 어린아이라면."

"예…… 예."

"그저 안타깝게만 여기고 끝날 일이 아니에요. 상대 여자가……"

"상대 여자라고…… 하시면?"

"상대가 없으면 어른이 되지 못해요. 우린 여자의 마음을 잘 알아요. 아무것도 모르는 센히메를 원망하는…… 아니, 어떻게든 계속 도련님의 총애를 받으려고 악마도 되고 야차도 되는 것이 여자예요."

마타시로는 깜짝 놀라 오에요 부인을 쳐다보았다. 혹시 이에야스도 이타쿠라 카츠시게도 모두 눈치채고 걱정하고 있는지도 몰랐다.

'그렇다, 그래서 쿄토 부근 여자를 딸려주려 하는지도 모른다……'

마타시로로서는 여자의 질투심이 무섭다는 것을 알 리 없었다. 그러나 오에요 부인이 하는 말의 뜻은 잘 알 수 있었다.

'역시 그렇다면 더욱더 오미츠에게 단단히 부탁해야겠다.'

마타시로는 어느 틈에 자기가 오미츠와 하나가 된 것 같은 착각에 빠져, 그러한 감정이 조금도 이상하다고 느끼지 않았다.

5

마타시로는 히데요리가 이미 여자를 알고 있다는 소문을 적당히 부정하여 오에요 부인을 위로하고 물러나올 수밖에 없었다. 그러나 실은 그 반대임을 알고 있는 만큼 문을 나설 무렵부터 순진한 센히메의 모습이 여간 애처롭게 느껴지지 않았다.

5월의 하늘처럼 맑고 한점의 티도 없는 센히메의 모습을 심술 사납게 노려보고 있는 악녀가 연상되면서 젊은 마타시로는 이상한 분노를 느꼈다. 그렇다고 그로서는 어쩔 도리가 없는 일이었다.

도대체 여자는 몇 살이 되어야 아내로서 잠자리에 응할 수 있게 되는 것일까. 아직 센히메는 일곱 살에 불과하다. 앞으로 3년이나 5년으로는 어림도 없을 터.

그동안 악녀들이 그 순진한 어린 소녀의 마음에 상처를 입힌다면 도대체 센히메는 어떤 인간으로 바뀌어갈 것인가······?

오에요 부인은 여자의 마음을 알고 있다고 했다. 센히메도 언젠가는 한 사람의 어엿한 여자로 성장할 것이다.

'그 센히메가 만약에 마님의 말처럼 악마라도 되고 야차라도 된다면······ 도대체 누구의 책임일까?'

무리하게 출가시키려는 이에야스는 이 혼사로 천하의 안정을 생각할 것이고, 히데요리의 어머니 요도 부인이나 센히메의 부모는 두 집안의 평화를 생각하고 히데요시의 유언에 부응할 작정이겠지만, 센히메에게는 아직 아무런 의사도 존재하지 않는다. 사람들이 멋대로 그린 공상 속에 한 인간을 아무렇게나 끼워맞추려 한다. 더구나 그것은 처음부터 하나의 커다란 불안을 내포하고 있는데도……

마타시로 또한 생각하기 시작하면 외곬으로 나가는 젊은이였다. 그는 그날부터 거의 센히메의 영상과 떨어질 수 없는 입장에 놓였다. 혼수를 조달하는 동안에는 그 옷을 입을 사람의 생애를 생각하게 된다.

그달도 지나고 다음달 4일이 되었다.

마타시로는 그날도 의논을 위해 후시미 성을 방문했다. 얼마 전부터 조달관으로 그 앞에 새로 모습을 나타낸 오쿠보 나가야스大久保長安와 뜻하지 않은 일로 밤늦도록 이야기를 나누다가 성을 나온 것은 다섯 점(오후 8시)이 가까워서였다.

오쿠보 나가야스는 센히메의 옷 색깔과 모양새가 너무 검소하다고 했다.

"나는 예전에 광대 노릇을 한 사람…… 의상에 대해선 문외한이 아니오. 내 말대로 하시오."

나가야스가 너무 자신 있게 말하는 바람에 마타시로는, 그렇게 하면 15일까지 기일을 대지 못한다고 반박했다.

나가야스는 히죽히죽 웃으면서 말했다.

"십오일까지 안 되더라도 상관없을 것 같은데……"

그냥 넘겨버릴 수 없는 말이었다. 나가야스는 15일의 혼례가 연기될 것이라 생각하는 모양이었다. 그러나 그 이상은 아무리 물어도 말을 흐리며 밝히지 않았다.

'무슨 사고라도 생긴 것일까……?'

날은 이미 어두워져 있었다. 그러나 바람은 조금도 없었다.

마타시로는 귀로의 가마에 올랐다. 가마에 오르자 쿄토의 명물인 무더위가 더욱더 기승을 부렸다.

가마가 후시미 거리를 벗어났을 때였다.

"불이야! 불이야!"

앞에서 떠들썩한 사람들의 외침소리가 크게 들려왔다.

6

"가마를 좀 세우도록 해라."

마타시로가 말하기도 전에 가마꾼은 이미 걸음을 멈추고 있었다. 앞 길이 사람들로 막혀 있었다.

"대불전 쪽입니다. 하늘이 새빨갛습니다."

"뭐, 대불전!"

마타시로는 얼른 가마에서 뛰어내렸다.

"앗, 저것은…… 틀림없이 대불전이다."

마타시로는 지금까지 잊고 있었던 쇼안과 신자에몬의 얼굴을 반사 적으로 떠올렸다.

"불은 대불전에서 난 것이 분명해. 저 치솟는 불기둥 좀 봐. 예사 불 길이 아니야."

허둥지둥 사람들을 헤치면서 마타시로는 아무에게나 말을 걸었다.

"그렇소, 대불전이오. 이거 정말 불길한 일이 생겼군."

앞쪽 하늘을 올려다보며 기술자 차림의 사나이가 대답했다.

"불길한 일이라니…… 뭔가 이상한 소문이라도?"

"그렇소. 타이코 님이 돌아가시기 전에도 지진으로 대불의 목이 떨 어졌소. 대불에게 무슨 일이 생긴다는 것은 도요토미 가문에 재난이 닥 친다는 징조요."

"무슨 소리, 그건 당신 혼자만의 생각이오."

"나 혼자만의 생각……?"

기술자는 비로소 마타시로를 돌아보고 그가 무사가 아님을 알고는 안심한 듯 수다를 떨었다.

"당신은 아무것도 모르는 모양이군. 언제쯤 불이 날까 하고 모두들 쑥덕거리고 있었소."

"뭐, 언제쯤 불이 날까 하고……? 어째서 그런 이상한 소문이 났다는 말이오?"

"오사카 생모님이 전혀 공양을 드리지 않기 때문이지. 타이코 님뿐만이 아니오. 타이코 님이 조선과 조선의 바다에서 잃은 몇 만이나 되는 영령이 그곳에서 헤매고 있다는 말이오. 그런데도 전혀 공양을 드리지 않았으니 언젠가는 반드시 이렇게 되리라고 진작부터 소문이 나돌고 있었지."

기술자의 말에는 조리가 없고 감정의 비약이 있을 뿐이었다. 그러나 무슨 까닭인지 마타시로는 가슴이 섬뜩했다.

"그런 원망의 소문이 퍼지고 있었군."

"암. 얼마 전에는 시마志摩의 해녀 두 사람이 경내에서 목을 매달았지. 남편과 아들 모두 수군의 선원으로 조선에 끌려간 후 소식이 없었다고. 혹시 살아 돌아와 쿄토에 살고 있지 않나 하고 찾으러 왔다가 그만 목을 맨 것이 그 시어머니와 며느리의 마지막이었다고 하더군. 그런 망령이 그곳에는 우글우글 모여 있단 말이오."

"으음."

"그래서 '불질러버려!' 이렇게 말하는 자들도 있었으니까. 지난 연말에도 작은 화재가 있었소."

마타시로는 더 이상 아무에게도 말을 걸지 않았다.

쇼안과 신자에몬은 어째서 그런 이상한 환각을 보면서 세상을 떠났을까? 그 두 노인의 머리에도 이 기술자와 똑같은 불교의 인과응보因果

應報 사상이 배어 있었던 것일까……?

　그날 밤 마타시로는 길을 돌아 집으로 갔다. 다행히 바람이 없었으므로 화재는 대불전만으로 끝났다. 깨닫고 보니 기묘한 소문은 훨씬 이전부터 나돌고 있었던 모양이다. 그것을 자세히 말해준 사람은 얼마 후 용무가 있어 찾아온 새 조달관 오쿠보 나가야스였다.

7

　"소문을 들었소?"

　오쿠보 나가야스는 챠야의 상점에 와서 용무를 끝낸 뒤 차가운 칡차를 마시면서 담담한 태도로 마타시로에게 말했다.

　"대불전의 화재는 방화라고 합디다."

　"허어, 그럼 역시 망령들의 짓인가요?"

　"하하하…… 마타시로 님은 아직 망령과 만날 나이가 아닐 텐데."

　"나이에 따라서는 망령과도 만날 수 있나요?"

　"그렇소. 우리 나이쯤 되면 온갖 망령을 만나게 되지요. 어떤 망령은 불을 지르게 한 것이 혼다 마사노부 님이거나 아니면 쇼시다이 이타쿠라 님일 것이라고 했어요."

　"허어, 무엇 때문에 그런……"

　"오사카의 생모님이 남아도는 황금을 살아 있는 떠돌이무사들에게 나누어준다고 합디다. 그것이 눈을 감지 못한 망령들의 분노를 샀다고나 할까요."

　"허어…… 그래서 곧 생모님께 재건을 권한다는 말씀입니까…… 그 망령들이?"

　"하하하…… 그뿐만이 아니죠. 개중에는 사카이의 지혜주머니들이 손을 써서 불을 지르게 했다는 소문을 퍼뜨리는 망령도 있지요."

"허어, 상당히 그럴듯한 말이군요."

"전혀 반대되는 소리를 하는 자도 있다더군요. 실은 오사카 성 안에 있는 어떤 충신이 그 방화의 장본인이라고……"

"그러면 생모님 측근 중에?"

"그렇소…… 머지않아 센히메 님이 시집오신다, 쇼군과 도요토미 가문 사이에 불화가 생겨서는 안 된다, 그러므로 생모님의 관심을 돌리기 위해 대불전을 태웠다, 대불전은 돌아가신 타이코 전하가 건립한 인연이 있으므로 생모님도 그냥 버려두지 못할 것이라는 고육지책苦肉之策에서 나온 방화라고 말이오."

마타시로는 똑바로 나가야스의 얼굴을 바라보았다. 나가야스 자신은 그러한 소문들 중에서 어느 것을 진실에 가깝다고 생각할까?

이 오쿠보 나가야스란 인물은 지금까지 도쿠가와 가문에는 없던 체취가 풍기는 인물이었다.

거동이나 기량이 세련되었을 뿐만 아니라 능숙한 화술, 시원스런 목소리, 놀라운 재치와 더불어 그의 계산 능력은 발군이라 해도 좋았다. 두 자리 수쯤의 가감승제는 거의 암산으로 해치웠고, 그 계산력과 마찬가지로 세상 사정에도 정통해 있었다. 박학다식하다기보다 실생활에 적응하는 지혜를 무한히 지니고 있었다.

그는 센히메의 혼례가 끝나면, 이번에는 토카이도에서 나카센도에 걸쳐 이치리즈카—里塚°를 쌓을 것이라고 했다. 십 리를 36정으로 하고 그 거리에 맞추어 숙소와 파발마를 준비해두지 않으면 평화로운 시대를 맞이했다는 시위가 되지 않는다고 했다.

마타시로는 그러한 유형의 인물을 좋아하지 않았다.

너무 빈틈 없고 너무 매끄러운 느낌. 그러고 보니 이목구비에서 몸매에 이르기까지 한 군데도 나무랄 데가 없었다. 그것이 도리어 친근해질 수 있는 인간미를 제거시키는 느낌이었다.

"그리고 또 다른 소문도 있지요."

나가야스는 말했다.

"센히메 님의 의상과 혼수조달이 촉박하다, 그 때문에 혼례날을 연기시키려고 이 나가야스가 누군가를 시켜서 불을 지르게 했다는 소문…… 이렇게 되면 망령도 제법 그럴 듯하다니까요."

8

마타시로는 아무렇지도 않다는 듯이 웃어넘기려 했다. 그러나 오히려 얼굴이 굳어졌다.

"허어…… 혼례의 의상이나 혼수조달이 촉박하다…… 그래서 방화한 것이라면 하명을 받은 우리들도 의심을 받을 만하군요."

"하하하…… 어쩌면 그런 소문도 떠돌지 모르지요. 그런데 마타시로 님, 방화한 자가 당신이든 이 나가야스이든 어쨌든 혼례날이 좀 연기되었어요."

"옛? 그것은……?"

그만 마타시로도 얼굴빛이 변했다. 날짜가 연기될 것 같다고 나가야스가 무심코 말한 것은 대불전에 불이 나기 전이었다.

"그럼, 언제로 연기되었나요……?"

"칠월 이십팔일…… 이날이 길일이므로 그렇게 해달라고 오사카 쪽에서 제안했고, 주군도 승낙하셨지요."

나가야스는 물 흐르듯이 말하고, 가만히 마타시로를 바라보았다.

마타시로는 숨이 막힐 것만 같았다.

"그럼, 연기한 이유는?"

"물론 대불전의 화재와 그 밖의 일 때문에. 생모님은 우란분재盂蘭盆
齋°의 공양을 정성껏 하신 다음 센히메 님을 맞이하겠다고 말씀하셨소.
그렇게 하면 망령의 힘도 별것 아니라고."

"나가야스 님!"

마타시로는 드디어 큰 소리로 나가야스를 불렀다.

'상대의 유인에 넘어갔구나!'

부르고 나서 문득 깨달았지만, 이미 젊음이 마타시로를 물러서지 못
하게 했다.

"지난번에 나가야스 님은 십오일의 혼례가 연기될 것 같다고 말씀하
셨지요."

"그렇소. 확실히 그런 말을 비쳤소."

"그러면 그 무렵부터 나가야스 님은 대불전의 화재를 예측하고 계셨
나요?"

"원, 당치도 않은 말씀…… 그렇게 되면 방화한 괴한은 이 나가야스
이거나 나가야스가 아니더라도 나와 관련됩니다. 하하하…… 마타시
로 님까지 망령이 되시면 이 나가야스는 곤란한데요."

"아니, 결코 의심해서 하는 말이 아니오. 이 마타시로는 아직 어린
나이. 어떻게 연기된다는 것을 알았는지 말씀해주시오."

"마타시로 님."

"예."

"오월 십오일이라고 말씀하신 것은 주군이었지요?"

"그렇습니다. 그렇게 알고 있습니다."

"주군은 자신이 세이이타이쇼군…… 무사들의 대들보…… 그렇게
되시고 나서야 센히메 님을 출가시키기로 했소. 손녀를 아끼는 나머지
조금이라도 조건이 좋아지도록 기다리신 것이오."

"으음."

"그러나 오사카 생모님으로서는 며느리를 하사받았다……는 생각이 없지도 않을 것이오. 그래서 일단은 응낙하셨지만 후에 자신의 의견을 말씀하신다, 곧 날짜 결정에 양쪽의 체면이 달려 있다…… 그러므로 연기되겠구나 하고 추측한 것이오."

이렇게 말하고 나가야스는 젊은 마타시로를 시험하듯 말을 이었다.

"마타시로 님은 세이이타이쇼군의 손녀가 나이다이진 부인이 된다는 것을 출세로 생각합니까, 아니면 굴욕적인 혼인으로 생각합니까?"

이 물음에 마타시로는 자신도 깜짝 놀랄 만큼 심한 반감을 느꼈다.

9

어떤 의미에서나 부자연스러운 혼인이었다. 이 혼인을 출세라고 생각하느냐 그렇지 않다고 생각하느냐 하는 질문은 너무나 제삼자적인 것이 아닐 수 없었다. 그렇지 않다면 나이다이진이라는 히데요리의 관직과 이에야스 관직의 높낮이를 알고 있느냐는 질문, 한 단계 위에서 내려다본 모욕이라고도 생각되었다.

마타시로는 그 질문을 무시하고 상대를 엄하게 꾸짖어주고 싶었으나 젊음은 그러한 여유를 그에게 주지 않았다.

"나가야스 님은 이상한 일에 구애받으시는군요. 이번 혼인을 그러한 척도로 보아 무슨 이익이 있겠습니까."

"이익은 없지요."

나가야스는 얼른 말했다.

"아무 이익도 없는 것이 때로는 큰 소동의 원인이 되기도 하지요."

"큰 소동……?"

"그렇소. 도쿠가와 가문의 눈으로 본다면 센히메 님은 세이이타이쇼군이자 우다이진의 손녀…… 도요토미 가문에서 볼 때 히데요리 님은 칸파쿠 다죠다이진의 아들이고 나이다이진…… 어울린다면 더없이 잘 어울리는 혼인이지만, 그 사이에 조금이라도 감정을 개입시키면 쌍방에서 서로 줄다리기를 해야만 할 일이 됩니다. 혼례 날짜의 결정에도 그것이 나타났다……고 한다면 마타시로 님도 나도 충분히 알아두어야 할 일이 아니겠소?"

"으음…… 그런 의미로 말씀하셨습니까?"

"하하하…… 오쿠보 나가야스는 신참이지만 주군의 은혜를 잊을 자는 아니오. 그러므로 사소한 일까지, 곧 의상이나 혼수에 이르기까지 정성을 기울여달라고 말씀 드린 것이오."

마타시로는 나가야스에게 완전히 농락당하고 말았다.

"가령 센히메 님 혼수의 무늬도 오·칠 오동나무°는 삼가는 게 좋을 것이오. 아마 생모님의 것에는 오·삼 오동나무가 찍혀 있을 테니…… 어쨌든 대불전의 화재 하나만 해도 수많은 망령이 날뛰는 세상, 모쪼록 그 철없는 센히메 님에게 너무 무거운 짐이 되지 않도록 배려해주기 바라오."

"잘 알았습니다. 칠월 이십팔일이라면 충분히……"

"그리고 참, 이건 비밀을 지켜주기 바라는데……"

나가야스는 다시 무언가 생각난 듯이 말을 이었다.

"실은 센히메 님이 가져가실 작은북…… 내 전문이므로 내가 만들게 됐는데, 생모님 것보다 더 좋은 작은북이어선 안 되겠다 싶어 일부러 오사카에 사람을 보내 생모님이 지니신 것을 조사케 한 다음 만들게 했어요."

"허어, 작은북을……"

"그렇소. 인생이란 사소한 방심으로 뜻하지 않은 불화를 가져오는 것…… 만일 어떤 기회에 시어머님의 것보다 며느리의 북이 뛰어난 소

리를…… 그렇게 되면 시샘을 받지요. 그래서 생모님이 나고야 산자名
古屋山三°를 부르셨을 때 나와 친한 칸제류観世流°의 배우를 수행시켜
조사해 생모님의 북보다 약간 못한 것을 만들었지요."

"으음."

"세상일이란 전쟁터의 승부처럼 단순하지 않아요. 참, 칠월 이십팔
일로 연기되었다는 사실은 어차피 마님으로부터 정식으로 말씀이 계실
것이니, 내가 말한 것은 비밀로……"

어느 틈에 마타시로는 나가야스에 대한 반감마저 잊고 망연자실茫然
自失해졌다……

10

마타시로는 오쿠보 나가야스가 돌아간 뒤 다시 한 번 센히메의 혼수
준비물을 돌아볼 생각이 들었다.

센히메의 어머니 오에요 부인은 혼수 때문에 딸이 비웃음을 당하지
않도록 정성을 다해달라고 거듭 부탁하고 있었다. 그 태도에서는 돈에
구애받지 않겠다는 여자다운 경쟁심이 느껴졌다. 그러나 이와 반대로
나가야스의 경우와 같은 세심한 배려도 있었다……

무슨 일에나 지기 싫어하는 생모의 눈이 모든 것을 자기와 비교해 센
히메를 바라보고 또 혼수를 바라보는 것은 불가피한 일일지도 모른다.
그렇다면 당연히 작은북소리까지 신경쓰는 나가야스의 세심한 태도
는 배울 만한 일이었다.

작업장을 돌아본 결과 마타시로는 의상의 금박 위에 다시 은박을 입
혀 금빛을 감추기도 하고, 칠장이의 손에 맡긴 옷장, 문갑, 바느질 그릇
등의 무늬를 약간 수수하게 칠하도록 하기도 했다. 그 대신 바탕에는

두껍게 금박을 입히도록 하여 언젠가 겉칠이 벗겨질 무렵에는 밑에서 찬란하게 금박이 나타나도록 신경을 썼다.

그러나저러나 이런 점에까지 신경을 써야 하는 혼인이란 얼마나 고통이 따르는 것일까?

'혼인이 아니라, 역시 애처로운 인질인 거야……'

그 인질의 천진난만한 애교가 엉뚱하게 오해받거나 버릇없는 행동이라고 받아들여지면 어떻게 할 것인가……?

거기까지 생각했을 때 마타시로는 다시 히데요리가 이미 이성에 눈을 뜨기 시작했다는 점이 마음에 걸려 견딜 수 없었다.

'그 상대 여자란 어떤 성질의 사람일까?'

물론 측근에 있던 시녀일 테지만 히데요리로서는 처음으로 안 여자다. 그 여자가 히데요리의 부인이 될 센히메에게 호의를 가질 리 없다…… 그런 점에서 이 인질은 헤아릴 수 없는 어둠 속으로 걸어가게 되는 것이 아닐까.

칠장이의 작업장에서 집으로 돌아온 마타시로는 정원에서 연못가로 돌아가 만발한 창포 옆에 서서 저도 모르게 한숨을 쉬었다.

바로 그때였다.

"마타시로, 이타쿠라 님이 오셨으니 나가서 인사하도록."

툇마루로 나와 부른 것은 형 시로지로 키요타다四郎次郎清忠였다.

"아니, 쇼시다이가 오셨다고……?"

마타시로는 얼른 툇마루 쪽으로 가서 댓돌에 한 발 올려놓다가 저도 모르게 얼굴이 빨개졌다. 객실 손님은 쇼시다이 이타쿠라 카츠시게만이 아니었다. 그 옆에 나야의 손녀 오미츠가 나란히 앉아 있었다.

"아니, 여기까지 오셨군요."

마타시로가 시선을 내리깔며 카츠시게에게 인사했다. 그는 흰 부채를 접었다 폈다 하면서 밝게 웃었다.

"마타시로 님, 오미츠 님은 자네의 약혼자라고?"

"예…… 예, 그것은……"

"……형님은 아직 모른다더군. 젊다고는 하지만 자네가 약간 실수했다고 보는데 어떤가?"

카츠시게는 이렇게 말하고 미소를 띠면서 눈을 가늘게 뜨고 마타시로와 오미츠를 번갈아 바라보았다.

11

마타시로는 흘끗 오미츠를 바라보고 더욱 얼굴을 붉혔다. 오미츠의 얼굴도 몸매도 이전보다 몇 배 더 아름답고 밝게 눈에 비쳐, 말없이 마타시로를 비난하는 것처럼 느껴졌다.

"아닙니다. 사실은…… 형님에게 말하려 했습니다마는 그만 바쁘다 보니…… 그리고 형님은 곧 사카이로 떠났기 때문에……"

"괜찮아."

형 키요타다가 가로막았다.

"네가 결정한 일이라면 나도 이의가 없어. 그런데 너는 이 오미츠 님을 센히메 님 시녀로 이타쿠라 님에게 추천했다고?"

키요타다의 말에 이어 카츠시게가 다시 끼여들었다.

"오미츠 님은 그런 약속이 있기 때문에 자네 입으로 그 말을 듣지 않는 한 승낙 여부를 말할 수 없다고 했네…… 당연한 일이지. 그래서 오늘 함께 온 거야…… 만일에 승낙한다면 센히메 님과 친숙해질 겸 되도록 빠른 편이 좋다고 생각하네."

마타시로는 머리가 화끈 달아올랐다.

다른 이야기라면 결코 응답에 당황할 마타시로가 아니었다. 그러나 자신의 혼담이고 보니 이상할 정도로 피가 끓어올랐다. 새삼스럽게 카츠시게와 형의 말을 듣고 보니, 지금까지 너무나 자기 독단에 치우친 느낌이 있었다. 그렇더라도 이처럼 눈앞에 데리고 왔으므로 이제는 뒤로 물러날 수도 없었다.

"예…… 예, 실은……"

마타시로는 얼른 이마의 땀을 닦았다.

"오월 십오일로 날짜가 촉박했기 때문에 정신을 빼앗겨 아직 저는 오미츠 님에게 아무 이야기도……"

"그래서 함께 온 것일세."

"그럼, 지금 이 자리에서 제가…… 이야기해보겠습니다."

"좋아, 그렇게 하게. 그럼 형님과 나는 잠시 자리를 피할까."

카츠시게는 마타시로가 당황할 것을 미리 예측하고 있었던 것처럼 눈치 빠르게 구원의 손을 내밀어주었다.

"그……그……그렇게 해주시면 고맙겠습니다."

"좋아. 그럼 키요타다 님, 우리는 다른 방에서."

"알았습니다."

두 사람이 나갔다.

마타시로는 잔뜩 어깨를 추켜올리듯이 하고 오미츠 쪽으로 돌아앉았다. 돌아앉기는 했으나 맨 먼저 무슨 이야기를 할 것인지 말이 무겁게 목에 걸리고, 배에서 묘한 소리가 울리기도 했다.

"오미츠 님."

"예."

"승……승……승낙하고 잠시 센히메 님 측근에서 시중을 들……들어주지 않겠소?"

오미츠는 대답 대신 까르르 웃었다. 그 소리에 마타시로는 더욱 당황하며 무언가에 쫓기는 기분이 되었다.

"웃을 일이 아니오! 센히메 님은 표면상은 출가하시는 것이지만 사실은 인질, 여간 똑똑한 사람이 측근에 없으면……"

"마타시로 님, 어째서 오미츠에게 그런 어려운 일을 권하시나요?"

"그것은 물론 아……아……아내라 생각해서……"

마타시로가 말하는 것과 오미츠가 가로막은 것은 동시의 일이었다.

"무슨 말씀인가요. 저는 마타시로 님의 아내가 아니에요!"

12

마타시로는 상대가 선수치는 바람에 그만 말문이 막혔다.

아내가 아니다…… 듣고 보니 확실히 거짓말이 아니었다. 사카타 신자에몬은 쇼안에게 중매를 부탁받았다. 그러나 이행하지 못한 채 죽고 말았다.

"나야와 챠야 집안은 친밀한 사이이기는 하나 남이에요. 저는 아직 챠야 집안의 며느리가 된 기억이 없어요. 호호호…… 그런데도 마타시로 님은 아내라고 하시는군요. 마타시로 님, 무언가 꿈을 꾸고 계시는 건 아닌가요?"

마타시로가 머뭇거렸다. 오미츠는 짓궂게 말했다. 어쩌면 지난번의 앙갚음인지도 모른다.

"그……그건 확실히 그렇소."

"그, 그것이라니요?"

"확실히 아직은 아내가 아니오."

"그럼, 아내라고 생각했기에 어려운 일을 권할 마음이 들었다……고 하신 말은 취소하시겠지요?"

"그렇소, 취소하겠소."

마타시로는 더욱 당황해 더듬거리며 말했다.

"아직 아내는 아니……지만…… 곧 아내로 삼을…… 생각이었기에 무……무심코……"

오미츠는 또 킬킬 웃으며 가로막았다.

"잠깐, 마타시로 님, 저는 마타시로 님의 말을 잘 알아들을 수가 없어요."

"허어……"

"잘못 들으면 큰일…… 뭐라고 하셨나요. 곧 아내로 삼을 생각이라고 하셨나요?"

"그……그렇소. 곧 아내로 삼을 생각으로 말이오."

"하지만 누가 승낙했나요? 저는 아직 그 일로 자세한 이야기를 들은 적이 없는데요……"

이 말에 마타시로도 겨우 깨달았다.

'이 여자는 나를 놀릴 생각이로구나.'

그렇다면 마타시로도 부끄러워하고만 있을 사나이가 아니었다.

"으음, 그러면 내 아내가 되지 않겠다는 말이오?"

"마타시로 님은 이 오미츠를 꼭 아내로 삼고 싶으세요?"

"그야…… 아니, 나는 별로 그런 것은……"

"그렇다면 이 오미츠도 분명히 말하겠어요. 저도 별로 마타시로 님에게 시집가고 싶은 생각은 없어요."

"으음."

마타시로의 눈썹이 점점 더 치켜올라갔다. 상대가 말싸움을 걸어온다는 것은 알았으나 젊은이의 긍지가 후퇴를 용서치 않았다.

"그렇군. 아내도 아니다, 또 아내가 될 생각도 없다, 그러므로 어려운 일은 맡지 못하겠다……는 말이겠군."

"원 이런. 누가 그런 말을 했나요?"

"지금 그렇게 말하지 않았소?"

"아니에요, 저는 이렇게 말하고 있는 거예요. 마타시로 님이 일본에서 아내로 삼고 싶은 여자는 오미츠뿐…… 이렇게 말씀하신다면 어려운 일을 맡아도 좋다고……"

그러면서 오미츠는 승리에 도취한 암탉처럼 목젖을 울리며 나직하게 웃었다.

마타시로는 화가 치민 듯이 혀를 찼다.

'이 얼마나 남을 우습게 보는 여자란 말인가……?'

13

"가엾은 인질은 센히메 님만이 아닌 것 같아요……"

오미츠가 다시 웃으면서 말했다.

"아니, 그럼 그대도 인질이란 말이오?"

"아뇨, 마타시로 님도 인질…… 호호호…… 그런 생각을 했어요."

"으음."

"자, 말씀해보세요. 일본에서 오미츠말고는 아내로 삼을 여자가 없다고…… 그러면 저도 오사카에 가겠어요."

마타시로의 머릿속에서 심한 계산의 불꽃이 튀었다. 화가 치밀었다. 그러나 이타쿠라 카츠시게에게 그토록 부탁받은 이상 지금은 오미츠의 말대로 할 수밖에 없었다.

"다짐 삼아 다시 한 번 묻겠소."

"몇 번이라도 좋아요."

"내가 그 말을 하지 않으면 그……그대는 승낙할 수 없다는 거요?"

"그래요."

"할 수 없군. 그럼……"

마타시로는 무릎걸음으로 한 발 다가앉으면서 말했다.

"일본에는 오미츠 님말고는…… 이 마타시로가 아내로 삼을 여자는 없소."

그러자 오미츠는 새침하게 물었다.

"그래서 어떻게 하라는 말인가요?"

"아내…… 아내가 되어주시오."

"거절하겠어요."

"뭐……뭐……뭣이?"

"아내는 되지 않겠어요."

"그대는…… 이 마타시로를 조롱할 생각인가!"

"아니, 아내는 되지 않겠지만 어려운 일은 하러 가겠어요."

순간 마타시로는 심하게 눈을 깜박거렸다.

'이 여자는 도대체 어디까지 짓궂게 나를 조롱하려는 것일까……?'

"으음. 나는 싫지만 오사카에는 가겠다는 말이로군."

"아니, 그렇지도 않아요."

"뭣이, 그렇지 않다니……?"

"예."

오미츠는 다시 요염하게 웃었다.

"마타시로 님은, 자기는 싫지만 오사카에는 가겠느냐고 물으셨죠?"

"그렇지 않다고 그대는 대답했어."

"예, 그렇지 않지요. 저는 마타시로 님이 좋아졌다…… 그래서 오사카에 가려는 거예요."

"아니, 내가 좋아졌다고……?"

"예."

"그럼, 아내가 되지 않겠다고 한 것은 거짓말이오?"

"아니, 진실이에요. 아내는 되지 않겠지만 좋아졌어요. 그러므로 남인 채로 오사카 성에 가겠어요."

"으음."

"챠야 가문의 며느리……라면 성에 있는 동안 혹시 저에게 잘못이 생기면 이 댁에 누를 끼치게 돼요. 이 댁에 누를 끼치는 일을 저지르면 돌아가신 할아버님에게 웃음거리가 돼요."

이렇게 말하고 오미츠는 다시 한 번 마타시로의 미숙한 분별력을 놀리는 눈이 되어 킬킬 웃었다.

그 순간이었다. 마타시로의 온몸의 피가 정신이 나갈 만큼 묘하게 짜릿짜릿 끓어오르기 시작한 것은…… 이것으로 완전히 마타시로도 오미츠를 좋아하게 되고 말았다.

14

'오미츠의 말에는 깊은 생각이 숨겨져 있다……'

아니, 그보다 역시 마타시로가 좋아졌다는 고백이 훨씬 더 강하게 마타시로의 심신을 사로잡았는지 모른다. 마타시로는 갑자기 오미츠에게 달려들어 부드러워 보이는 그녀의 몸을 마음껏 흔들어주고 싶은 충동에 사로잡혔다.

오미츠는 그러한 마타시로의 마음을 민감하게 느낀 듯. 갑자기 엄숙한 표정이 되어 자세를 고치면서 무릎걸음으로 한 발 물러앉았다.

"마타시로 님, 오미츠는 나야 할아버님이 돌아가신 뒤 곰곰 생각해 보았어요."

"무엇을, 무엇을 생각했소?"

"사람의 일생을……"

오미츠는 깊은 암시를 담아 중얼거렸다.

"마타시로 님은 센히메 님을 불쌍한 인질이라고 말씀했어요."

"아, 그렇게 말했소, 자기 자신은 아무런 자유 의사도 가지지 못했다, 그런데도 주위에서 모든 것을 결정한다."

"바로 그것이에요. 인간은 모두 이 세상의 인질이 아닐까요?"

"뭐, 인간은 이 세상의 인질……?"

"나야 할아버님은 남이 볼 때는 이 세상을 뜻대로 마음껏 사신 분이었어요……"

"그렇지 않다고 할 수도 없겠지……"

"타이코 님도, 또 타이코 님과 싸우다 돌아가신 리큐 거사도……"

"으음."

"뜻대로 산 사람은 아무도 없지요. 모두들 약간은 약속된 일에 묶인 사람들, 뒤에서 보면 애처로운 사람들이에요…… 이 오미츠의 눈에는 모든 사람이 이 세상의 가엾은 인질로 비치기 시작했어요."

"으음, 그것도 일리가 있겠군. 그런데 그런 생각이 들어 오사카에 가겠다는 거요?"

오미츠는 조용히 고개를 저었다.

"따지고 본다면 모두 인질…… 그러므로 처음부터 뜻대로 하려 하지 말고 인질답게 삼가는 것이 승리…… 이렇게 생각한 것이에요. 마타시로 님은 부인하시나요?"

마타시로는 잔뜩 눈을 치뜨고 계속 오미츠를 바라보았다.

'역시 나에 대한 충고인 것 같다.'

젊은 마타시로가 남의 일은 가엾게 여기면서 자신이 가엾다는 것은 알지 못한다, 인간의 가엾음이나 슬픔은 실은 한발 깊게 밟아들어가면 남이나 자기나 한 가지…… 거기까지 생각한 뒤의 동정이야말로 참다운 동정이 될 수 있다고 가르칠 생각인 것 같다.

"과연, 이제 알았소!"

잠시 숨을 죽이고 생각하다가 마타시로는 힘차게 고개를 끄덕였다.

"그럼 이렇게 되겠군…… 오사카 성 생모님은 남편을 먼저 보낸 가 없은 미망인, 거기에 출가하는 센히메 님은 아직 부부관계도 맺을 수 없는 어린 몸…… 그러므로 신랑에게 따로 소실이 있을지도 모르는 일. 가엾은 분이므로 그대도 남편을 갖지 않고 섬기겠다…… 그런 겸 허한 마음이 없다면 상대 불행도 이해할 수 없다고……"

오미츠는 갑자기 얼굴을 가렸다. 무엇 때문인지는 자신도 잘 몰랐으 나 얼굴을 가리는 순간 심한 오열이 당연한 것처럼 뒤따랐다……

15

오미츠는 좀처럼 남 앞에서 우는 여자가 아니었다. 울고 싶을 때는 태연하게 웃고 화가 나면 농담을 하여 남을 웃기는…… 그런 천성을 가 진 여자였다.

쇼안까지도 그것을 꿰뚫어 보았었다.

"우리 가문의 핏줄은 묘한 것이야. 여장부만 생긴다니까. 코노미도 그랬지만 오미츠도 달고 나올 것을 잘못 달고 태어났어."

쇼안이 이런 농담을 할 정도로 기질이 강하고 도도한 성격이었다. 그 런 오미츠가 마타시로의 추리 비슷한 감회에 맥없이 눈물을 보이고 말 았다.

인간은 모두 인질…… 아마도 이렇게 말한 그녀의 감회에 마타시로 가 너무나 순진한 태도로 순순히 동의했기 때문이 아닐까……

"사람은 모두 슬픈 존재."

이런 감회에 젖을 때 착한 사람을 만나면 슬프고 악한 사람을 만나면 더욱 슬퍼지는 묘한 감정의 동요가 일어나게 마련이다.

"오미츠 님, 왜 그래요?"

오미츠의 오열이 심상치 않다고 여긴 마타시로는 소리를 죽였다.

"뭔가 내 말에 기분이라도 상했소?"

"아니에요……"

오미츠는 얼른 고개를 저으면서 자기 자신을 주체 못하듯이 감정적인 얼굴로 입술을 깨물었다.

"제발…… 제발…… 지금 한 말을…… 이타쿠라 님에게 그대로 전해주세요."

"지금 한 말이라니, 생모님도 센히메 님도 불운하다는……?"

"예, 그러므로 우리도 약혼을 파기하고 센히메 님을 섬기겠습니다, 혼자만 행복하면…… 두 분에게…… 두 분에게 죄송하므로……"

"내 입으로 그것을 이타쿠라 님에게?"

"예, 그렇게 하는 편이 틀림없이 마타시로 님을 더 위하는 길이 될 거예요…… 이 오미츠는 마타시로 님에게 도움을 주고 싶어요."

마타시로는 꿈틀 몸을 떨었다. 그리고 다시 한 번 곰곰이 오미츠의 말을 마음속에서 되새겨보았다.

처음에는 야유하는 어조였다. 그것은 진실인 듯했다. 그런데 중간부터 그녀의 말도 태도도 바뀌어갔다. 야유하는 것과도 같고 친밀감을 더한 것도 같은…… 그리고 마침내 분명히 좋아졌다고 고백했다.

'거짓말이 아니다. 아니, 거짓말 같은 것을 할 여자가 아니다……'

그것도 이 감정을 가엾은 요도 부인과 센히메를 위해 억누르고, 자기 자신도 일단 인생의 환희와는 인연이 없는 자리로 물러나 거기서부터 출발하겠다고 한다…… 오사카 성에 들어간 이후 오미츠의 책임은 무한한 무게를 더할 것 같았다.

결코 사소한 일이 아니었다. 센히메와 히데요리의 관계를 통해서 도요토미 가문과 도쿠가와 가문의 사이를 멀리도 하고 가깝게도 할 수 있는 열쇠가 된다.

'오미츠는 충분히 계산한 뒤 단단히 각오를 하고 왔다……'

젊은 마타시로도 그만 울고 싶은 심정이 되었다.

'그렇다. 마타시로도 이 여자에게 무언가 보답을 해야만 한다……'

그때 오미츠가 눈물을 닦고 다시 웃는 얼굴이 되었다.

"너무 지체하면 이타쿠라 님이 걱정하시겠어요. 자, 이리 오세요."

마타시로는 고개를 끄덕이고 일어났다.

카타기리의 갈등

1

혼례 날짜를 7월 28일로 정하고 싶다는 오사카 측 제안을 이에야스는 그대로 받아들였다. 그 이유는 대불전이 화재로 불타, 그 불길함을 없애기 위해 도요토미 가문에서는 서둘러 노부나가와 인연 깊은 황폐한 아즈치安土의 소켄 사總見寺를 수리하고 싶다, 그 수리가 7월 말에는 끝나므로 그때까지 연기하겠다는 것이었다.

물론 이에야스의 뜻대로 하고 싶지 않다는 요도 부인의 자존심에서 나온 제안이었다. 이에 따라 카타기리 카츠모토와 그 아우 사다타카貞隆, 그리고 코이데 히데마사 이렇게 세 사람이 이마를 맞대고 의논한 끝에 가장 그럴듯한 이유를 붙인 제안이었다.

"생모님은 쇼군 님보다 다이나곤 님 마님에게 체면을 세우시려는 거야. 어쨌든 혈육지간인 동생이니까."

오사카 본성에 있는 부교 대기실이었다. 예전에는 아사노 나가마사나 이시다 미츠나리, 마시타 나가모리 등 다섯 부교가 모여앉아 당당하게 천하의 일을 논하던 장소였다. 그러나 지금은 그 인물들이 별로 힘을 갖지 못하고 있었다.

카타기리 카츠모토 형제와 코이데 히데마사도 히데요시가 살아 있을 때는 신의가 깊은 자로서 언제나 측근에 있기는 했다. 그러나 중요한 일에는 아무런 참견도 허락되지 않았다.

그것이 지금은 이 세 사람과 오노 하루나가, 하루후사治房 형제가 지난날 다섯 부교의 일을 대신하고 있었다. 그 밖에 요도 부인에게는 사촌오빠 오다 조신織田常眞(노부오)과 외삼촌 우라쿠사이가 있었으나, 이 두 사람은 은둔자로 행세하고 있었다. 요도 부인으로부터 특별한 의논이 없는 한 귀찮은 일에는 되도록 상관하지 않으려 했다.

오노 하루나가가 총신으로서 요도 부인의 측근에 있는 일이 많았으므로 결국 중요한 일은 이들 세 사람이 처리하고는 했다. 카타기리 카츠모토는 그래도 괜찮다고 생각했다. 그는 결코 자기가 남보다 뛰어난 지능이나 재주를 가지고 있다고는 생각지 않았다.

시즈가타케賤ヶ岳 전투 때는 그 역시 일곱 창의 한 사람으로 히데요시의 다른 심복들과 마찬가지로 3,000석을 받았다. 그 후부터는 카토나 후쿠시마와는 비교도 안 될 정도로 그늘에 가려졌다. 물론 이시다 미츠나리나 오타니 요시츠구大谷吉繼, 코니시 유키나가 등과도 비교가 되지 않았다.

그들은 모두 상당한 세력을 가진 다이묘로 출세했다. 그러나 카츠모토는 분로쿠 4년(1595) 8월에야 본래의 4,200석 외에 5,800석이 더해져 겨우 1만 석을 받는 작은 다이묘에 불과했다. 어쩌면 히데요시가 가엾게 여겨 '다이묘'의 말단으로 올려주었는지도 모른다.

그러나 지금은 그렇게 되었던 것이 오히려 잘되었다고 생각하고 있었다. 히데요시 생전에는 천하의 주인이었던 도요토미 가문이 지금은 60여 만 석 다이묘로 전락했다.

"육십여 만 석에 불과한 가문의 중신이라면 내 녹봉도 결코 적은 것은 아니야."

그러한 자조적인 말을 동생 사다타카에게 한 적도 있는 카츠모토였다. 그러나 지금은 그런 말을 해도 좋을 때가 아니었다. 그들의 태도 여하에 따라 그 60여 만 석마저 날릴지 모른다……는 불안이 생생하게 느껴지기 때문이었다.

"쇼군은 그런 대로 괜찮아. 그러나 후다이 가신들이 트집을 잡으려고 오사카를 노리고 있어."

이렇게 입버릇처럼 말하는 카츠모토가 오늘 최종적으로 28일의 혼례를 타협하기 위해 후시미로 가기에 앞서 두 사람을 불렀다.

2

"나의 권유로 간신히 생모님은 절과 신사 건립에 동의하셨으나 아직 천하인의 꿈은 버리시지 못하고 있소. 오늘도 혼례날에는 일본의 크고 작은 다이묘들을 모두 초대해 타이코 님 생전과 비교해 조금도 뒤지지 않도록 하라는 분부셨소."

카타기리 카츠모토가 곤혹스러운 표정으로 이렇게 말했다. 코이데 히데마사는 그 말에 한 술 더 뜨는 태도로 허연 머리를 슬픈 듯이 흔들어 보였다.

"이 성에는 황금이 너무 많다, 그러니 절이나 신사를 수리하는 데 내놓아라…… 그렇게 말하면서도 어째서 도련님 혼례에는 비용을 아끼는지 모르겠소. 그대들은 동생 앞에서 내 체면이 깎이는 것을 보고 싶은가……고 나에게도 말씀하셨소. 그것과는 다릅니다, 일본의 모든 다이묘들을 초대한다면 그야말로 조정에 대해 적의를 나타내는 것…… 이렇게 말씀 드렸으나 경사스러운 일이므로 그런 염려는 없다는 것이었소."

"그래서 코이데 님은 그대로 물러나셨다는 말씀입니까?"

카타기리 사다타카가 힐문하듯이 되물었다.

"잠깐."

카츠모토가 사다타카를 제지했다.

"언젠가 내가 다시 말씀 드리겠어. 말씀 드리면 모르실 분이 아니지. 그러나 서두르면 알고 계시면서도 오히려 반대하실지 몰라. 그보다도 문제는 우리의 마음가짐이야. 나는 쇼군에게 이렇게 말할까 하는데, 어떨까. 실은 생모님께서 요즘 불심佛心이 생겨 여러 가지로 비용을 지출하게 되었으므로 혼례는 되도록 검소하게 치르려 하는 데 승낙해주십시오…… 이렇게."

"불심이 생겨서입니까……?"

사다타카가 비웃었다. 이번에는 코이데 히데마사가 제지했다.

"그런 말을 생모님에게 하는 자가 있으면 큰일날 텐데."

"걱정하지 마시오. 물론 다른 사람이 있을 때는 말하지 않겠소. 그리고 쇼군은 이 카츠모토라면 결코 소란의 원인을 제공하지 않으리라고 믿고 있소."

"그렇다면 이 문제는 일단 맡겨도 좋다고 생각하오. 좌우간 쓸데없는 지출을 거듭하고, 게다가 쇼군의 미움을 받는다면 안 될 일이오."

"나는 그렇게 알고 후시미로 가겠소. 코이데 님도 동생도 오노 형제를 비롯한 측근들에게 아무쪼록 검소하게 하라는 말을 이르고 행여 생모님을 부채질하는 일이 없도록."

"알겠습니다."

생각해보면 서글프기 그지없는 의논이었다. 도쿠가와 가문의 중신들과 요도 부인의 콧대 높은 자존심을 어떻게 하면 충돌시키지 않을까 하는 것이 언제나 최대의 의논거리였다. 물론 끈질기게 설득한 결과 요즘에는 요도 부인도 카츠모토의 제안을 잘 듣게 되기는 했다.

실제로 사찰보수에도 올해는 다섯 군데나 시주할 예정이었다.

카와치의 콘다譽田 하치만구, 셋츠의 카츠오 사勝尾寺, 그리고 아즈치의 소켄 사를 끝내면 다시 카와치의 에이후쿠 사叡福寺와 칸신 사觀心寺에 시주하기로 되어 있었다.

그러나 그 목적은 카츠모토의 생각과는 전혀 달랐다.

카츠모토는 도쿠가와 가문의 눈을 피하면서 요도 부인에게 참다운 신앙을 갖게 하려는 것이었다. 그러나 요도 부인은 고개를 갸웃거리며 이런 농담을 했다.

"호호호…… 이에야스를 쓰러뜨릴 수 있는 시주라면 얼마든지 내놓아도 아깝지 않아요."

3

카타기리 카츠모토는 요도 부인이 결코 어리석은 여자라고는 생각지 않았다. 그러나 그 현명함과 강한 기질이 오히려 점점 더 무거운 짐으로 느껴지기 시작했다.

세키가하라 패전 이후 이에야스가 히데요리나 요도 부인의 책임은 묻지 않겠다고 통고했을 때는 사람이 달라진 것처럼 겸손한 기쁨을 보였던 사람, 어느 틈에 그 일에 대해서는 감사하는 마음을 잊어버리고, 타이코와의 약속이므로 당연히 그래야만 하는 것처럼 생각하는 데 익숙해지고 있었다.

목구멍으로 넘어가고 나면 뜨거운 걸 잊어버리는 것이 사람의 마음. 그러나 결코 그 호의에 방심해선 안 될 때였다. 지금 세상에서 무력으로 대항할 수 없다는 약점은 결정적인 의미를 갖고 있다. 도쿠가와 가문으로부터 한 가지 호의를 받았다면 둘이나 셋으로 보답하는 조심성이 어느 때보다 중요하고 필요했다.

요도 부인은 점점 조심성을 잃고 요즘에는 지난날의 측근이었던 일곱 장수들에게, 도요토미 가문은 주인인데 무엇 때문에 이쪽에서 무릎을 꿇을 필요가 있느냐, 여자와 어린 주군만 있다고 무시하지 못하도록…… 등의 말을 하는 일조차 있었다.

카츠모토로서는 견딜 수 없도록 불안했다.

사정을 아는 사람이라면 이에야스가 결코 히데요시의 가신도 아니고 그에게 항복한 일도 없었음을 잘 알고 있었다. 오히려 히데요시 쪽에서 친어머니까지 인질로 보내고 매부로서 이에야스를 오사카에 불러올렸다. 친척은 될지언정 주인이 될 리 없었고, 무력에서는 이미 비교도 안 될 정도로 차이가 있었다.

더구나 이에야스는 세이이타이쇼군에 올라 이제부터 에도로 돌아가 바쿠후를 열려 하고 있었다. 그렇게 되면 지난날 히데요시가 이에야스를 정들었던 토카이 지방에서 칸토로 옮기게 한 것처럼 이에야스 또한 히데요리를 어디로 옮기든 마음대로라고 해도 과언이 아니었다.

그러한 이에야스가 눈에 넣어도 아프지 않을 센히메를 인질로 보내겠다고 하고 있다. 이런 사실이 카츠모토를 더욱 불안하게 했다. 당연히 도요토미 쪽에서도 이에 필적하는 호의를 상대에게 보여야만 할 때……였다. 그런데 농담이라도 요도 부인은—

"이에야스를 쓰러뜨릴 수 있는 시주라면 얼마든지 내놓아도 아깝지 않아요."

이렇게 조심성 없는 말을 하고 있었다. 물론 진심은 아니었다. 그러나 자신의 실력을 망각하고 이에야스와 겨룰 생각이 있다는 것만은 의심할 나위 없는 사실이었다.

'내 입장은 난처해지겠으나 달리 사람이 없으니 도리가 없다.'

벌써 사람들 중에는 카타기리 님이 너무 에도의 비위를 맞춘다……
고 말하는 자도 있었다. 그러나 카타기리는 그런 말에는 신경쓰지 않기
로 마음먹고 있었다.

'언젠가는 생모님도 알아줄 때가 있을 것이다……'

그때까지 성실하게 두 가문 사이의 교량 역할을 할 수 있다면 그것으
로 만족할 작정이었다.

"그럼, 이 사람은 이제 후시미에 가서 모든 일을 의논하고 오겠소."

대기실에서 나온 카츠모토는 그길로 육로를 택해 쿄토로 향했다.

센히메의 가마는 배로 오겠다는 것일까, 야마자키山崎에서 육로로
오겠다는 것일까?

돌아올 때는 뱃길 쪽을 보고 올 셈으로 약간의 수행원을 데리고 말에
올라 성을 나섰다……

4

쿄토에서 후시미에 도착한 카타기리 카츠모토는 아사노 나가마사
저택에서 하루를 묵었다. 그리고 이튿날 아침 등성했을 때 오쿠보 사가
미노카미 타다치카, 쿠로다 치쿠젠노카미 나가마사黒田筑前守長政, 호
리오 시나노노카미 요시하루堀尾信濃守吉晴 세 사람이 이에야스 앞에
불려와 28일의 혼례에 대해 의논하고 있는 것 같았다.

"오, 잘 오셨소. 도련님도 생모님도 안녕하시오?"

이에야스가 밝은 표정으로 말했다. 카츠모토는 왜 그런지 부들부들
전신이 떨렸다. 이에야스 쪽에서 아무런 꾸밈 없이 보호자로서의 태도
를 보일수록 카츠모토는 마음의 짐이 점점 더 무거워지기만 했다. 갚을
길 없는 빚이 늘어나는 심정이었다.

"예, 두 분 모두 안녕하십니다."

"그래, 무엇보다도 다행이로군. 그런데 오사카에서는 신부의 가마를 맞이하러 누가 나오기로 했소?"

"예, 아사노 키이노카미淺野紀伊守 님이 어떨까 합니다."

"요시나가가 승낙할까요?"

"어젯밤 그 댁에서 묵으면서 대강 의논했습니다만."

"오, 수고가 많았소. 이쪽에서는 오쿠보 사가미노카미가 배웅할 거요. 어떻소, 오사카도 좀 활기가 생길 것이라 생각하오?"

"예, 그야 물론 상하가 모두……"

이렇게 대답하면서도 마음이 아팠다.

이에야스는 역시 센히메를 보냄으로써 오사카를 둘러싼 온갖 소문과 불안을 해소시키려 하고 있었다. 그러나 과연 그 마음을 순순히 받아들일 분위기가 되어 있느냐 하면 자신이 없었다.

"나는 말이오, 이치노카미市正(카타기리 카츠모토), 타이코와의 약속은 큰 이변이 일어나지 않는 한 반드시 이행할 생각이오."

"고마우신 말씀입니다."

"어쨌거나 오사카는 아녀자들이 사는 곳, 나는 그대의 노고를 잘 알고 있소. 그대는 타이코가 센히메를 원했던 뜻을 잘 이해하고 있을 것이오…… 모든 일을 잘 부탁하겠소."

"그 말씀 결코 잊지 않겠습니다."

"그런데…… 소문이지만 히데요리 님은 이미 어른이라고?"

카츠모토는 또다시 움찔했다.

그 역시 이 질문의 뜻을 알고 있었다. 시녀들 중에 행실이 좋지 않은 자가 있어서 히데요리에게 정사에 대한 것을 가르치고 말았다. 요도 부인은 자신의 행위가 부끄러워서인지 히데요리를 나무라지 못하고 있었다. 안타까운 일이라고 하면서 카츠모토에게 귀띔을 한 것은 쇼에이니

334

正榮尼였다.

"어른……이라고 하시면?"

카츠모토가 식은땀을 흘리면서 시치미를 뗐다.

"어쨌든 좋소. 센히메는 성품도 용모도 뛰어난 아이요. 곧 사이가 좋아지겠지. 그리고 요즘 오사카 여자들은 타이코 전하의 말을 할 때 전하라 하지 않고 천하님이라고 한다고요?"

이것 또한 생각지도 않은 복병과도 같은 질문이었다.

타이코의 생전에도 결코 정숙한 아내라고는 할 수 없었던 요도 부인이 요즘에는—

"천하님, 천하님."

말끝마다 자못 그리운 듯이 불렀으며, 다른 여자들에게도 그렇게 부르도록 명했다.

히데요리에게 긍지를 갖게 하려고 그런 모양이었으나, 그래도 이에야스 앞에서는 안다고 하기가 거북한 카츠모토였다.

"글쎄요, 그런 일도 도무지……"

카츠모토는 얼른 땀을 닦으면서 머리를 숙였다.

5

이에야스는 흘끗 쿠로다 나가마사를 바라보았으나 별로 그 일에는 신경을 쓰는 것 같지 않았다. 사실 '천하님'에 대한 소문을 전한 것은 나가마사였다. 나가마사는 이것을 이에야스와는 다른 의미로 받아들이고 있었다.

이제 와서 타이코를 '천하님'이라 부르게 한 것은 요도 부인에게 큰 오해와 기대가 있기 때문이라고 그는 해석하고 있었다. 열한 살이라고는 하나 최근 1, 2년 사이에 열세 살 정도로 보일 만큼 크게 자란 히데요리는, 보기에 따라서는 주위 여자들이 모두 달라붙어 사춘기로 끌어들인 듯한 느낌이었다.

그러나 어머니 요도 부인으로서는 믿음직한 성장으로 보일 터. 따라서 요도 부인이, 센히메를 맞이한 히데요리가 머지않아 천하를 되돌려받을 것으로 착각하고 있지 않나 염려하고 있었다.

히데요리가 천하인이 되고 이에야스가 카로家老°가 되어 자기들을 섬길 때가 왔다…… 이러한 기대와 꿈을 가지고 있다면 그야말로 무서운 불행이었다. 세이이타이쇼군이 된 이에야스가 그렇게 할 리 없으며, 동시에 히데요리가 다스릴 수 있는 천하도 아니었다.

요도 부인이 그런 착각으로 센히메를 데려온다면, 그리고 자신의 생각이 어이없는 착각임을 알았을 때는 낙담과 분노가 어떠한 형태로 나타날 것인가…… 당연히 센히메에 대한 심한 학대로 나타나고, 두 집안의 불화는 둑이 터진 것처럼 될 터였다.

카타기리 카츠모토에게 은근히 그 착각 유무를 확인하고, 만약 그럴성싶으면 그동안의 사정을 잘 설명해주도록…… 이렇게 생각하고 이에야스에게 귀띔을 했는데, 카타기리 카츠모토는 피하고 말았다.

나가마사는 잠자코 있으면 이에야스에게 미안하다는 생각이었다.

"허어, 카타기리 님은 모르신다는 말이오……?"

"예……?"

카츠모토는 다시 시치미를 뗐다.

"무슨 말씀이신지요?"

"천하님, 천하님 하며 여자들에게까지 돌아가신 전하를 부르도록 하는 것 말입니다. 이 나가마사조차 그런 말을 들었소. 측근에 계시는 카타기리 님이 모르신다니 알 수 없는 일이오."

"그만 됐소."

이에야스가 나무랐다.

"타이코는 틀림없는 천하님이었소. 잘못된 말이 아니오. 그보다 혼례에 대해 요도 부인이 특별히 제안한 일은 없었소?"

"예…… 예."

카츠모토는 일부러 나가마사를 무시하듯이 무릎걸음으로 이에야스 앞으로 한 발 다가앉았다.

"실은 다른 분도 아닌 센히메 님이 오시는 것이므로 성문에서 정면 현관까지 통로에 새 다다미를 깔고 그 위를 흰 명주로 덮도록…… 하라는 말씀이 계셨습니다."

"허어, 다다미를 깔고 말이오?"

"예, 여성이시므로 의상을 더럽혀서는 안 된다는 세심하신 분부이십니다."

"카타기리 님."

무시당한 나가마사가 웃으면서 입을 열었다.

"센히메 님 의상을 위해서입니까, 아니면 천하님의 아들이란 위엄을 나타내기 위해서입니까?"

6

어떤 면으로 보면 카타기리 카츠모토의 태도에는 확실히 어딘가 교활한 점도 있었다. 이러한 점을 이에야스는 가엾게 보고 있는데, 젊은 나가마사는 반발을 느낀 모양이었다. 내버려두면 어색한 분위기가 되리라 생각했는지 연장자인 호리오 요시하루가 입을 열었다.

"그러한 사치는 쇼군 님이 기뻐하시지 않을 것이오."

이에야스에게는 그 말이 들리는지 안 들리는지…… 곧 뒤를 이어 나가마사가 빈정대는 말로 화제의 초점을 교묘히 바꾸어놓았다.

"그래서 이치노카미 님은 어떻게 결정하셨소?"

"예, 저도 그런 번거로운 일은 도리어 기뻐하시지 않을 것이라고 만류했습니다마는……"

"만류했으나 듣지 않던가요?"

"아닙니다. 그대는 걸핏하면 쇼군 님, 쇼군 님 하며 에도의 말만 늘어놓는다, 이번은 이쪽으로서도 경사스런 혼례라고 비꼬아 말씀하시고는 이 사람의 말대로 하게 되었습니다."

"그래, 그렇게 말했다는 것이로군……"

이에야스는 가볍게 끄덕였다.

"그 문제는 이것으로 좋소. 그대 입장도 때로는 미묘하게 되는군."

"하지만 이번 경사는 두 가문을 위한 일, 양가를 위한 일은 천하를 위하는 일이므로……"

"바로 그 일이오."

나가마사는 비로소 납득할 수 있는 말에 고개를 끄덕였다.

"천하 평화가 첫째, 또 평화롭다면 도요토미 가문도 안전할 것이오. 이 모두 하나지 둘이 아니니, 쓸데없는 자존심은 어리석은 일이오."

"그렇습니다."

카츠모토는 이미 나가마사를 설득하는 어조가 되어 있었다.

"우리는 그 일만을 위해 살고 있습니다. 무언가 부족한 면이 있다면 충고해주시기 바랍니다."

"그러면 행렬 말인데, 오사카에서는 육로가 좋다고 했소, 뱃길이 좋다고 했소?"

"이 문제는 쇼군 님 쪽에서 좋으실 대로 정하십시오. 이에 따라 우리도 준비할 생각입니다."

"그럼, 배로 정하면 어떨까?"

이에야스가 담담하게 말했다.

이 일은 카츠모토가 도착하기 전에 이미 결정되어 있었다. 배라면 후시미에서 직행할 수 있고, 육로라면 도중의 경비가 큰일이었다. 더구나 생전의 히데요시는 여자들의 행렬을 호화롭게 해 몇 번이나 사람들의 눈을 놀라게 한 일이 있었다. 그보다 너무 행렬이 초라하면 센히메가 가엾고, 그렇다고 그 이상의 차림은 무의미한 낭비였다.

이에야스는 결코 자신의 주장을 오사카에 강요하는 형식은 취하지 않았다. 어린 인질이 귀엽기 때문이었지만, 그 밖에도 카타기리 카츠모토의 입장도 생각했기 때문이기도 했다.

카츠모토 역시 이미 천하의 추세만은 알고 있었다. 그 추세를 깨닫지 못하고 요도 부인이나 히데요리가 지각없는 말을 꺼냈을 때 간곡히 간할 수 있는 사람은 애석하게도 지금의 오사카에는 카츠모토 이외에는 없었다. 이에야스는 그런 생각을 하고 카츠모토의 입장을 여간 가엾게 여기지 않았다.

카츠모토로서도 그러한 이에야스의 배려를 깨닫고 언제나 마음에 큰 부담을 느끼고 있었다……

7

카츠모토가 시대를 꿰뚫어보지 못하는 인간이었다면 후시미 성에 와서도 그 태도가 좀더 도도했을지 모른다. 그러나 도도한 태도는 더 이상 통할 수 없었다. 이시다 미츠나리가 시도해보았으나 보기 좋게 실패하고 말았다. 이 실패는 이에야스가 미츠나리에 비해 탁월한 인물이었기 때문만은 아니다……고 카츠모토는 생각하고 있었다.

'시대의 흐름을 타이코 님 자신이 크게 바꾸어놓고 가셨다……'

모든 사람이 이미 전쟁에 싫증을 느끼고 있을 때, 무리한 채찍을 휘둘러 두 번이나 조선 출병을 감행했다. 그때부터 타이코는 이미 시대의 흐름을 주도하는 사람이 아니라, 거역하는 사람으로 전락했다. 대세에 거역하는 자는 반드시 멸망한다. 그건 하늘에 대고 침을 뱉는 것과 같기 때문이다.

미츠나리는 결코 평범하지는 않았다. 그러나 한 가지 점에서 크나큰 과실을 범했다.

'모두들 전쟁에 싫증을 내고 있다……'

이러한 엄연한 사실을 타이코가 간과했던 것과 똑같이 묵살했다…… 따라서 누구에게 어떤 격문을 띄워보내도 결과가 이렇게 되는 것은 너무나 당연했다……

그 당연한 일을 긍정하는 한 카츠모토로서는 이에야스에게 대등한 자세로 맞선다는 것은 꿈에도 생각지 못할 일이었다.

이에야스는 언제나 시대의 흐름에 순응하고 있었다. 사람들이 전쟁에 지쳐 있다는 것을 알고 참을 수 있을 때까지 참았다. 그리고 더 이상 도전받으면 내버려둘 수 없다…… 그렇게 납득시킨 뒤 미츠나리와 그 일당을 소탕했다. 이어서 막대한 논공행상을 실시하여 다시는 전쟁이 없는 세상을 이룩하려 하고 있었다.

한쪽에서는 타이코가 실수하고 또 미츠나리가 실수하여 이중으로 열등감에 빠져 있는데, 한쪽에서는 모든 사람의 의사를 대행하면서 영지를 늘려주고 있었다.

오사카 쪽에 잘못이 있다면, 이렇게 큰 열등감을 느끼고 있는 카츠모토에게 외교를 맡기고 있는 자체가 큰 잘못이었다.

'우리 쪽이 거듭거듭 나쁜 거야……'

진심으로 이렇게 납득하고 믿고 있는 인간으로서는 요도 부인의 가슴이 후련해질 능숙한 교섭을 할 까닭이 없었다. 그렇다고 카츠모토말고 다른 적임자가 있느냐 하면 그렇지도 못했다.

　카츠모토도 물론 그러한 열등감만으로 이에야스의 말에 고분고분 따를 생각은 없었다. 때로는 이 시대의 흐름을 타고 있는 사나이를 보기 좋게 속일 방법은 없을까……? 이런 생각을 하지 않은 것도 아니었다. 그러나 이에야스에게 그러한 틈이 전혀 없기 때문에 그렇게 생각한 다음에는 오히려 마음속으로 움츠러들 뿐이었다. 오늘 의논만 해도 결국 카츠모토는 이에야스의 의사를 타진하러 온 결과가 되었다. 그러면서도 전혀 명령받는 느낌이 들지 않았다……

　'빈틈없는 사람이야……'

　도리어 감탄하게 되고, 그 감탄이 오사카 입장을 생각하면 견딜 수 없이 무거운 짐이 되는 참으로 모순된 카츠모토의 입장이었다.

　"달리 의논할 것이 없다면…… 오에요 부인과 센히메를 만나고 돌아가도록 하시오."

　이에야스의 말에 따라 카츠모토는 다시 내전으로 안내되었다……

8

　내전에서는 지금 챠야 마타시로가 보낸 의상을 오에요 부인과, 이에야스의 소실로서 이미 잠자리와는 멀어진 아챠阿茶 부인이 이것저것 의논을 하면서 살피고 있는 참이었다.

　아챠 부인은 오스와ぉ須和 부인이라고도 불렸다. 원래 코슈 무사인 이다 큐자에몬飯田久左衛門의 딸로서 이마가와 가문의 가신 카미오 마고베에 히사무네神尾孫兵衛久宗의 미망인이었는데, 지금은 이에야스의 소실이라기보다 그 인품과 교양으로 내전 일을 총감독하는 자리에 있으면서 누구에게나 호감을 받고 있는 여장부였다.

그 곁에 센히메도 자못 느긋한 얼굴을 보여주고 있었다. 조달관인 오쿠보 나가야스와 최근에 센히메의 시녀로 들어온 오미츠도 동석했다. 오미츠는 출신지인 사카이란 지명을 약간 바꾸어 사카에榮라 불리고 있는데, 그대로 오사카로 따라가게 되어 있었다.

그러한 자리에 태연히 얼굴을 내민다는 것은 아주 예의 없는 일로 생각되기도 하지만 카츠모토는 구애받지 않았다. 구애받기는커녕 이러한 장소에 끼게 되었다는 친근감이 중요하다고 생각했다.

"오, 이치노카미 님, 거긴 구석입니다. 자, 센히메 님 곁으로 오세요."

아챠 부인이 능숙한 솜씨로 상석에 깔개를 마련해주었다. 카츠모토는 싱글벙글 웃으면서 센히메 옆에 와서 앉았다.

"안녕하십니까…… 드디어 준비가 끝난 것 같군요."

"예, 이제는 모두 끝났어요."

카츠모토는 왜 그런지 모르게 가슴이 뿌듯했다. 오사카 성에서 히데요리나 요도 부인과 함께 있을 때보다 여기 있는 편이 훨씬 마음 편하게 느껴졌다. 따지고 보면 그것은 부끄러운 일이었다. 오사카에서는 언제나 조마조마했다. 요도 부인의 심경 변화가 마음에 부담이 되어…… 그러나 여기에는 이에야스의 엄한 지시가 있어서 어떤 일도 생기지 않을 것이라는 안도감이 감돌고 있었다.

"할아범은 지금 몇 살이세요?"

갑자기 센히메가 이상한 질문을 했다.

"예, 마흔여덟입니다."

"잘됐어요. 이것을 주겠어요."

종이에 싼 과자인 것 같았다.

"무엇입니까?"

"카가의 명물인 쵸세이텐長生殿이란 과자예요. 마데노코지万里小路 부인이 주었어요. 맛있으니 들어보세요."

"아, 마데노코지 님이……"

순간 카츠모토의 눈이 흐려졌다. 마데노코지 미츠후사万里小路充房 부인이란 앞서 타이코의 소실이었던 카가 부인이다. 카가 부인은 타이코가 죽자 곧 재혼했다. 그보다 그 부인이 선물한 과자를 나누어주겠다는 센히메의 마음에 감격했다.

'이분은 누구에게나 사랑받을 천성을 타고나셨다……'

그런 생각과 함께 오사카 성 분위기가 떠올라 당황스러웠다.

"센히메는 누구나 얼굴만 보이면 무엇이든 주려고 해요…… 함부로 주어서는 안 되는 것인데도."

의상을 치우고 나서 오에요 부인은 카츠모토를 향해 돌아앉았다.

"먼길에 수고가 많습니다."

9

카츠모토도 예의바르게 두 손을 짚고 답례했다.

"생모님으로부터 무언가 은밀히 부탁할 일이 계신지 여쭙고 오라는 분부가 있었습니다."

"참으로 고마운 배려, 감사하게 생각하겠어요. 센히메도 벌써부터 육친인 이모님에게 가게 되어 손꼽아 그날을 기다리고 있어요. 보다시피 아직 세상일을 전혀 모르는 철부지여서 도련님에게 소꿉장난을 하자고 조르며 괴롭힐지도 몰라요. 아무쪼록 이치노카미 님께서 여러분에게 잘 말씀 드려주세요."

"염려는 거두십시오. 오사카에서도 모두 고대하고…… 더구나 센히메 님은 남달리 밝은 면을 가지고 계십니다. 오랜만에 도련님과 생모님의 주변에도 봄바람이 불겠습니다."

"정말 그렇게 되기를 저도 빌고 있어요."

오에요 부인은 이렇게 말하고 오쿠보 나가야스에게 눈짓을 하여 선물을 얹은 큰 쟁반을 가져오게 했다. 철에 맞는 여름옷에 황금 칼집의 큰칼이 곁들여 있었다. 카츠모토는 또다시 가슴이 바늘로 찔리는 듯한 느낌이 들었다.

"여러모로 수고하시는 데 대한 인사로 에도의 다이나곤이 드리는 선물입니다."

"너무 송구스럽습니다…… 그러나 사양하면 도리어 실례인 것 같아 고맙게 받겠습니다."

인사가 끝나기를 기다렸다가 오쿠보 나가야스가 오에요 부인 쪽으로 돌아앉았다.

"혼수를 보내는 일에 관해 별실에서 약주를 대접하며 이치노카미 님의 지시를 받고 싶습니다마는……"

"그게 좋겠군요. 매사에 지시를 받아 잘못이 없도록 하세요."

"그러면, 이치노카미 님."

조금도 빈틈이 없는 마음과 마음이 통하는 응대였다.

카츠모토는 다시 한 번 정중히 절하고 일어났다. 별실로의 안내는 나가야스가 앞장서고 선물은 아챠 부인이 들고 왔다. 이런 일은 오사카에서는 상상도 할 수 없는 일. 아챠 부인은 한때 이에야스의 소실이 아니었던가. 그런데도 시녀처럼 이치노카미에게 주는 선물까지……

아까 센히메의 천진스런 말도 하나의 의미를 담고 있었다. 오사카 성의 요도 부인에게는 타이코의 소실이었던 사람 누구 하나 찾아오는 일이 없었다. 그러나 후시미에는 오는 모양이었다. 지금 센히메의 품안에 있는 과자도 카가 부인의 선물이라고 했지 않은가. 무장뿐만 아니라 여자들까지 오사카를 경원하는 것은 무슨 까닭일까……?

'이 모두 이에야스의 가르침이 자아내는 화기和氣 탓인지도……'

이러한 카츠모토의 감회는 오쿠보 나가야스와 별실에서 단둘이 있게 되었을 때 크게 무너지고 말았다. 신출내기 조달관은 이 얼마나 입이 험한 사나이란 말인가…… 그는 아챠 부인이 물러가고 시녀의 손에 의해 술상이 나왔을 때.

"술은 제가 따르겠습니다."

술병을 들어 술을 따르면서 카츠모토의 가장 아픈 곳을 찔렀다.

"이치노카미 님도 괴로우시겠습니다. 혹시 생모님은 귀하를 쇼군 가문의 첩자라고 생각지는 않으신지요?"

거침없이 말하고 무례하게도 카츠모토 눈까지 들여다보려 했다.

10

카츠모토는 잠자코 있었다. 무례하다……고 하기보다 이런 불쾌한 물음에 대답할 필요는 전혀 없다, 묵살해버린다면 상대도 도리 없이 화제를 바꿀 것이다……고.

그런데 오쿠보 나가야스는 그런 사나이가 아닌 듯.

"도쿠가와 가문에서도 이치노카미 님에 대해선 여러 가지 소문이 나돌고 있습니다. 중신 중에는 이치노카미 님을 귀찮은 방해자……라고 여기는 분까지 있는 것 같습니다."

"뭐라고요? 이 사람이 도쿠가와 가문의 방해자라고요?"

"그렇습니다. 이치노카미만은 시대의 흐름을 내다보고 계시다. 그러므로 쇼군 님에 대한 교섭에도 일일이 도리를 내세우신다. 그렇게 되면 쇼군 님이 더욱 신임하시게 되므로 미워하기가 곤란하다……고 하는 정도의 의미일 것입니다."

카츠모토는 잔을 든 채 잠시 동안 망연히 나가야스의 얼굴을 바라보앉다. 얼굴 모습은 단정 그 자체이고 눈매도 시원하고 맑았다. 묵묵히 앉아 있으면 50만 석 정도의 제후라고 해도 좋을 만한 기품이 있었다. 그런데 입을 열면 어째서 이처럼 버릇없는, 말하지 않아도 될 일을 쏟아놓는 것일까.

"세상에서는 이렇게 말하는 자도 있습니다. 도요토미 가문의 멸망이 빠를 것인가, 쇼군 님의 별세가 빠를 것인가…… 백성들의 입에 문을 달아 닫을 수는 없지요. 맹자孟子는 백성의 소리는 하늘의 소리라고 했다지요. 이 말에는 마음에 새겨야 할 진리가 있습니다."

"오쿠보 님, 지금 그 말을 어디서 들었나요?"

"지난번 지진 때입니다. 오월 이십팔일…… 주군이 쿄토에서 도박을 엄금하는 포고령을 내리시기 조금 전입니다. 바로 얼마 전엔 대불전이 불타고 지진이 일어나…… 사람들은 케이쵸 원년의 대지진을 생각했던 모양입니다. 그때도 대불전에 이변이 있었고, 이어서 이 년 뒤에는 타이코 전하가 타계하셨습니다만…… 참, 장소는 키타노北野 이즈모出雲의 오쿠니阿國가 공연하는 무대 바로 앞이었습니다."

무신경한 듯 이렇게 말하고 나서 짐짓 말을 돌렸다.

"아니, 괜히 이런 불길한 소리를…… 그러나 모두 이치노카미 님의 고충을 생각한 끝에 하는 말이니 널리 용서해주십시오."

듣고 있는 동안 카츠모토는 점점 암담한 생각이 들었다.

'어쩌면 무신경하게 말하고 있는 것이 아닐지도 모른다……'

진정으로 카츠모토의 괴로운 입장을 알고 은근히 어떤 주의를 주려는 것인지도 모른다.

"하기야 백성들의 소문이란 우리와 달리 의리나 허식이 있는 것은 아니니까요."

"그래요. 벌거벗은…… 아니, 벌거벗은 인간의 목소리만큼 진실에 가까운 것도 없죠. 오쿠니의 염불하는 춤에 넋을 잃은 것 같지만 놀랄 만큼 세상의 움직임을 잘 보고 있습니다. 더 이상 바쿠후도 움직이지 않을 것이다. 삼월에는 농부를 함부로 죽이는 일을 엄금하셨다. 이번에는 쿄토에서 도박을 금하셨다…… 백성의 어려움을 잘 아는 자는 반드시 번영한다. 그런데 오사카에는 꼭 필요하고도 귀중한 것이 모자라고 쓸데없는 것만 남아돈다…… 이런 이야기도 하고 있었지요."

이 말을 듣고 카츠모토는 다시 반문하지 않을 수 없었다.

11

"오사카에 모자란다는 것은 인물……임은 곧 알 수 있소. 그러나 남아도는 쓸데없는 것이란 무엇인가요?"

상대에게 분노를 느끼면서도 그의 말에 이끌리는 것은 비참한 일이었다. 카츠모토에게는 이에야스 측근인 혼다 마사노부, 마사즈미 부자가 몹시 다루기 힘들었다. 그러나 그들도 이 오쿠보 나가야스처럼 막무가내로 말하지는 않았다.

'남아도는 쓸데없는 것이란 타이코가 남기고 간 수많은 황금……'

이렇게 알고 있으면서도 일부러 반문했더니 나가야스는 주저하지 않고 대답했다.

"예, 그것은 경쟁심이라고 합니다."

"뭐? 경쟁심……?"

"예, 백성은 급소를 잘 찌르게 마련이지요. 도쿠가와 가문에서는 용감한 무사가 뛰어난 말을 타고 달리는데 오사카에서는 여자가 맨발로 달려 경주하려 하고 있다. 무섭게 달리면 달릴수록 빨리 쓰러진다…… 듣고 보면 과연 그런 것 같더군요. 이치노카미 님은 이 경주를 멈추려 하고 계신다더군요."

너무 거침없이 지껄이는 바람에 카즈모토도 드디어 화가 치밀었다.

"과연 옳은 말이오. 이 사람이 멈추려 해도 좀처럼 멈추려 하지 않소. 어떻소, 만약 귀하가 오사카를 맡은 중신이라면?"

"글쎄요, 제가 카로라면……"

상대는 이 물음에 주저하는 기색 없이 고개를 갸웃하고 대답했다.

"저라면 멈추게 하지 않고 다른 흥미를 부채질하지요."

"허어, 다른 흥미라면?"

"달리는 데는 빨리 가서 도달하고 싶은 목표가 있을 테죠. 도쿠가와 가문의 기마무사는 어디를 향해 달리고 있는가? 천하의 평화를 향해 달리고 있죠. 같이 숨을 몰아쉬며 달릴 게 아니라, 다다른 곳에서 상을 주게 합니다…… 잘 달렸다, 잘 달렸어, 다음에는 더욱 잘 달리도록…… 이렇게 되면 달리는 목적과 달리게 하는 목적이 하나가 되어 경쟁심이 협력자의 마음으로 바뀝니다."

"으음, 귀하는 상당히 지혜가 많은 사람 같군요. 그런데 내 머리는 너무 굳어 귀하의 말을 알아들을 수 없소. 예컨대 어떤 일로 협력자로서의 마음을 가지게 한다는 말이오?"

나가야스는 기다렸다는 듯이 자기 무릎을 살짝 두드렸다.

"저 같으면 타이코 전하가 남기신 막대한 황금을 자본으로 하여 도요토미와 도쿠가와 양가의 협동 교역선을 만들겠습니다."

"뭐, 교역선!"

"예. 지금까지의 배보다도 두 배 세 배나 큰 배. 이런 것을 오십 척이나 일백 척, 아니 이백이나 삼백 척쯤 만들고, 또 사카이, 하카타, 히라도, 나가사키에도, 아니 마츠마에松前에서 류큐琉球에 이르는 여러 곳에 성에 버금가는 큰 상점을 세워, 칠대양에 배를 띄워 세계의 부富를 그러모으죠…… 곧 도쿠가와 님의 기마무사는 국내 평화를 위해 달리게 하고, 그 대신 안전과 번영의 기초가 되는 나라의 부를 열심히 늘립니다…… 이것으로 목적은 하나, 그러면서도 결코 충돌할 염려가 없습니다……"

나가야스는 품속에서 남만인이 만든 지도 한 장을 꺼내 싱글벙글 웃으면서 펼쳤다. 타이코가 생전에 부채에 붙여놓고 좋아하던 세계 지도와 같은 것이었다……

12

오쿠보 나가야스는 엉뚱한 이야기를 듣고 망연해 있는 카츠모토에게 붙임성 있게 술을 따르면서 자못 즐거운 듯이 말을 계속했다.

"말하자면, 도요토미 · 도쿠가와 상회 같은 것이지요. 이것을 창립하려면 지금이 절호의 기회입니다. 센히메 님이 출가하신…… 정말이지 일본에 새벽이 찾아왔다는 증거…… 이제는 도쿠가와 가문과 도요토미 가문의 충돌 같은 공연한 걱정 따위는 할 필요가 없어요. 쇼군 가문은 무사의 대들보로 국내를 다스린다. 물론 이것은 센히메 님의 아버님부터 도쿠가와 가문이 대대로 세습해도 좋습니다. 그리고 히데요리 님과 센히메 님 사이에 태어난 아들이 이 도요토미 · 도쿠가와 상회의 기둥으로 세계를 상대로 하는 교역에 일본을 대표합니다. 이것으로 쌍방 모두 누가 주인이고 누가 부하인가 하는 사소한 체면 문제는 말할 여지도 없게 됩니다……"

흘끗 카츠모토를 바라보았다. 그리고 그의 시선이 아직 자기에게 못박혀 있다는 것을 확인하고는 펼쳐놓은 세계 지도를 부채의 손잡이로 톡톡 두드렸다.

"실은 저의 꿈인데, 지금까지 저는 주군을 섬길 생각은 전혀 하지 않았지요. 사카이 유지들 중에는 제 이야기를 어느 정도 이해하는 분도 있었으나 무장 중에는 있을 것 같지도 않아서요. 물론 있다고 해도 아직까지는 국내 싸움으로 정신이 없고…… 이제 겨우 주군의 노력으로 틀이 잡혔어요. 그래서 이렇게 쇼군 님을 섬기게 되었지요…… 지금입니다! 이치노카미 님, 지금 타이코의 유산을 투자해 이 사업을 하자고 제의하면 주군은 틀림없이 움직입니다…… 사카이 사람들 중에는 속 좁은 자도 있어서, 타이코 님이 남기신 황금은 앞으로 일본을 소란하게 만들 불씨가 된다, 황금을 빨리 토해내게 하려면 대불전을 불태워 그 재건에 돈을 쓰도록 하는 것이 상책이라고 한심한 소리를 하는 자도 있었지요. 하지만 그렇지 않아요! 그 황금이야말로 일본이 세계로 뻗어 나가기 위해 써야 합니다! 이렇게 말하면서 대불전 방화를 극구 만류한 분…… 그런 두 분은 이미 이 세상에 안 계시므로 이름을 밝혀도 괜찮겠지요. 한 분은 나야 쇼안 님, 또 한 분은 소로리 신자에몬으로 통하는 사카타 소쥬 님…… 이들 두 분은 돌아가시고 대불전도 불탔으나 아직 기회는 있습니다! 센히메 님의 출가…… 이 좋은 기회를 놓친다면 또다시 기마무사와 아녀자의 결과가 뻔한 슬픈 경주가 계속됩니다. 참으로 이때가 바로……"

갑자기 나가야스는 입을 다물고 말았다.

카츠모토는 잔을 손에 든 채 눈을 감고 있었다. 처음에는 진지하게 들을 생각이었다. 그러나 도중에 어이없다는 생각이 들었다. 이에야스는 우다이진이자 세이이타이쇼군인데 히데요리에게는 장사꾼 흉내를 내게 하다니, 그런 생각만으로도 카츠모토는 요도 부인에게 맞아죽을 것 같았다. 그래서 진지하게 듣는 체하며 눈을 감았는데, 그 얼굴이 아마도 졸고 있는 표정이 되었던 모양이다.

"자, 한 잔 더!"

나가야스는 힘을 주며 술병을 들이댔다.

"아니, 이제 됐소."

"별로 대접도 못했습니다마는……"

나가야스는 카츠모토에게 이렇게 말하고는 희미하게 입술을 일그러뜨리며 웃었다.

"인물이란 좀처럼 만나기 어려운 것입니다. 역시 이 나라에서는 과연 주군이 군계일학群鷄一鶴이십니다."

13

카츠모토에게는 왠지 모르게 야유하는 말로 들렸다. 그러나 곧 그렇지 않다고 다시 생각했다.

오쿠보 나가야스가 특이한 유형의 인물이라 해도 오사카를 대표하여 혼례의 사자로 온 자기에게 무례하게 야유할 리는 없다고 생각했다. 혹시 자기가 그렇게 들었더라도 그것은 나가야스의 부적절한 언어구사 때문이라고……

정중하게 잔을 엎으며 맞장구를 쳤다.

"그렇소, 쇼군 님만한 분이 세상에 그리 흔할 리는 없지요."

"동감입니다. 어중간한 계획을 세울 수 있다고 해도 오십 년, 일백 년 후의 일을 생각하는 분은 한 분도 없지요. 아직은 당분간 험악한 날씨가 계속되겠으나 도리가 없는 일인 것 같습니다."

"과연 그럴 것입니다."

"카타기리 님은, 소인은 한가로우면 좋지 않은 일을 꾀한다는 말을 아시겠지요."

"그야 내 딴에는 나름대로 해석하고 있소만."

"정말 생각해볼 가치가 있는 말…… 오늘날 큰 제후로 성공한 분들은 모두 일기당천一騎當千의 무장들입니다."

"물론이오."

"……따라서 전쟁이 벌어지면 소인이기는커녕 모두가 달인이고 큰 인물입니다."

"으음."

"그런데 전쟁 이외의 일에 대해서는 그분들이 어떨까요?"

"전쟁 이외의 일……?"

"그렇습니다. 별로 학문을 익힌 것도 아니고 기술자처럼 물건을 만들어내는 재능이 있는 것도 아닙니다."

"허어, 오쿠보 님은 재미있는 말씀을 하시는군요……"

"전쟁이 없는 세상이 오면 모두 할 일이 없어집니다. 따라서 달인이 한가로워지면 무엇을 할 것인가 하는 말씀입니다."

아무래도 나가야스는 일단 무언가 생각하면 당장에는 그 생각에서 벗어나지 못하는 성격인 모양이었다.

"타이코 님은 일본을 통일하고 국내에서는 별로 싸울 필요가 없게 되었을 때 사람들이 다도茶道에 몰입하도록 노력하셨습니다. 물론 타이코 님만의 지혜는 아닙니다. 미안한 일이지만 리큐 거사의 지혜였죠. 그런데 다도에조차 입문하지 못한 사람들이 많습니다. 호호호…… 더구나 이번에는 한꺼번에 많은 사람들이 할 일을 잃었으니까."

"으음."

"전쟁에는 어른이었던 사람들이 사실은 어린아이였다면 무슨 일을 할 것인가……? 가령 히데요리 님 천하가 된다면 그 뒷받침은 카타기리 님이 하셔야 합니다. 그 경우 카타기리 님은 어떤 장난감을 그들에게 주실 생각이십니까……?"

드디어 나가야스는 카츠모토를 완전히 독설로 희롱하기 시작했다. 이런 질문까지 받게 된 카츠모토, 아무리 온후한 인물이라도 알아차리지 못할 리 없었다.

"귀하라면 어떻게 하겠소?"

카츠모토는 불쾌감을 억누르고 반문했다. 나가마사는 기다렸다는 듯이 다시 지껄이기 시작했다.

"역시 타이코 님이 하셨던 대로 할 수밖에 없겠지요. 성을 쌓는다, 대불을 만든다, 해자垓字°를 판다…… 그것으로 적당히 화를 내게 하고, 만약 커다란 종기가 되었을 때는 차례로 터뜨려 고름을 짜낸다…… 설마 조선 출병은 하지 않을 테니까요. 카타기리 님도 같은 생각이실 줄로 압니다."

카츠모토는 엄한 얼굴로 상을 밀어놓았다.

14

카타기리 카츠모토는 암울한 심정으로 내전에서 물러났다.

'과연 오쿠보 나가야스 자신의 생각에서 나온 비아냥이었을까……?'

혼다 마사노부나 이타쿠라 카츠시게 같은 지혜 있는 자들이 나가야스에게 지시하여 말하게 한 것은 아닐까……? 어쨌든 천하 다이묘들을 전쟁밖에 모르는 소인배로 몰고, 그 소인배가 결국은 못된 일을 할 것이라는 농담은 몹시 가슴을 찔렀다.

물론 한가로움에서 나오는 못된 행위는 폭발하기 전 불평이라는 이름으로 도요토미 가문의 주위에 모여들 터. 그때 도요토미 가문을 맡은 카츠모토로서는 어떠한 각오로 임할 생각인가? 이상한 논리로 추궁당하고, 그 각오를 질문받았다.

아니, 나가야스는 그 이상의 말까지 했다.

'지루하지 않게 해주려면 성을 신축한다든가 대불을 만들거나 해자를 파는 일 같은 것을……'

그런 일이라면 이미 제후들이 경계하기 시작했고, 생각하고 있는 일이기도 했다. 세이이타이쇼군이 된 이에야스는 센히메를 오사카에 인질로 남기고 곧 에도로 철수한다. 그 다음에 할 일은 당연히 에도 성의 대대적인 개축이었다.

지금까지는 도쿠가와 가문 개인의 거성이었다. 그러나 무장 전체의 총수인 쇼군의 거성이 되면 당연히 그것은 사유물이 아니라 공적인 의미를 가진다. 그러므로 다이묘들 모두 공사의 부역을 분담하지 않으면 안 된다.

전쟁은 더 이상 없다. 따라서 농민들에게 사공육민四公六民°의 공납을 거두면서도, 영주가 그 영지의 안전을 보장해주는 쇼군에게 아무런 책임도 지지 않는다면 도리에 맞지 않는다. 아니, 나가야스가 한 말 중에서 가장 마음에 걸리는 것은 그 다음의 한마디였다.

"제후들이 지루하지 않도록 적당히 화를 내게 하고, 이것이 만약 커다란 종기가 되었을 때는 차례로 터뜨려 고름을 짜낸다……"

카츠모토가 한 사람의 다이묘로서의 자기 입장에서나 도요토미 가문의 입장에서 생각해보더라도 참으로 마음에 걸리는 말이었다.

실제로 이에야스는 그런 실력을 가지고 있었다. 그 실력자가 이번에는 관직상으로도 전국 무사들의 주인인 세이이타이쇼군으로 군림하게 되었다.

'결코 예사로운 변화가 아니다……'

아직 오쿠보 나가야스가 말하는 큰 인물들은 실력자인 이에야스를 적대시할 수 없다는 것을 알고 있다. 그러나 이들이 모두 이에야스의 가신이 되었다는 것을 과연 자각하고 있을까……?

도요토미 가문을 대하는 입장은 한낱 사사로운 정이고 의리에 지나지 않는다. 그런데 도쿠가와 가문에 대한 그것은 무장이고 무사인 한은 관직상으로 완전한 신하 관계가 아닌가……

솔직히 카타기리 카츠모토도 지금까지는 모든 일을 안일하게 생각하고 있었다. 도요토미 가문의 대표로서 때로는 이에야스라도 회유해보려는 자부심이 어딘가 남아 있었다. 그런데 그는 도요토미 가문의 중신인 동시에 무사인 다이묘이고 또한 도쿠가와 가문에 종속되어 있지 않은가……

그렇게 되면 센히메와 히데요리의 혼인만 해도 전혀 다른 의미를 갖는다. 최소한 센히메는 단순한 인질로 생각해도 좋을 입장의 신부가 아니다. 도요토미 가문에 대한 생살여탈生殺與奪의 권력을 쥐고 있는 자가 믿고 맡겼다고 할 수도 있다.

카츠모토는 자기 자신의 생각에 숨이 막혀 어떻게 아사노의 저택까지 돌아왔는지도 기억하지 못했다……

――24권에서 계속

《 주요 등장 인물 》

도쿠가와 이에야스德川家康

히데요시 사망 후 1600년 세키가하라 전투에서 우키타, 시마즈, 쵸소카베, 이시다, 코니시 등 서군을 격파하여 대항 세력 일소에 성공한다. 세키가하라 전투의 주범인 이시다 미츠나리를 쿄토에서 처형한 이에야스는 히데요시의 유아인 히데요리와 자신의 손녀 센히메를 결혼시키기로 하여 도요토미 가문에 대한 약속을 지킨다. 1603년 세이이타이쇼군에 임명되어 에도에 바쿠후를 연다.

도쿠가와 히데타다德川秀忠

아명은 나가마츠이고 도쿠가와 이에야스의 셋째아들이다. 세키가하라 전투에서는 우에다 성에서 사나다 마사유키의 저항으로 참전이 늦어지게 된다. 셋째아들이지만 쇼군의 자리를 이어받는데, 실권은 여전히 이에야스가 잡고 있었다. 자신의 딸인 센히메를 이에야스의 명에 의해 히데요리에게 시집보낸다.

오다이於大

미즈노 타다마사의 딸. 도쿠가와 이에야스의 생모이다. 덴즈인이라고도 불린다. 에도에서 후시미로 옮겨 조용히 노후를 보내다 자손 만대 도쿠가와 가문이 번성하길 기도하며 75세의 나이에 눈을 감는다.

오쿠보 나가야스大久保長安

나가야스는 광산 개발에 뛰어난 수완을 발휘하여 이에야스의 부를 축적하는데 결정적인 역할을 한 사람이다. 원래 카이의 타케다 가에 속해 있던 오쿠보 나가야스는 타케다 신겐으로부터 잔재주를 부린다는 이유로 성姓을 박탈당한 후 광대 쥬베에 나가야스라는 이름으로 광대 생활을 전전하다 노쿄겐 공연을 구경온 이에야스의 눈에 띄어 이에야스에게 오쿠보라는 성을 받는다.

요도淀 부인

아명은 챠챠茶茶, 도요토미 히데요시의 측실로 히데요리를 출산하여 히데요시의 총애를 받는다. 히데요시 사망 후에는 오사카 성에 머무르며 히데요리의 천하인 복귀를 위해 애쓴다. 세키가하라 전투의 승리를 통해 일본 최고 권력자가 된 이에야스와 대립하지만, 마음속 한편에서는 이에야스의 여자들에게 질투를 느끼는 등 점점 광기 어린 행동을 보이기도 한다.

이시다 미츠나리石田三成

관직명은 지부쇼유. 미츠나리는 원래 학문 수행을 위해 절의 소승이 되었던 사람이어서 무력보다는 지략이 뛰어난 인물이다. 히데요시는 그것을 간파하고, 사카이 부교 등 부교 직에 임명하여, 미츠나리는 도요토미 정권에서 다섯 부교의 한 사람으로서 강력한 실권을 행사한다. 히데요시 사망 후에도 도요토미 정권의 위신을 유지하기 위해 이에야스와 대립하며, 반 이에야스 세력을 규합, 세키가하라 전투를 일으키지만 동군에게 대패한다. 도주 중 타나카 나가요시에게 생포되어 쿄토에서 처형된다.

챠야 시로지로 키요츠구茶屋四郎次郎淸次

통칭 마타시로. 챠야 시로지로 키요노부의 차남으로 2대 챠야 시로지로인 형 키요타다의 뒤를 이어 3대 챠야 시로지로가 된다. 병약한 형에 비해 활달한 성격과 건강한 몸을 타고난 키요츠구는 이에야스의 생모 오다이로부터 남만인들의 학문을 배우라는 충고를 듣는다. 히데요리에게 시집가는 센히메를 돌보기 위해서 나야 쇼안의 손녀인 오미츠를 딸려보낸다.

키타노만도코로北の政所

네네라고도 불린다. 열네 살 때 노부나가의 하인이던 도요토미 히데요시와 결혼한다. 히데요시 사후에는 코다이인이라 이름을 바꾼다. 자신은 도쿠가와 가문의 비호를 받지만, 히데요리의 생모인 요도 부인이 도쿠가와 가문과 대립하자 갈등을 느끼며 비구니가 되어 쿄토에 은거하겠다는 뜻을 요도 부인에게 전한다.

혼아미 코에츠本阿彌光悅

챠야 시로지로와 함께 이에야스에게 각종 정보를 수집해서 전해주는 역할을 한다. 칼 감정가로도 유명하여, 요도 부인이 있는 오사카 성에도 히데요리의 칼을 감정해준다는 명목으로 자유롭게 드나들며 오사카 성의 정보를 수집하여 이에야스에게 보고한다.

《 에도 용어 사전 》

고소샤御奏者 | 무사 집안에서 전갈이나 안내를 맡아보는 직책. 또는 그 사람.

고쇼御所 | 대신이나 쇼군 등의 처소, 또는 그들의 높임말.

곤노다이나곤權大納言 | 다이나곤은 다이죠칸太政官의 차관. 곤權은 관직 앞에 붙어, 정원 定員 이외의 신분임을 나타내는 말.

군다이郡代 | 에도江戶 시대에, 바쿠후幕府의 직할지를 지배하던 직명으로, 우리 나라의 고을 원에 해당한다. =슈고다이守護代.

깃샤헤이죠牛車兵杖 | 깃샤牛車는 소가 끌던 귀인용 수레로 보통 4인승이다. 깃샤헤이죠는 깃샤를 호위하는 호위병을 말한다.

나가바시長橋 | 궁중의 청량전淸凉殿부터 자신전紫宸殿으로 통하는 복도.

나가에고시長柄輿 | 채가 긴 가마.

나고야 산자名古屋山三 | ?~1603년(케이쵸 8). 가부키歌舞伎의 창시자.

나이다이진內大臣 | 다이죠칸의 장관. 료게令外 관직의 하나. 천황天皇을 보좌하는 사다이진과 우다이진 다음의 지위. 헤이안平安 시대부터 원외員外 대신으로서 상치常置.

난보쿠쵸南北朝 | 1336년 쿄토를 제압한 아시카가 타카우지足利尊氏는 코묘光明 천황을 옹립하여 무가武家 정권의 부흥을 선언하였는데, 한편 고다이고 천황은 요시노吉野로 도망가서 조정朝廷을 열어 난보쿠쵸의 내란이 시작되었다.

노부시野武士 | 산야에 숨어살면서 패잔병 등의 무기를 빼앗아 무장한 무사나 토민의 무리.

노쿄겐能狂言 | 노가쿠能樂의 막간에 상연하는 희극. 노와 쿄겐.

뇨인女院 | 인院의 칭호를 받은 천황의 생모·공주 등의 존칭. =몬인門院.

니치렌日蓮 대선사 | 니치렌 종日蓮宗을 창시한 불교 선사. 니치렌 종은 일본 불교 12대 종파의 하나로『법화경法華經』을 기본 경전으로 삼는다.

다다미疊 | 일본식 주택의 바닥에 까는 것으로, 짚으로 만든 판에 왕골이나 부들로 만든 돗자리를 붙인 것. 일반적으로 180×90cm의 크기로, 일본에서는 현재도 방의 크기를 다다미의 장수로 나타내는 경우가 많다..

다이리비나內裏雛 | 천황天皇과 황후皇后의 모습을 본떠 만든 남녀 한 쌍의 인형.

다이묘大名 | 넓은 영지와 많은 부하를 둔 무사의 우두머리.

다죠다이진太政大臣 | 정치를 통괄하는 다이죠칸의 최고 벼슬.

도마루胴丸 | 몸통을 보호하기 위한 간편한 갑옷.

메누키目貫き | 칼이 칼자루에서 빠지지 않도록 칼자루에 지르는 쇠못. 또는 그것을 덮는 쇠붙이.

바쿠후幕府 | 무신 정권 시대에 쇼군이 집무하던 곳, 또는 그 정권.

벳토別當 | 헤이안平安 시대부터 에도江戸 시대까지 친왕親王 · 섭정攝政 · 대신大臣의 집안이나 절 · 신사神社 등의 특별 기관에 두었던 장관. 특히 케비이시檢非違使 관청의 장관.

부교奉行 | 행정, 재판, 사무 등을 담당하는 무사의 직명.

사공육민四公六民 | 봉건 시대에 수확의 4할을 연공年貢으로 거둬들이던 일.

산기參議 | 다이죠칸 내의 관직. 다이진, 다이나곤, 츄나곤의 다음 지위.

상황上皇 | 양위讓位한 천황天皇의 존칭.

세이이타이쇼군征夷大將軍 | 무력과 정권을 장악한 바쿠후의 실권자. 쇼군의 정식 명칭.

소바요닌側用人 | 에도 바쿠후江戸幕府의 직명. 측근의 무리를 감독하며, 쇼군將軍의 명령을 로쥬老中에게 전달하고, 로쥬의 의견을 쇼군에게 전하는 역할을 한 후다이 다이묘譜代大名. 격식은 로쥬에 준하였으나 그 권세는 로쥬를 능가하였다.

쇼가쿠인奬學院 | 헤이안平安 시대에 설립되었다. 황실의 자손들을 교육하는 기관.

쇼기다이床几代 | 총대장의 역할을 대신해서 맡는 직책.

쇼시다이所司代 | 에도 시대에 쿄토의 경비와 정무를 맡아보던 사람.

쇼타이후諸大夫 | 5품 계급의 무사.

슈인센朱印船 | 쇼군의 주인朱印이 찍힌 해외 도항 허가장을 받아 동남아시아 각지와 통상을 하는 무역선.

시타오비下帶 | 국소를 가리기 위해 허리에 차는 헝겊.

싯세이執政 | 로쥬 또는 카로家老를 이르는 말.

아시가루足輕 | 평시에는 막일에 종사하고, 전시에는 병졸이 되는 최하급 무사.

아시카가 바쿠후足利幕府 | 무로마치 바쿠후室町幕府의 별칭. 아시카가足利 일족이 정권을 잡았던 1338~1572년 간의 시대.

오 · 칠 오동나무 | 석 장의 오동나무 잎 위에, 오동나무 꽃을 중앙에 일곱, 좌우에 각각 다섯 개씩 배치한 문장紋章.

오노노 오츠小野のお通 | 아즈치 · 모모야마 시대에서 에도 전기의 사람. 여류 작가.

오닌應仁의 난 | 1467년부터 1477년까지 쿄토를 중심으로 일어난 대란. 지방으로 파급되고 센고쿠 시대로 접어드는 계기가 되었다.

오 · 칠 오동나무 | 석 장의 오동나무 잎 위에, 오동나무 꽃을 중앙에 일곱, 좌우에 각각 다섯 개씩 배치한 문장紋章.

오토기슈お伽衆 | 다이묘나 귀인의 말상대가 되는 사람이나 그 관직.

요리토모賴朝 | 1147~1199. 미나모토노 요리토모源賴朝. 카마쿠라 바쿠후鎌倉幕府의 초대 쇼군으로 무신 정권의 창시자.

우다이진右大臣 | 다이죠칸의 장관. 사다이진 다음의 직위.

우란분재盂蘭盆齋 | 음력 7월 보름에 조상에게 제사지내는 불교 행사.

이리가와入側 | 툇마루와 사랑방 사이에 있는 방.

이치리즈카一里塚 | 가도 양쪽에 10리마다 흙을 높이 쌓아 이정표로 삼는 곳.

인세이院政 | 왕이 양위한 뒤에도 계속 정권을 쥐고 다스리는 정치.

잇코一向 신도 반란 | 정토진종 혼간 사本願寺의 신도가 킨키, 토카이, 호쿠리쿠 지방 일대에서 일으킨 반란. 오다 노부나가에게 저항한 이시야마 혼간 사와 이세 나가시마, 도쿠가와 이에야스에게 대항한 미카와 잇코 반란 등 각지에서 다이묘에 대항했다.

쥰나인淳和院 | 쥰나 천황淳和天皇 재위 중에 조영한 이궁離宮으로, 879년에 절로 바뀌었다.

진바오리陣羽織 | 전쟁터에서 갑옷 위에 걸쳐 입는 소매 없는 겉옷.

츄나곤中納言 | 다이죠칸의 차관. 다이나곤의 아래.

츄로中老 | 무가武家의 중신重臣으로, 카로家老의 다음 자리에 있는 사람.

친왕親王 | 적출인 황자 · 황손의 칭호.

카로家老 | 다이묘大名, 쇼묘小名 등의 중신重臣으로, 가무家務를 총괄하는 직책. 가신家臣 중의 우두머리.

카마쿠라 바쿠후鎌倉幕府 | 1192년에 미나모토노 요리토모源賴朝가 연 무신 정권.

카잔인花山院 | 카잔 천황花山天皇의 별칭. 제65대 천황.

카츠기被衣 | 헤이안平安 시대 이후, 귀부인이 나들이할 때 머리로부터 덮어쓰던 장옷. =카즈키.

카치徒步 · 徒士 | 도보로 주군을 따르거나 선도하던 하급 무사. 카치자무라이와 같다.

칸제류觀世流 | 노가쿠能樂 5대 유파의 하나. 무로마치室町 시대의 칸아미觀阿彌 · 제아미世阿彌 부자父子를 시조로 한다.

케이쵸키慶長記 | 아즈치 · 모모야마 시대의 무장인 오타 규이치太田牛一(1527~?)가 오다 노부나가와 도요토미 히데요시를 측근에서 섬기며 신변의 일을 기록한 일기 형식의 글.

코난도小納戶 | 가까이에서 쇼군을 모시며 신변의 일(이발, 식사 등)을 맡아보는 관직.

코소데小袖 | 옛날 넓은 소매의 겉옷에 받쳐 입던 속옷. 현재 일본옷의 원형.

코쇼小姓 | 주군을 측근에서 모시며 잡무를 맡아보는 무사.

키요모리 뉴도淸盛入道 | 타이라노 키요모리平淸盛.

킨고 츄나곤金吾中納言 │ 킨고는 에몬후衛門府의 중국식 명칭. 츄나곤은 다죠칸太政官의 차
관.

타이라노 키요모리平淸盛 │ 1118~1181. 헤이안 후기의 무장으로, 안토쿠安德 천황(1178~
1185)의 외조부이다.

타이로大老 │ 무가 정치에서 도요토미 히데요시 및 도쿠가와 가문을 보좌하던 최상위 직
급. 히데요시 시대에는 다섯 부교 위에 다섯 타이로를 두었고, 에도 시대에는 당시 로쥬老
中 위에 타이로 한 명을 두었다.

타이코太閤 │ 본래 섭정攝政 또는 다죠다이진太政大臣의 경칭敬稱. 나중에는 칸파쿠의 직위
를 그 자식에게 물려준 사람에 대한 높임말. 여기서는 히데요시를 가리킴.

타이헤이키太平記 │ 고다이고 천황이 즉위한 분포文保 2년(1318) 2월부터 고코곤後光嚴 천
황 죠지貞治 6년(1367) 12월, 쇼군 아시카가 요시아키라足利義詮가 병사하고 어린 쇼군 요시
미츠義滿의 보좌로 호소카와 우마노카미 요리유키細川右馬頭賴之가 집사執事직을 담당할
때까지, 총 50년 간의 난세를 서술한 책이다.

텐소傳奏 │ 상주上奏를 전하여 아룀. 또, 그 직분.

토자마外樣 │ 카마쿠라 시대 이후의 무가 사회에서 쇼군의 일족이나 대대로 봉록을 받아온
가신이 아닌 다이묘나 무사.

하오리羽織 │ 옷 위에 입는 짧은 겉옷.

하타모토旗本 │ (진중에서) 대장이 있는 본영. 또는 그곳을 지키는 무사.

해자垓字 │ 성밖으로 둘러서 판 못.

홍모인紅毛人 │ 붉은 머리털을 가진 서양인을 가리키는 말. 구체적으로는 네덜란드 인을
가리킨다.

후다이譜代 │ 대대로 같은 주군, 집안을 섬기는 일이나 또는 그 사람.

후지와라 세이카藤原惺窩 │ 1561~1619. 아즈치・모모야마, 에도 시대 전기의 유학자儒學
者.

《 노能 》

● 노는 일본의 전통적인 고전 예능의 하나이며 현존하는 일본 최고最古의 직업 연극이라
할 수 있다. 헤이안 시대·이래 사루가쿠에서 파생된 것으로, 카마쿠라 시대에 이 가무극을
노라고 부르게 되었다고 한다. 노와는 달리 사루가쿠 본래의 모습인 우스꽝스러움을 중심
으로 하는 것은 '쿄겐' 이라는 민속극이 되었다.

◈ **노 그림 『유야熊野』** 에도 중기의 노의 실태를 보여주는 자료.

● '재능' 또는 '솜씨' 를 의미하는 말인 노는 서구의 이야기체 연극과 다르다. 노에 등장
하는 배우들은 서구적 의미의 배우나 연기자와는 달리, 이야기의 내용을 연기한다기보다
는 이야기의 핵심적 요소를 암시하기 위해 시각적 외양과 동작들을 사용한다.

● 노의 특징 중 하나는 연기자들이 모두 가면을 쓴다는 점이다. 한국의 탈춤과 표현 방법
은 다르지만 유사한 점이 많다. 노는 주제나 구성, 줄거리보다는 감정의 기복과 조형미,
관능적인 음악미를 강조한다. 큰북과 작은북, 피리 등의 반주에 맞춰 가면을 쓰고 춤을 추
는 단순하고 간소화된 양식을 통해 동양적인 정신 세계를 담아낸다.

◈ 노멘能面

● 노에서 사용되는 대사는 모두 고어가 사용되고 있기 때문에 일본인이 들어도 전혀 해
득할 수 없고, 너무나 엄숙한 관람 분위기로 인해 대중에게는 그리 친숙하지 않다.

일반적으로 우리 나라에서 탈이라고 하는 가면을 노에서는 '멘' 또는 '오모테' 라고 하며,
보통 '노멘' 이라고도 한다. 오늘날 무대에서 사용하고 있는 노멘은 200종류 이상이다.

《 쿄겐狂言 》

● 일본의 전통적 연극 형식인 노能의 막간에 펼쳐지는 짤막한 소극笑劇이나 희극.
16세기 후반의 일상어로 쓰여지며 극의 긴장을 푸는 역할을 한다. 평상복을 입은 채 가면
을 쓰지 않고(풍자극에서는 가면을 쓸 때도 있다) 연기한다. 다섯 편의 노 중간 중간에 네 편의
쿄겐이 들어가는 것이 보통이다.

● 쿄겐은 노와 거의 같은 시대에 발생했으며 대조적인 이 두 연극은 하나의 세트처럼 공
연되는 것이 일반적이다. 웃음으로 관객의 마음을 부드럽게 이완시켜주는 것이 쿄겐의 역
할이다. 등장 인물은 노와 다르게 귀족이나 역사상의 인물이 아닌 극단적으로 쾌활한 인
물을 중심으로 한 캐릭터들이며 당시 시대 상황을 반영한 웃음은 지금도 그대로 느낄 수
가 있다.

◈ **쿄겐의 소품으로 사용되는 가면**

●쿄겐은 크게 세 가지로 나누어진다. 첫번째가 혼쿄겐本狂言 이는 독립된 상연 목록을 말하며 노와 노 사이에 상연되는 것이다. 그저 쿄겐이라고 할 때는 이 혼쿄겐을 말하는 것이다. 두번째로는 아이쿄겐間狂言으로 노의 막간幕間에 상연되는 쿄겐이다. 노 연회에서 노의 주제와 내용 등을 알기 쉽게 설명하는 나레이터의 역할을 하며 노 조연자와 같이 어울리기도 한다. 칼잡이, 뱃사공, 종복 등 신분이 낮은 역을 담당한다. 세번째가 산바소三番三인데 경축, 경사를 위한 독특한 쿄겐으로 오곡 풍요를 기원하는 춤을 춘다.

《 가부키 歌舞伎 》

◆『카가미야마 고니치노 이와후지 加賀見山再岩藤』

●노래〔歌〕와 춤〔舞〕과 연기〔伎〕가 어우러진 민중 연극.

가부키는 노, 쿄겐, 분라쿠와 더불어 일본의 전통 무대 예술의 하나이다. 노나 쿄겐이 귀족과 무사의 연희였던 반면, 가부키는 에도 시대에 서민의 연희로 탄생했다.

노·쿄겐·분라쿠는 이미 과거의 문화재로써 감상되고 있는 데 비해 가부키는 지금도 생명을 가지고 있으며, 많은 상설극장을 가지고 일반 사람들의 폭넓은 지지를 받고 있다.

● 1603년 이즈모 신사 보수를 위한 모금 행사 때 '오쿠니'라는 무녀가 각지를 돌며 춤을 추었는데, 이전과는 다른 특이한 동작으로 많은 사람의 관심을 모았다. 이것이 가부키의 시초라고 한다.

◆『츄신구라忠臣藏』

● 이후 오쿠니를 모방한 여성 극단이 많이 생겨났으나 이들과 관련된 풍기 문란 사건이 이어지자 1629년, 가부키 금지령이 내려졌다. 후에 가부키의 공연은 다시 허가되었지만 여자들은 무대에 설 수 없게 되었고 여자역은 여장을 한 소년들이 대신하게 되었다. 그런 데 이번에는 이들로 인한 풍기 문란 사건이 빈발하자 1652년에 가부키는 다시 금지되었다.
이듬해인 1653년 가부키 공연은 다시 허가되었지만 노래와 춤 위주에서 대사와 동작과 이야기 위주의 공연을 하게 되었다. 하지만 이로 인해 가부키는 명실공히 연극다운 연극으로 큰 발전을 하게 된다.

◆『시바라쿠暫』

●초기의 가부키는 간단한 스토리로 춤을 중심으로 엮어가는 연극이었다. 그러나 가부키의 인기가 높아지면서 작품의 주제도 다양해졌다. 가부키는 주제에 따라서 시대극時代劇, 세간극世間劇, 무용극舞踊劇 등 3가지 장르로 나누기도 한다.

◈ **하나미치花道**

● 객석에서 보아 정면에는 무대가 있고, 왼쪽에는 무대와 객석을 지나 뒤쪽으로 연결되어 있는 하나미치가 있다. 무대 면과 같은 높이로 만든 기다란 마루 부분이다. 특별한 효과를 내기 위해서 주요 등장 인물은 하나미치를 통해서 등장과 퇴장을 한다. 하나미치는 단순한 통로가 아니라 중요 장면을 연기하는 무대의 일부가 된다.

《 분라쿠文樂 》

●일본의 전통 인형극.
거의 실물 크기의 인형들이 샤미센의 반주로 영창되는 사설辭說에 맞추어 연기한다. 일본에서 인형을 놀리는 기술을 처음 선보인 것은 11세기경 집시처럼 떠돌아다니는 쿠구츠마와시傀儡回師(인형을 놀리는 사람)였는데, 이들은 중앙 아시아로부터 기술을 전수해온 것으로 짐작된다.

●17세기 말까지만 해도 손발이 없는 원시적 형태의 인형이 이용되었다. 인형을 놀리는 사람들은 18세기 이전에는 무대 뒤에 숨어 있었으나 그 뒤로는 모습을 드러낸 채 인형을 움직였다. 오늘날의 인형은 키가 보통 0.3~1.2m로 몸체는 없어도 나무로 만든 머리와 손발이 달렸으며, 정교한 의상도 갖추었다.

●분라쿠라는 명칭은 우에무라 분라쿠켄植村文樂軒의 이름을 딴 것으로, 그는 18세기에 치카마츠 몬자에몬 원작의 극으로 최고 경지에 이른 인형극의 대가였다.

● 분라쿠의 무대는 이야기를 끌어내는 타유太夫와 전체 음악을 담당하는 샤미센, 그리고 인형을 다루는 사람에 의해 이루어진다.

《 도쿠가와 이에야스 관련 연보(1600~1603) 》

◆ ─ 서력의 나이는 도쿠가와 이에야스의 나이

일본 연호		서력	주요 사건
케이쵸 慶長	5	1600 59세	9월 21일, 타나카 요시마사는 이시다 미츠나리를 오미 이부키야마 산중에서 사로잡아 이에야스에게 보낸다. 9월 22일, 모리 테루모토는 도쿠가와 가문과 화해한다. 혼다 타다카츠 등에게 서약서를 주고 오사카 성 서쪽 성에서 물러난다. 9월 23일, 안코쿠지 에케이가 쿄토에서 잡힌다. 9월 27일, 이에야스 부자가 오사카 성으로 들어가 히데요리와 만난다. 9월 30일, 나츠카 마사이에가 자살한다. 10월 1일, 이에야스는 이시다 미츠나리, 코니시 유키나가, 안코쿠지 에케이를 쿄토 로쿠죠 강가에서 참수하고 산죠 다리에 효수한다. 10월 2일, 이에야스는 마시타 나가모리의 영지를 몰수하고 코야산으로 추방한다. 10월 10일, 이에야스는 모리 테루모토의 영지를 스오, 나가토 두 지방으로 축소한다. 10월 15일, 이에야스는 여러 장수의 논공행상을 행한다. 11월 28일, 이에야스의 아홉번째 자식 고로타마루(요시나오)가 후시미에서 태어난다. 어머니는 오카메 부인. 12월, 오쿠보 나가야스가 처음으로 이에야스를 배알한다. 이해, 이에야스는 사카이에 부교를 둔다.
	6	1601 60세	정월, 이에야스는 후다이 가신을 각 지역에 봉한다. 3월 23일, 이에야스가 후시미 성으로 옮긴다.

일본 연호	서력	주요 사건
케이쵸 慶長		3월 27일, 히데요리가 곤노다이나곤이 된다. 다음 날, 히데타다도 곤노다이나곤이 된다. 이달, 이에야스는 칸토 여러 지역의 토지조사를 실시한다. 4월 10일, 히데타다는 야마시로 후시미를 출발하여 에도로 향한다. 4월 21일, 히데타다가 에도에 도착한다. 5월, 이에야스는 야마시로 후시미 성에 긴자를 설치한다. 또 오사토야 죠켄에게 명하여 백은의 품위를 정하고 거듭 금화와 은화를 개정 주조하게 한다. 7월 24일, 이보다 앞서, 무츠 아이즈의 우에스기 카게카츠가 에치젠 키타노쇼의 유키 히데야스를 통해 이에야스에게 사죄한다. 이날, 카게카츠는 노신 나오에 카네츠구 등을 이끌고 쿄토로 들어온다. 8월 24일, 이에야스는 우에스기 카게카츠의 무츠 아이즈 1백만 석을 몰수하고, 데와 요네자와의 30만 석을 준다. 8월 25일, 이에야스는 무츠 아이즈의 60만 석을 우츠노미야의 가모 히데유키에게 준다. 이달, 이에야스는 이타쿠라 카츠시게를 쿄토 쇼시다이로 임명한다. 9월 30일, 히데타다는 딸 타마히메를 마에다 토시나가의 양자 토시미츠에게 시집보낸다. 11월 5일, 이에야스가 에도로 돌아간다. 윤11월 2일, 에도 스루가에서 화재가 발생해서 대형 화재가 난다.
7	1602 61세	정월 6일, 이에야스는 종1품이 된다.

일본 연호	서력	주요 사건
케이쵸 慶長		이달, 이에야스는 히데타다에게 칸토의 땅 20만 석을 준다. 2월 1일, 오미 사와야마 성의 이이 나오마사가 사망한다. 향년 41세. 아들 나오카츠가 대를 잇는다. 2월 14일, 이에야스가 야마시로 후시미 성으로 들어간다. 이달, 이에야스의 생모 오다이가 상경한다. 3월 7일, 이에야스의 열번째 자식 나가후쿠마루(요리노부)가 후시미 성에서 태어난다. 어머니는 마사키 씨. 3월 14일, 이에야스는 오사카 성에서 도요토미 히데요리와 대면한다. 5월 1일, 이에야스가 여러 다이묘에게 니죠 성의 경영을 명한다. 5월 8일, 이에야스가 사타케 요시노부의 히타치 60만 석을 거둬들이고, 데와 아키타의 20만 석을 준다. 8월 28일, 이에야스의 생모 오다이(덴즈인)가 야마시로 후시미에서 사망한다. 향년 75세. 10월 18일, 히젠 오카야마의 코바야카와 히데아키가 사망한다. 향년 21세. 후계자가 없어 영지가 몰수된다. 11월 28일, 이에야스는 시모우사 사쿠라의 타케다 노부요시를 히타치 미토로 이주시키고, 마츠다이라 타다테루를 사쿠라로 옮긴다. 12월 4일, 쿄토 호코 사 대불전에 화재가 발생한다.
8	1603 62세	정월, 이에야스는 고로타마루(요시나오)에게 카이의 25만 석을 주고, 히라이와 치카요시를 고로타마루의

일본 연호	서력	주요 사건
케이쵸 慶長		사부로 삼는다. 2월 4일, 이에야스는 오사카 성으로 가서 히데요리에게 신년 하례의 인사를 한다. 2월 6일, 이에야스는 여섯번째 자식 타다테루에게 시나노 마츠시로의 12만 석을 준다. 2월 12일, 이에야스가 종1품 우다이진이 되고, 세이이타이쇼군이 된다. 에도에 바쿠후를 연다. 3월 3일, 바쿠후는 여러 다이묘에게 에도 시가지의 건설을 명하고, 첫 작업으로 니혼바시를 건설한다. 3월 25일, 이에야스는 입궐하여 축하의 예를 행한다. 3월 27일, 바쿠후는 백성의 도망이나 이사를 금지한다. 이달, 바쿠후는 무사가 백성을 함부로 쳐죽이는 행위를 금한다. 4월 22일, 히데요리가 나이다이진이 된다. 5월 4일, 쿄토 호코 사의 대불전이 화재로 소실된다.

옮긴이 **이길진**李吉鎭

1934년 황해도 출생. 1958년 서울대학교 사회학과를 졸업하였다.
일본 문학 작품 및 일본 문화에 관련된 많은 책들을 유려한 우리말로 옮겼다.
주요 역서로는 가와바타 야스나리의 『설국』, 이마이 마사아키의 『카이젠』,
오에 겐자부로의 『사육』, 기쿠치 히데유키의 『요마록』,
야마오카 소하치의 『오다 노부나가』, 『사카모토 료마』 등이 있다.

| 부록의 자료 제공 및 감수는 고려대학교 일어일문학과 최관 교수님께서 해주셨습니다.

도쿠가와 이에야스 제23권

1판 1쇄 발행 2001년 5월 25일
2판 3쇄 발행 2023년 5월 1일

지은이 야마오카 소하치
옮긴이 이길진
펴낸이 임양묵
펴낸곳 솔출판사

주소 서울시 마포구 와우산로29가길 80(서교동)
전화 02-332-1526
팩스 02-332-1529
이메일 solbook@solbook.co.kr
홈페이지 www.solbook.co.kr
출판 등록 1990년 9월 15일 제10-420호

ISBN   979-11-86634-48-6   04830
ISBN   979-11-86634-22-6   (세트)

• 잘못된 책은 구입한 곳에서 바꿔드립니다.
• 책값은 뒤표지에 표시되어 있습니다.

세키가하라 합전도 병풍 릭부분